这一回眸，

让宋霁雪成为心动第一人。

我的危险夫人

归山玉——著

APGTIME 时代出版
时代出版传媒股份有限公司
安徽文艺出版社

图书在版编目（CIP）数据

我的危险夫人 / 归山玉著. 一合肥 : 安徽文艺出版社, 2023.11 （2025.1重印）
ISBN 978-7-5396-7806-1

Ⅰ. ①我… Ⅱ. ①归… Ⅲ. ①长篇小说－中国－当代 Ⅳ. ①I247.5

中国国家版本馆CIP数据核字(2023)第125605号

WO DE WEIXIAN FUREN

我的危险夫人

归山玉 著

出 版 人：姚 巍
责任编辑：宋潇婧
装帧设计：WONDERLAND Book design 仙境 QQ:344581934 佘彦曈

出版发行：安徽文艺出版社 www.awpub.com
地 址：合肥市翡翠路1118号 邮政编码：230071
营 销 部：(0551)63533889
印 制：北京盛通印刷股份有限公司 电话：(010)52249888

开本：150 mm × 210 mm 1/32 印张：11 字数：310千字
版次：2023年11月第1版
印次：2025年1月第4次印刷
定价：49.80元

目录

这世上有一把神武剑，名叫哑音，
它非常锋利，可斩世间万物，
但持剑者唯独伤不了自己的心上人。

『清清，你回来晚了。』

『天都还没黑。』

『在我眼里已经黑了。你走的时候就是黑的。』

往前走吧，
不要为了我停下。

第一章 云山

云山君宋霁雪下山前交代过，他不在时，门中事务都交由九平峰峰主打理。

九平峰峰主喜欢跟门中弟子切磋，十分关爱修仙界未来的花朵，对与修炼相关的问题有问必答，平易近人，却并不擅长管事。因为他很心软，又爱护晚辈，弟子们犯错后跟他撒娇，他便不忍心责罚。

但如今昆仑云山除了九平峰峰主，另外五位峰主要么重伤在床，要么在外有任务无法回来，他只好硬着头皮顶上。

从年初开始，人间就有大量妖魔作乱，坏事一起接一起，各大仙门有死有伤，各大掌门才得知妖界霸主要攻打人间的重要消息。

妖界将封印在人间的西海凶兽唤醒，使其冲破了封印，为祸人间，云山君这一去正是为了重新镇压凶兽。众人哪承想云山君这一去就是大半个月。

九平峰峰主每天勤勤恳恳地处理云山事务，起初还好，无非是哪座峰的弟子或门人犯禁，又或是哪个不要命的妖魔试图潜入云山捣乱等，这些事都在他的掌控范围内，直到今日——

“师、师尊！不好啦！出大事啦！”

九平峰峰主刚刚落座，筷子伸出去还没夹到肉就被自家小徒弟这尖叫声给吓得抖了抖，他和蔼地看着小徒弟掐诀御影到门口后跌跌撞撞地冲了进来。

小徒弟一手扒着门，慌慌张张地道：“师尊！薛师兄跟巫山的少主在小山峰打起来了！两人你来我往动了真格，差点把药斋都给掀了！而、而且，掌门夫人的三足凤恰巧飞过，被两人剑气波及……死、死了。”

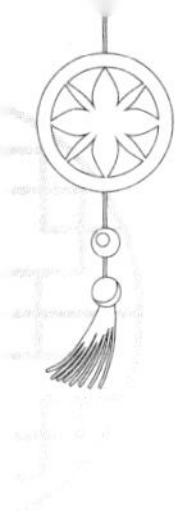

九平峰峰主听完默默放下筷子，心想：完了，出大事了。先不提自家最受宠的徒弟打了隔壁巫山最受宠的少主，最重要的是他俩害死了掌门送给夫人的宠物。

全昆仑的人都知道掌门夫人最喜欢这三足凤，而最宠爱自家夫人的云山君更是爱屋及乌，放任这三足凤在云山自由翱翔。结果三足凤自由过了头，一不小心就折了。

小徒弟看着桌上的菜肴咽了口口水，小心翼翼地问："师尊，还吃吗？"

"还吃什么?!"九平峰峰主无奈地起身，"去小山峰看看。"

小山峰坐落在山腰的药斋附近，此时这里一片狼藉，碎石还在从被剑气削断的山头哗哗往下掉落，院前花树倒得横七竖八，药斋的大药师正跷着二郎腿坐在院子里，朝两个耷拉着脑袋的少年翻白眼。

大药师道："打，再打，刚才不是很有能耐吗？剑气咻咻咻地往外扫，活像杀红了眼，要把老子的药斋掀飞一般，现在怎么不打了？"

左边身着金色门服的少年一双细眉桃花眼，唇红齿白，生得十分清秀，眉眼间却满是阴郁。

右边的少年一身黑色劲装，腕上有红线绣的符文，腰后别着一把半弯长刀，右手握着刀柄，眉头紧皱，眼神暴躁而焦急。他率先憋不住，开口问道："这还有救吗？要是被我娘知道，我三年之内都别想再进云山了！"

"那正好。"穿金色门服的薛昊轻扯嘴角，露出一个冷冷的笑容，"要不是你胡搅蛮缠，这三足凤怎么会死？"

"看不出来啊，薛昊，你这推卸责任的本事还挺强，三言两语就想让我负全责？"巫山的少主裴文珏额角血管暴起，脾气火暴，道，"你也不睁大狗眼看看，它身上残留的剑招是不是你的?!"

薛昊道："原话奉还。"

九平峰峰主刚走近，就听到这二人的吵架声。他一眼就看见了少年们脚边死掉的三足凤，三足凤漂亮、柔顺的羽毛都被剑气无情削掉，头顶都秃了，死状惨不忍睹。

九平峰峰主忍不住又在心里念叨：完了完了，真完了。

“师兄，少说两句吧，云山峰主到了。”跟在裴文珏身后的小师妹悄声提醒。

两位少年同时噤声。

大药师没好气地挥手：“白峰主，你赶紧把这俩扫帚星带走，这事儿跟我们可没关系，夫人要是怪罪下来，他俩负全责。”

九平峰峰主姓白，掌管昆仑云山的九平峰，是六位峰主之一。只有平辈才叫他白峰主，小辈都称呼他九平峰峰主。

此刻他表情憨厚，目光无奈地在两位少年身上扫了扫，叹气道：“这事儿我做不了主，都跟我去趟上云峰，亲自与夫人说吧。”

在场的人神色各异。

巫山的小师妹担心自家少主，毕竟她前些日子才偷听到巫山夫人与云山夫人不和的事。为避免自家少主受欺负，她立马传信回巫山。

昆仑有三座山被称作仙山，同脉不同源，宗门术法也各不相同，却又合称为昆仑仙。意思是三座山各有掌门，但还是一个大家庭，修的术法、剑道、符咒不同，心法却是一样的。

其他两座山各有十八峰，云山虽然只有六峰，却是昆仑最大的仙山。

上云峰在昆仑的最高处，常瑶在这儿住了三年。上云峰周边云雾缭绕，山峦叠嶂，四季不同色。三年了，常瑶还未看腻。

上云峰主殿的厨房在悬崖边上，推开窗就能看见凶险的山崖，深不见底，偶尔有白雾掠过，遮掩了崖壁上那几棵上万年的紫藤花树。

靠窗这一面的长板和窗台上堆放着许多厨具和酱料罐子，屋外的桃花树在窗边洒下阴影，从外面吹进来的风和煦温柔。

“云山君去西海已有半月余，至今未归，我怕你无聊，回昆仑后便第一时间来看你。”站在桌前卷着衣袖和面的女人说道，她温婉明媚，嗓音低柔。

她叫夏桑依，此刻她按压着面团，抬首朝窗口看去，道：“阿瑶，云山君不在的这段时间里可有人欺负你？”

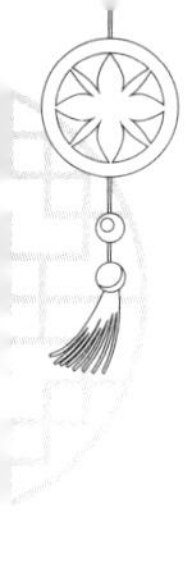

“好姐姐，我哪有那么容易被人欺负呀。”脆甜的声音自窗外传进来，弯腰捡落花的常瑶直起身来，一双盈盈杏眼朝屋里的夏桑依看去，“山中事务交给九平峰峰主，我每天就在上云峰吃喝玩乐。”

夏桑依看着窗前那张过分漂亮的脸，常瑶的眼尾上挑，带着点点懒散，扫向夏桑依手边的面团时又露出一丝好奇，姿态却是乖巧的，惹人怜惜。

“我回来时听说西海祸事已经平息，你不用着急，云山君应当就在这两日便回来了。”夏桑依一边将面团搓成长条，反反复复，一边道，“把花拿进来洗一洗，再捣出花汁。”

常瑶闻言照做。她进屋拿清水淘洗篮子里的桃花瓣，似漫不经心地道：“前些日子，我听他们说，每次大山阴君外出回来，一定会先去厨房吃你做的红油抄手。”

为此，昆仑三山的人都说这夫妻二人伉俪情深。

“嗯？”夏桑依侧首朝她看去，笑问，“你也想吃？”

“想学。”常瑶专注地洗着花瓣，回话的声音很轻，道，“等云山君回来，我也给他做一碗。仔细想想，我似乎从没给他做过吃的。”

水中倒映着常瑶的脸，说着温情话的常瑶眼里却没有半点爱意。

常瑶的想法是：别人有的，宋霁雪也得有。不然怎么显得她爱宋霁雪呢？要是旁人看出她不爱他，那她就没法顶着云山夫人这个头衔，更没法用这个身份带来的特权在昆仑办事。

“那今日就不做桃花酥了，我教你做红油抄手，等……”

夏桑依话还没说完，就见侍女上前道：“夫人，九平峰峰主来了，还带着薛昊与巫山少主。”侍女神色略显无奈，“九平峰峰主说，这二人在小山峰私斗，误杀了飞过的三足凤。”

三足凤，全昆仑就一只，极其珍贵，连宗门扫地的仆人都知道它是谁的宠物。

常瑶愣了一瞬：“死了？”

“是。”侍女垂首又道，“巫山夫人也到了。”

“那去吧。”常瑶擦干手上的水珠，同夏桑依道，“我一会儿就回来。”

夏桑依点头，目送她去正殿，眉目间含着担忧之色。

宋霁雪送常瑶的珍贵宠物被人杀死了，她却不感到伤心难过，还得努力压住嘴角那抹笑意，不让人看出她松了口气。

三足凤珍贵又漂亮，骨骼能做上好的武器，羽翼能做绝美的衣物，但常瑶不喜欢，她隐藏着对三足凤的不快，每次她抚摸那柔顺的羽翼时都要克制着想赶走它的欲望。

可宋霁雪以为常瑶喜欢，她只好按照他以为的想法演下去，将三足凤放养在外也是无奈之举，若是天天将它放身边跟自己面对面，那三足凤迟早得死在自己手里，到时候解释起来更麻烦。

三足凤被修界视为神鸟的后代，常瑶为应付他人偶尔还得带着三足凤出去遛一遛，这对她来说是种折磨。如今得知三足凤的死讯，她是真的一点都伤心不起来，连伪装都难。

常瑶从后厨来到正殿，走过台阶到门口时就看见屋中一跪一站两道身影。跪下的那人身形清瘦，腰背却挺得笔直，宛如一棵树。

“夫人。”九平峰峰主等人起身恭迎。

站着的裴文珏也垂首行礼。

屋中只有一位身着华服、妆容艳丽的女子还坐着，她神色不急不缓，在常瑶走到身边时抬了抬眼皮，看过去的眼神带着高高在上的审视意味。

跪着的薛昊也忍不住以眼角余光打量常瑶。这是他第一次见到掌门夫人。

云山掌门于三年前娶妻，娶的是个废了灵脉的女子。此事还遭到昆仑多位峰主的反对，但云山掌门根本不理。

成亲那日，昆仑满山遍野的翠色都染上一抹娇艳的红，婚礼办得十分盛大，大小仙门不远千里来此恭贺。

外门或许不知，但昆仑三山一直有传言称这二人并非真心相爱，云山君是为报恩才娶妻，因为掌门夫人的灵脉是为救云山君才废的。

灵脉被废的掌门夫人体弱多病，深居简出，就算是云山弟子，一年到头都见不了她一面，哪怕是三山祭祖这等大事她也不会出席，虽有人不满，但敌

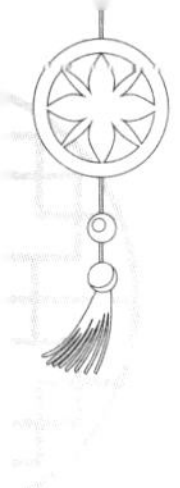

不过维护常瑶的云山君一个眼神。

薛昊才入门一年，对掌门夫人的印象只停留在他人口中所说的长相漂亮、体弱多病、胆小。但此时他一看常瑶，觉得除了第一条，其他都对不上。

常瑶这面容红润、步伐轻盈的样子完全不能让他联想到“体弱多病”四字，再看她带着点点笑意和懒散的面容，又跟“胆小”二字毫无关系。

薛昊心头一紧，掌门夫人若是跟传闻相反，并非胆小懦弱，而是聪慧机敏，那他这个害死三足凤的人可就要倒霉了。

“我在来的路上都听说了。”常瑶落座时眉眼间流露出点点伤感，视线扫过下边跪着的薛昊道，“三足凤这事儿……”

她的话还没说完就被一旁坐着的巫山夫人打断：“二人私斗虽然属实，但是是云山弟子先动的手，文珏总不能站着挨打。”

常瑶微笑道：“说得是呢，巫山少主若是站着不动让人打，可不成了傻子吗？”

裴文珏脸色微变，巫山夫人眼神微冷，嘴上却不紧不慢地道：“你已无法修炼，也再难拿剑，对烈阳心法引发的剑势有多危险和不可控一无所知。他们二人也并非有意针对三足凤，事发时三足凤想必也有所察觉欲飞走，但还是慢了些。”

九平峰峰主动了动眉毛，不得不说巫山夫人的到来为他解决了一大难题，毕竟裴文珏的身份摆在那儿，他也不好说什么，却没想到对方竟敢如此明显地嘲讽自家掌门夫人，这让掌门听见还得了？不对，掌门不在，那谁来护着掌门夫人？

常瑶微笑着听巫山夫人说话，心中百无聊赖。巫山夫人看她不顺眼，不喜欢她也不是一天两天的事，但她不喜欢当面撕破脸，不然多无趣呀。

巫山夫人道：“误伤三足凤一事的确遗憾……”

“误伤？不是死了吗？”常瑶惊讶地道，“难道还活着？”

众人皆沉默了。

巫山夫人态度强硬地道：“此事并非蓄意而为，是三足凤误入剑势范围才落得如此下场，私斗一事自会按照我巫山规矩来办。文珏，跟我回去。”说

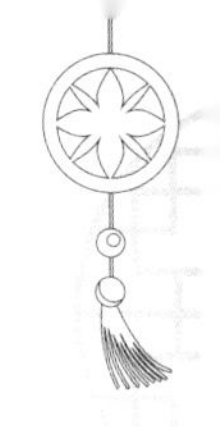

完巫山夫人便起身，甩给常瑶一个冷漠的背影，带着巫山少主离去。

裴文珏虽有亲娘撑腰，但到底还是有点不好意思，走时朝常瑶抱歉地点点头。

云山的人对这一幕心生不满，同时也在心里哀叹：自家掌门夫人是真的好欺负，被巫山夫人的气势压制，半个字都不敢说，任由对方说出一通歪理，大事化小，小事化了。

常瑶眨眨眼，也没管走了的巫山夫人几人。她惦记着回去跟夏桑依学做红油抄手，便也起身离去，走过薛昊身边时顿住，问道："谁让你跪的？"

薛昊老实地道："巫山夫人。"此刻他对自家胆小懦弱的掌门夫人很失望。

常瑶却笑问："你也听她的呀？"

薛昊微愣，没能理解，却莫名觉得这话带有深意。

"起来吧。"常瑶越过薛昊往外走去，道，"巫山夫人说得对，是三足凤运气不好，自己误闯，怪不得你们。至于私斗一事，少年心性，偶尔打一打也利于修炼，面壁思过就行了。"

她走到殿外，声音也渐渐远去。那番话说得不急不缓，每个音节都有她独特的节奏，清晰明了，让人听着舒服。

薛昊忍不住回头看去，私斗按照门规处罚怎么也得受点皮肉苦，掌门夫人却直接让他免去受罚。

九平峰峰主给薛昊使眼色，他才如梦初醒，垂首道："谢夫人。"

常瑶去后厨的路上心情很好。

这两人要是没打起来，三足凤哪有今天呢？面对如此"功臣"，她没赏一筐金银玉石给他俩都算克制了。

回到后厨面对夏桑依，常瑶不得不控制住内心的喜悦。

夏桑依听侍女说了正殿的事，轻声叹气："巫山夫人对你有偏见，做事不稳妥，对孩子过分宠溺，迟早会出事。她今日说的那些话你别往心里去。"

常瑶认真道："我现在满脑子只记得住包抄手的步骤。"

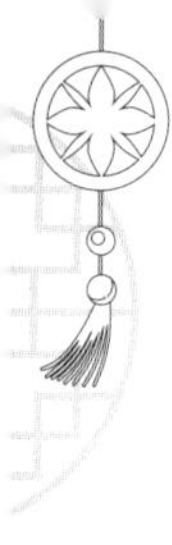

夏桑依闻言笑着摇了摇头。

常瑶学得倒挺快，在厨房里折腾了一下午。入夜后，夏桑依被叫回大阴山。

天上挂着银河，山中白雾弥漫。

常瑶站在厨房外，立于万丈高崖边，手里端着一碗热乎乎的抄手，闻着汤汁香味眯着眼。

在她脚边躺着的是三足凤的尸体，一阵夜风吹起地上的落花，一团稀薄的黑气自地面升起，包围着三足凤。

常瑶抬头看着天上的星河，道："吃吧，三足凤很补。"

黑雾便将三足凤吞噬殆尽。

常瑶一口一口地吃着抄手，吃完后看着只剩汤料的碗，幽幽叹息："还是越想越气，虽然我不喜欢三足凤，但它怎么说也是宋霁雪送给我的。"

黑雾绕着她转圈。

常瑶拿着勺子在碗里搅了搅，瓷碗发出清脆的声响。她微微笑道："怎么也得要点赔偿才好。"

黑雾悄然散去。

当夜，有恶妖潜入巫山，咬断了巫山少主的右臂。巫山君震怒，联系云山与大阴山，要彻查恶妖闯入昆仑一事。

九平峰峰主正跟小徒弟讲术法大道，冷不防瞧见传信鸟停在身前，得知巫山少主一事后急忙前往巫山。

有妖潜入昆仑作恶可是大事，更何况被伤的还是巫山君的宝贝儿子。

九平峰峰主在去巫山的路上瞥见上云峰明亮的灯火时心中一动，也不知怎的，奇怪的想法自心底升起，却在他还没深思时就被自己压下。

"不能想不能想。"九平峰峰主收敛心思，赶往巫山。

巫山，神女峰。

断臂的裴文珏躺在床上，脸色惨白，昏迷不醒。坐在床边的巫山夫人眉

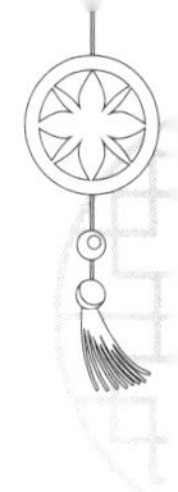

间满是阴霾，担忧地看着大阴山君的夫人——当今第一药修夏桑依。

夏桑依单手掐诀为裴文珏输送灵息，驱除其体内残留的妖气。

巫山夫人听见屋外传来两位山君和峰主们讨论的声音。

“前些日子是有一部分小妖试图混进昆仑，但都被我们当场斩杀，它们修为极低，连化形都难，是很普通的小妖，都是些觊觎昆仑灵息的。”

“每年试图进入昆仑找灵息修炼的小妖数不胜数，没有一个成功的。但今夜这个连原形都不知是什么的恶妖竟能神不知鬼不觉地出入巫山伤人，这绝不是那些在昆仑脚下徘徊的小妖能比的。”

“十八峰都已吩咐下去要彻查，杀阵全开，若这恶妖还在，必不能活。”

“大阴山那边我也吩咐人开了结界。”

眉眼间满是暴戾的巫山君看向身侧的白衣男子略一垂首，道：“大阴山与神女峰较近，麻烦你了。”

大阴山君轻轻摇头。

“此事不简单。”九平峰峰主犹豫道，“一只恶妖潜入昆仑，上巫山神女峰伤人，就算是妖皇亲自出手也不会一点痕迹都不留下吧？我怀疑……这妖有同伙。”

大阴山君目光轻扫后方屋门，沉思道：“巫山有叛徒？”

“恐怕不只巫山，而是整个昆仑。”九平峰峰主低声道，“从去年开始，妖界就展现出了对人间的恶意，有计划地针对各大仙门——”

巫山君突然沉声道：“这次霁雪去西海，也是察觉到了妖界的阴谋，各族大妖纷纷现身人界惹事，似乎跟地鬼之门有关。”

“地鬼之门……那可真是大胆。”大阴山君眼神微冷。

“他走前就要我多注意三山，起初我还疑惑，往常他都是叮嘱我注意昆仑外，这次怎么忽然说起三山……现在想来，他可能早就察觉到了三山的异样。”巫山君袖中双手紧握，眼中浮现些许血丝，道，“若是我再仔细些，文珏也不会变成现在这样。”

大阴山君正要安慰他，却见另一名峰主急匆匆迈上台阶，道：“云山君与赵峰主一行人回来了，只是有几人受伤较重，还请大阴山君和夫人过去一趟。”

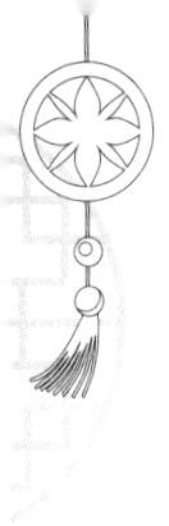

巫山君问："霁雪受伤了？"

谭峰主摇头，神色凝重："是巫山和云山的两名弟子，其中云山的弟子偷听到凤族大妖与妖皇的密谈，这对我们来说非常重要。"

大阴山君闻言，回身进屋叫上夏桑依去了云山。

受伤的弟子名叫燕子卞，被称作上云峰的首徒，是云山掌门宋霁雪唯一的徒弟。

能被眼光极为挑剔的云山君收为徒弟，可见其天赋多么高。

这样一位天之骄子，此时却浑身是血，奄奄一息地躺在床榻上，全靠云山君输送的灵息吊着一口气。

夏桑依进屋就闻到浓厚的妖气与血腥味，蹙眉沉了沉脸，来到床边，收敛心思，专心救治燕子卞。

她手中动作有条不紊，额上却有一层细汗，可见燕子卞的伤势处理起来十分棘手。

大阴山君已经许久没见过他夫人如此专注谨慎的样子了，看来燕子卞凶多吉少。他忍不住往窗边看去，那边站着一名身材修长的俊美青年。

要说昆仑长得最好看的人，那无疑是云山君宋霁雪。宋霁雪的脸清隽至极——长眉凤眼，鼻梁高挺。他唇角微抿着，侧首看向窗外，神态疏懒。他微微抬首，下颌线精致流畅。黑金色绣纹的长袍贴身，干净利落，身形挺拔，站立如松。深不可测的修为境界让他不言语时也高人一等，难以忽视。

这样的人随意往窗边一站，迎着洒落人间的月色就是一幅绝世画卷。

大阴山君没能从宋霁雪脸上或眼中看出焦急之色，他的视线甚至不在屋里的燕子卞身上，而是看向窗外云峰山色，不知在想什么，眉眼间有一抹极淡的疲倦之色。

"霁雪，"大阴山君上前轻声道，"会没事的。"

宋霁雪喉头微动，视线转回屋中。他眉眼间那抹疲倦之色也被藏了起来。

"咯、咯——"床上的燕子卞皱眉，轻咳出一口血，脑袋昏昏沉沉，艰难

地睁开眼。

“醒了？”大阴山君问道。

夏桑依脸色还是不见好，掐诀点在燕子卞肩前穴位，道：“心脉受损太严重，灵脉也几乎破碎，难以复原，残存在体内的妖气十分霸道，还在吞噬他的灵息。”

“师尊……”燕子卞呼吸急促，睁着充满血丝的双眼，缓缓扭头看向窗边的宋霁雪，嘴唇翕动时有大量血水溢出，窒息的疼痛感也没能阻止他继续开口，“是、是师娘……”

燕子卞再次晕过去。屋里的气氛却变得微妙。

宋霁雪直起身，视线从徒弟身上移开，朝外面走去，只留下一句：“需要什么尽管说。”

常瑶知道宋霁雪今夜回山，便待在厨房没走，她煮了一碗又一碗红油抄手，快冷了就自己吃，吃完再煮，直到宋霁雪过来。

侍女对此见怪不怪，因为她知道掌门夫人非常能吃。

在常瑶立于悬崖，吃着第十二碗红油抄手时，她终于听见熟悉的声音自身后传来：“饿了？”

她回首看去，宋霁雪迎着月色踏着落花朝她走来，身上带着些微血腥味。

“给你煮了吃的，但不知道你什么时候过来，我就先吃了。”常瑶老实答道，“总不能给你吃冷的吧？”

“第几碗？”宋霁雪走到她身前，抬手将她嘴角的汤渍拭去，又放至唇边舔入口中。

常瑶眨巴着眼：“不记得了。”

宋霁雪垂首。常瑶十分熟悉他的小动作，原本要送至口中的食物立马转到他嘴边。

常瑶垫脚凑到他身前嗅了嗅：“你受伤了？”

宋霁雪：“没有，是子卞的血，他伤得很重。”

常瑶轻挑了一下眉，还没来得及再问，就见云山君咽下抄手后，神色微

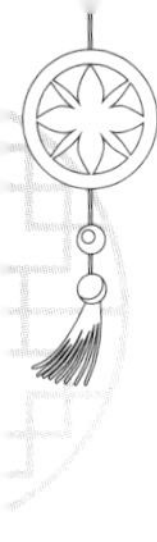

妙道：“这是谁煮的？”

他的夫人十指不沾阳春水，从未下厨做过吃的。

“不好吃？”常瑶眯着眼看他。

宋霁雪面不改色道：“我从没吃过这么好吃的抄手。”

“是吗？”常瑶又夹了个抄手送过去，杏眼微眯，骄傲地道，“我可是跟大阴山夫人学了一整天，特地煮给你吃的。”

宋霁雪眼里带着点笑意看她。

常瑶问道：“你知道大阴山君每次出远门回来后都能吃到夏桑依亲手做的抄手吗？”

“哦，他跟我说过很多次。”宋霁雪轻嗤一声，“从他俩还没成亲时就一直说。”

常瑶认真道：“别人有的你也要有。”

宋霁雪心想：我还得感谢大阴山那两人不成？

常瑶喂宋霁雪吃完抄手后转身将碗放在窗台，听他嗓音微哑地道：“阿瑶。”

“嗯？”她侧身看去。

宋霁雪说：“让我抱一会儿。”

常瑶朝宋霁雪歪头，下一瞬就被他紧抱在怀。

她闻到他身上沾染的桃花冷香和血腥味，这些味道刺激着她的血脉，让她不由得垂眸压住眼底深处的那一丝暴虐气息。

他身上沾染的不是人类的血，血的味道让她感到有点熟悉。

宋霁雪抱着她抵在窗边，云雾缭绕，将星月都遮掩了些许，旁侧花枝摇曳，发出沙沙声响，花又落了满地。常瑶感受到他的身体很紧绷，柔软的手在他背脊上轻抚着，带着温柔的安抚之意。

“有夏桑依在，燕子卞不会有事的。”她听见自己熟练地说着谎话，“那可是第一药修，医术已经到了‘医死人肉白骨’的境界。”

好一会儿后，埋首在她颈肩的宋霁雪才低声道：“燕子卞潜入妖界，知道了不少妖族的秘密。还听见妖皇与凤族的密谈，那些信息涉及人间安危。”

常瑶心想：这小子知道得还挺多，那必然不能活了呀。

“当初不该同意他去妖界的。”宋霁雪说这话时声色平平，听不出半点懊悔或怨恨，只是嗓音微哑。

常瑶温声在他耳边低语：“会没事的。”

常瑶察觉宋霁雪体内灵息消耗过度，应该是救燕子卞导致，便道：“累了就先回去休息会儿吧。”

宋霁雪答应了一声。

常瑶推了推还没放开自己的宋霁雪，轻舔唇角悄声道：“我还没吃够。”于是乎他们又在厨房吃了两碗红油抄手才回屋。

常瑶被宋霁雪扣在怀中，脸贴着他温热的胸膛，一抬头就会蹭到他的下巴。宋霁雪长臂环着她的腰，似要将她融入体内，保护着她不受这世间半点伤害，又似怕她悄然离去。

成亲第一年常瑶还会暗自警惕，不知何时却已经习惯，任由他把自己带进怀里扣着，因为宋霁雪怀里确实是最安全的地方。

作为一只妖，隐藏身份活在修者的世界还是挺不容易的，更别提日夜相对、同床共枕的夫君还是上仙门之主。尽管处境十分凶险，但“云山夫人”这个身份的诱惑太大，让她没忍住。

宋霁雪没躺多久，短暂休息过后，起身在常瑶唇边落下轻轻一吻便离开了。常瑶也没管，翻个身继续睡，但她清楚接下来昆仑也许不会太平了。

燕子卞靠各种丹药和夏桑依的力量吊着最后一口气，却仍然昏迷不醒。夏桑依始终守在这里，尽心地将他体内残留的妖气驱除干净。

常瑶翌日白天去看望了燕子卞。屋里就夏桑依一人，她见常瑶进来也没有说话，专注于手中的活儿。常瑶没有打扰她，站在边上静静地看着。

屋里弥漫的妖气常瑶熟悉无比，她心中有些嫌弃，不动声色地往后退了两步，避免沾染。

她记得燕子卞十分聪慧，天赋极高，心性坚韧，将来大有前途，但只能走到这儿了。

他虽说偷听到了妖皇与凤族的密谈，但身上的伤没有半点是妖皇动手造成的，伤他的是凤族的少主——那位喜怒无常、手段残忍暴戾的大妖伏烬。

常瑶听见屋外传来巫山君与大阴山君的谈话。

“桑依说，燕子卞身上的致命伤是凤妖的羽毒，毒侵心脉，又被强大妖力搅碎灵脉，如今残存的妖力都充满了毒性，说明当时与他动手的不是妖皇，而是凤族的少主伏烬。”

“伏烬？哼，他倒是挺活跃，最近几件大事里总有他的身影，如今看来是跟妖皇达成共识了。”

“霁雪等人回来才二天，西海的地鬼之门就被打开了，看来妖族的内鬼已经潜入人间修门，不止我们昆仑三山，就连……”

话音在房门从里打开时戛然而止，一直走着没说话的宋霁雪抬首看去。

常瑶侧身让开：“我过来看看，没打扰桑依。”

“外边风大，怎么不多穿点再出来？”宋霁雪神色如常，走到常瑶身前解下外袍给她披上。

其他人心想：风很大吗？连头发丝都没吹起来……

巫山君板着脸不说话，他就是当年反对宋霁雪娶常瑶的人之一。他觉得常瑶配不上宋霁雪，除了外貌以外，哪里都配不上。宋霁雪是堂堂上仙门之主，还是昆仑神山的传承者，怎么能娶一个废了灵脉、无法修炼的女人呢？

大阴山君想起昨晚燕子卞的话，表情微妙，也没多说什么。

常瑶没有多待，宋霁雪送她回上云峰。幽静小道蜿蜒曲折，两旁花草树木茂盛，日光难以投射，十分阴凉幽暗，路旁亮着许多小石灯，从不熄灭。

看见石阶，常瑶孩子气地蹦蹦跳跳，背对着宋霁雪说：“三足凤死了。”

“九平峰峰主跟我说了。”宋霁雪看她跳完所有石阶后才跟上去，“薛昊已经被你罚去面壁思过，裴文珏昨夜被潜入巫山的恶妖咬断一只手臂。”他微微抬首，在几缕斑驳碎影中看向常瑶，问道，“我再罚一次？”

常瑶回头瞪他，道：“我是那么小气的人吗？”

“那我送的三足凤就这么算了？”宋霁雪挑眉。

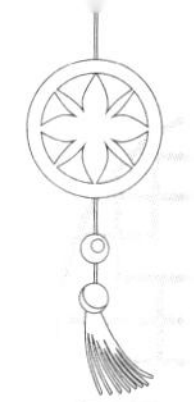

常瑶装着温柔大度的样子，道：“看在那弟子天赋不错，人也不错的分上算了，毕竟再过个十年那就是云山未来的大修者，以后记仇怎么办？”

宋霁雪问：“哪位弟子？”

常瑶道：“就是被巫山夫人罚跪的小可怜薛昊啊。”

“阿瑶，你不仅夸他不错，还记住了他的名字。”宋霁雪笑了，眸光微闪。

往前继续跳石阶的常瑶没回头，悠悠道：“因为他长得很有特点，像女孩子，面相过于阴柔，但跪着的时候从背影看去又完全不会让人想到阴柔……”说着她回首朝宋霁雪看去，露出一个明媚的笑容，“一眼就让我想到你了。”

云山君心里那点醋意因为这句话烟消云散。他走上前去牵住常瑶的手，宽厚的手掌带着暖意。

“我刚听见你们说，西海的地鬼之门被打开了？”常瑶问。

说起这些烦心事，宋霁雪的态度还是一贯的散漫，道：“咱们的天下第一剑重伤未醒，封印力量因此减弱，给了妖界机会。”

“地鬼之门一开可就麻烦啦，什么妖妖鬼鬼都出来祸害人间，还有些奇奇怪怪的魔也一起来捣乱，你不会回来没几天又要离开吧？”常瑶侧首看他。

“十二家上仙门都在商量如何封印地鬼之门，地鬼之门已经送出一批妖魔，不能让它送出第二批。”宋霁雪说，“昆仑是目前最安全的地方，你只有留在这儿我才放心。”

常瑶另一只手指着自己问：“万一你走后我在昆仑被欺负怎么办？你不带我一起走吗？”

宋霁雪摸着她的头说：“记下来，等我回来你跟我撒个娇，再让我给你报仇。”常瑶不知说什么好，而只是想看夫人撒娇的云山君微笑不语。

“昆仑哪里安全了？昨夜还有恶妖潜入伤人，他们还说昆仑混进了妖族的内鬼。”常瑶摇头道，“我这手无缚鸡之力的废物可打不过能潜入昆仑的妖族内鬼。”

宋霁雪抓着她的手的力度加重，道：“阿瑶。”

常瑶耐心道：“嗯？”

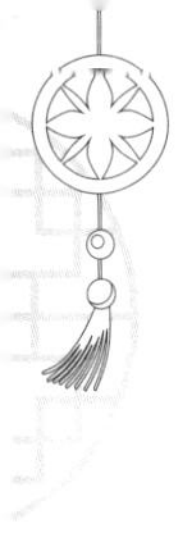

宋霁雪道："打不过可以跑。"

"往哪儿跑？"

宋霁雪眯眼笑道："往我这儿跑。"

常瑶气得转身就走，被宋霁雪直接拉入怀里，他环着常瑶的脖子垂首吻去。

她轻轻闭上眼又一瞬睁开。

开玩笑的，昆仑灵息那么足，她哪里舍得离开？宋霁雪不在，她反而自由些。

"阿瑶，不管什么时候，遇见任何危险都记得往我这里跑。"宋霁雪的声音混杂在缠绵亲昵的吻中。

我永远不会伤害你，只要你朝我走来。

燕子卞在第三天的夜里醒来，但所有人见到他的那瞬间，脑子里都只有四个字：回光返照。

他的时间不多了，断断续续将自己知道的一切告诉众人："妖皇正试图说服各大妖族……与他一起……咯……一起进攻人间。"燕子卞咳嗽着，黑血不断从嘴中溢出，双眼也失去神采，"早在很多年前，他就派出心腹潜入各大仙门……西海的内鬼是非离真君。而我们昆仑，是常、常瑶……"

今夜无月，屋中烛火摇曳，所有人在震惊之余，都下意识地朝宋霁雪看去。

屋内气氛诡异，安静得能隐约听见细细风声，少数人连呼吸都放轻，生怕惊扰屋内的宋霁雪，再引得他的怒火烧到自己身上。

谭峰主向九平峰峰主使眼色，示意他说点什么。

九平峰峰主翻着白眼，现在开口说什么都是找死，何况这事他也很震惊、茫然啊。他的眼神不自觉地偷偷去看自家掌门。从很久以前开始，就没人能猜得到宋霁雪在想什么了。

最终打破平静的是夏桑依。她从床边起身，额上布满细汗，表情凝重地看向宋霁雪道："此事应有误会。"大阴山君见夫人发话，正要附和，却听巫山君从鼻子里发出带着怒意的冷哼。

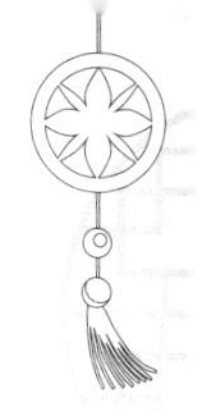

“误会？哪来的误会？燕子卞是上云峰的首徒，是他一手教出来的徒弟，若非事实，怎会在临死之际说出这种话？”巫山君眉眼阴鸷地看向宋霁雪，道，“霁雪，这是你的徒弟，你应当了解他。”

众人的焦点再次落在宋霁雪身上。

从头到尾都没皱过一次眉头、没露出片刻震惊或愤怒的云山君宋霁雪，此时只伸手轻轻将没了声息的徒弟的双眼合上，语调不显起伏地说：“不是她。”

九平峰峰主莫名地松了口气。他是真的不想看见夫妻互相猜忌的事情发生。

巫山君怒道：“这可是燕子卞亲耳听到的！难道你不信他吗？”

“我信阿瑶。”宋霁雪垂眸看着燕子卞惨白的脸，“她三年前才入昆仑，又废了灵脉，不可修炼，也无法调动灵息使用术法，三年来都在上云峰养身子，鲜少外出，怎么会是妖皇派出的内鬼？”

夏桑依是站在宋霁雪这边的，闻言也道：“我常与阿瑶相见，也未曾发觉半点不对劲，她连上云峰都很少离开，所见只有固定的几人，若是内鬼，根本没有机会往妖界送出消息，更别提她身上半点妖气都没有。想要隐藏妖气入昆仑只能靠丹药，若是如此，我绝不会发现不了。”

“内鬼不一定就得是妖。”谭峰主沉声道，“只要与妖族有同谋之心即可。”夏桑依神色微顿，一时难以反驳。

“霁雪，”巫山君冷声道，“我知你爱极了这个女人，因此难以接受被心爱之人背叛的真相。但如今地鬼之门开启，妖族阴谋即将得逞，容不得我们犹豫。”

宋霁雪抬了抬眼皮，神色莫测。

“你们先别急，燕子卞不会在自己生命最后一刻撒谎，而常瑶也可能是被陷害的，其中多少有些不对劲。”大阴山君试图缓和气氛，“我们先听一听常瑶怎么说。”

平日里这个时辰，常瑶已经沉醉在满山灵息中睡下，但今日有女弟子不顾阻拦，拖着伤还未愈的身子跪在正殿外祈求见她一面。

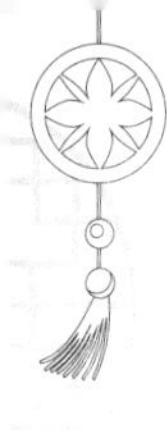

屋里的常瑶得知后感到疑惑，刚解到一半的外衣又拢回去。

“什么事？”常瑶问。

侍女在门外轻声道：“她没说，只道想见夫人一面。”

“哪座峰的弟子？”常瑶开门出来。

侍女迈步跟上她：“是浩然峰赵峰主的徒弟崔淼淼。”

崔淼淼？常瑶在脑中回忆一遍，没印象。

常瑶来到殿外，看见跪在黑夜中的崔淼淼。

崔淼淼巴掌大的脸上有一双黑白分明的大眼睛，她迎着烛光看向站在台阶上的常瑶，心想：都说云山夫人貌美，确实不假。

“弟子崔淼淼，见过掌门夫人。”崔淼淼略一垂首，贝齿轻咬朱唇，道，“前些日子，我与薛师兄入世历练受伤回来，师兄急着带我去药斋治伤，撞到了巫山少主，这才导致二人打起来，还误杀了三足凤。事出有因，若不是为了我，师兄也不会……恳请夫人将师兄从缚骨园放出来，让我代替师兄受罚。”

常瑶认真听完，歪头悄声跟侍女说：“我不是只叫人面壁思过吗？怎么她又说去缚骨园了？”

侍女也悄声回道：“是赵峰主安排的，薛昊是他的徒弟。”侍女顿了顿，又补充一句，“但薛昊与同门师兄弟的关系不太好。”

常瑶恍然道：“所以赵峰主觉得面壁思过不行，就把人罚去缚骨园了吗？”

侍女点头。

跪在下边的崔淼淼才十五六岁的年纪，面庞还有点稚气，眼神却很坚定。常瑶来到她身前弯下腰细细打量着她。

崔淼淼似乎伤得很重，裸露在外的肌肤几乎都以白色布条包扎着，脸色带着一抹不正常的苍白，或许崔淼淼自己也没有发现，她的眼眸深处有一层失去色彩的灰色。

“你这次入世历练，似乎遇见了很可怕的事。”常瑶轻声说着，柔若无骨的手指轻攀上崔淼淼的脸庞，指腹滑过她冰冷的肌肤时，勾出一缕转瞬即逝的黑色妖气，“不然怎么会被一只画皮妖附身？”

崔淼淼身体微颤，抬首时瞳孔已空洞无神，嘴唇翕动间吐出满是阴气的

怪笑：“昆仑……已经知道你的身份了。”

常瑶搭在她脸皮上的手指微顿，还没来得及多问两句，就听旁边赶来的巫山夫人怒喝道：“常瑶！你这个勾结妖族、引恶妖入山伤我儿子的贱人！”

巫山夫人先一步找到常瑶。她因儿子断臂一事怒火中烧，再加上平日里对常瑶存有偏见，对常瑶的印象差到极点。巫山夫人被愤怒与仇恨驱使着，刚御剑落地就是一记杀招朝常瑶斩去。

猎猎厉风裹挟着浓浓杀意，将灰尘与落花卷起又斩碎，常瑶不躲不避，眼看闪着寒光的剑刃顷刻间到她额首，却被一道金光弹开，发出尖锐刺耳的碰撞声，带起的烈风扬起两人的衣袂与头发。

一圈剑阵以常瑶为中心升起，三十六把淡金色灵剑贴着长长的符文缓缓转动着，是极为强劲的守护剑阵。

巫山夫人眉头一皱，眼神冰冷。

灵犀剑阵是云山独门秘术，也是当今天下最强的守护之阵，只传历代掌门。在昆仑，除了宋霁雪，谁也无法越过灵犀剑阵伤到常瑶半分。

常瑶双手笼于袖中，迎着巫山夫人那宛如淬毒的目光浅浅笑着，温声软语道：“巫山夫人为何对我如此愤怒，甚至不惜刀剑相向，触发了灵犀剑阵？”

巫山夫人紧握手中剑，恨不得立马砍断常瑶的双手。

“你明知故问！”巫山夫人咬牙切齿道，“常瑶，你与妖族勾结……”

常瑶打断她：“谁说的？”

“燕子卞！”巫山夫人一字一顿道，“他是云山君的徒弟，这次跟云山君一起从西海回来，亲耳听见妖皇与凤族密谋！临死前指认你就是混进昆仑的内鬼！”

常瑶眼角余光扫过还跪在她身侧的崔淼淼，心想原来如此。她自认没得罪过燕子卞。作为师娘，她向来不管云山事务，更不指导修炼之事，也就是在宋霁雪指点教导燕子卞的时候，她在旁边吃着甜点、喝着粥默默地看着。

燕子卞对她也是尊敬有加。

可临死前来这一出……如果不是说谎，那就是妖族那边早就发现他在偷

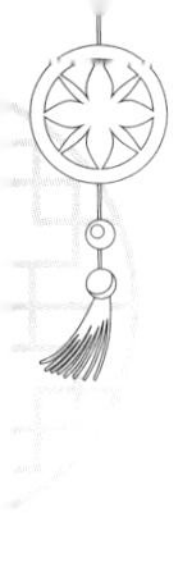

听，所以给了他错误的信息。那么她需要在意的是，把她牵扯进来是妖皇的意思还是那只凤族大妖的意思。不过这画皮妖竟然敢诈她，害她误以为宋霁雪知道了她的真实身份是妖。

“内鬼不是我。”常瑶耐心道。

“你撒谎！”巫山夫人持剑指她，怒得红了眼，道，“我儿误杀三足凤，你表面什么都不说，背地里却派妖潜入巫山断他一臂！其心险恶，手段残忍！”

常瑶心想：这倒是被她说中了。

“巫山少主的事我很遗憾。”常瑶叹息道，“但我一个废人，又不管云山事务，每天老老实实地跟我夫君过日子，别无所求，当妖族的内鬼干什么？妖族也不需要一个什么都不知道、什么都做不了的废人当内鬼。”

“你少在这儿狡辩，今日我定要为我儿报仇！”巫山夫人没有耐心，再次提剑杀上来，还未近身就被身后射来的剑光挡退。

赶来的宋霁雪一眨眼就掠过巫山夫人站在常瑶身前，一手攥住腰侧泛着银白色光芒的佩剑，后方巫山君等人见此皆脸色一变，对伸手按住宋霁雪的常瑶同时开口道：“且慢！”

昆仑云山君没有神剑，却有化形如神剑的心剑——稚鬼。修得心剑已是万千剑修的毕生追求，更别谈将心剑化形为实，这是再给普通剑修两辈子也不一定能做到的事，当今世上，仅云山君一人有此修为境界。

此时，众人都盯着宋霁雪握着的剑柄，若是让他拔剑出鞘可就麻烦了。

稚鬼出鞘必见血，在他身前的又是巫山夫人，那巫山君能袖手旁观吗？真打起来，场面可就混乱又危险了。

“别生气。”常瑶轻轻捏了下他的手安抚他，温声道，“巫山夫人因为少主的事心急而已。”

宋霁雪这才放开剑柄。

巫山君等人见了常瑶身边的灵犀剑阵神色各异。不喜欢常瑶的人都在心里对宋霁雪恨铁不成钢，对常瑶没有偏见的人则在心中感叹：云山君可真是爱极了他夫人。

巫山君上前将自家夫人护在身后，目光警惕而怀疑地看向常瑶，沉声

道："想必你也听说了，知道我们为何来此，云山掌门夫人常瑶，你是否该给我们一个说法？"

"不是我。"常瑶神色坦荡，回答得也很坚定，"我不是妖族派出的内鬼，也没有打听过昆仑三山的任何消息传给妖族。"

在巫山君露出明显不相信的表情时，常瑶也很纳闷地问他："巫山君为什么觉得妖族的内鬼会是我这么一个无法再修炼的废人？"

九平峰峰主不自觉地点头，乍一听很有道理啊。

巫山君冷着脸阻止神色暴躁的夫人。

谭峰主道："哪怕你无法再修炼，也是如今云山的掌门夫人，单单这一个身份就足够了。"

"我虽是云山的掌门夫人，但我并不管云山事务，三年来只跟我夫君过恩爱的日子，这也值得怀疑吗？"常瑶善意地提醒道，"谭峰主还是注意些，不要过多插手他人夫妻之间的事。"

宋霁雪默契地一撩眼皮，似笑非笑地扫视他们："诸位如今是在过问我与内人的事，以及云山掌权事务？"

谭峰主被噎得说不出话，朝巫山君眨了下眼，意思是：我已经尽力了，质问云山君这种事还得靠您。

巫山君沉声道："燕子卞亲口指认是你！"

"我当然也相信他，他不会撒谎，所以只能是他听见的情报有误。"常瑶摊手道，"为什么你们不觉得这是妖族的离间计呢？"

"离间计？"大阴山君沉思。

这位鲜少露面，在昆仑还有几分神秘的云山夫人迎着众位山君峰主怀疑又警惕的目光微微笑着，毫不露怯，说话节奏舒适，让人不可忽视，哪有半分他人传的胆小懦弱？

常瑶带着盈盈笑意的目光从巫山君等人脸上一一扫过："指认云山夫人为内鬼，你们定会为难我，云山君却会护着我，怀疑的种子一旦埋下就很难清除，不管我如何说，你们都不会相信我，这么发展下去势必会让三山彼此内斗，这正是妖族想要看见的。诸位不妨想想，巫山夫人气急欲杀我，甚至触发

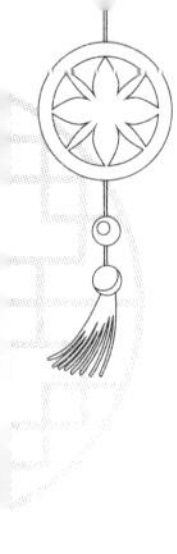

了灵犀剑阵，若是方才稚鬼出鞘，如今会怎样？”

“不敢想，这种事最好不要发生。”巫山君与大阴山君在心中如此说道。

“兹事体大，还得慎重……”大阴山君的话刚开个头，一道蓝色的光在夜空划过，众人眼前都浮现出一只传信灵鸟。

众人听见从巫山传来的消息：“恶妖再现！”

巫山夫人又急又惊，道：“文珏还在巫山！这次我定要杀了这畜生！”

“速回巫山！”巫山君临走前看了眼常瑶，眉头紧蹙，却没说话。

一道道人影转身疾速离去，大阴山君道：“我们也去。”

常瑶在心中稍稍松了口气。

宋霁雪伸手摸了摸她的头，道：“我过去看看，你先进去。”

常瑶在宋霁雪转身时伸手抓住他的衣袖，他顿住，没有回头。

“你信我吗？”常瑶问。

若是旁人指认她，她都不会把这话问出口，可偏偏那是燕子卞——宋霁雪唯一的徒弟。

常瑶自己都没发现，她此时只敢抓着宋霁雪的衣袖，连他的肌肤都不敢触碰。

“阿瑶，”宋霁雪回身，屈指在她额头上轻弹，道，“就算所有人都不信你，我也是站在你这边的。”

常瑶听后缓缓松开手，看着他熟悉的眉眼重新笑起来，等他离开后她眼里的笑意才渐渐淡去。

侍女指着崔淼淼，上前悄声道：“夫人，她怎么办？”

崔淼淼不知何时竟昏倒在地。能被画皮妖附身的多是濒死之人，潜进昆仑还不被发现，可见修为之深，能做到这一点的恐怕只有妖皇身边的那位。

“让她从哪儿来回哪儿去。”常瑶说着，朝殿内走去。

侍女垂首道声“是”，却忍不住偷偷看了常瑶一眼。常瑶刚才的话没了往日温和的语调，她似乎是生气了。

常瑶回屋后推开窗户，看着远处悬崖的云雾深吸一口气。

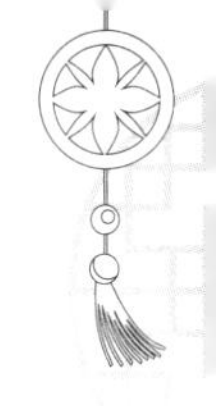

当今仙门唯有昆仑神山灵息无处不在，澎湃浓郁，取之不尽，用之不竭，普通人在这里养个三五年，本元体魄都能得到很好的滋养与提升，更别提修者。眼馋此处的不仅是人，还有妖。

常瑶仰首，黑亮的眼眸倒映出瑰丽的银河。

在记忆中，有一个晚上的星空也如此时一般浩瀚美丽。那是除夕夜里，上元城的祈福灯火一路延伸到昆仑，似一条火龙安睡在天地间。

人们手持着灯笼，朝昆仑的方向三步一拜，为自己或家人祈福。

每年一次开辟出的祈福长生道，隔一段距离就有聚集的小摊，卖着各种零嘴小吃或是节日需要的物品，热闹非凡。

常瑶走在灯火长龙中，看着去昆仑的人们虔诚地三步一拜，那画面看起来很震撼。

人间的热闹总比妖界要多些什么，至于到底是什么，她却说不清。那时她正在思考着，这一走就要跟宋霁雪彻底分开，他在昆仑当云山掌门，而她会回无咎山继续勤勤恳恳地修炼，坐等飞升成神。

就在她准备说分开时，宋霁雪却牵住了她的手。

天上细雪纷纷，落在她的发梢与衣袖上，又被宋霁雪细心温柔地拂去。人们从常瑶身旁笑闹着走过，石灯和烛火映着天地间的光影。

山石云雾，星辰落雪，这人间景色一绝，她却看不见，眼中只容得下握着她手的宋霁雪，他在认真说着什么。

宋霁雪认真的时候不多。

常瑶记得第一次见到他时，这人就是一副“万事随你，我都行”的随意态度，她出错他不会挑剔责怪，最多调侃两句，她遇上难题他也不会直接给答案，而是引导她去思考并发现不对劲的地方。

这种“随意”侧面透露出宋霁雪的强大与从容。宋霁雪的心思太重，就连最亲近、与他一同长大的师兄弟们也看不透他。

常瑶垂首打量着手掌心，心想：他真的信我吗？

宋霁雪深爱着她，这毋庸置疑。常瑶也很清楚她不爱宋霁雪。凡人的情爱她并非不懂，但她没有。她对宋霁雪的种种，非要形容的话，似乎只能选

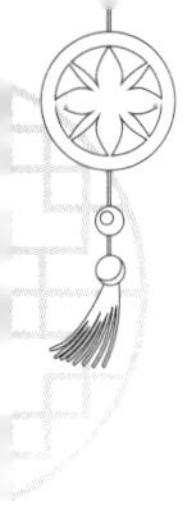

“利用”一词。

常瑶甚至能说宋霁雪是这世上对她最好的人，但这一切都是因为他爱的是自己伪装成人类的模样，如果撕开这虚伪的一面，让宋霁雪知晓她作为妖的真实的模样——这仙门之主，高高在上的云山君还会爱她吗？以他的性子，怕是会因爱生恨吧。

绝对不能让宋霁雪知道自己的真实身份。常瑶在心里这么告诉自己。

不管妖皇有什么阴谋，凤族的大妖们又在人间干了什么，修界又想着如何反击，都与她无关，她只需要在意宋霁雪一个人。

常瑶张开的五指合拢，一缕黑气从指缝消失，远在巫山闹事的恶妖发出哀鸣，血溅当场，魂飞魄散。

巫山神女峰。

倒映着烛火的雕花门窗上满是猩红，恶妖的血染上整扇大殿门，残留在地的是破碎又丑陋的青黑色肢体。巫山夫人恨恨地瞪着地上恶妖的残肢。

“这恶妖有瘴气护体，修为极高，当我试图活捉它时，它竟想要与我同归于尽，可见神智也不低。”巫山君立于夫人身侧沉声道，“青面獠牙，身长如树，头有三角，这是鬼面树妖？”他抬首看向门口的宋霁雪。

宋霁雪没答，九平峰峰主接话道：“是，鬼面树妖多出自妖界西南山脉，那边以凤族和狐族为首。这只鬼面树妖修为少说也有六百年以上，但鬼面树妖常年在山中修炼，不会轻易出山，除非是听命行事。”

“鬼面树妖修炼三百年后的每一根根须皆可算同体，也就是说它的本体可能还在妖族大山中。”大阴山君道，“就看这只鬼面树妖是凤族山中的还是狐族山中的。”

“定然是凤族的伏烬捣鬼！”巫山君愤怒地道，“凤族与妖皇最为亲近，之前又三番五次与我们作对，如今已嚣张到潜入巫山断我儿一臂！”

夏桑依走到鬼面树妖残肢前细细地打量一番后，沉吟道：“鬼面树妖虽是妖，却是靠吸取天地灵息修炼的妖族，能附身周遭花草树木，与它们同息同生，难以分辨，这也是妖族能潜入昆仑却不被轻易发现的最佳选择。”

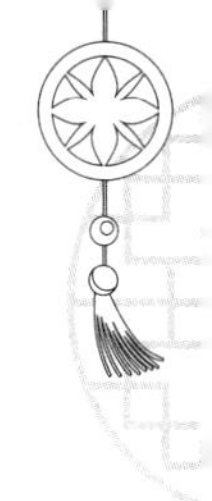

“那内鬼想必就是通过鬼面树妖来向外界传递消息。”巫山夫人冷哼道。

宋霁雪这才开口：“想要监视三山动静，一只鬼面树妖可不够。”

九平峰峰主立马道：“鬼面树妖根须可达上百，昆仑绝对不止这一只，还有更多潜伏者。”

“鬼面树妖虽能附身昆仑花草同息同生，但怕静灵无根水沾身，一滴便能破除它们的伪装。以静灵无根水洒遍昆仑逼它们显形，再找机会活捉一只，”宋霁雪看向夏桑依，问道，“需要多久？”

“若是洒遍整个昆仑，需等我半个时辰。”夏桑依目露歉意道。

大阴山君安慰道：“没事，半个时辰就半个时辰。”

夏桑依点头，快步离去，回山制药。

宋霁雪刚跨步出大殿门，就听到身后传来巫山夫人的质问：“为什么偏偏是文珏？他不知道仙门的事，也没有掺和西海地鬼之门的事，潜伏在昆仑的内鬼和恶妖，为什么偏偏选择伤害他？”

九平峰峰主听得心头一跳，其他人也各自噤声。

宋霁雪神色如常，站在门口转身看回去。

巫山夫人眉眼阴鸷，道：“云山君，你可知当日我儿唯一得罪过的人是谁？是常瑶！我儿白日误杀三足凤，晚上便被恶妖砍断手臂，我不信是巧合，这就是常瑶蓄意报复！”

在场的一些人先前不知道巫山少主误杀三足凤一事，此时听后，心中的天平也向巫山夫人那边倾斜了些。

“如果阿瑶是为三足凤报仇而砍他的手，那幕后主使者应该是我。”宋霁雪不急不缓道，“我比阿瑶更在意三足凤，得知死讯着实难以接受。阿瑶只会说‘此事并非蓄意而为，是三足凤误入剑势范围才落得如此下场’，但诸位知晓我的脾气，我不会认为是三足凤的问题，为三足凤报仇，指使恶妖砍断手臂的事更像是我做的。”

巫山君听得额角一抽，道：“霁雪！”

宋霁雪收敛些道：“当然，我不会这么做，阿瑶也不会。”

其他峰主没说话，心中的天平又往常瑶那边倾斜了，因为他们相信宋霁

雪的话，以他的脾气没准真敢这么做。

九平峰峰主轻咳一声，扯着嘴角露出一个礼貌的笑容打圆场：“抛洒静灵无根水还需要阵法辅助，诸位快些去准备吧，到时候抓住鬼面树妖一切就都明了了。”

众人这才散去。

在回去的路上，九平峰峰主向宋霁雪汇报他不在的半个月里云山的诸多事务，宋霁雪耐心地听着，时不时给予回应。

“掌门先回上云峰吗？”九平峰峰主此时很有眼力见儿地问道。

“嗯。”宋霁雪颔首，眼角余光往后扫了一瞬，问道，“白峰主，你也是那么想的吗？”

九平峰峰主神色微怔。平时云山君都称呼他为九平峰峰主，只有极少数的时候才叫他白峰主。

“掌门问的是什么？”九平峰峰主憨憨地看着他。

宋霁雪走在前边脚步不停，道：“巫山夫人说的那些话。”

“若是有关掌门夫人一事，我自然是不信的。”九平峰峰主正色道。

宋霁雪脸上看不出变化，淡声道：“是吗？”

九平峰峰主顿时打起精神来，道：“夫人向来不管云山事务，她根本没法向妖族传递有用的消息。”

宋霁雪朝前走着：“她只要问了，我就一定会说。”

九平峰峰主不知说什么好，过了一会儿，他又道：“但夫人为什么要这么做？就像她说的，没有理由。”

一直走在前边的宋霁雪回首看过来。九平峰峰主笑了笑。

“指认她是内鬼时你没看过任何一人一眼，只有提到巫山恶妖伤人一事时你皱了两次眉头，看了巫山夫人三次。”宋霁雪直视九平峰峰主，道，“你在意的不是内鬼，而是这件事。”

九平峰峰主脸上的憨笑有点僵硬，他迅速收敛心思，道：“确实有些在意，只觉得这事儿太过巧合，也许妖族就是故意挑选这个时间点陷害夫人。”说完这话，九平峰峰主都在心中感叹自己不要脸，连这种鬼话都敢说。

宋霁雪望着九平峰峰主不说话，九平峰峰主却因为他的沉默而在脑中绷着根弦，好在这场沉默并未持续太久。宋霁雪看向上云峰的方向，只摆摆手便走了。

眼瞧对方身影眨眼便远去，九平峰峰主稍稍松了口气，看着宋霁雪在他视野中消失后又是一声叹息。

九平峰峰主因沉迷修炼，年轻时也研究过旁门左道，对人体灵脉更是情有独钟，写过许多文章，根据他的记载和归纳，昆仑三山甚至更改了部分心法。

九平峰峰主想起几年前的某个雪夜，还没成为掌门的宋霁雪抱着浑身是血的常瑶站在他的院门前。那天九平峰峰主有幸见识了云山孤僻乖张的“小怪物”宋霁雪红了眼眶，紧抓着怀中的常瑶，小心翼翼又饱含怜惜。

更让九平峰峰主不解的是，这矜傲、不可一世的宋霁雪竟对他低声下气，声声喑哑地求他救人。

若是有人受伤病重，该找第一药修夏桑依，可常瑶并非伤重，也无病痛，而是灵脉碎了。

那时九平峰峰主想，这女人一定对宋霁雪十分重要。后来他又觉得，宋霁雪真是爱极了这女人。

九平峰峰主偶尔听人闲聊起云山君娶妻是因为报恩而非与常瑶真心相爱，他都忍不住想笑。

这也挺好，有情人终成眷属，是天人的好事。

如今再看，他却心中惶惶。燕子卞不会说谎，也没必要说谎，常瑶的名字从燕子卞口中吐出一定是有原因的，就算常瑶并非内鬼，也一定有着不为人知的一面。而这一面，也许连深爱她的宋霁雪也不知情。

九平峰峰主挠了挠头，对自家掌门的未来很是忧心。

宋霁雪刚到上云峰就见常瑶一个人孤零零地坐在大殿的门槛上。殿前的灯火被夜风吹得忽明忽灭，屋檐悬挂的辟邪铃轻轻晃动却未发出半点声响。

常瑶看起来有些困倦，头挨着门框，百无聊赖地看着夜里飞起的落花，直到瞧见走在小道上的人影时那双眼才微微发亮，直起身端正坐起来。

在等待宋霁雪回来的时间里，常瑶一直在揣摩他的心思与接下来昆仑的行动。

宋霁雪一步步朝常瑶走来。常瑶安静地等着，她已经猜到宋霁雪过来说的第一句话，不是询问恶妖或是内鬼，而是："我跟你说过很多次，让你入夜后在外多穿点，上云峰夜里很冷，你身子不好，不能着凉。"

他会边说边脱下外衣给她披上，弯腰时发丝垂落在常瑶微仰着的额首，触感冰冰凉凉。

果然是这样。

常瑶心中悄悄松了口气。她虽然并没有宋霁雪想的那么脆弱，但她得维持"为救宋霁雪断了灵脉成了废人"的形象。何况她身为"人"的灵脉的确是被废了，也是自那以后，宋霁雪就当她是娇弱的花朵，仿佛一碰就会受伤。

常瑶起初装着柔弱是觉得好玩，没想到宋霁雪娶了她，时间一长这事儿就越来越不好解释了。

宋霁雪伸手贴着她的脸颊，发现是凉的，他说："去里边。"

"唉。"常瑶拉着他的手摇头。

宋霁雪便挨着她坐下，一圈暖橘色的火阵在两人脚边燃起，凉风难以吹进来，飞花盘旋在上空随着风落进火阵里燃烧，然后消失不见。

"在这儿想什么？"宋霁雪牵过她的手把玩着。

常瑶说："想你什么时候回来。"

宋霁雪嘴角微弯，又道："下次外出我带你一起去，你留在昆仑我不放心。"

谁前两天还说昆仑是最安全的地方？

常瑶笑他："有灵犀剑阵还不放心？"

"不放心。"

那可是世间最强的守护剑阵，再加上宋霁雪那已入化命劫的修为境界，还不放心吗？

常瑶叹息，佯装正经道："云山君，你对自己的要求可以稍微放低一些吗？"

宋霁雪挑眉，道："不能。"

"好吧，你去哪儿我就去哪儿。"常瑶很快妥协，"昆仑虽然好，但我也很久没下山看看了。"

这两年外面也不太平，她虽然知晓许多事，但没在意，也没插手，只要不是妖族打到昆仑云山来，她都懒得理。

"巫山那边发现的是只鬼面树妖，既然是妖族派来监听昆仑动向的，那就肯定不止一只，夏桑依正在准备静灵无根水，半个时辰后会把它们都找出来。"宋霁雪跟她说这话时完全是闲聊的态度，没有掺杂半点试探和怀疑。

常瑶在得知鬼面树妖死时就猜到昆仑接下来的动作了，他这么聪明肯定会想到这些，所以她早已把剩余的鬼面树妖提前解决了。

鬼面树妖只有其中一根根须才是本体，其余根须至少上百根，想要它死绝很难，而这只鬼面树妖本体还在无咎山，因此常瑶杀得一点都不心疼。

常瑶看着宋霁雪说："不是我。"真不是。她跟妖皇的关系还没有好到肯为他卖命当卧底的程度。

常瑶如此认真地解释，宋霁雪微怔一瞬："你以为我会觉得是你吗？"他表情有点微妙，道，"你要是肯给人卖命当内鬼，那我还真想看看是哪位神仙，肯定不会是妖魔或者修者。"

常瑶好奇道："要是真的有呢？"

宋霁雪与她十指交握，笑着："阿瑶，你真的想成为妖族在人间的内鬼吗？"

常瑶连连摇头。

宋霁雪又说："我知道你讨厌妖族——"

常瑶瞬间抿唇。

"先是子下，接着又是你，妖皇想从我身边的人下手，引起昆仑内乱的做法倒也不是没可能。"宋霁雪另一只手朝她张开，常瑶靠过去被他抱了个满怀。

昆仑云山掌门，心剑化形第一人，修为境界已到化命劫，是人间离飞升最近的修者之一，这样的存在的确值得妖皇针对。

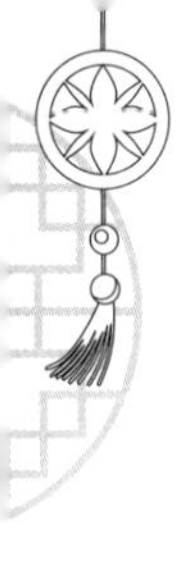

换作常瑶是妖皇，想要进攻人间，肯定也会将宋霁雪当作危险敌人优先除掉。可她不是内鬼，那昆仑的内鬼是谁?

常瑶头抵着宋霁雪温热的胸膛，能听见那沉稳有力的心跳声，一下又一下。她伸手附在衣上，指腹下是熟悉的生命灵息，强大、霸道，让人心生眷恋，想要就此依附着再也不分离。然而每当她感受到那股温热时，她血脉中的暴戾总会被唤醒。

常瑶对此十分厌恶，她察觉到体内血脉力量的躁动时眼底掠过不悦，五指收紧，抓得宋霁雪衣襟皱成一团。

宋霁雪低头看去时，传信灵鸟从虚空中飞出，带来静灵无根水已经备好的消息。

“你去吧。”常瑶松开手，抬首在他侧脸上亲了下，眨眼道，“我就在这儿等着。”

宋霁雪转身离开。常瑶就坐在大殿前看他远去直到消失不见，她抬手轻抚眼皮，深吸一口气后屈指在虚空中写着宋霁雪曾教过她的静心咒。每个笔画都带着点点金色流萤划过，但她的灵息无法维持太久，转瞬即逝。

常瑶想起宋霁雪第一次教她咒律时说的话：“看似最简单的咒律也可能是最强大的。”

漫漫白雾带着湿意，自山下升起，很快笼罩整个昆仑，山石的颜色渐渐变深，花草和树叶透亮，垂挂着水珠，滴落后穿透了地上腐烂的树叶，没入土壤里。

夜间光影在雾色中变得模糊，山色幽美，带着丝丝危险的神秘，然而昆仑的山君峰主们却没心思欣赏这山色，所有人都紧盯着阵图中的变化。传信灵鸟来了又去，去了又来，十分忙碌。

他们都在巫山神女峰等着鬼面树妖的消息，但每次瞧见阵图上的黑烟升起，再赶过去却只能见到一根枯萎的黑色根须。

“死了，都是幻身，不是本体。”九平峰峰主拿着从云山发现的鬼面树妖根须回来递给众人，道，“云山、巫山、大阴山都有。”

巫山君的脸色十分难看，道：“静灵无根水只会破除附身伪装，不会杀了它。”

“看来是被妖族提前发现了。”大阴山君对此结果早有心理准备，还能接受。毕竟能悄无声息潜入昆仑多年不被发现，说明妖族派来的内鬼并非泛泛之辈，肯定十分谨慎又胆大心细，也足够聪明。

就在众人以为鬼面树妖这条线索就要断掉时，巫山的传信灵鸟从虚空中飞出，带来谭峰主的消息：“抓住了！”

山君们立马动身赶去。

巫山天池边花草遍地，绚烂的春色中有一道让人无法忽视的黑影，充满妖邪之气，正被发光的剑阵钉在地上，发出不甘和痛苦的嘶吼。

随着阵阵破空声响起，山君峰主们已到天池上方，神色各异地看着下方恶妖。

谭峰主手握缚妖绳逼问鬼面树妖：“孽畜来自何方？若老实回答，且放你一条生路！”

青面獠牙的树妖下半身是树木形态，扎入土里的根须正一根根碎成黑色灰烬。它发出痛苦的号叫，眼神怨恨又惧怕地看着一众修者，最终还是没能忍住，号叫道：“我说！我说！我来自无咎山！我是无咎山领主大妖派来——”

话还没说完，一团黑色的雾气便自它身下炸开，连带着将它也一起化为灰烬。

巫山君大怒道：“谁？”

宋霁雪掐诀挥出一道剑气斩去，黑雾被斩成两半后又快速合拢，若隐若现地快速移动着，眨眼间就与众人拉开距离，浮于上空的黑雾形似一条长蛇，露出一双猩红的眼睛俯视他们。

“虚雾蛇，”大阴山君沉声道，“是妖皇座下的六位心腹之一。”

虚雾蛇那无比妖邪的目光扫过山君们，声音沙哑道：“看来昆仑三山的防守也不过如此。”

“来得正好。”巫山君反手拔出腰间佩剑，道，“今日我定要让你有来无回！”

“小心，虚雾蛇在此，那妖皇多半也……”

大阴山君话说到一半就被虚雾蛇打断：“有来无回？哼，巫山君好大的口气，也不看看此刻你巫山周遭都有些什么！”

众人眼看巫山边缘升起道道冲天黑墙，静灵无根水所化的白雾被驱散，灯火变得清晰后，那黑墙之中倒映着万妖的身影。

“这……这是从西海地鬼之门出来的恶妖们！”谭峰主惊道，“怎么会出现在昆仑？”

九平峰峰主也认真起来，道：“很显然，这是虚雾蛇带来的，妖族今夜竟想攻打昆仑！”

“简直放肆！”巫山君被妖族的挑衅激怒，握剑掠身上前朝虚雾蛇斩去杀意满满的一剑。

宋霁雪掐诀，以咒律和剑阵封住虚雾蛇的退路。

大阴山君则指挥剩下的人去巫山边缘迎战即将攻入山中的恶妖们。

山君们彼此合作默契，哪怕事发突然，却也应对迅速，丝毫不慌。

虚雾蛇冷哼一声，黑雾暴涨，化形为一条巨蟒，巨蟒长尾横扫间将地面花草连带土壤一起掀翻，前一刻绚烂的春日画卷转瞬间一片狼藉。

“霁雪，此处交给我。”巫山君虽然愤怒，但并未完全失去理智，看了眼远处巫山边缘逐渐靠近的冲天黑墙沉声道，“妖皇若是真到我巫山，那就第一时间通知我们，不要硬扛。”

巫山边缘多的是入门弟子，巫山君不可能让那些才入仙门、修为境界还不到玄明的弟子与恶妖大军对战，更别提还有可能遇见凶残的妖皇。

恶妖不会放过仙门中的弱小弟子，但昆仑山君们不可不顾。

此时唯有让能力可与妖皇一战的云山君宋霁雪过去才算是最佳的办法。

宋霁雪刚收招欲走，就听虚雾蛇怪笑道：“慌什么？山脚下的万妖不过是吓吓你们，今日来此，主要是为了带走一个人。”

上云峰是云山的最高处，比巫山和大阴山的主峰都要高一些。

常瑶坐在大殿前没动，默写完静心咒后，她看见巫山那边冲天而起的黑墙时微怔。

这妖族还真的打到昆仑来了？

“夫人！”侍女从小道上走来，道，“崔森森已经送回去了，但赵峰主不在浩然峰，薛昊一事已告知缚骨园，说是夫人你的命令，他们当即放了人。”

常瑶看着回来的侍女没说话。侍女上前，怀中抱着披肩，同往常一般细心温柔地弯腰为她披上时却被常瑶攥住手腕止住动作。

“画皮，你胆子挺大。”常瑶微微侧首，盯着侍女的脸，低声道，“今晚两次在我面前蹦跶，是嫌自己活得太久？”

侍女眼神转瞬变得空洞，半边脸骨骼生变，是过分妖冶又雌雄难辨的脸。这半边妖冶的脸鲜活无比，正朝她笑道：“哎呀，又被你看穿啦！我妖族无咎山领主可真是厉害呢！”

常瑶放开“侍女”的手，画皮虽然嘴上阴阳怪气，但也不敢再靠近她。

来时妖皇告诫过画皮，千万别跟常瑶动手，要晓之以理动之以情，只需要靠嘴上功夫，要不然死的一定是它。起初画皮还不太服气，直到刚才常瑶松手时只神色淡淡地扫它一眼，却让它心头一突，感受到命悬一线的危险。

“你来这儿干什么？”常瑶问。

她依旧坐在大殿门前没起身，周围有一圈宋霁雪留下的火阵可供取暖。

画皮摊手十分无辜地道：“绑架云山夫人。”

听到常瑶轻笑一声，画皮又道：“你不跟我走的话，虚雾蛇那边就会告诉云山君你的真实身份，已经有鬼面树妖被抓，无咎山的名字已传入昆仑众人耳中，过不了多久，他们就会得知一批昆仑弟子和峰主惨死在无咎山，就算咱们的云山君爱你爱到能接受你是妖族的身份，但他能接受你残杀了昆仑三山的人吗？”

常瑶笑不出来了。

画皮眼瞧她脸上的笑容僵住，接下来的话说得越发顺溜：“妖皇说一个男人身为丈夫最重要的就是要有责任感，倘若云山君选择怪罪于你，连自己的妻子都保护不了，那便是个懦夫，这样的男人配不上你。

“若是他选择漠视那些死去的昆仑弟子和你是妖族的身份，那也是个懦

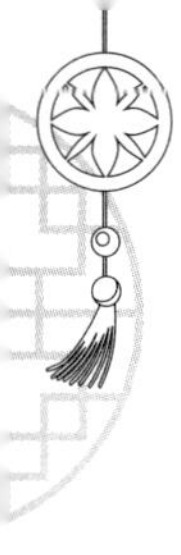

夫，因为他对不起昆仑，也配不上云山众多弟子的仰望。总的来说，云山君配不上你，凡人配不上你。”

常瑶听完抬手鼓掌：“原来你除了不要脸以外，还如此能言善辩。”

画皮皮笑肉不笑地道：“夫人过奖，都是妖皇教得好，要不是他老人家这么说，我哪想得到这么多。”

常瑶问道：“你的意思是妖皇教你不要脸？”

画皮听得当场翻脸，道：“你好好说话！我是这个意思吗？”

常瑶一边将宋霁雪留给她的外衣脱下折叠好抱在怀中，一边淡声道：“这是妖皇的意思？”

“不然还有谁能调动万妖围攻巫山？”画皮说这话时带着点骄傲，“今夜来昆仑除了要带你走之外，还要给各大仙门一个警告。”

妖皇要让仙门更加忌惮妖界，更要让他们明白只要妖族想，随时都能进攻各大仙门。

知道“云山夫人是只大妖”这个秘密的都是妖而不是人，妖皇是其中一个，但当年两人有过约定，互不打扰，若是妖皇以此威胁或是找常瑶麻烦，那她也不会让他好过。对方忌惮她的实力才一直没有动作。如今妖皇却忍不住主动打破平静，看来他是有些着急了。

常瑶抱着外衣起身，缓步走出火阵，道：“带路。”

画皮眯着眼笑，语气阴柔地道：“夫人这边请。”

第二章 大妖

巫山被恶妖大军包围，吸引了所有人的目光。云山迅速前去支援时也朝剩余的六峰下达命令：“低阶弟子不得在外，高阶弟子留守。”云山剩下的峰主、长老们也纷纷开启法阵巡视云山。

常瑶能看见传信灵鸟拖着长长的蓝色尾羽若隐若现，来往于昆仑各山传递消息，这是以咒律唤出的灵鸟，就算看见了也无法射杀或是阻拦。

一只传信灵鸟从虚空中飞出直落在她肩上，这是宋霁雪在给她传信：“万妖围山，速速回屋去。”

常瑶面不改色地看完，跟着画皮走的脚步却不停。现在回去，妖皇就会暴露她的身份，她还想在昆仑多待几年，这里灵息充沛，取之不尽，短短三年时间已让她进入化神后期，就等最后一次天劫人雷便可飞升。

她哪能让妖皇在这时候坏事？

画皮在旁阴阳怪气地笑：“这云山君可真是会疼夫人，自己在巫山都忙得不可开交，还有工夫惦记夜深露重，怕夫人着凉。”

常瑶没回话，专注于脚下的路。

画皮偏爱挑衅，常瑶越是没反应，它就越是爱招惹，以侍女的模样提着灯走在常瑶身侧，嘴上还叽叽喳喳个不停：“无咎之主有所不知，这凡间的男人最会嘴上说一套，背地里做一套。他们都是些俗人，不过是爱你年轻时的温柔可人、乖巧玲珑，等到你容颜不再，他们的眼珠子就会转向旁的新鲜玩意。这人世间啊，永远不缺年轻漂亮的姑娘，哪怕他们自己老态龙钟，那颗心也永

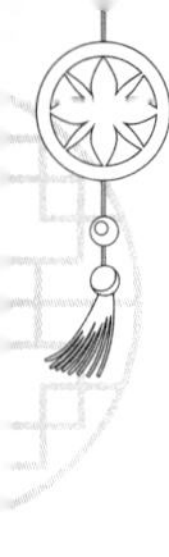

远在别的漂亮妹妹身上。”

常瑶忍不住看它一眼，它的左半边脸回以妩媚一笑，右半边脸依旧美艳，却与左半边不同。

画皮妖又被称作千面鬼，有数不清的脸。修为低的画皮妖拥有成百上千张脸，修为高的画皮妖拥有成千上万张脸，这些脸里面有他人自愿舍弃的，也有被画皮妖强行剥夺的。

如果想要杀死画皮妖，须找出画皮妖本身的那张脸。

常瑶问：“你觉得你本身的脸漂亮吗？”

画皮娇嗔道：“夫人怎么问人家如此无理的问题？”

“看来是不漂亮。”常瑶收回视线道。

画皮冷哼一声：“你休想以这种低劣的手段来激我，任何一只画皮妖都不会蠢到把自己的弱点暴露给敌人。”

“你本身那张脸是男人的脸，男人对男人才最了解，因为你们有着一样的劣根性。说不定你死后之所以变成千面鬼，又化成画皮妖，就是因为你愚蠢地贪恋美色，一颗心都扑在年轻貌美的姑娘身上，才被人砍死在江边，在冰冷的江水里被水鬼们蚕食啃咬。”

常瑶双手抱着宋霁雪的外衣，眉眼弯弯，笑容明媚地朝画皮看去，画皮却从常瑶眼中感受到了深深的恶意。

画皮被震慑片刻后又恢复了那副天不怕地不怕的模样，拍了拍小手说：“夫人可真是厉害，连人家几百年前是怎么死的都知道，如此关注人家，该不会我还得唤云山君一声‘情敌’吧？”

“这倒不必，只是想着我知道你本身长什么样，若是你再不闭嘴，我就给我夫君送去一幅画像。”常瑶似苦恼地道，“他若是见我画了别的男人，还不知道会吃醋成什么样，再得知这是一只妖，应该会拿着稚鬼与之相见吧。”

鉴于妖皇告诫过画皮无咎之主是个心狠手辣的角色，画皮断定这种事常瑶一定做得出来，她又知晓自己的真容，所以画皮当即闭嘴乖乖领路。

巫山脚下的冲天黑墙正不断逼近，而数不清的恶妖从墙中走出，密密麻麻一大片围在巫山边缘，妖邪之气都将花草熏得枯萎了，毒瘴正朝云山与大阴

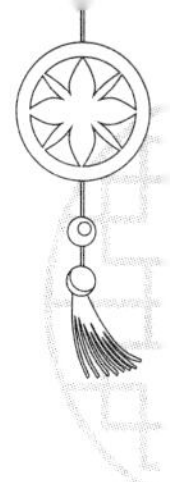

山扩散。

常瑶跟着画皮，发现它对云山的道路及守卫部署竟十分熟悉，甚至能精确避开每一处巡逻点和法阵，带着她来到山脚的杏花林。

满地花草正盛，云山杏花林也是一绝，粉白花树蔓延上万里，几乎包围了整座云山。

云雾遮月，连路边的石灯都被熄灭，花林幽暗无比，若是再往前走一段，到杏花林尽头时便算是出了云山。

常瑶跟在画皮身后缓步走着，这杏花林看似幽静昏暗，实则藏的妖不少。对方也没有要好好隐藏声息的意思，甚至故意露出破绽来，仿佛是在挑衅，想看看这位隐瞒身份嫁入云山的无咎之主是否真如传说中那般强大，强大到让妖皇忌惮。

往下走是一段略长的石阶，常瑶停在最高处，问：“妖皇在哪儿？”

画皮往下走着没停，闻言哼笑道：“这可是你先问我的，我必须得开口回答。妖皇当然是在妖界，还得劳烦云山夫人再往前走两步——”

常瑶没跟画皮客气，抬手间一道黑影飞掠而去，速度极快，画皮察觉危险，回头时只来得及瞥见一张朝它飞来的血盆大口。

杏林中隐匿的恶妖们纷纷现身。

倒挂在杏花枝头上的黑鹰展翅掠影来到画皮身前，打碎张着血盆大口的幻影。顶着腐叶窥探的蝎子化形，甩着长尾毒针朝常瑶命门攻去，却被常瑶攥住，反拉着朝前摔去。

在蝎妖的惊呼声中，还未落地的残花碎裂，阵阵粉色毒雾蔓延，一个瘦弱的花妖在毒雾中瞬移到常瑶身后，握着匕首刺向常瑶咽喉时，却发现常瑶以比它更快的速度到了它身后。它震惊之余，眼角余光扫见一只素白玉手攥着蝎尾毒针插进它的肩头。

花妖闷哼一声踉跄退后，匕首落地，半边身子已动弹不得。而那只又慢了一步飞来的黑鹰对上常瑶微微泛着红光的眼，竟直直摔落在地，化成人形，狼狈不堪。画皮看得倒吸一口凉气，常瑶的速度太快，它甚至都没看清常瑶到底是何时瞬移离开的，一切不过在眨眼间。

毒雾还未散去，隐藏的最后一只妖在常瑶身后提剑而来。同伴的迅速落败并未影响它的情绪与判断，反而让它越发激动。它手中的长剑缺口甚多，破旧无比，却莫名给人锋利无比的感觉。

这妖名叫昌平剑妖，瘦小的它握剑疾跑而来，面露癫狂之色，发出刺耳的笑声，带着杀意起跳，朝常瑶斩去一剑。

常瑶不慌不忙地抬手，修长玉指准确无误地握住掀起狂风的剑刃，侧首时勾着眼尾，眼里有淡淡讥笑，道："太慢了。"

话音落，长剑碎裂成无数细小碎片射向昌平剑妖，猛然迸发的妖气将它弹飞，撞断数棵杏花树。

毒雾散去，常瑶轻轻拍去落在怀中外衣上的花瓣，抬首看向愣在石阶上的画皮，微微笑道："我再问你一次，妖皇在哪儿？"

画皮忍不住咽了口口水，扯着嘴角干巴巴地笑道："夫人别着急，妖皇一会儿就来，您先跟我再走两步出这昆仑……"

常瑶轻笑一声，玉手翻转画出一个咒圈，里面飞出数只有着尖嘴利爪的黑鸦。黑鸦扑向画皮，尖啸一声将画皮从侍女体内抓出，利爪划过它的脸。

画皮躲过乌鸦，顶着另一张人皮，恼羞成怒道："别打脸！"

常瑶挥手，正要指挥乌鸦下手时感觉到熟悉的气息裹挟厉风而来，黑风卷起地面上的落花又将枝丫上的扯碎，霸道又残酷，色彩斑斓的羽毛划出一道火线飞射而出，精准刺中乌鸦将画皮救下。

画皮反应神速，立马捂着脸后撤，喊道："少主！"

身披玄袍的男人有一头张扬漂亮的银发，他踩着黑云而来，微微仰首，居高临下地看向杏林中的常瑶。他悬于上空，对蹙眉的常瑶道："你是要自己走，还是让我动手？"

眼前这实力强悍的大妖是凤族尊贵的少主，也是常瑶同母异父的兄长——伏烬。

看见伏烬的这一刻，常瑶感到十分头疼，她对这位兄长有心理阴影。

常瑶自从失去母亲的庇护，作为弱小的妖类还无法统领无咎山，她在成长期的每一天几乎都在被这位妖界尊贵的凤族少主欺负。

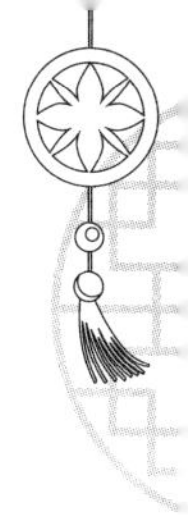

常瑶的母亲死后，无咎山众妖蠢蠢欲动，都想灭掉常瑶，坐上领主之位，偏偏凤族的少主天天来无咎山，暴打他们弱小可怜又无助的领主，想造反的大妖们纷纷按住自己的爪子，想着等他俩打完再说。

谁知道这一打就没完没了了，等他们回过神来时，曾经只会跟兔子玩、温顺乖巧、沉迷为流浪小妖搭窝的常瑶，不知何时已经将他们远远甩在身后，不仅变得实力强悍，就连性情也变了。

想造反的大妖们不仅收好了自己的爪子，还纷纷对常瑶摇尾乞怜，天天赔笑供奉以表忠心，生怕她白日还朝自己温婉地笑，夜里就来敲门把他们的家抄了。

造成这样的局面，伏烬少说也有一半的责任。

常瑶跟她的两位同母异父的兄长的关系都十分微妙。

兄妹之间平日联系不多，基本各过各的，常瑶偶尔遇见狐族的二哥还能聊上几句，遇见大哥伏烬，要么打，要么跑。

三年前，常瑶嫁人时曾思考过要不要给这二位发份请帖，后来一想，还是算了，请大妖入昆仑不像是邀请他们来参加婚礼，更像是叫人来送死，大哥看了肯定不爽，他一不爽搅起局来，常瑶就是给自己找麻烦。

事实上，常瑶嫁给宋霁雪成为云山掌门夫人的秘密，只有妖皇跟二哥九尾狐王知道。

大哥伏烬是前不久才从妖皇口中得知的，相比叫他来昆仑云山参加婚礼，这简直让他不爽百倍。

常瑶没想到伏烬会出现在这儿，听他说完那句话后神色变得微妙，问道：“你替妖皇做事？”

伏烬是个暴脾气，修界说起他，都知其手段残忍暴戾，妖界听了也纷纷摇头。

此刻他呵笑一声，直接屈指弹出一道妖力朝常瑶飞去。

庞大的妖气余波横扫，几乎将这一片杏花林整个拦腰砍断，乱花飞舞化作数不清的刀刃，是致命凶器，同时也是坚固的囚笼。

常瑶太熟悉伏烬的招数，这几乎是刻进血脉里的反应，不用过多思考，

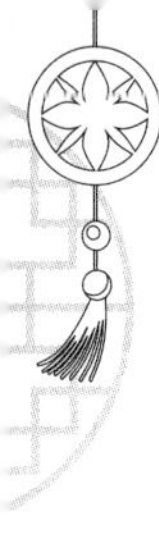

只需要动动手指就知道该怎么应付。

在她释放妖力拦下飞来的花刃时，伏烬似笑非笑道："在云山释放大规模的妖力会留下痕迹被你夫君发现，你确定？"

常瑶不过迟疑一瞬，那花刃便穿过屏障攥住她的四肢，同时攥住她的咽喉。

画皮见后恨不得拍起小手鼓掌，再大叫一声"好"。

常瑶瞥了眼限制她动作的花刃，倒也不是挣脱不开，只是那需要释放大规模的妖力，她不能在昆仑这么做，暴露的风险太大。

越是接近化神期，越是不能过度使用力量，因为她必须时刻保持妖力最充沛的状态，迎接随时都会到来的天劫大雷。于是她在伏烬还要再动手时十分干脆地道："我走。"

伏烬听了却不怎么满意，鄙夷又嫌弃地看着她："既然害怕他知道你是妖，当初怎么敢嫁人？爱上一个凡人还如此卑微，简直丢脸。"

常瑶纳闷道："谁说我爱他？"

伏烬觉得她脑子有问题，问道："那你嫁给他干什么？"

"昆仑灵息有助于修炼，能名正言顺进入昆仑，我为什么不嫁？"常瑶也无法理解伏烬，看他的眼神仿佛在说换作是你肯定也会嫁的，没有妖会拒绝昆仑云山的灵息。

"哦？"伏烬皮笑肉不笑地道，"照你的意思，那宋霁雪就是你修炼的垫脚石，而非心上人，就算今夜我让他血溅三尺你也无所谓？"

"还是有所谓的。"常瑶说，"明面上他是我的夫君，若是在我飞升前死了，那我在昆仑的日子就会很难过。昆仑可不是所有人都欢迎我这个云山夫人的。"

常瑶又道："何况你若真与他拼命，是生是死也说不定。"

"你为了修炼可真是什么都做得出来。"伏烬冷哼道。

常瑶道："这种事你应该早就知道的。"

画皮忍不住开口道："两位，若是叙旧的话不妨先离开这里再继续？再待下去怕是会被云山君发现，到时他赶过来可就……"

兄妹二人同时朝画皮看去，它顿感毛骨悚然，忍不住挺直腰杆打起十二

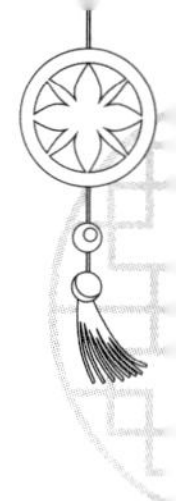

分精神，往后退时踩到黑鹰的手，只听对方嗷嗷号叫着醒来。

不敢再退的画皮又死死踩住黑鹰，示意它闭嘴。

常瑶看回伏烬，道："你真在为妖皇做事？"

常瑶的这位大哥桀骜不驯，唯我独尊，就连对他父王都不是很尊敬，这天下似乎没有能够命令、支使他的存在，她难以想象伏烬对妖皇唯命是从的样子。

伏烬不答，抬手指着她虚虚一点，道："走。"

常瑶见他不愿答，便保持疑虑，迈步朝台阶下走去。杏林的树东倒西歪，只剩下满地残花，还有落在地上的云山君的外衣。

巫山天池处，虚雾蛇仍旧对抗着一位山君和几位峰主，但它也并非游刃有余，让彼此都受了点皮外伤。

周围花草倒悬，绚烂脆弱的花瓣倒进地里，只剩下丑陋的根须裸露在外，就连池中明净的水也变得浑浊。

这里被妖气腐蚀得十分严重。

巫山君接连听见传信灵鸟告知万妖入侵巫山，云山君与另一名妖将魍魅已交手，不见妖皇身影。

谭峰主听完，怒斥虚雾蛇道："不是说只找人的吗？"

虚雾蛇大笑："妖的话都信，你是傻吗？"

虚雾蛇蛇尾一扫带出大量毒雾，那双红色的眼睛在黑雾中若隐若现，道："人已经找到，就不陪你们玩了，巫山君还是去前边好好招待一下我妖族大军！"

"站住！"巫山君怒喝道，"你们从我昆仑带走了什么人？"

虚雾蛇不答，众人只听得见它沙哑阴冷的怪笑声。

"速去前山支援！"巫山君也没有过多纠缠，先将妖族大军击退再说。

巫山前线，所有外门弟子都被掩护着撤退去安全的地方，毒雾弥散进山时，皆在云山君脚边顿住，再难往前一步。

云山君宋霁雪独自站在临界点，看着山下密密麻麻从黑墙中出来的众

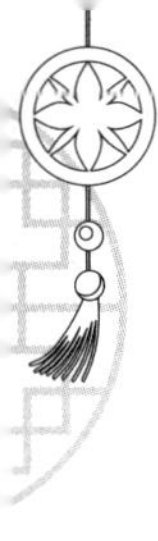

妖，抬手拔出别在腰后的长剑，竖斩一剑，挥出的是万丈金芒与冲天刀墙，切开妖族大军，在凄厉的号叫声中也切碎了围山的妖族黑墙。

当世第一剑修并非宋霁雪，而是他的师兄于野。

可若要比剑，人们宁愿跟天下第一剑于野比，也不愿跟宋霁雪比。只因为宋霁雪的剑杀意太重，不死不休，拔剑的同时必定伴随着杀意，难以停下。

谁也不想跟这样一个杀戮疯子比剑，除非有生死之仇。

剑芒冲天耀眼，余波横扫间荡平了所有毒瘴，被毒雾覆盖遮掩的山间灯火再次恢复明亮。

走出昆仑的常瑶瞥见这熟悉的剑芒时驻足回首，夜风撩起她的衣袂与发，璀璨明亮的星眸倒映着远处光亮。不知怎的，她心底忽然生出一种预感，自己这一走就再也回不去了。

画皮见她不动，回头问道：“夫人这是怎么了？难道还舍不得云山君吗？”

伏烬也回首看过来，其他几名在常瑶手下受伤的妖怪各自警惕着。

常瑶抬手摸了摸腕上伏烬设下的封印，没答话，收回视线继续朝前走。

云山君这一剑便击退了攻山的妖族大军，因为妖族只是试探，真正目的只是调虎离山，好让画皮有机会带走常瑶。

六妖将之一的魑魅身形如三岁孩童，有着乌黑的长发，皮肤黑里透红，利爪握着一把比自己都高的宽面长刀杀红了眼。

魑魅难言人语，张嘴只是咿呀声，奶声奶气，却不显可爱灵动，而是阴冷怪异，修为低的人光是听见这声音就头晕眼花，再无战斗力。

妖族大军被拦在下边上不来，冲在最前面的魑魅想要杀退宋霁雪，却有些痴心妄想。魑魅被打得惊声尖叫，她的同胞兄长魍魉总算伸出援手，将从空中被击落的魑魅捞起，与宋霁雪拉开距离。

两者都是三岁孩童身姿，却已是让修者闻风丧胆的杀人不眨眼的大妖将。

魍魉身着白袍牵着魑魅退后，看向赶来支援的巫山君等人冷哼一声：“人我们已经带走，今日便不再陪你们这帮老头子玩了。”

“退！”魍魉一挥袖，毒雾大片散开，掩护妖族大军快速撤退。

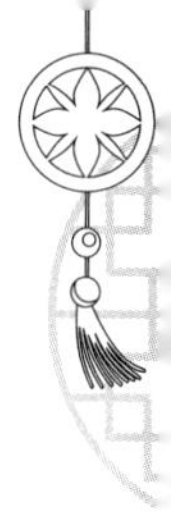

“把他们拦下！”巫山君沉声道，“我昆仑岂是这帮孽畜想来就来、想走就走的地方?!”

宋霁雪正要攻击，却收到上云峰传信灵鸟的消息：“夫人不见了！”

这消息让在场的山君峰主们神色各异，有的似乎早有预料，有的却不敢相信，但更多的人是第一时间去看宋霁雪，默契地等待他的反应。

宋霁雪看起来冷静无比，一点也不慌，他收剑往回走，路过九平峰峰主时只道了一句：“拦住他们。”

在回上云峰的路上宋霁雪就听完了来龙去脉：巡山的人发现昏迷在杏花林的侍女，侍女醒后报告巡山的人夫人不见踪影，而周边还有妖族残留的痕迹。

留守的峰主立马将此事告知宋霁雪。

宋霁雪来得也快。

侍女仍在杏花林，赵峰主正为她驱散体内残留的妖气。侍女被画皮妖附身过后身体变得十分虚弱，此时她脸色惨白地看向御剑而来的宋霁雪，颤声道：“掌门……”

宋霁雪神色淡淡，视线扫过断裂倒地的杏花树后，最终落在台阶上的一件外衣上。

他迈步上前弯腰捡起，衣裳冰凉，主人留下的余热不知何时已彻底散去。

在杏花林的不止画皮妖一个，却没触发灵犀剑阵，若是触发剑阵，在巫山的他会有所感应。也就是说妖族没有对常瑶动手便带走了她。可常瑶为什么要跟妖族走？她很清楚只要触发剑阵宋霁雪就会立马赶过来，就算是妖皇在，也不可能当着他的面把人带走。

妖族能成功把人带走只有一个原因：常瑶自愿。

宋霁雪眉头微蹙，穿上外衣转身时却将所有情绪收敛。

侍女跪下道：“是我不该……”

“看好昆仑，我去把人拦下。”宋霁雪没听完，下达给赵峰主守住云山的命令后便留给众人一个残影消失不见。

常瑶出昆仑不远便看见一架黑金銮车停在月色下，六翅巨大羽翼伸展时足以遮天蔽日，三头凤以鬼马之身驾车，高昂着的头皆是独目，看向走来的伏烬时便恭敬垂首。

凤族的三凤鬼车后是一道惨白骸骨搭建的巨门。

入此门，进妖界。

常瑶头也不回地上了三凤鬼车，门开门合后，鬼车起驾，在天际划出一道耀眼的火线，过云端，进入另一个世界。

妖界十八州，以九伏州为首，九伏州也是妖皇的主要统领地。三凤鬼车直接带她去了城中宫殿，经过金碧辉煌处，在水榭楼阁最高点停下。

大殿内红色纱幔随风起舞，层层叠叠，妖界与人间日夜颠倒，此时天光炽热，透过轻纱，射下投影。在最深处纱幔后露出一个端坐的人影，身侧有侍女轻摇扇子，桌前有二人提壶倒酒伺候。

常瑶掀开飘摇的纱幔往前走着，在堪堪能见妖皇身影的位置停下。

今夜妖皇并未去昆仑，他一直都在九伏州。

“无咎之主，好久不见。”妖皇声音温润，仿若春风，谈话间用妖力将桌案上的杯酒送至常瑶身前悬停。

常瑶垂眸看了看却没接，眼尾扫过双手抱胸、姿态冷傲地靠着殿门的伏烬，他没说话也没走，这态度有些让人捉摸不透，像是在压制她，也像是在压制妖皇。

“若是有急事就直说吧。”常瑶收回视线看向妖皇，微微笑着，“我还赶着回去。”

妖皇不见动怒，依旧温声笑着，话里带点遗憾：“这事儿的确有些着急，若是没有谈妥，怕是不能让你太早回去。”

常瑶挑眉：“你要进攻人间想打就打，与我何干？”

妖皇轻轻点头，语调不急不缓：“还真有点关系。昆仑是我攻打人间的第一块绊脚石，云山掌门宋霁雪，也就是你的夫君，他是少数几个修为已到化命劫的人之一，却又比其他几个人更加棘手一些，因为他的心剑化形能覆盖整个昆仑，只要有他在，我妖族大军就难进昆仑一步。”

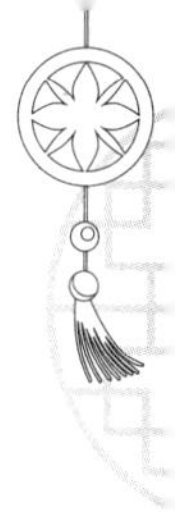

不仅如此，宋霁雪还是多个大妖的克星，单对付他一人就要折损手中大半妖将，对妖皇来说损失太大，还不一定能赢，是个非常难搞的角色。但是要顺利攻下人间，宋霁雪又一定得死。

常瑶听到这里已经猜到妖皇的意思，对此感到有些惊讶。她神色微妙地问："你要我杀宋霁雪？"

"云山君深爱其妻，这在妖界也是众所周知的事。"妖皇这话带点戏谑，"不论实力还是身份，你都最合适，也最容易，不是吗？"

常瑶笑道："无咎山可不在妖皇统领的范围，我也不是非得听你的号令行事。"

"无咎山的独立是你母亲争取的，如今她已不在，可我还活着。"妖皇也回以笑容，"杀宋霁雪于我们百利而无一害，何况这并非命令，而是交易。"

"我是为昆仑云山灵息……"常瑶话还没说完就被妖皇打断。

"所谓交易，自然我会给你想要的。昆仑云山灵息确是极好，若攻下人间，云山就是你的，从此你再也不用担心会暴露身份，作为一只妖自由自在。"

常瑶神色倨傲道："可你若是拿不下人间呢？"

"相信我，这是笔很好的交易，无论如何你都不会吃亏。"妖皇说，"在攻下人间之前，妖界灵息最足的降神虚海可为你开启，这力量足以与昆仑云山媲美。"

常瑶眨了眨眼，没有反驳。若只是交易，这的确稳赚不赔。

"如何？"妖皇声色如和煦春风，毫无波澜，"这般条件我想你应当是不会拒绝的，除非这三年恩爱夫妻的生活让你对云山君动了心，舍不得杀他。"

靠门而站的伏烬闻言，抬首扫了眼常瑶，这许久不见的妹妹面色如常，在她看向妖皇时的眼眸中才浮现几分嘲讽："你故意让燕子卞向昆仑传递了错误的内鬼情报，把我推到人前被人怀疑，今夜又拿我是妖一事让我主动出昆仑，说是交易，倒更像是威胁。"

妖皇目光满是赞叹，道："清清，只当区区云山掌门夫人实在是太委屈你了。"他叫了一个许久没人叫过的名字——清清。

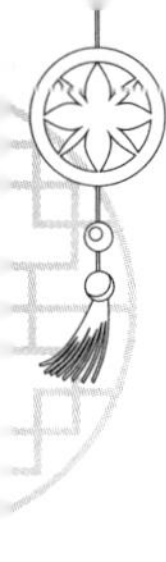

常瑶深知妖皇并非他表面看上去这般和善，他才是永远不会吃亏的那一个。自己若是答应杀宋霁雪，便为妖皇去除了心腹大患，也就变相成为妖皇一派，同时也能助他在妖界站稳根基。

若是不答应，妖皇就算杀不了她也能牵制着她，以她诱宋霁雪入困阵，还能借她是妖又是卧底的身份让宋霁雪在修界难堪，可真是百利而无一害。

见常瑶没有表态，妖皇又道："这不过是无奈之举，毕竟你们兄妹感情不深，当哥哥的连妹妹嫁人也不知道，只好让伏烬替我先探探你意向如何。再者，当年你出嫁前曾说过并未对宋霁雪动心，可三年之后谁又知晓是否有变呢？心意这种事最是说不定。"

常瑶抬手伸向悬在她身前的那杯酒，却并未接住，而是屈指将它弹回妖皇桌案。

"没有变，可我也不喜欢被人威胁。"她淡声道。

妖皇轻笑声："好吧，若是你舍不得杀他，让他沦为废人也行。"他无奈地叹息着，似乎做了很大的让步，"清清，你得二选一。就算你再回昆仑，宋霁雪也对你起了疑心，他对你再情深也是云山掌门，修界至尊，身负重任，不会对人间劫难无动于衷，也不会对妖有所留恋。"

常瑶双手笼于袖中，眉眼弯弯："留恋不留恋这种事，我也不是很在意。"

金色的小凤鸟鸣叫着飞落在伏烬指尖上，他挑眉道："魑魅和魍魉在昆仑被宋霁雪困住了。"

妖皇摇了摇头，站起身挥袖间自常瑶脚下浮现一圈咒纹，四道接近透明的黑墙将她困于其中。常瑶抬首朝前看去，听妖皇带着几分深意道："希望在我回来之后，你能给我一个满意的答复。"

这四时困阵让常瑶微微晃神，垂眸看向手腕上的黑色铁链时，她冷不防想起许久以前的事——

她的母亲是只血脉特殊的大妖，十分强大，又执着地追求更高的境界与修为，一辈子以飞升为目标。

常瑶的母亲没有族群，孤身一人，是个心狠手辣的主儿。她在当年局势混乱的妖界杀出一条路，占领了西南最大最富有的无咎山，脱离了妖皇的掌

控，使无咎山成了妖界“三不管”势力之一。

她为了修炼更上一层楼，曾与凤族之主共修，意外诞下一子，也就是如今凤族的少主伏烬。后历情劫，对方是狐族之后，她便有了狐族的次子。

但这二子都未继承她的血脉。直到她为报恩嫁一凡人，生下继承血脉的女儿，一只半妖。

常瑶父母一辈的纠葛三言两语难说清，常瑶自有记忆起就生活在无咎山。山间竹屋，长廊水车，黄昏时分才开的妖花总是染红此方天地，却总有一抹白影立于血红之中刻苦练剑、结印修行。那是她的父亲，他是一名白衣剑修。

常瑶小时候很黏父亲，因为总是瞧不见母亲的身影，她经常外出打打杀杀，回来发现常瑶在山里瞎跑后，用四时困阵把常瑶定在原地，过来掐常瑶小脸数落一番后再盯着常瑶修炼。

只有父亲一直都在，可父亲被结界拦在水车之后的世界，她只能趴在结界前偷偷看着。

水车慢悠悠地转呀转，父亲却不愿过来，偶尔两人视线相撞，她奶声奶气地喊“父亲”，父亲却蹙眉别过脸去。

某次常瑶又在水车结界前自顾自地跟父亲玩，看他修行，自己也偷偷学着结印，结果被母亲拎着后衣领提起。母亲葱白玉指轻压在常瑶嘴边，红润的唇角微微勾起一个似笑非笑的弧度道：“你爹爹不喜欢妖学他的术法，让他发现他可要生气了。”

常瑶乖乖举着双手表示投降。

结界里的父亲朝二人冷眼看去。

常瑶问母亲：“爹爹怎么从来都不跟我说话呀？”

“因为他忘了。”母亲为她整理衣发，漫不经心道，“等他全都记起来后就会跟你说话了。”

留在无咎山的父亲失忆了。等到他恢复记忆的那天，水车后的结界破了，是被父亲提剑斩破的。他第一次朝常瑶走来，却并未停留，常瑶感觉到他走过时留下的杀意，让她恐惧。

父亲掐诀朝她指去，布下一圈剑阵，形如灵犀剑阵，却有九十八剑，层

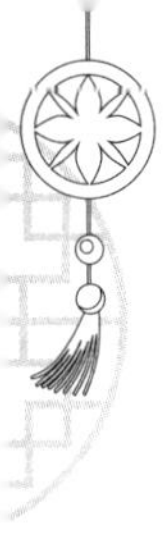

层环绕，通体黑色，满是凶戾之气，其中杀意让常瑶无措。下一瞬母亲从虚空而至，挥袖射出一道四时困阵将她笼罩其中。剑阵与咒阵互相对抗。

母亲看向父亲，话音戏谑："怎么，对自己女儿都下得去手？"

父亲沉默着，握剑的手却鼓起青筋。

那天无咎山几乎被毁了一半，这二人实力过于强大，双方都用了全力，最后两人同归于尽。

听说是因为父亲记起母亲灭了他的宗门，杀他师友亲朋，与母亲有血海深仇，不死不休。

无咎山最强的大妖死了，死在白衣剑修的怀里，骨骸不剩，灵息不存，灰飞烟灭。

常瑶看了一夜父亲的尸骸，第二天凤族之主到此，高冷地甩了句"蠢货"，想让白衣剑修也灰飞烟灭，却因为年幼的常瑶崩溃的哭声停下，嫌弃地走了。

白衣剑修最终被常瑶一边哭一边埋在了无咎山。

狐族也来看过，带着他们的小少主祭奠一番死去的大妖后又回了狐族，谁也不愿管无咎山的这只小半妖常瑶。狐族小少主心有余而力不足，只得暗暗发誓等日后强大了再来照顾这个妹妹。

大家对半妖是有些歧视的。没爹没娘的常瑶只得自己努力活下去，也因此对力量有了偏执的追求。

妖皇没去多久就回来了，身边跟着负伤的魑魅和魍魉。妖皇的目标明确，只是带人撤退，并未跟宋霁雪多作纠缠。

妖皇依旧站在红纱帷幔后，对常瑶说话的口吻还是不变的温和："无咎之主考虑得如何？"

常瑶将视线从四时困阵移开，轻飘飘地落在妖皇身上。

妖皇有所预感，眼前这高傲的无咎之主并不愿妥协，于是在常瑶拒绝之前又道："听说你一直在打听你父亲宗门的消息，我正巧知道一些。"

常瑶顿住。伏烬见此已知晓她的答案，便懒得再看，起身走了。

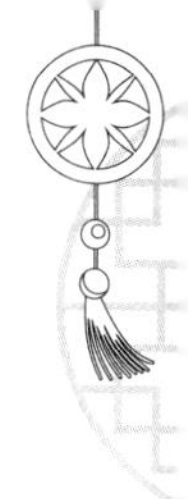

妖皇笑问："如何？"

"二选一，"常瑶晃了晃手上的铁链，发出清脆的声响，道，"我选他死。"

若让宋霁雪成为废人，那便是让他生不如死。

妖皇满意地抬首，将四时困阵撤去，笑道："此时回去，在昆仑之外最好，他很快就会找到你。"

常瑶径直朝外走去，过大门时抬手顺了顺肩侧长发，指尖妖气流转。后方妖皇脸色微变，第一时间将受伤的魑魅和魍魉拎起，瞬间离去，下一刻这华美贵气的宫殿在妖气的尖啸声中轰然倒塌。

妖皇现身救走魑魅和魍魉一事传回昆仑，巫山君皱眉询问："霁雪呢？"

"云山君未受伤，只是追了上去，这会儿已出昆仑，不知去向。"传信峰主道。

巫山君又道："九平可在？"

传信峰主道："九平受命回云山去了。"

巫山君站在神女峰天池台上蹙眉不语，他望向巫山边缘处，那里的妖界黑墙碎裂，谭峰主正在那边善后。不消片刻，大阴山君与夏桑依朝他赶来。

"霁雪出昆仑找人，云山有九平看着。"大阴山君上前道，"于野还在西海昏迷不醒，乘静真君在外云游不知踪迹，桑沥等人也因寻找封印未归，云山这下真没人了。"

巫山君沉思道："他们把人抓走，难道就为引诱霁雪离山？"

后方传来一声冷哼，巫山夫人沉着脸道："恐怕是见自家卧底身份暴露才冒险来我昆仑救人的！妖皇肯定清楚有云山君在绝无攻下昆仑的可能，却领着大军而来，仿佛今夜就要跟我昆仑硬拼到底，结果呢？"她说完又看向夏桑依，神色稍缓，"文珏醒了，还得麻烦你去看一看。"

夏桑依略一颔首便随她而去。

天池台上就剩下巫山君跟大阴山君二人。巫山君瞥向大阴山君："夏桑依与常瑶交好，她是偏向常瑶那边的，你又怎么看？"

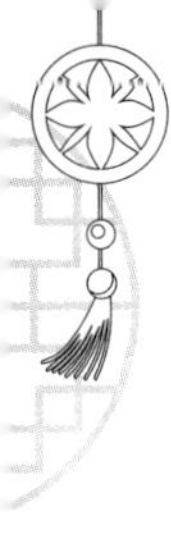

大阴山君苦笑："我肯定是站在我夫人这边的。"

巫山君恨铁不成钢地看他："你怎么也跟霁雪一个样！事关重大，怎能如此草率！如今各方证据都指向常瑶，偏偏霁雪都不信，认定常瑶是清白的，可她真的清白无辜吗？当年知晓他愿意娶妻成家我还挺高兴，后来才发现我真是高兴得太早了！"

大阴山君冷不丁想起燕子卞指认常瑶那晚，面上和和气气地问："难道不是你对常瑶有偏见吗？都什么时候了，你那些迂腐成见也该放下了，门当户对这种事霁雪自己都不在意。"

巫山君瞪大了眼，愤愤不平道："我哪是为了门当户对这种事？夏桑依与常瑶一样并非大仙门或是宗族出身，我可说过半句？"

大阴山君闻言奇道："那你是对常瑶哪点不满？"

巫山君冷哼一声，憋了好一会儿才忍不住开口倾诉道："她这人给我的感觉太假了。"

"什么？"大阴山君微怔，"只是感觉？"

巫山君道："霁雪喜欢她，所有人都看得出来，可常瑶呢？你看得出她有半分喜欢霁雪吗？"

大阴山君笑道："你可能误会了，常瑶前几天才跟桑依学包抄手做给霁雪吃，哪里不喜欢？"

巫山君没有多言，那夫妻二人之间的事他确实说不清，但常瑶给他的感觉确实不太好，那种不舒服感从见到她的第一眼就有，且挥之不去。

他不能跟宋霁雪说自己觉得他妻子是个异类，也不能跟旁人这么说，这样倒显得他嘴碎，这话他与自家夫人都没说过。

"但常瑶是否为内鬼一事确实需要小心试探。"大阴山君又道，"桑依与她关系虽好，却也不是是非不分的人，如果常瑶真的是……她也不会偏袒。"

巫山君侧身看过去："你有什么办法？"

"这事儿得先跟霁雪说一声才行，而且……"大阴山君停顿一瞬，略显认真道，"倘若常瑶真的是内鬼，那她就有可能并非人，而是妖，一只妖隐瞒身份在昆仑待了多年，实力不容小觑。"

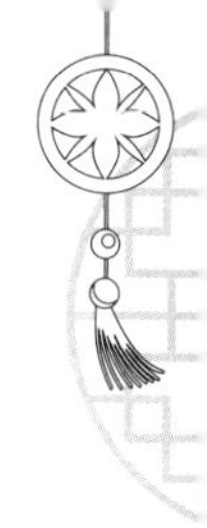

巫山君听完心头一惊，半晌不语，压在心底的怪异感在这瞬间似乎得到了某种答案。

常瑶离开九伏州并未立马回人间，而是先去了一趟无咎山。

她作为无咎之主，虽已好些年不在山中，却也没有大妖敢趁她不在闹事。这莽莽大山范围太大，住着不少实力强大的恶妖，若非必要不会出世，可一旦出世，人间必会遭难。

也有个别大妖常常跑去祸害人间，所到之处不是发生灾荒就是发生水患，从一个村子到小镇，再到城池，甚至遭殃灭国的也有。

常瑶掌管无咎山后立下规矩，个别凶煞大妖入世时间不可超过六十年。她也并非为人间着想，而是每一个入世大妖带来灾祸时，相应地也可能引来神界的入世者觉醒，为别人觉醒飞升铺路不说，大妖也可能没命，作为无咎之主的常瑶还得应付人神两界的追讨打压。若是一段时间频繁如此，她怕是会累死。

大妖们需要无咎山的庇护，每一个入山或是诞生于此的妖都与无咎山有着契约，须得听从无咎山领主的命令，而常瑶是被无咎山接受且承认的新领主。

无咎山不似昆仑那般仙气渺渺，幽幽静美。这里高耸入云的山峰霸气外露，蔓延千万里的深深山林危险又神秘。最诱人的是山中河道，遍地黄金玉石，迎着日曦和暮光变幻、闪耀。

若是凡人见了定会疯狂，这些对妖怪却并无太大用处，只当它们是随处可见的点缀无咎山的漂亮小玩意。

常瑶到无咎独山居时已是暮色，人间就快要天亮了。她走过熟悉的竹屋长廊，余光扫过依旧慢悠悠转着的水车，再穿过火红的枫林小道，来到最末尾的一处山崖前。

山崖边缘有一座孤坟，立着无字碑。

妖皇提醒了她，若是不提父亲，她差点就忘记今日是父母二人的忌辰。

常瑶并不是很在意这个日子，能想起来就来看看，没想起来就过去了。

只是常瑶没想到会在这里看见她二哥——九尾狐王师天颢。

他是青年模样，身着紫衣，身形颀长，桃花眼似天生带笑，听见动静回首看来，眉眼温柔，容貌绝世。狐族颜值向来是三界一绝，盛产美人，每一位

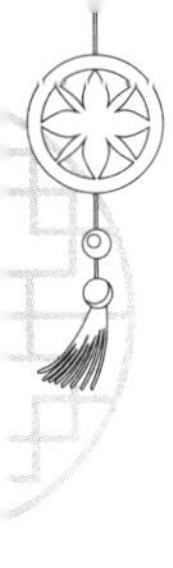

瞧着都是那么赏心悦目，让人心神荡漾。

“阿瑶，你怎么来了？”师天颢见到常瑶有些惊讶，“你不是该在云山修炼吗？”

“说来话长。”常瑶懒洋洋地边走边道，“大哥把我绑去了妖皇那儿。他到底哪里想不开，竟在妖皇手下混？”

话刚说完就有一支黑羽唰地插在她身前拦住去路，日落西沉的那瞬间，身着玄袍的伏烬自虚空踏云而落，立在师天颢身旁，神色傲慢地朝常瑶看去。

常瑶收敛神色，问道：“我砸了他的宫殿，你跟过来兴师问罪？”

“砸的又不是我的宫殿，别把自己想得太重要。”伏烬不屑一笑。

常瑶这才继续往前走到碑前。

师天颢无奈发问：“这是怎么回事？”

伏烬斜斜朝他看去，道：“我也想问问她嫁去云山是怎么回事。”

师天颢微怔，轻扯下嘴角，也稍稍收敛神色。兄妹两个都对大哥有点敬畏。

见伏烬眉眼间有依稀可见的戾气，师天颢忙道：“当年我也劝过，阿瑶说是昆仑灵息有助修炼，和宋霁雪并非真心相爱，所以我才没有阻拦。这种事我比你们都懂。”

常瑶抿唇轻笑，伏烬则满眼嫌弃。

狐族情劫最为出名，因为他们的情劫总是跟凡人脱不了干系，偏偏一个个都难过情关，要么死在人间，要么孤独终老，甚至连修炼意志都消磨掉了。

上任狐王历情劫的对象难得不是凡人，族人们还挺高兴，觉得总算没问题了，却不想遇上的是无咎山的那只大妖。情劫过后人家潇洒离去，狐王却丢了一颗心，偏又得不到，最后困于心魔渡劫而死。

也亏得凤王跟无咎大妖同样潇洒，这才没有生心魔，至今活得好好的，又或许他俩都将修炼排在第一，情爱可有可无。

所以凤王得知常瑶的母亲死在那个凡人手中时才觉得不可思议，惋惜又嫉妒。

孩子们对母亲极为亲近，师天颢小时候常常从狐族偷跑来无咎山找阿娘跟妹妹玩，矜傲的伏烬则是逢年过节才来。

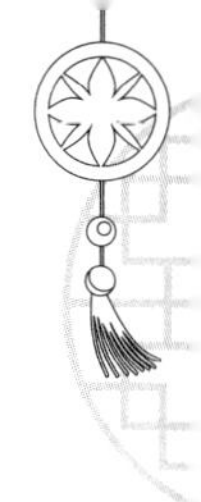

师天颢说他懂，不仅是因为身为狐族，也因为他渡情劫失败了。

师天颢又道："何况我这些年听说云山君十分宠爱妻子，阿瑶不爱他，但我认为云山君是真的爱她，就算嫁给云山君也定然不会让她受苦。"

伏烬皮笑肉不笑道："没看出来你对这妹夫评价还挺好。"

师天颢无奈道："大哥，你都承认他是妹夫了。"

伏烬一个冷眼瞪去，师天颢只当自己什么都没说，垂眸看向无字墓碑道："今日是娘亲忌辰，你们都没带东西来？"

伏烬道："我又不是为这事来的。"

常瑶说："我看看就走。"

师天颢叹气，无奈地将自己带来的香烛点上。他做事专注认真，烛火点燃后随着夜风摇曳。三人静默地看着墓碑，有母亲在的幼年时光说长不长，说短不短，却是印象深刻，难以割舍的。

伏烬也点了一对香烛。常瑶去拿香烛时，师天颢说："你得点两对。"完了递给她第二对香烛。

"我刚答应了妖皇，要帮他杀宋霁雪。"常瑶点火的时候漫不经心地说着，"没想到我连夫妻相残这种事都要继承。"

师天颢愣住，扭头去看伏烬。

伏烬把玩着手中一支黑羽，道："她想从妖皇那儿知晓那个男人宗门的消息。"

师天颢迟疑地问常瑶："你为什么执着于那个宗门？"

常瑶将香烛插在碑前："想知道他们为什么会这样。"

常瑶父母的往事妖界似乎一无所知，甚至无人知晓白衣剑修的名字、来历、过去。

常瑶的父母相杀，而父亲出水车结界，路过她身旁带来的杀意给她留下了不可磨灭的记忆，那种恐惧感刻入骨髓，偶尔梦里也能令她惊醒。

她无法理解那针对自己的滔天杀气与恨意，梦里她总是被困在父亲的杀意剑阵中，时刻活在哪怕风吹动她一根头发丝都会被万剑穿心的惊惧中。

这是她的弱点。

常瑶不能放任自己活在过去的恐惧中，这样会生心魔，不知原因难解心结，是她修炼飞升的绊脚石。

凤王不喜欢常瑶，除了她是情敌之女外，还因为常瑶与她母亲一点都不像，容貌、性格、行事风格都没有半点相似。

众人都说伏烬继承了母亲的性格，师天颢有与母亲一样坎坷的情路，而常瑶继承了母亲对修炼的偏执追求。

两位兄长却以为她是放不下母亲的死，憎恨杀害母亲的白衣剑修，过不了当年的坎。

师天颢目光怜惜，伸手摸了摸常瑶的头："阿瑶，过去的已经过去了，云山君这事儿你可要考虑好。"

常瑶只微微笑着，点亮两对香烛插上后直起身道："我该走了。"

师天颢见她转身漫步离去，温柔的眼眸中浮现出些许担忧。

"自从小妹怕被你打，偷跑去人间一趟回来后就变了。"师天颢扭头去看伏烬，话里带着点抱怨，"以前小妹多可爱，你看看现在。"

那时候的常瑶会牵着他的衣角哥哥长哥哥短，也会扑入他怀里哭着撒娇，调皮捣乱，偷了山中大妖的灵果等小玩意还会与他分享。对比以前，再看现在，可真是生疏太多。

伏烬冷着脸道："当时你管她了？不挨打她肯修炼？不变强她能活到现在？"

师天颢被一连三问噎住，抬手捏了捏眉心道："那会儿他们看我看得太紧，父王又出事，根本离不开，但我最后还不是去人间把她找回来了吗？哪像你，还不知道她人都不见了，若是没人去找她……她就被那些凡人烧死了。"

常瑶虽有强大的血脉，却是只半妖，白衣剑修的杀意剑阵克制着她身为妖的力量，作为人，她难以修炼妖术，妖界又没妖能教她修术，所以才显得十分弱小。

因为被兄长逼着成长而崩溃的常瑶偷跑出山误入人间，等到二哥找到她时，看见的是她现出原形被凡人们放火烧的场面。

师天颢把常瑶带回来后，她昏睡一年多，醒后性情大变，不再抗拒修炼，渐渐从弱小的半妖成为无咎山的新领主。

兄妹的生疏一部分也是常瑶主动离开兄长们的庇护，独自外出闯荡造成的。她似乎不愿与任何人亲近或保持亲近关系。

师天颢心思敏感细腻，察觉到的比伏烬更多，因而有时觉得小妹比妖皇和凤王那些老妖怪更多疑又冷酷无情，她不愿意相信除自己以外的任何人。

崖上响起小凤鸟清脆的啼鸣，它拖着长长的尾羽，一路带着蓝色流萤而来。伏烬伸出手，让它停在手背上，得知消息后挑眉，似笑非笑道："追到妖界来了。"

师天颢问："云山君？"

"也不知道这倒霉鬼看上她哪一点，这么死心塌地。"伏烬扬手让小凤鸟飞走，掠至半空，"既然他到了沧澜州，我也该去会会这位人间至尊。"说完，他瞥了师天颢一眼，蹙眉道，"早点回你的狐山，别在外面瞎逛。"

师天颢摇了摇头，转眼崖前就只剩下他一人。

他伸出右手，垂眸看着横贯掌心的伤疤神色黯然。他当年渡情劫失败，受伤未好，这些年都在狐山养着，已经许久未去人间。

沧澜州是凤族的领地。

人界与妖界相连，妖界之门并非只能从里面打开，人间修者只要掌握方法就能进去。临近黄昏，两界会有罕见的虚实之门随机开启，那时在路上走着走着可能下一步就迈进妖界或是人间。幼年的常瑶就是从虚实之门误入了人间。

但妖界对凡人来说太过危险，许多修者一去不回，尸骨无存。

宋霁雪能打开通往妖界的道路，却不能选择到达何处，出了妖门一看，落地点却不是妖皇统领的九伏州。

从黎明到黑夜，眼前的城池灯火通明，街巷间红灯绿火，大小妖们来来往往，有的奇形怪状，有的化成人形谈笑风生。

矮小的青面鬼妖们怀抱着宽大的竹篓，里面装着各种小玩意或是衣物，其中有部分是人间的漂亮首饰，它们吆喝着从各条小巷子里成群结队地走过。

宋霁雪从它们那儿顺了件披风，戴上兜帽隐了气息混入其中。

忽略那些目光所及的怪异形象，妖界跟人间没什么两样，甚至与人间某些城池有着共同点——热闹。宋霁雪不是第一次来，就像妖族在人间有据点，修者在妖界也有。

在满是飘摇鬼火的街巷最深处，有座高大华丽的楼坊，名叫西渠道。它有七层，呈圆形，各有桥梁相接，蜿蜒往上攀升，从外面看去一层比一层窄小，只有进入其中才会发现与所见相反。

这是沧澜州甚至整个妖界玩乐方式最齐全的地方，若说要寻乐子，那必定会提起这里——西渠道。无论大妖小妖，总能在这里找到自己喜欢的玩法，人间的各项娱乐活动在这里被改造后配合妖怪的特性，让西渠道夜夜笙歌，从不关门。

西渠道对进楼坊的无论是人是鬼、是妖是仙，全不计较，只管生意，生死靠自己，但每次进去都得给一样东西，且每日都不一样。

今日入楼条件是一片月桂叶。

宋霁雪刚进西渠道一楼就听人声鼎沸，目光所及之处金碧辉煌，光影灼灼，圆桌边聚满了妖妖鬼鬼。他刚进来就有小妖童上前，领着他朝楼上走去。

他要找的人在六楼。

路上可见高楼上的客人们摔杯敲盏，打作一团，也能瞧见狐狸精们凑在一堆娇言媚语。所闻所见也不全是欢愉热闹，有输光妖力跪地痛哭求饶的妖，也有拉着怀中掩面哭泣的女人焦急讲价的妖，等等。

欢愉或邪恶随处可见。

宋霁雪神色淡淡，并未细看。到六楼是一排排绘着樱花的大门，大门开开合合，门上绘的朵朵樱花慢悠悠地转呀转。

妖童领着他到其中一扇移门前停下，不需言语，门开合间，他已在屋内。

屋中灯光温柔，桌宴精美，屏风遮挡间意境恰好。桌后坐着一名着墨色华服的青年，手中把玩的青竹扇摊开又合拢，一副无趣模样。

西渠道的老板是只半妖，一只只做生意的半妖。

老板见到宋霁雪时十分高兴，一改往日无趣的神色，收起手中的扇子，

拿起酒壶倒酒，道："哎呀，这不是阿雪吗？我们可是好些年没见了，今日怎么说也要陪我多喝几杯吧？"

"没空。"宋霁雪站在桌前垂眸看他。

老板拿着扇子摇了摇，一副不该如此的样子嘟囔："别那么着急嘛，你夫人被妖皇抓走也不是什么大事，过些时日她自己就会回去了。"

宋霁雪目光微冷。这事才发生没多久老板就知道，还真是应了那句话，凡是入西渠道者，皆是他耳目。只要是来者知晓的事，西渠道老板也能知道。

不过听老板这么一说他反而放心了些，至少证明常瑶没有危险。

被云山君冰冷的眼神注视后，老板有点委屈地撇嘴："我说真的，你担心她还不如担心自己。"他抬首看向宋霁雪时满眼真诚，"毕竟我刚把你在哪儿的消息卖给了凤族的少主。"

宋霁雪一点都不意外。西渠道的老板能卖给人间修者消息，也能把人间修者的消息卖给妖怪。只要是他想做的生意，什么都可以。

老板给的消息绝对是真的，却不能相信他。

"但喝杯酒的时间还是有的，就一杯。"老板殷勤地递杯给他，"我在这儿已经很久没见到活人了，你难得来一趟，不如多待会儿，反正我看你也不像是会死在凤族少主手里的样子，不如你们就在这儿打，也好让我看看热闹。"

宋霁雪接过那杯酒却没喝，只把玩着。

老板叹道："人家无聊嘛。"

宋霁雪把酒杯放回桌案，转身欲走。

"阿雪，你真不再问问我别的事了吗？"老板声音幽幽道，"难得来一趟，我可是有好多秘密想跟你分享。你快问问我，我保证知无不言，但仅限今晚哦。"

宋霁雪身形微顿，片刻静默后他转过身来在桌边坐下，轻抬眼皮看向桌对面笑容促狭又带深意的老板："确实有几个问题想知道答案。"

老板满意地眯起眼，开开心心地给宋霁雪倒酒，话里带点兴奋："对嘛对嘛，有问题找我准没错，你先别说，让我猜猜你想知道什么，跟你夫人有关的是不是？"

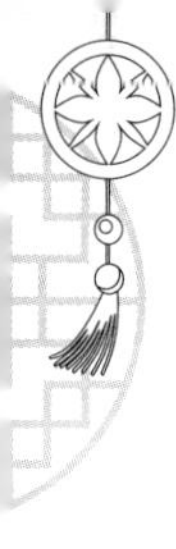

宋霁雪用拇指摩挲着杯口，道了一句：“是。”

常瑶离开妖界回人间，落地点在荒郊野外，离她最近的是上元城。

天色已至晨曦，她不慌不忙地杀了这一片小妖，让衣上沾点血迹，又故意让自己受点伤，再触发灵犀剑阵等着宋霁雪找来。

她坐在溪边大石上，潺潺水流里掺着血色，被晨光照耀蒙上一层金光，岸上水里都倒着妖怪还未化灵散去的尸体。若是有幸在十二个时辰里不被妖兽啃咬吞噬，时间到后便会自行消散，重归于天地。

常瑶双手环抱双膝，微歪着头，视线越过高高的树冠向远方看去，她习惯性地去想宋霁雪来后会说些什么。他见她受伤肯定会心疼，会问她伤着哪儿了，疼不疼，再渡给她灵息，带她回昆仑去找夏桑依。

换作往常会是这样的，可宋霁雪比她想象中来得还要迟些。

宋霁雪单手负剑从林间走出往坡上而去，常瑶见稚鬼出鞘并不惊讶，却发现他左肩衣裳被划开，鲜血淋淋，似乎受伤不轻，当即从大石上下去又问：“你受伤了？谁伤的你？”

常瑶朝宋霁雪走去，灵犀剑阵的光芒悄然消失。此刻她朝他走来，眼里只有他一个人。

宋霁雪不语，只朝她伸出手。西渠道老板带着深意又蛊惑的声音在他脑中响起：“你夫人之所以能安全离去，是因为她与妖皇做了一笔交易。她想得到某个消息，代价是帮妖皇杀了你。”

常瑶刚走到他身前就被宋霁雪拦腰紧抱在怀。这是他失而复得的珍宝，也是能置他于死地的毒药。

宋霁雪垂着眼眸，遮掩眼底深处的情感，宽厚手掌紧贴细腰将常瑶牢牢搂在怀中，大有死也不放的意思，他微微侧首亲昵又缓慢地与常瑶面颊相蹭，带着恋人间的温柔与依赖，掩盖心底深处的暴虐。

原来在常瑶心里，有别的东西比他更重要。

常瑶抓着宋霁雪的衣襟，眼神朝他受伤的肩上瞥去，靠近后在他身上嗅到熟悉的气息，为骄傲的凤族所特有，被羽刃划开的衣裳下，皮肉翻卷，内里渗毒。

他跟伏烬打起来了？

常瑶伸手环着宋霁雪的脖颈轻声安抚："没事了没事了，你别担心。"

这在不知不觉间已成了她的某种习惯。只因为宋霁雪对她的保护欲太强，以前就是如此，谁要是伤了她就能唤醒云山君困在心底的猛兽，一旦开笼连她都有所忌惮，所以每次出事她都第一时间去安抚宋霁雪。

"伤着哪儿了？"宋霁雪抓着她的手问，眉眼间有戾气。

"小伤而已，倒是你中了风族的羽毒……"

常瑶话还没说完，就听宋霁雪淡声道："不影响。"

常瑶问："怎么弄的？"

"去妖界时不巧遇上。"宋霁雪答得简略。

常瑶微怔。他还追去妖界了？再看他的伤，常瑶侧首敛去眼底一抹极淡的不悦。

宋霁雪从灵囊里拿出药水给她涂抹在破皮渗血的伤口上，而自己的伤却并未处理。

其实他是故意的。

以他的实力与伏烬一战并不会伤成这样，只因为云山君近乎自虐地想要看常瑶关心在意他的一面。

这毛病已经很久了，从好几年前开始，在他发现常瑶的眼中没有自己时，他每一次狂风暴雨般的摧折都只是为了让她回头看看自己。

宋霁雪执着地在常瑶眼中寻找自己的身影，唯有如此他才能告诉自己，常瑶是喜欢他的。

"你不问我什么吗？"常瑶问他。

宋霁雪给她手背擦完药后轻轻呼气，问："疼不疼？"

常瑶目露无奈："疼。"

宋霁雪抬眼看她，常瑶说："看你受伤我心疼。"

宋霁雪嘴角弯了一瞬。

常瑶反手将他手中药瓶拿走，两人就在大石边一坐一站，她帮宋霁雪褪去半边衣衫，露出受伤的肩背，熟练地涂抹药水，温热的指腹带着冰凉的药在

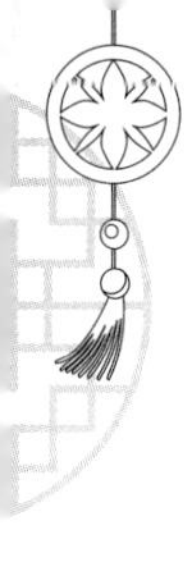

开裂的肌肤上细细沾点。

“你还是问一问吧，不然回去昆仑你也难跟他们解释。”常瑶神情专注地上药，“前脚刚被怀疑是内鬼，晚上就被妖族抓走，我都能想到他们会为此说些什么。”

宋霁雪哑然一笑。他的阿瑶可真是卑鄙。要他主动询问，却从不会主动告知。因为算准他一定会相信她，根本不会去问那些有的没的。

“不回昆仑，来的路上收到消息，师兄醒了，我们直接去西海。”宋霁雪垂首与她额头相抵，“我不会让这种事发生第二次。”

常瑶心想：昏迷大半个月的天下第一剑终于醒了？

常瑶腾出另一只手摸了摸宋霁雪的脸，亲昵的抚摸让他心底的暴虐渐渐平息。

宋霁雪问：“为什么跟妖族走？”

他问得聪明，因为常瑶也明白灵犀剑阵没有被触发，自己却离开昆仑一事必定会引起宋霁雪的注意，心里也早已想好如何回应。

常瑶故作微恼答：“那画皮妖扮作你的模样，我差点就被骗了，等我发现的时候也不知中了什么咒术昏了过去，醒来就在这荒野之处，只是看守的都是些小妖，这才冒险杀出来。”

她都不说自己被抓去妖界。人们只知道她被妖族抓走，并没有证据证明她被抓去了妖界。

要是宋霁雪没去西渠道的话就真的信了，反正常瑶说什么他都不会怀疑。

宋霁雪为她整理衣发，钩着一缕发丝撩到耳后：“吓到了？”

“我发现自从我失去灵脉后你就越来越看不起我了。”常瑶语气轻松，“你觉得我会被这种事吓到吗？”

宋霁雪又问：“阿瑶，当年为了救我失去灵脉真的不后悔吗？”

“怎么突然问起这事儿了？”常瑶蹙眉，如往常般想也没想地回他，“我说过很多遍了，一点都不后悔。”

宋霁雪静静地看着她，听常瑶嘀嘀咕咕：“你是不是又怀疑我答应嫁给你是因为灵脉的事？灵脉没了就没了，但是你不可以死在那儿。你死了我会很

难过。我没有灵脉又不会死，照样能活得好好的，再说我跟你不一样，不是非要修炼不可，当年跟你一起修行就是看你长得好看起了歹心——”

一个温柔缠绵的吻结束了她的碎碎念。

常瑶却在想：该怎么杀宋霁雪呢？他在她面前毫无防备，每一次都足以杀他上百回。

这简直太容易得手，轻松到让她深觉无趣。

两人分开时，宋霁雪微凉的指腹轻擦过常瑶唇角，还未发一语便晕倒在她肩头上。常瑶手快把人扶住，侧首皱着眉看他昏睡的容颜。

宋霁雪的伤口还在散着乌黑妖气。凤族羽毒至烈，又可迷惑心神，让人死在幻象中。以他的修为境界，常瑶不担心这种事发生。

常瑶扶着宋霁雪在大石上躺下，头枕在她膝盖上，安心等人醒来，好一会儿见宋霁雪的玉简亮起，便随手接了大阴山君的传音：“霁雪，找到常瑶了吗？”

常瑶答：“他中羽毒晕过去了。”

大阴山君忙道：“伤得可重？你们在何处？我这就带桑依过去。”

宋霁雪身上的羽毒她很轻易就能抹去，她却不能这么做，想着若是夏桑依过来至少能减少他的痛苦，她正要回答，却见他蹙眉醒来。

他自己玩得太大，低估了羽毒。

“是大阴山君。”常瑶将玉简递给他，又俯身凑去低声问，“好些了吗？”

宋霁雪赖在常瑶膝上没起，接过玉简哑声道：“我没事，不用过来。”

说完便断了联系，闭上眼。

常瑶问他：“真不要夏桑依来看看？”

宋霁雪也问她：“不想照顾我？”

“瞎说什么呢！我不照顾你照顾谁？”常瑶话里充满无奈，神色温柔地说着谎话。

宋霁雪转过身埋首在她腰腹上，双手紧紧环抱着细腰，人间至尊只有在她面前才会变得极度脆弱。常瑶大方地给予温柔，任由他索取。

片刻的安宁过后，一只只灵鸟接连不断地从虚空飞出落在二人身旁，带

来的都不是什么好消息。

“西海三千里遇荒，凶兽齐聚。”

“北南遇蛊雕，已食上百人。”

“三路见蜚，行水则竭，行草则死，恐将大疫。”

这些都是从西海地鬼之门出来的妖兽，若是些小妖小怪还好，只是数量多了些，但总能清理完。偏偏放出来的好几个都是大凶兽，不是吃人就是带来大范围灾害。

要说这“蜚”，可是相当棘手，是足以带来灭国之灾的大凶兽。常瑶记得前段时间无咎山才有一只蜚入世，这地鬼之门又放出来一只，那人间就有两只蜚，灾难更严重了。

“从西海蔓延至中州，范围扩大了很多。”常瑶低头看宋霁雪，“这速度很快，再过十多日，妖兽带来的灾祸就要到昆仑这边了。”

“到不了。”宋霁雪这才坐起身来与她并肩看灵鸟传来的消息，“中州有圣剑和奉天两大宗门守着，奉天宗的无相乾坤剑阵至少能撑一个月，上元城有昆仑四星图庇佑，短时间内不用太担心。”

常瑶问：“短时间内？”

“如果地鬼之门不能被封印，再开第二次就不好说了。”宋霁雪瞥了眼被常瑶处理好的伤口，慢悠悠地将衣衫穿好，“距离它第二次开启还有十天时间，若是再放几只与蜚同级别的凶兽出来可就不妙了。”

常瑶心想：地鬼之门开启的次数越多，出来的妖兽只会越来越难对付，人间想要太平，只有尽早把它重新封印好。

宋霁雪这时候本该在西海的，他本不会这么早回昆仑，只因为燕子卞遇险，转道先去救徒弟才有这一遭。

“还有一只。”常瑶轻轻抬手，落在她手背上的传信灵鸟来自宋霁雪的师兄于野。

“你丢老子在西海一个人跑了？苗莹莹那女人在我床头守了十多天这种事你能忍？你师兄我睁眼就看见她那张脸差点没被吓死过去！”

宋霁雪面不改色道：“看来他恢复得很好。”

“苗莹莹……于野在西海千鹤宫？”常瑶偏头看他。

宋霁雪答：“他在千鹤宫，我在玄天教，所以我不知道守着他的人是苗莹莹。”

他连千鹤宫大门都没进一步。

千鹤宫圣女痴恋昆仑云山君这事儿修界无人不知，但常瑶从没把对方放在眼里。一来对方没闹出什么幺蛾子，也就每次看云山君目光哀怨；二来喜欢云山君的人实在是太多了，被云山君放在心尖上宠的常瑶根本没必要去在乎那些。

更别提常瑶根本就无所谓这种事，若是比风流债，她只多不少。

听完回答的常瑶若有所思地点着头，宋霁雪观察她的一举一动，见她无半点异样，叹息道：“清清，偶尔吃个醋也行。”

常瑶微怔。

她已许久没听宋霁雪这么叫她了，再次听见时心脏竟有片刻加速。

这是属于一个人类的名字，她须时刻记住自己的身份。

常瑶收敛情绪，看回宋霁雪，带着笑意问：“你又没跟别的女人有什么，我吃什么醋？”

“随便什么都好，我只想看你在乎我的样子。”宋霁雪伸手环着她的肩膀扳过她的身子。两人面对面，她微微垂首望进那双清亮眼眸，从中找到自己，却是曾经让他厌恶的卑微与脆弱模样。

他们从什么时候变成这样的？

他的夫人越来越温柔善良、乖巧懂事，他却觉得离自己越来越远。常瑶把许多东西都藏起来，也让他越发不安。

宋霁雪并非不知道常瑶的阴暗面，这是两人的相似处，也是他教常瑶清心咒的开始。

宋霁雪以为三年前大婚是尘埃落定，如今才知是痴心妄想。如果是常瑶自己主动疏远离开，把爱意全部清空，他能怎么办呢？

宋霁雪完全不敢想常瑶从未爱过他这种事。

“我不在乎你吗？”常瑶问得有些茫然，伸手摸了摸宋霁雪额头，“你要是真跟别的女人暧昧，我可就不止是吃醋这么简单了。”

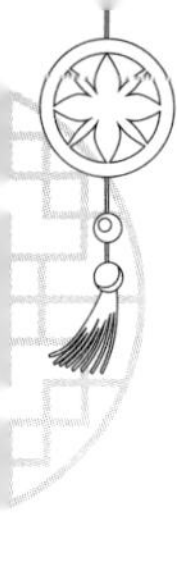

常瑶佯装生气，一手环着宋霁雪的脖颈又似撒娇。宋霁雪看着，忽而笑了下。他的阿瑶准备什么时候杀他呢？

常瑶也在想这个问题。什么时候杀宋霁雪呢？太容易了，似乎随时都行，但她又不是很着急。

宋霁雪身中羽毒，又要带一个没有灵息的废人，去往西海的速度要慢些，黄昏时分才到中州。路上能看见不少马车队伍来往，入城后更是发现众多修者。

此处多的是圣剑宗与奉天宗两大仙门的弟子，里衣上红、外衣下白是每一个大仙门药修的标志，这类修者个个面容严肃，时不时拿着手边的药草、丹丸同身边人低语着。

夜里温度低，宋霁雪给常瑶穿着披风，又给她戴上兜帽，将她遮得严严实实，两人牵着手朝出城口方向走去，一路避开其他人。

常瑶好奇地朝前边两大宗门弟子站的位置看去，低声说："中州已经开始召集药修了吗？"

西海的蜚刚出世，瘟疫不会蔓延太快，但是种子已经埋下，就看哪里先爆发。这消息不过白天刚传出，中州晚上就召集了大量药修，可见其重视程度之高。

宋霁雪听后也往那边看了一眼："都是奉天定修门的弟子。"

奉天定修门，传授天下药修修炼之法，每任门主不出意外都是修界公认的医圣，偏巧这任门主叶枝清修为境界输给了昆仑大阴山君的夫人，天下第一药修的名声便被夏桑依夺走了。

当年一战，奉天定修门门主叶枝清惨败于夏桑依之手，便终生闭关，夏桑依不死他不出。

叶枝清门下弟子们跪求数日无果，最终与昆仑生了嫌隙，但主要针对的还是大阴山。

常瑶无意间瞥见定修门几个弟子的身影后，神色微顿，低声道："我们绕着点儿走？"

宋霁雪“嗯”了一声作为应答，然而刚转身就听身后传来一道带笑的呼声：“霁雪。”

常瑶知道这下走不了了。

来人脚步声细弱，似有似无，以这二人的境界正好能发现，恰到好处的细节，让人避无可避。

“我正跟齐光说起你，转眼就瞧见你与常瑶从这儿过。”

宋霁雪眉眼微垂，转身时抬首，神色淡淡地看向走来的白衣金带青年。

这是当今修界仙首，奉天宗最年轻的宗主，符纪。

此人堪称修界标杆，无论是外貌气质还是修为境界都让人无可挑剔，两年前继承宗主之位，再接力坐上仙首的位置，五湖四海所有仙门齐聚中州恭贺，盛景难忘。

两年之内，以仙首符纪为主的奉天宗积极斩妖除魔，每一件事单拎出来都够小辈们艳羡崇拜多年，短时间内积攒了大量威望，无人不服。

虽然常瑶不服，但她不是人，所以无所谓。

不过她的夫君与这位年轻仙首的关系很是微妙。

尽管宋霁雪表面与对方和平相处，但常瑶能感觉到他不喜欢符纪，很久以前就是这样。

而且此时符纪身旁还有一个人，是宋霁雪的三师兄，齐光。

齐光过来后看都没看宋霁雪一眼，俊朗的脸上写满“不悦”二字。

这师兄弟二人的关系不好是众所周知的事。关系差是从宋霁雪还未当上云山掌门就有的事，齐光对宋霁雪继承掌门之位很是不服，自此常年在外，很少回去，哪怕回昆仑也不会进云山，排斥之意十分明显。

几名弟子过来，垂首恭敬打招呼：“云山君，云山夫人。”

宋霁雪不动声色地拦在常瑶身前。

符纪道：“你中羽毒一事，大阴山君已跟我交代过，他实在是不放心你，所以我是特地在这儿等你的。”说完又看了眼齐光，道，“燕子下的事我们也知道了，你放心，他用命换回来的重要情报绝对不会被辜负，西海玄天教的非离真君已经承认，现被关押在西海水牢之下，我正好想跟你谈谈这事儿。”

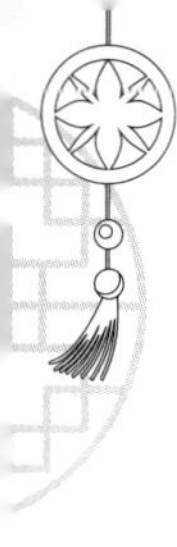

符纪做了一个邀请的手势，他白衣金带，俊朗不凡，容貌比起宋霁雪虽差了些，但气质要比宋霁雪温柔近人，自带亲切感，很容易获得他人信任。

宋霁雪眉头微蹙，不愿跟符纪走这一遭。符纪又看向常瑶说："我前段时间从西元灵洞里取得一枚温灵丹，能驱寒守暖养气，非常适合常瑶。"

"不用了。"宋霁雪耐心已尽，淡声道，"走吧。"

齐光不悦道："你这是什么态度？"他语气很冲，大有下一秒就要拔剑打一架的意思。

宋霁雪轻挑了一下眉，也不客气。

符纪拦在两人之间不甚在意地笑道："好了好了，霁雪一直这样我也习惯了。关于非离真君的事，我有一物要给你看。只是那物太邪气，灵魄境以下恐难站立，还得麻烦常瑶在外稍等片刻。"

常瑶微微抬首，兜帽稍稍往后，迎上符纪那张俊雅温润的脸，他黑亮的眼眸中露着明显的歉然之意。

前些年有许多次常瑶都怀疑这个人的温和俊雅是伪装，但每一次都想错了，以至于后来常瑶放弃去琢磨这个人，反正她从一开始就是为了宋霁雪才多看符纪一眼的。

"去吧。"常瑶看回宋霁雪，低声道，"我在外边等着。"

宋霁雪这才跟符纪走向奉天宗弟子的方向。

天色已黑，城中亮起灯火。哪怕西海已人心惶惶，中州之内还是一片安宁，也就知晓内情的修者们表情稍显凝重。

街上摊贩叫卖依旧，摊上小吃色香味俱全，引诱着常瑶步步靠近。

常瑶在烤肉摊前吃了好一会儿，摊主简直乐得合不拢嘴，十分殷勤地给她烤肉串。常瑶摘下帽子，夜风吹来冰冰凉凉，她一手拿着吃的，一手压下被风撩起的发丝，因为是最后一串，所以吃得慢些。

恰巧这时隔壁摊前来了三五个奉天宗弟子。

"老板，来三碗凉糕带走。"为首的青年掏出银两递去。

老板道："好嘞！"

两男三女都还年少，身着定修门弟子服，叽叽喳喳，话多得很。

起初常瑶并未在意，直到“云山君”三字飘入耳里。

“……师姐方才说宗主正在跟云山君谈话，我怎么没瞧见？他何时来的？”

少年翻着白眼道：“嘁，昆仑的人有什么好看的？”

“嘘！决明师兄，你小声些，那可是云山君啊。”脸上有着雀斑的少女急忙比了个噤声的手势。

方才付钱的青年好笑道：“小师妹，你怕什么？咱们定修门跟昆仑关系本就不好。”

雀斑少女小声道：“那不是跟大阴山的恩怨吗？云山君可是一山掌门……”

话未说完，就被名唤决明的傲慢少年打断：“那又如何？我爹跟我说，他不过是捡了自己师兄不要的位置才当上这掌门，他的几位师兄哪个不是出身大世家？就他出身低微，连他师尊乘静真君也不待见这个徒弟，当上掌门纯粹是因为前面几个师兄不屑于掌门之位，让给他而已。”

雀斑少女惊讶地睁大眼，满脸不可置信。常瑶咬着竹签侧首看过去，名唤决明的少年似乎很得意少女有此反应，半是不屑半是骄傲地继续说道：“这可是我爹亲口跟我说的。我们奉天宗才是当之无愧的第一仙门，宗主更是仙门之首。他成为云山掌门后却屡次对宗主不敬，仗着如今是云山掌门就目中无人，也难怪他几个师兄都不待见他，更是连云山都不回了。”

“什么啊……原来云山君是这样的人……”另外两名少女道，“我还以为他跟传闻中一样……”

名唤决明的少年又打断道：“传闻都是瞎编的，我看你们就是被他的外表欺骗了，长得好看有什么用？心术不正，哼！”

雀斑少女伤心道：“那云山君与他夫人的事也是假的吗？”

“哎呀，你们这些女孩子怎么这么好骗啊！”名唤决明的少年恨铁不成钢地道，“要不是他夫人当年救他废了灵脉，像他这样的人会答应娶妻吗？什么夫妻恩爱，我看都是骗人的，他这种人哪知道……”

老板这时道：“三碗红糖凉糕好喽！”

“行了，别说了。”青年接过凉糕给少年使了个眼色，周边人都往这里

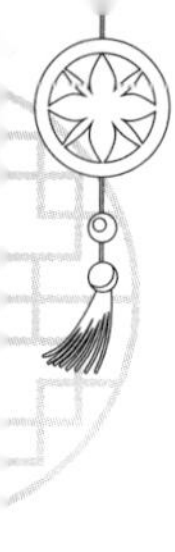

看热闹了，这小子还越说越起劲，“赶紧给你们师姐把吃的拿回去，要是晚了可得被念叨。”

少年少女们这才转移话题嬉笑着离去。

常瑶收回视线，继续慢条斯理地吃着。

她身边忽然走来一个苗条身影，从衣袖间拿出银两朝摊主递去：“来一份。”

“好好，马上就好，马上就好。”摊主逐渐忙了起来，转身去后边抓着配料。

摊前的女人手握淡绿轻纱团扇遮脸，只露出一双妩媚的眼，余光朝身旁的常瑶扫去，发出细细低笑：“无咎之主倒是一点都不着急哦。”她凑到常瑶耳边悄声细语着，“这种事不该是越快越好吗？”

常瑶认出她是画皮，也笑：“你来？”

“不敢不敢，我怎么能抢你的活呢！”画皮跟她嬉笑，“我只是好心提醒您，如今云山君负伤，又对你毫无防备，该动手时可千万别心软，毕竟夫妻一场，关键时刻若是下不去手也情有可原。”

“妖皇挺喜欢你。”常瑶歪头，目不转睛地看她，“虽然你没什么用，但他愿意留你在身边做事，杀一个妖皇心腹会不会惹得他生气报复？我有点犹豫呢。”

画皮眼角轻抽，迅速与她拉远距离：“别生气嘛，我们都不想地鬼之门被重新封印，在那之前死一个云山君，那这事就……啊！”

话未说完，画皮只觉脸皮如被灼烧般疼痛难忍，捂着脸惊叫出声，摊主回头时只见淡绿扇面染上血迹，而扇子的主人却已转身离去。

常瑶抬手压下鬓边发丝，朝一脸不解的摊主笑道：“她那份给我了。”

宋霁雪从屋内出来时就见他家夫人坐在对面屋檐下吃着烤肉串，身边一地密密麻麻的竹签，可见吃了不少。

他刚过去，吃着最后一串肉串的常瑶朝他眨了眨眼。常瑶声音含糊地道：“最后一串。”

“好吃吗？”宋霁雪问。

常瑶点点头，视线往后边的符纪与齐光处扫了一眼。

“宗主！宗主！”有弟子神色焦急地从长廊飞奔而来，“不好了！决明师弟中疫了！”

符纪眉头微皱，立马跟过去。

“去看看吗？”常瑶以眼神示意，“中州城内有修者中疫，似乎有点奇怪。”宋霁雪伸手牵着她也去了。

几人刚踏进院门就听里边传来凄惨的哀号声，还有人喊道：“抓住他！别让他跑出去！”

“决明师弟！”

“师兄！呜呜呜。”

方决明满脸红疹，皮肤溃烂，疼得他撕心裂肺地喊叫着满地打滚，周身黑气游走，整个人痛苦不堪。

“宗、宗主……”方决明已经瞎了一只眼，勉强看清来人后狂喜又崩溃，张嘴时被灼伤的喉咙吐息都冒烟，“救……”

符纪没有片刻迟疑，当即上前，单手掐诀灵息微闪时，方决明张嘴吐出的白烟却在顷刻间染上黑色，然后变成若干黑色的虫子游走于他的全身，蚕食血肉，转眼让他成了一具干瘪的尸体。

“别碰！”齐光拦住符纪，神色凝重，“是血雾虫，不是中疫。”

雀斑少女惊恐地看着这一幕，捂着嘴不断后退，泪流满面时忽然感觉自己喉咙灼烧疼痛不已，滚烫的白烟从指缝飘出。

惨叫声再次响起，来自雀斑少女与她的同伴。

又有几人被血雾虫吞噬，符纪与齐光这次终于赶在弟子死前将人救下。

常瑶轻呼一声，转身扑入宋霁雪怀里：“好可怕呀。”

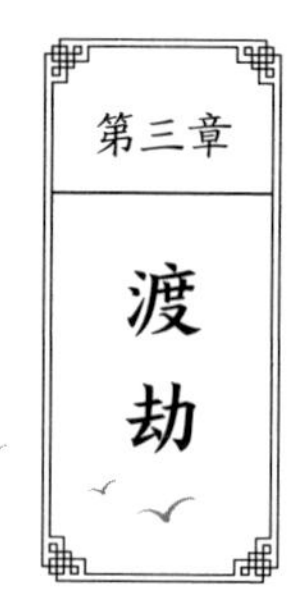

奉天宗的弟子们起初极为惊慌，但很快就在符纪的吩咐中镇定下来，有条不紊地处理现场，照顾活下来的伤员。

符纪看向剩余弟子道：“血雾虫是邪修之术，并非中疫，速去彻查出入小筑的所有人和他们去过的地方、见过的人。”

“是！”

齐光蹲下身子仔细打量方决明的尸体，想再找找蛛丝马迹。

奉天宗的弟子们开始忙起来。

宋霁雪带着常瑶到外边，帮她将披风披上、兜帽戴上，听常瑶问：“我们还要赶路吗？”

“耽误不了多久。”宋霁雪说，“西海那边更急。”

常瑶点头。

画皮妖传递的意思很明显，妖皇要她在西海地鬼之门重新封印前杀宋霁雪。

她看向宋霁雪：“我很久没跟你一起出远门了，竟然想要时间过得再慢一些。”

“你该早些说的，这次可慢不得。”宋霁雪牵着她走上长街，“之前的烤肉串在哪儿买的？我也想吃。”

常瑶带他过去。

宋霁雪买了好几份，大多是给常瑶吃，两人过于出色的外貌和亲昵的举动引来不少路人艳羡的目光。

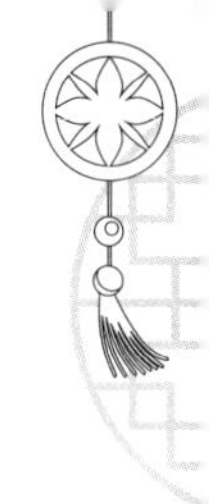

常瑶边吃边问："齐光这两年不回云山是待在奉天宗了？"

"随便他去哪儿。"宋霁雪漫不经心道。

他俩是没有可能和解的。常瑶也清楚这一点。之前的奉天宗弟子并非全胡说八道，至少乘静真君不喜欢云山君这个徒弟是真的。

宋霁雪一共有四位师兄，一位师弟。除了大师兄于野，宋霁雪跟其他师兄弟的关系都不太好，其中二师兄与小师弟在三年前的万象灵境中死去，作为二师兄的"跟屁虫"和小师弟的"保护伞"，齐光始终认为是宋霁雪对二师兄和小师弟见死不救，故意害死他们。他认为如果二师兄没死，掌门之位绝对传不到宋霁雪手里。

事实上，如果时机合适的话，常瑶倒是很乐意告诉齐光那两位云山弟子真正的死亡原因。

当年共闯万象灵境的人有很多，各大仙门的人皆有，她也是在这里面遇见的宋霁雪。

从万象灵境里活着出来的人，如今都已赫赫有名。

宋霁雪少时过得如何，常瑶不太清楚，但从他的师门关系和本人性格来看，就知道过得不是很好。

他也不怎么说，极少的时候会流露出对往事的复杂情绪，但常瑶总来不及深思就会略过。

师兄弟们都来自各大世家，只有他是从凡间被带回来的野孩子，入仙山后与周围的人格格不入。偏见自他入山那日就深埋人心。

见常瑶吃得入迷，宋霁雪将手中最后几串递给她说："我去给你买点糖水来。"

夜风轻吹，街口木柱上挂的长灯随之飘摇晃动，常瑶在喧闹声与繁华街景中看着他背对自己走远。人影绰绰，行人们与云山君擦肩而过，彼此谈笑无间，唯有他踽踽独行。

兜帽被风吹落，发丝飞扬，常瑶抬手将其压下，紧盯前方的宋霁雪，似乎只要她一眨眼，这人就会消失不见。

这瞬间她好像想起自己忘记了某些很重要的事，但那到底是什么事，自

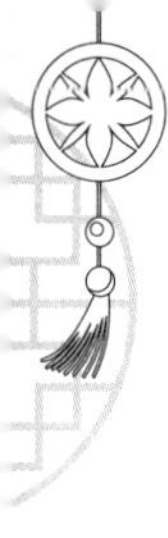

己却毫无所觉。

寻找下蛊邪修一事折腾片刻后就因毫无线索而中断，符纪依旧不放心，将齐光留在中州城，要他多待几日再动身前往西海。

齐光点头应下。

常瑶看后扭头，悄声跟宋霁雪说："他更像是奉天宗的人。"

宋霁雪轻轻嗤笑。

奉天宗与昆仑云山双方同行，御剑而上，于深夜时分到西海境地，见云雾遮眼，下方曾经绵延鲜绿的草岸大片泛黄枯死，站在岸上的林鹿山羊默默对视，寻不到草食，饥饿驱使它们继续前进，寻找新的食物。

"咦？"奉天定修门的初辰杏往下方指去道，"那边似乎是起火了。"

符纪闻言便朝她指的方向驶去。

宗主这一去，其他人自然也得跟上。落地点是一处山间村落，周边寸草不生，衣衫褴褛的凡人互相拥抱着躺倒在家门前，已然死去多时。

火势蔓延迅速，能听见燃烧的噼啪声。

初辰杏正要上前去看看那几个凡人，一旁燃烧的房屋忽然坍塌爆裂，星火四溅，瞬间点燃另一座房屋，二人都被火蛇吞没。

"小心！"符纪将初辰杏拉去身后，她满眼不忍。

落在队伍最后的常瑶听见后方传来怪笑声，侧首看去，一个举着火把的男人赤着上身，瘦弱得只剩下皮骨，皮肉上有黑气游走，与之前方决明几人的症状相似，却又不是同一种。

"烧死！都该烧死！"这男人疯癫，大笑大喊着，举着火把头也不回地朝大火中跑去，拦都拦不住。

众人目睹这一幕皆一怔。

有心软的弟子眼中含泪道："蜚兽路过这里了。"

他们沾染了瘟疫，难逃一死。

符纪蹙眉："不对，速度太快了，时间对不上。"

那弟子擦着眼泪道："可周边草木枯死，活人也都中疫……"

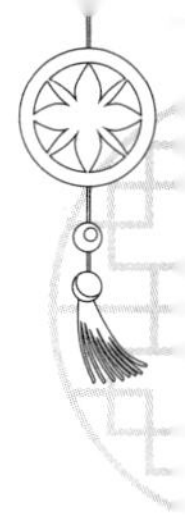

“是中疫了没错，但身体器官衰退的速度太快，蜚才入世两三天，而他们的状态却像是已中疫数月的模样。”初辰杳解释完又看了眼宋霁雪，微微笑道，“云山君觉得呢？”

这话带了点挑衅的意味。

宋霁雪在给常瑶整理衣帽，头也不回地说：“你分辨不出的话，我可以帮你传音问问大阴山山君的夫人。”

常瑶乖乖站在原地任由宋霁雪折腾，视线越过他与后边的初辰杳相撞。这是定修门主叶枝清的亲传徒弟之一。

初辰杳极其痛恨让师父闭关的夏桑依，连带对与大阴山交好的云山也没什么好脸色。此时，宋霁雪哪壶不开提哪壶，初辰杳重重地冷哼一声道：“有蜚现世，瘟疫四散，她却不愿离山半步，哪有半点医德可言？”

宋霁雪漫不经心道：“尊师也不愿离山半步。”

初辰杳脸色一黑，气恼至极。

“什么时候了，你们还有心思斗气。”符纪很是无奈，“据我所知，夏桑依才从鼎河那边解决完寒症回昆仑没两日，昨夜昆仑遭袭，她得留下来帮忙，过些日子才到西海，可不是你说的那样。”

他看着初辰杳，好声好气地劝说着，不会让人觉得低声下气，反而让初辰杳听了半个字都不敢反驳。这份温柔中有着不可言说的威严。

初辰杳抿唇退到符纪身后。

路上被火烧的村子只是一个开始，接下来众人都格外关注下方城镇是否还会发生同样的事情。

卯时将近，他们终于到了西海玄天教。

玄天教在北，千鹤宫在南，中间隔着一片水流汹涌、礁石众多的海域。

玄天教教主亲自相迎，看到一众修者落在长阶上时微微一拱手：“仙首，云山君。”

不过几日没见，玄天教教主的头发又白了不少。

“进去说吧。”符纪道。

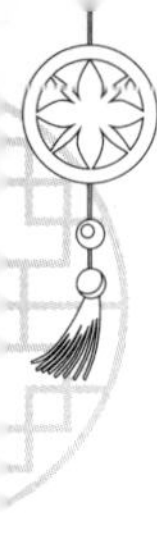

双方都没有过多寒暄便直入正题，边走边说着来时路上所见和西海目前的状况。

“路上发现不对劲，也许蜚现世一事早在几个月前就发生了。”符纪说，“出事的地方在别处，但现在已蔓延到西海。”

玄天教教主心一跳，脸色瞬间难看起来：“有两只蜚？”

“很有可能。”符纪道，“最坏的结果是两只蜚在西海碰头，其危害难以估计。”

常瑶掩面打了个哈欠，从无咎山出去的那只蜚去哪儿祸害了她也没关注，如今才知它是到了西海。

“困了？”宋霁雪侧首看她。

常瑶揉着眼睛，低声说：“有一点。”

教主夫人闻言上前道：“云山夫人连夜赶路定是累着了，随我先去客房休息片刻吧。”

常瑶点头，朝宋霁雪眨了下眼后，随教主夫人离开。

宋霁雪还得忙着拯救苍生。

晨曦光芒耀眼，驱散黑暗与潮湿，带来点点暖意。玄天教的钟声响起，提醒弟子们该起来晨练了，身处内教的常瑶不见匆忙早起的弟子，倒是瞧见几个侍女慌慌张张地从别院跑出，被教主夫人拦下。

教主夫人蹙眉问道：“何事？”

侍女忙道：“是杨夫人，她又犯病了。”杨夫人是非离真君的妻子。

常瑶听教主夫人叹息一声，随侍女去往别院。

院中与房屋内都点着醒神静心的香，但长发披肩、面容苍白的杨夫人不受半点影响，此刻正掐着一名侍女的脖子，将她抵在门上神经质地絮絮叨叨着。

那侍女脸色通红，求救的目光投向走来的教主夫人。

“杨夫人，”教主夫人上前，手中咒律光芒闪过，轻松把人往后带去，温柔安抚，“你再睡会儿吧。”杨夫人松开手晕了过去，被教主夫人扶住交给侍女，“带她进去。”

另外两名侍女照做。

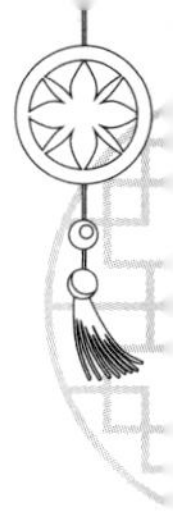

常瑶站在门前没进去，听教主夫人叹息道：“以前她就闷闷不乐，与非离常常吵架闹矛盾，如今非离是妖族内鬼的事被揭穿后，她便承受不住打击变得疯疯癫癫，时好时坏。”

“若是夫妻二人关系不好，怎么会如此在意非离真君一事？”常瑶懵懂地问道。

教主夫人轻轻摇头：“她的族亲皆被妖所害，因此对妖类憎恨无比，非离是她唯一的依靠，即使吵闹，二人感情也还在。”

忽然之间发现自己所嫁之人是自己用尽全力去恨的妖族内鬼，这对敏感脆弱的杨夫人来说是毁灭性的打击。

“走吧，饿不饿？要不要先吃点什么再睡？”教主夫人边走边说。

常瑶跟上去：“好。”

她走了没两步，又回头看了眼关上的院门，忽然之间想到宋霁雪，他若得知她是妖，不会也变成杨夫人这样吧？

应当不会。他是那样坚强，有着明确目标，永远不会动摇，总是知道自己该做什么。

常瑶难以想象宋霁雪变得疯疯癫癫会是何种模样。

至少她不想宋霁雪变成这样。

教主夫人为常瑶准备了不少吃的后便离开，但她一口都没吃，躺在床上忽然间还有些不习惯。

她三年来大多时候都在昆仑，无时无刻不在吸取浩浩灵息，滋养身体的同时也在修复身体。她是半妖，失去作为人的灵脉到底还是有点损失的。

她当初为什么要这么做？

常瑶伸出手，微眯着眼看向掌心。

母亲曾说过，做妖不必忌讳动情，需要时时警惕的是那些心有大道的修者。

那晚母亲站在水车结界前，陪她一起看里面背对二人独自生火的白衣剑修。

母亲一手轻抚她发顶，笑着说：“做妖也不必惧怕情爱，相反你应当学会利用这样的情感。凡间对妖的误解很大，认为妖只知杀戮，的确也有一部分妖如此，但我族天生具有灵智，道行高深的大妖心思更难捉摸。父母、亲朋、

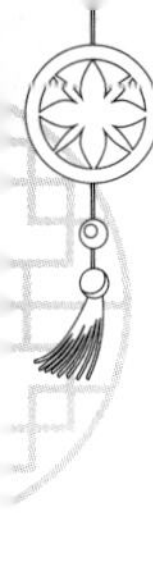

恋人，无论是人间还是另外三界，情意这种东西在哪儿都是一样的。”母亲看着结界里的白衣剑修，收敛了平日的张扬肆意，在这瞬间变得恬静，“有的人会为之付出一切，有的人会弃之如敝履。无情无欲者反倒是与天而逆。可惜你是只半妖，混了你父亲的血脉，也继承了他的弱点。”母亲低头看她，目光中带着少见的怜惜与柔和。

幼时母亲说过的每一句话她都记得，可有的话哪怕多年过去依旧是一知半解。

如母亲教诲，常瑶并不怕动情，甚至学会了如何利用情得到自己想要的，她对宋霁雪或许有怜惜、欣赏，抑或是崇拜，但不是爱意。

偶尔常瑶看着宋霁雪会纳闷地想：这样的人她都不爱，眼光是否有些太高了？又或是仍然觉得境界不够，情爱会影响修炼？

可母亲说的弱点又是什么呢？

往事入梦，常瑶醒时发现宋霁雪没回来，便起来吃了点东西。

来西海的修者越来越多，昆仑、中州、上庭等地的各大仙门都来了，封印地鬼之门的决心非常强烈，以仙首符纪牵头发出号令，天下散修们也陆续前往西海玄天，热闹得很。

常瑶到处逛了逛，来到了之前杨夫人所住的小院。看守的侍女不知为何不在，这让她有些意外，没有多想便迈步进去，发现杨夫人竟坐在院中樱花树下，摇椅咯吱轻响，杨夫人只着外衣，黑发散下，垂落至地面，原本秀丽的面容苍白消瘦，怔怔地看向走来的常瑶。

杨夫人现在是清醒的。

杨夫人抓着摇椅扶手要起身，被常瑶虚按回去：“侍女为何不在？”

“让她们去吧。”杨夫人轻摇着头，眉眼郁郁，声音低哑，“我愧对玄天，哪还有脸让她们照顾？”

常瑶宽慰道：“那是非离真君的错，不是你的错。”

杨夫人惨淡一笑，眉眼间郁色更浓。

“以前他总是忙着外出斩妖除魔，连一点陪我的时间都没有，就算在玄

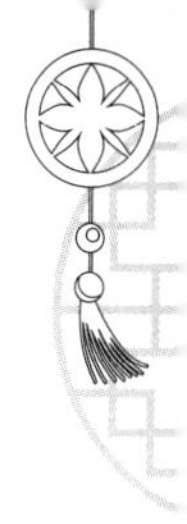

天也把心思花在他的弟子身上，扩写心法经书，寻灵石造剑，熬制丹药……我让他陪我听听曲、一同游园时，他却总说下一次。”

常瑶耐心安静地听着，或许是宋霁雪没来找她所以无聊，在这听人唠叨抱怨也算打发时间。

“次数多了我也会恼，吵来吵去无非就是想问他是否还在意我，难道我就比不上他的弟子和苍生吗？但我当年就是被他的认真负责吸引，决心与他共度一生、白头到老。尽管我吵他闹他，他最后还是会给我满意的答复，让我知道他是在乎我的。”杨夫人笑容中蕴含讥讽，苍白的面容衬得她眼珠浓黑，情绪激烈，“如今才知都是假的。”她清醒时吐字清晰，尤其最后一句话几乎是咬着牙说出来的，带着满满的恨意。

常瑶神色微怔。

杨夫人紧紧抓着扶手，指尖泛白：“他骗我，他骗了我数十年！一切都只是为妖皇铺路，都是为了他的野心和任务，他对我根本没有半点情意，娶我只是为了能顺利进入玄天！他让我活得像个笑话！”

常瑶低垂眉眼，盈盈黑眸中倒映着面露憎恨的杨夫人。最后一句话让常瑶心头颤跳，恍惚间像是有什么被抓住了又倏然溜走，太过短暂，因而再难想起。

杨夫人像是失去了所有力气，双手掩面，发出呜咽声，凄凄切切。

“云山夫人？”迟来的侍女见到院里的常瑶，惊讶道，“原来你在这儿，快随我来，教主夫人正到处找你呢。”

常瑶看了一眼掩面哭泣的杨夫人，未发一语，转身离去。

宋霁雪一到西海就忙起来了。他的修为已到化命劫，是半飞升的境界，背着心剑第一人的名声注定有许多事需要他去做。

他先是去海上金銮台查看地鬼之门的情况，再修补封印，勉强压制，随后与各方掌门真君商讨应对妖兽作乱、瘟疫四散的事。

常瑶待在玄天教的主教司，百无聊赖地看一帮药修煎药。

玄天教教主夫人也是一名药修，她怕常瑶无聊才带着她一起，哪知道她忙起来后就顾不得这位尊客了。

药厅里一股苦味，常瑶悄悄溜了出去，到外厅长廊下闻到淡雅花香才松了口气。此处在高高山石上，抬眼就能见远处湛蓝海域，长廊蜿蜒回转，一直延伸到海平面。她站在栅栏后看海上赤日，赤日之下便是金銮台。

金銮台本身只是一座小岛屿，却藏在汹涌海域中，难以寻找，直到被妖族用计破开封印，它才从迷雾中展露全貌。

众人这才知晓，原来玄天祭祀的金銮台下便是地鬼之门。

常瑶屈指在栅栏上轻敲，生长在外边岩石上的绿藤轻轻摇晃，从嫩绿的枝丫中开出一朵红色的妖花。

“山蜚在哪儿？”她问妖花。

妖花转了个方向指路。

常瑶顺着它指的方向看去，片刻后说：“把消息传给修界的人，让他们过去。”

妖花瞬间凋谢。

午时刚过，西海收到消息，发现蜚兽就在独狎湾。

还在药厅外看台下弟子练剑的常瑶收到宋霁雪的玉简传音，他告知常瑶他要去独狎湾，让她待在主教司别出去。

常瑶懒洋洋地依靠在栅栏边点头。

过了一会儿，宋霁雪又道：“算了，我还是带你一起去。”

“没事的，我也想留在主教司。”常瑶耐心道，“如今各路修者齐聚西海玄天，这里反而是最安全的地方，倒是你去见蜚兽要小心，那可是名副其实的大凶兽。”

宋霁雪这才作罢。

常瑶收起玉简后，回头发现教主夫人不知何时从药厅到长廊，正朝她笑道：“云山君对你爱护有加，旁人看了都羡慕。”

常瑶眨眼笑了笑，故作矫情地说：“可惜我如今身子病弱，再难帮他什么。”

“只要你平平安安，云山君就心满意足了。”教主夫人目光怜惜地看她，“术法并非人生的全部，莫过于苛责自己，若是不知道该做什么，不妨找

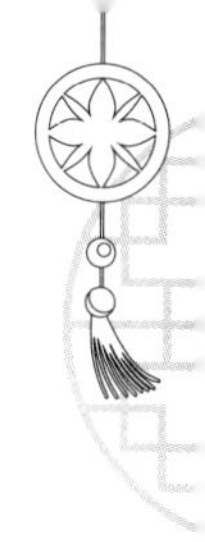

点别的事转移注意力，或许养个孩子也不错。”

孩子？常瑶从未想过，宋霁雪也从未提过。

教主夫人见她愣然，带点戏谑道：“你与云山君成亲三年之多，难道就从没想过这事儿吗？”

虽然西海与昆仑相隔甚远，但云山君宠妻的事两界皆知。

常瑶有点蒙：“这倒是……”

瞧她磕磕绊绊似害羞脸红的模样，教主夫人心头又生好感，笑道：“若是有此想法倒也不必羞于表达，不过你二人都还年轻，有的是时间。感情正浓时是容不得他人打扰的，哪怕是自己的孩子。”

是吗？常瑶很遗憾自己并未有此觉悟和想法。

不过教主夫人这番话倒是让她明白，原来自己对宋霁雪伪装的爱意是有瑕疵的。果然假的就是假的。

常瑶听话地待在主教司没出去，直到黄昏时分，赤日下坠，她回房歇息。夜幕降临，侍女悄悄进屋点燃灯火照亮房间，怕云山夫人醒后屋内一片漆黑难以视物。

窗前烛影摇曳，门前侍女静心守着，不知屋内人已不在。

前往独狎湾的修者个个实力不凡，不是一门尊主就是德高望重的真君们，所有人来此只有一个目的：杀蜚兽。

蜚兽是瘟疫的源头，只有它死，困扰人间的恐怖瘟疫才会结束。但蜚兽是几百年才出一次的大凶兽，并不是说杀就能杀的，搞不好死的会是修者自己，迄今为止，也没有几个修者杀死过蜚兽。

这头从无咎山入世的蜚兽活了近三千年，每一次入世都带来了灭国之灾。瘟疫横行，战争与死亡随之而来，到处尸山血海。

此山蜚运气很好，从未遇见能手刃它、踏着它的尸体飞升成神的存在。

至于那头从地鬼之门里出来的蜚兽，有关消息太少，常瑶也没心思去关注，她利用山蜚引来修者们，只为了在此杀宋霁雪。

宋霁雪对她毫无防备，这很没意思。

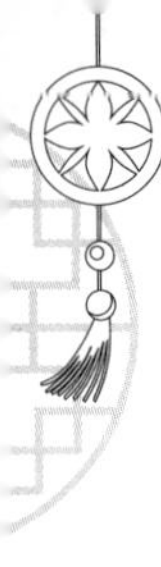

常瑶不乐意在这种情况下动手，思来想去，最终决定引宋霁雪与蜚兽一战，就算她要动手，也该在云山君用尽全力的时候，不然也太侮辱修得心剑的人间尊者了。

入夜后，海上山岛起了薄雾，修者们还在寻找蜚兽的踪迹。

最开始发现蜚兽的初辰杏跟在符纪身旁边走边说："我不会看错的，就是它，独目，白首，蛇尾，只是一瞬间就不见了。"

话说到最后，有几分懊恼。

符纪说："阿杏，你别着急，我们一定能找到的。"他看向亮着灯火的村寨道，"目前最需要你的是那些中疫的村民，找蜚兽的事交给我们就好。"

初辰杏咬着下唇，半晌才不甘心地点头。

符纪笑了笑，温声道："去吧。"他目送初辰杏回了村寨，眼中柔意渐渐淡去。

"宗主，"剑侍轻声问道，"可有不适？"

符纪摇头，叹息道："只是感觉很不好，似乎有什么事要发生。"

他回首看了一眼，问："云山君呢？"

宋霁雪刚踏入林中就察觉到不对劲。脚边草木随夜风摇晃，却似被掐住脖颈般瑟瑟发抖，翠叶正逐渐枯黄。海雾蒙蒙，月明星疏，在蒙眬光线中，他瞧见一只眼睛在混沌中睁开，暗金色的竖瞳眨也不眨地盯着他。

形如牛，独目，长蛇尾，曰蜚。

身旁草木大片枯死，宋霁雪轻挑一下眉，不见慌乱，他迎着山蜚不悲不喜的眼神，握住腰后剑柄，低声笑道："巧了。"

细长的黑蛇尾轻甩，山蜚颔首，蹄子轻踏地面转过身去，枯死的草木顷刻黑雾升腾，发出窸窸窣窣的声响。

剑刃反射出月色的那瞬间也斩出耀眼的金色剑光，原本要转身的山蜚又回过头来，独目盯着被黑雾包围的云山君，带着几分打量。

常瑶就站在树后，人影与黑雾融为一体，与山蜚同息，因此云山君并不知还有一人在场。

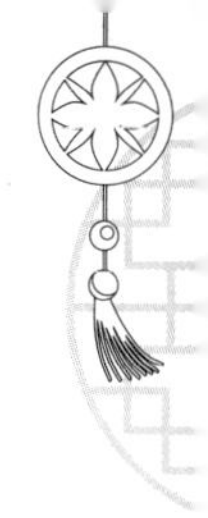

她的脸隐在兜帽中，抬首时只露出一小半下巴，目光幽幽地看向与山蜚对峙的宋霁雪。

此时云山君的所有注意力都在山蜚身上，是常瑶偷袭他的绝佳时机。

常瑶抬手时指尖凝聚的黑光微闪，稚鬼斩出的厉风掀翻众多林木，木屑飞溅，枯草碎屑四散，她欲使出的杀招却在察觉到另一道冲往宋霁雪的杀气时偏了方向。

那是一支由灵息化成的黑色长羽箭，目标明确，从背部直射云山君心脏，却被速度更快的黑光斩断。

同一时间掐诀唤出结界的宋霁雪蹙眉回首，他虽已察觉到危险并做出了应对，但那灵息长箭是十足的杀招，目的就是在他对付山蜚时给予他致命一击，若是没被黑光斩断，不死也得重伤。

常瑶看向射出长羽箭的方位，目光冷厉。

不等二人再做出反应，第二支长羽箭又来了，目标仍然是宋霁雪。

常瑶顿感不悦，以更快的速度拦下第二支灵息长羽箭后原地消失，瞬间赶过去，她倒要看看出箭者是谁。

奈何对方不死心，第三支长羽箭划破夜空与黑雾，带着更加明显的杀意与狠劲，不死不休。

宋霁雪刚要掉转剑刃先解决后边放冷箭的人，山蜚却一抬前蹄又猛地踩下，周遭黑雾动荡，迫使他不得不将注意力转回来。

他方才已用心剑布阵，将自己与山蜚都困在其中，若是中途分神反倒对他不利。

但宋霁雪也不会任由那第三支长羽箭射中自己，他单手掐诀，不过瞬息之间的较量，第三支长羽箭却被自上而下斩来的霸道剑气拦腰斩断，又快又准。但这道剑气拦箭只是顺带，裹挟的所有力量全部朝幕后黑手的位置以排山倒海之势飞去，草屑泥土飞溅，将藏匿在树上的放箭者和刚刚赶到的常瑶都打了出来。

两人各自迅速避开这霸道的剑气，都不得不施展术法抵挡那磅礴气势。

斩出十字剑光，却只挥了一剑。这是昆仑定坤君、天下第一剑修、云山

君的大师兄于野自创的剑术，名曰乘风。

常瑶被剑气逼退数米，足尖轻点飞花踏叶至半空，迎着残存的猎猎剑风朝下看去。

于野身着青衫，持剑微微抬首，剑眉星目，神情冷峻，瞧见掠至半空后退的两个身影时勾着唇冷笑道："哟，惊不惊喜？你师兄我一剑打出了两个卑鄙鼠辈。"听起来还挺得意。

宋霁雪余光往后轻扫一瞬，又收回视线专心对付山蜚。

常瑶本以为今晚是她跟宋霁雪一对一，没想到来了如此多碍事的人。她没理于野，目光朝同样立在树冠之上的放箭者扫去。

那人与常瑶皆是一身黑袍，难辨雌雄，不同的是放箭者戴着白色面具，上面刻着复杂的红色咒纹。

放箭者也朝她看来，彼此无言却又暗潮汹涌。放箭者也在沉思，这个两次断他羽箭的家伙到底是什么来路？

被忽视的于野不满地喝道："你俩在那儿不说话装高手？"

大师兄于野脾气暴躁，抬手间剑光闪烁，大有将一切毁灭的凶狠气势，放箭者与常瑶同时动身后撤。

今夜刺杀的时机已去，两人都知道再耗下去也毫无意义，还可能引来更多的修者，让自己难以脱身。只是放箭者后撤是在逃命，常瑶后撤却是在追放箭者。奈何对方相当狡猾，于野这一剑又干扰了她，她落地陷入黑雾中时已不见对方身影。

常瑶拢了拢黑袍，微抿着唇有点不悦。

山蜚传话道："你不是要杀他吗？"

常瑶压着帽檐："没心情了，你自己保重。"说完散形离去，留山蜚独自面对天下第一剑修于野和心剑第一人宋霁雪。

于野收剑走向宋霁雪："他们跑了，你要我去追还是留下来帮你杀蜚？"

"你追不上了。"宋霁雪脚下无数剑刃转动着，等待主人发号施令。

于野哼了一声，目光却紧盯前方妖兽："我说你最近又干了什么好事被人盯上了？还不止一个。"

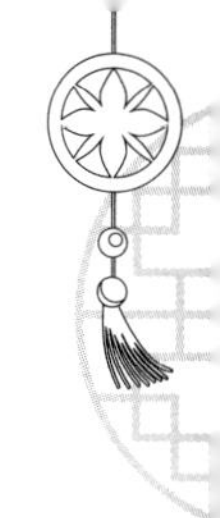

宋霁雪面色漠然："太多了，记不住。"

"老子是今晚要杀你的第三个人。"于野说，"我告诉你为什么，因为你把我放在千鹤宫，还让苗莹莹看着我。"

常瑶回了主教司，躺在床上沉思到底是谁想要杀宋霁雪。真想起来便会发现太多了。

昆仑云山掌门，早年那会儿斩妖除魔得罪的邪修、魔修或是妖族都多了去了，不说远的，单说他的师门就有一人对云山君心生杀意。

三师兄齐光算一个；四师兄桑沥没这个胆子，人也不在西海；大师兄于野在常瑶眼中虽不靠谱，但对宋霁雪没恶意。

至于他们的师尊乘静真君……常瑶露出深思的眼神。

夜深时宋霁雪没回来，给她传音说了遇见山蜚一事。常瑶耷拉着眼皮迷迷糊糊："受伤了吗？"

宋霁雪："没有。"

"山蜚抓住了吗？"

"跑了。"宋霁雪说，"得再找一找。"

常瑶嗯一声，听宋霁雪对她嘘寒问暖，自己哈欠连连，传音断了又连，最后她说："我真的很好，不会有危险，而且非常困，你担心我就自己回来看，不要再传音了，只听声音见不到人，我越是想你就越睡不着。"说完直接收起玉简蒙上被子睡了。

宋霁雪点了点玉简上的咒纹，轻轻叹息。当年他就是被常瑶这一本正经说情话的本领给降伏的。

于野见他收起玉简转身，随口问："去哪儿？"

"回去。"宋霁雪说，"蜚兽不会傻到在同一个地方停留等着被抓。"

于野翻着白眼道："你这不是嘲讽继续在这里翻山掘土的仙首傻吗？"

宋霁雪回了玄天主教司，守在屋外的侍女看见他时正要开口，却被手势制止。

"去休息吧。"他说。侍女这才退下。

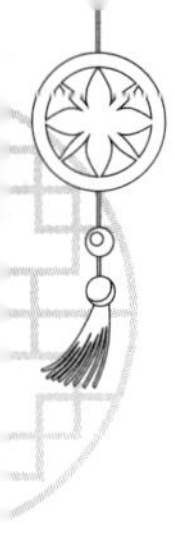

本来是不会有侍女看守的，但常瑶失了灵脉，教主夫人怕她不方便，这才派了人来。

窗户仍旧半敞开，有月光映照在桌上的一枝红梅上。

宋霁雪在床边坐下看常瑶的睡颜。

之前的传音他并未将今晚被偷袭的事告诉常瑶，但他始终记得常瑶答应妖皇杀他一事，依她的性格，答应了就会付出行动。今晚那两个人里，大概有一个人就是常瑶。

她何必这么麻烦，真想杀他的话明明有的是机会，简单又致命。

宋霁雪伸手轻抚常瑶的眉尾，她却往被子里缩了缩，闭着眼嘀咕："别以为你偷偷回来我不知道。"

"不是你让我回来的？"宋霁雪笑她。

常瑶往里边挪了挪，给他腾出位置来，问："独狎湾那边没事了吗？"

"嗯。"宋霁雪看着她腾出来的空间心中一软，进了温暖的被窝，长臂一揽，把人捞进怀里，"师兄恢复得很好，上庭两门找到了新的赤金乌碎片，淬炼过后就这两日便会将地鬼之门封印。"

那还挺快。她对封印地鬼之门一事并不在意。

常瑶在他怀里睁眼轻声问："蜚好对付吗？"

宋霁雪思忖道："它似乎没有想打的意思。"本来蜚就不是喜欢跟修者战个天崩地裂的妖兽，它只带来不幸与灾厄，传播瘟疫。蜚也最善隐藏踪迹，就算提刀想砍也可能一辈子都找不到它的身影。

事实上，蜚本身也不想跟他打，它今晚只是来凑个热闹，没想到领主连人一根头发丝都没碰就走了，反而把烂摊子交给自己，蜚深感被骗，跟常瑶发了一晚上牢骚。

"不过能确认这不是从地鬼之门出来的那头蜚。"宋霁雪又道，"两头蜚现世，情况不容乐观。"

瘟疫扩散，目前却没有药能遏制。不仅普通人恐慌，就连修者也难逃蜚留下来的瘟疫。

"会好的。"常瑶虚伪地安慰着他。

修界代代人才辈出，什么剑修、药修、器修，各大仙门里天才遍地走。修者刻苦修炼，追求的也不只是大道飞升，还有在人间至危时能挺身而出做出贡献。

蜚带来的瘟疫虽难解，但它始终是有时限的。这也是天地三界间微妙的规则。

常瑶见宋霁雪铁了心不跟自己说被偷袭一事，也就没再试探，靠在他怀里睡个安稳觉。

有往事入梦来，那些已经过去很久的事。

天上黑色的云浪翻滚，高山深涧，只有一根细绳悬在空中，下方无数恶鬼睁着猩红的眼，贪婪地望向走在绳上的鲜活生命。

恶鬼掀起阵阵浪潮拍打细绳，想要将他们摇晃下去。

宋霁雪背着常瑶目视前方，每一步都非常艰难。她却看着下方恶鬼深渊。她受了伤，奄奄一息，如果不靠人带着绝无可能通过这里。

万象灵境给的规则纸条还被她攥在手里。上书“独活”二字，规则是能活着通过这里的只有一人。她应该将宋霁雪推下去，这样就能立马结束这次危险的试炼，从万象灵境中平安出去。

明明两人到这儿之前还吵了一架，彼此谁也不理谁，最后关头，宋霁雪一言不发地朝伤痕累累的她伸出手，眉眼间甚至有几分无奈，伸出的手却带着倔强与狠意，透着股“你要是不牵，老子就不收回”的意思。

常瑶轻轻叹气。宋霁雪问她：“叹什么气？”

“感觉快死了。”她说，“你走得越来越不稳，雷声在影响你的心境，你要是被幻境影响，我们俩就会一起掉下去，你要跟我死一起吗？”

宋霁雪顿住，眼尾带着戾气，余光轻扫她，似笑非笑道：“清清。”

常瑶乖巧地回应：“我在。”

宋霁雪无情道：“不该开口的时候就闭嘴，你再多说一个字我现在就扔你下去。”

常瑶闭嘴了。

她眼看宋霁雪走得越发艰难，额上汗水越发多，便揪着衣袖给他擦汗，

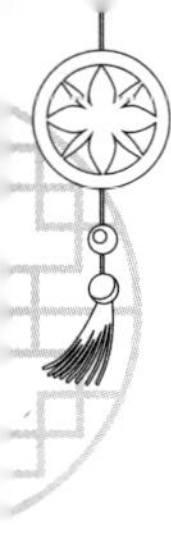

眼睛认真地打量他俊美的面庞。他正克制着眼中的戾气，隐忍又专注，每一步都必须走稳，否则掉下去就是一个“死”字。

常瑶有很多次机会推宋霁雪下去。雷声带来的幻境对宋霁雪影响很大，他全神贯注，再没有别的心思来管常瑶是否会突然翻脸推他一把，也许他从未想过会出现这样的反转。

他从背着常瑶走上深涧细绳起就选择了相信她。

宋霁雪已经快被黑雾完全吞噬，身形摇晃，再难往前一步。

常瑶朝宋霁雪伸出手，轻擦额上细汗，在他耳边悄声道：“别怕，他们会抛弃你，但我不会，永远不会。”

宋霁雪在原地站了许久，重新迈步向前走时黑雾逐渐消散，雷声越发尖锐急促，却对他再无影响。

惊涛骇浪，雷鸣电闪，恶鬼们看着两人走到尽头，发出不甘的咆哮，带着满满的怨恨。

宋霁雪将常瑶放下，转过身居高临下地看她，手中扔出一物。纸条落地，上书“独活”二字。常瑶忽而一笑，也朝他摊开手。

两人都知道最后的规则，可谁也没有抛弃彼此。

常瑶醒来时微怔，她伸手捏了捏眉心。她又一次觉得自己忘记了什么。

梦中一幕幕真实存在过，可她当年也确实看见了宋霁雪的幻境，知晓是何影响了他，如今竟半点记不起来。

常瑶抬首朝身旁的宋霁雪看去，他现在比起自己初见他时更加成熟内敛。

她觉得自己不该忘记的。

漫漫长夜，身处温暖怀中，常瑶却察觉到了若有若无的危机感，这种危险似乎蛰伏已久，而她却才窥得一角。

翌日，宋霁雪早起先走，因为上庭两门，菩提门与星象门带来了赤金乌碎片，需要云山君帮忙淬炼。

他叫醒常瑶，叮嘱她记得在吃早膳的同时吃温灵丹。

宋霁雪数了数药瓶里的存货，挑眉看她："你起码有四天没吃。"

常瑶心虚地喝水。装病弱就这点不好，天天都得被盯着吃药。那药是能乱吃的吗？是药三分毒嘛。

"前些天身体感觉很好，就想着不吃应该也没事。"她弱声辩解。

宋霁雪冷冷地看常瑶一眼，她似投降地叹息道："下次不会了。"

"没有下次。"宋霁雪把温灵丹递给她，盯着她吃下去。

常瑶吃完后，苦得吐了吐舌，捏着块小甜饼含嘴里，从鼻腔里发出轻哼声远离他。

宋霁雪："跑什么？过来。"

已经跑进屏风后的常瑶又探出头来。宋霁雪眼里划过笑意，上前拉过她的手："西海雾重，比昆仑有过之而无不及，等会儿我让人再给你送点避息丹，免得寒雾侵心，浑身无力。"

普通人还真的受不了玄天主教司日夜都有的海雾，这也是她失去灵脉装病弱的代价。

但无论是温灵丹还是避息丹，都苦得要死。这让最讨厌吃苦东西的常瑶失去了耐心。

外边传来于野不耐烦的喊声："大早上的别在里面卿卿我我，赶紧出来办正事！我听着不眼馋吗？"

宋霁雪往外走去："你可以选择不听。"

于野震声道："老子修为通天有双神耳，不是我要听，是它自己要往我耳朵里跑！"

宋霁雪和常瑶都朝于野投去鄙夷的目光，他气得甩袖离去。

晚些时候，常瑶真的收到了教主夫人送来的避息丹，教主夫人还盯着她吃下。

在她含着丹药要咽不咽时，教主夫人说："近两日金銮台下封印频频动荡，搅乱了周遭海域，海雾比往些时候还要浓，你切莫单独外出，先等雾散了再说。"

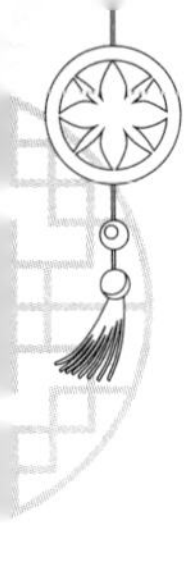

起初常瑶以为这话的意思是怕她单独外出受海雾影响，不知道什么时候就晕在哪儿找不到人。直到她发现教主夫人走后，她所在的院子至少有三个人暗中看守着，才觉得不对劲。这不像是保护，更像是监视。

就连端送茶果进屋的侍女，态度都有了微妙的变化。昨日还好好的，今天就不敢多看她一眼，始终低垂着头，言谈举止间透着小心翼翼，似乎在害怕什么。

常瑶不自觉地摸了摸脸，她又没有现原形。

一想到原形，她忽然明白是怎么回事了，于是在侍女准备离开的时候常瑶起身道："我忽然觉得有点不舒服，想找教主夫人讨要点丹药。"

侍女手一抖，忙道："外边海雾严重，您就在屋里，我去叫教主夫人过来。"

"不用这么麻烦。"常瑶边说边往外走着。

侍女想拦，却被常瑶瞥过来的眼神镇住，一时间竟动弹不得，后背生凉。

守在屋外的人并未阻拦常瑶，却一路紧跟。她来到药厅长廊时，路遇玄天弟子和其他仙门的修者，不少人都在偷瞄她，目光微妙，似乎是知晓她如今没了修为是普通人，所以没有避讳地窃窃私语。

"听说昆仑的妖族内鬼就是云山夫人？"

"那她怎么还跟没事人一样啊？"

"云山君护妻呗，就算是自己唯一的徒弟临死前的话也不信，还真是被美色迷了心，不知轻重。"

"嘘，你小点声，说不定其中有什么误会……"

"云山夫人与我们星罗护法和你们菩提少主有着过命的交情，若是让他俩知道你们在背后如此诋毁……"

"哎，这可不是诋毁啊，她是内鬼这事儿如今全西海都知道了吧！"

"对啊，说这事儿的又不止我们，就连昆仑云山的人自己也在谈论这事儿，你可别去少主那儿瞎告状啊！"

常瑶这才明白发生了什么。

原来她是昆仑云山内鬼的谣言被广泛散播，导致前来西海的修者弟子们都知道了。不过一个晚上的时间，谁干的？

常瑶走到药厅门前还未进去就听身后有人喊她："阿瑶。"

宋霁雪不知何时到这儿来了。

常瑶回头看去，见他跟符纪等诸位大仙门的人站在长廊上。

宋霁雪左手边有一名瞎眼青年，面容却显活泼，准确无误地朝常瑶的方向招手，边跑边喊道："瑶妹，瑶妹！好久不见，你终于肯下山来啦！我当年就跟你说了云山那破地方没什么好的，你不如嫁到我们星罗门来一起看那世间独一无二的……哎呀！"

这人便是星罗左护法任泓，他跑到一半突然摔倒在地，愤愤回头质问："阿雪，你绊我干吗？"

星罗门的弟子纷纷捂眼侧首，不忍直视自家左护法。

"不是我。"宋霁雪目不斜视地越过他朝常瑶走去。

符纪无奈地摇头，俯身伸手将任泓拉起来，任泓可怜巴巴道："还是咱们仙首心地善良，知道关爱残疾人士，帮扶弱小。"

任泓轻拍衣裳后又扭头朝常瑶看去告状："瑶妹！你夫君刚才故意绊我！"

星罗左护法的小孩脾气大家都是知道的。只是这一喊把周遭所有人的注意力都吸引过来，就连药厅里忙着的教主夫人也是眼皮一跳，急忙放下手中药草出来。

所有人神色各异，一部分暗自警惕，与常瑶保持距离，却眼睁睁看着任泓毫无芥蒂地朝常瑶跑去。

"作为一个盲人，你不如跑慢点。"常瑶看着他说。

任泓哼哼道："我这是眼瞎，心不瞎，这个很重要，有的人虽然睁着眼，但他其实已经瞎了。"

常瑶又问宋霁雪："你们不是去淬炼赤乌金碎片了吗？"

"金銮台有动荡，怕封印提前开了，所以要把东西都带去金銮台，直接守在那儿。"任泓抢在宋霁雪之前开口，将手中的青竹棍递给常瑶，笑得阳光灿烂，"我刚要去找你，准备带你一起去，这下倒好。"

常瑶环顾四周，笑道："要我一起去？不怕闲言碎语更多吗？"

任泓信誓旦旦道："哎呀，别管他们，你怎么可能会是妖族派来的内鬼？

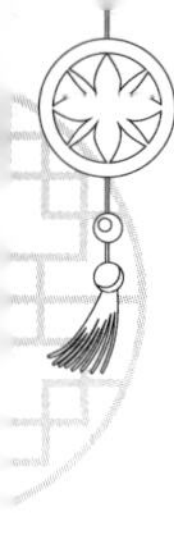

想当年你在万古苦海可是为了阿雪怒斩好几只妖王，要真是内鬼，这代价也太大了吧，我打赌你绝对不是，你要是内鬼，我当场就从金銮台上跳下西海喂鱼！”

宋霁雪直接牵着常瑶往金銮台的方向走去，他说：“任泓算了一卦，结果不太好，所以我不放心你一个人待在主教司。”

常瑶慢悠悠地道：“他的星象卦什么时候准过？”当年在万象灵境时，可被这家伙的星象卦给害惨了。

任泓在一旁不满地道：“我算的卦偶尔还是很准的！”

常瑶好奇：“你算到了什么？”

“阿雪近日有血光之灾！”任泓一本正经地摊开手，洁白掌心浮现三颗微微闪烁蓝光的星星，星星连成一条奇怪的弧线，“说不清是明天还是后天，他就可能一命呜呼，所以瑶妹，你可千万离他远点，别被波及了。”

常瑶一时竟不知该说他的卦准还是不准。

金銮台此时已来了不少人。

西海教主与昆仑定坤君正联手压制周边不停冒出的瘴气，上台要过三千台阶，对普通人来说要走许久，对修者来说不过施展三四次瞬移的事。

金銮台位于小岛正中央，周遭全是灌木，十分高大，足以遮天蔽日。

圆形的祭祀台边缘各有七十八根淡金色龙柱，上刻封印咒纹，却也抵挡不住下边地鬼之门封印的妖魔们释放出的瘴气，逐渐遭到腐蚀，被黑气环绕。

符纪正指挥着众人将淬炼所需物品摆放好，宋霁雪则跟任泓讨论着赤金乌碎片的事情。

常瑶站在边缘处，双手笼于袖中，神色安静地仰首看着眼前这根金龙柱。

金龙长尾扫四海，每一片金鳞都被细致地雕刻，栩栩如生，龙身缠绕柱子蜿蜒而上，利爪迎着烈日闪着微光，龙首位于柱顶，高高在上，俯瞰人间，姿态傲慢地与她对视。

长柱雕龙的建筑她并非第一次见，人间有许多，不管是凡人还是修者，都尊敬又崇拜金龙化神，但金銮台此处的雕龙是常瑶见过最真实的。

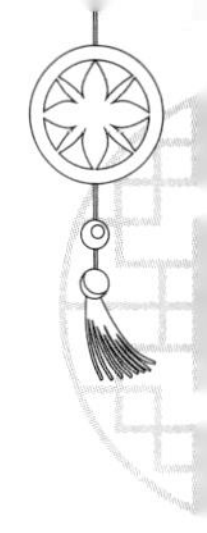

每一根龙柱都带着无上威压，像是傲慢的神龙留存人间的气息。所以才将地鬼之门封印在这儿吗?

然而此时，那些耀眼的金龙柱都被地下缓缓升起的黑色瘴气缠绕，熏染出一幅堕神的妖冶画面。

“瑶妹？瑶妹！你在那儿看什么呢？快过来！妖气四溢，你站那么近小心被传染了！”任泓忙完过来朝常瑶招手，“阿雪叫我来看着你一些，你吃避息丹了没？没吃我这里还有。”

常瑶收回视线朝他走去：“吃了。”

“几颗啊？一颗不太行，这边海雾最浓，来来来，再吃三颗。”任泓拿出三颗避息丹递给她，大气地说道，“别客气，阿雪说有多少吃多少，不怕吃得多，就怕你不吃。”

常瑶轻捏着一颗避息丹看了看，没吃，而是问任泓：“你再算一算。”

“算什么？”任泓面色茫然。

常瑶：“星象卦，血光之灾那个。”

“瑶妹，我这是每日一卦，算什么不是我能控制的，而是取决于星象要给我什么。”任泓摊着手无辜道，“说白了，就是这卦象不是我要看的，是星象硬塞给我的，我们星罗门每日一卦是必做之事，所以才会有三千烦恼，个个不是秃头就是早生白发，你看我头发是不是比去年少了很多？”

常瑶抿唇没说话，目光微抬，朝金銮台正中央的宋霁雪看去。

任泓将剩下的两颗避息丹塞常瑶手里，安慰道：“你放心，虽然我的星象卦精准无比，但阿雪也没那么容易死，他都是半只脚踏进飞升阶段的人了，还有无间心剑，当今世上能杀他的人不超过三个，这三个也没理由杀他。而且血光之灾嘛，也不一定会死，半死不活也行，流点血也行，你说他用稚鬼砍人时不小心削到自己指甲盖流两滴血，这卦象也算是应验了。”

地鬼之门就要被封印，妖皇给常瑶的时间期限快到了。

任泓的叨叨声在常瑶耳中逐渐远去，她站在金銮台边缘处凝望前方的身影，也许是因为今日宋霁雪换了一身白衣，在他拔剑那瞬，她眼中日夜颠倒，似回到那夜被白衣剑修杀意压倒的瞬间。

常瑶别过视线，压下心底突生的惧意与杀意。她从未跟任何人说过，无咎山的领主其实很怕人间的剑修。

日落时分，大阴山君与夫人也来到西海。

于野在这儿耗了一整天的灵息，得知淬炼结束后才守息收剑，擦了擦额上的汗，瞥向身旁注视地面无数裂缝的宋霁雪。

“常瑶那件事你真半点怀疑都没有？”于野直接问道。

宋霁雪答得也干脆：“没有。”他知道常瑶与妖界关系暧昧，有些瓜葛，但也肯定常瑶不会是给妖皇卖命当卧底的人。

因为这是常瑶第一次主动解释过的事，她说过不是她。

于野啧了声，略显暴躁：“那我就叫瞎说的人都闭嘴。”

“定坤君、霁雪，”于野刚走没两步，就被仙首符纪叫住，“之前昆仑遭鬼面树妖监视，得知其来自妖界无咎山，我这边刚好收到有关无咎山的消息，两位可要听一听？”

于野不走了，挑眉道：“听，我倒要看看是哪个不怕死的妖族竟敢监视我昆仑三山的动向。”

这一下把爱凑热闹的任泓也吸引了过来。

刚好众人休息，玄天教教主接过夫人递来的茶杯，也竖起耳朵听着。

常瑶站在宋霁雪身边十分淡定。她不认为符纪会知道无咎山太多秘密，人界对妖界的消息滞后太多了。

符纪：“妖皇在我仙门安插众多内鬼，殊不知我仙门亦是，无咎山的消息也是这次在九伏州的哑蝶告知的。”

哑蝶是代号，用作潜伏妖界修者的称呼。

“无咎山属于妖界‘三不管’地带，不用听从妖皇命令，也不在妖界多族管辖内，由一只十分厉害、修为极高的大妖统领。”符纪说到这里时目露沉思，“这只大妖单名一个绯字，无咎山也是在她的统领下才成为‘三不管’地带，听闻当年绯在妖界征战时手段残忍至极，令许多妖族都忌惮不已。”

于野听得皱眉：“这么厉害的大妖我怎么从没听说过？”

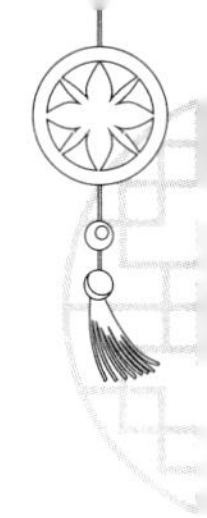

“她最后一次出现是在几十年前，从人间绑了一位修者回妖界，此后便再无消息。”符纪看向云山二人道，“按理说，无咎山是置身事外的一方，却派鬼面树妖监视昆仑一事，说明妖皇已拉拢了无咎山为同一阵营，这对人间来说，百害而无一利。”

常瑶抬手摸了摸眉骨，很好，监视昆仑这事算在了她阿娘身上。

任泓点了点手中的青竹棍，发出笃笃笃的声响，感叹道：“不知道这个被妖抓走的倒霉蛋是谁。”

“几十年前的事很难知晓。”符纪看向宋霁雪，“这名从妖界带回消息的哑蝶受了伤，回来时被千鹤宫圣女救下，刚已让夏桑依过去帮忙查看伤势了。”

于野问：“就没别的了？”

符纪摇头道：“她只来得及说这些便因伤势太重晕过去了，剩下的消息还得等人醒后再说。”

任泓问：“这哑蝶的消息来源可靠吗？”

“她就潜伏在妖皇身边，绝对不会出错。”符纪说。

常瑶听到这儿，看了符纪一眼，潜伏在妖皇身边的哑蝶却不知道前任无咎之主绯已死多年？

“也就是说等哑蝶醒来后就能知道剩下的内鬼是谁了吗？”玄天教主问道。

这话一出，不少人都在偷瞄常瑶，被宋霁雪抬眼扫到后视线又规矩地挪开。

符纪点头：“没错，这事先不急，目前最重要的是将地鬼之门封印，如今我们……”

话还没说完，金銮台中心地面裂缝突然扩大，妖气转浓，地面猛烈地摇晃起来，宋霁雪第一时间护住常瑶。

“哎呀，你们这样不行啊，刚下的咒印又被撞开了，再撞一会儿金銮台都要整个裂开啦！”任泓拄着青竹棍站稳身体后号道，“封印都要破了，你们还不赶紧补一补吗？”

“就你会叫是不是？”于野翻着白眼道，“滚滚滚，别站在正中央挡路，等会儿金銮台裂开你第一个掉下去。”

“你凶个屁！”任泓边退边不服输道，“再凶我，信不信你也有血光之灾？”

于野皮笑肉不笑地拔剑道：“老子看你现在就有血光之灾。”

“阿雪，你看看你师兄！”任泓从鼻孔里发出重重的一哼，“没我星罗门的赤金乌碎片，我看你怎么补！”

于野啧了一声，暴脾气发作忍不住就要上前，被好脾气的符纪拦下：“别吵了，先着手封印地鬼之门吧。”

任泓立马后退，顺便拉走了常瑶。

金銮台下，地鬼之门里的妖魔们正在拼命破开封印。裂缝扩大，地面摇晃感增强，时间也越来越紧，再不动手就来不及了。到时候百万妖魔出世，人间哪还有安宁可言？

“列阵！”以符纪为首的诸位仙门至尊站在金銮台最中央，也是需要封印的位置，调动灵息掐诀合成赤金乌碎片重新将地鬼之门封印。

其间，大家不能擅自离阵，以免生出变故。

赤金光芒冲天而起，聚拢的纯正龙阳之息镇压了下方作乱的妖邪之气。

任泓闭着眼，却神色满意道：“漂亮，不愧是我千辛万苦找来的赤金乌碎片，怎么样瑶妹，这灵息好看吧？”

常瑶的目光落在法阵中的宋霁雪身上。

白衣胜雪的宋霁雪背对着她，双手结印，快速变换着咒印，那速度之快，足有四五道残影，地鬼之门迸发的妖邪之气以肉眼可见的速度被压制。

常瑶朝宋霁雪迈步走去。

“瑶妹，”任泓纳闷道，“你去哪儿？”

常瑶脚步不停。

很快，任泓就感觉出她的目标是宋霁雪，于是追上前去：“不能再过去了！这法阵灵息太强会伤到普通人……”

话音未落，一道剑光从天上落下，直冲常瑶而来，任泓神色一凛，手中青竹棍一杵，四颗紫星自虚空中连成一道结界，拦下这致命的一击。

“谁这么不要脸搞偷袭？”任泓一把拉住常瑶护到自己身后，同时抬首

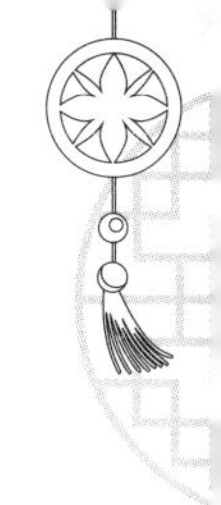

骂道，“堂堂剑修怎么还……咦？千鹤圣女？”

自半空御剑而来的不只千鹤圣女，还有大阴山君与其夫人。

千鹤圣女着白色衣裙，圣洁高雅，以轻纱遮面，一双清冷美丽的杏眸望向常瑶。

圣女身侧有一名着鹅黄衣裙的女子，黑长发编成两条辫子垂在肩后，正抬首朝法阵中的定坤君于野看去。

法阵中的尊者们虽不能离开，但能感应到周遭情况，瞥见苗莹莹投来的幽怨目光，于野眼角狠狠一抽。

“这是什么意思？”任泓奇怪道，“要说情敌见面，打一架也未免太晚了吧？”

千鹤圣女眉头微蹙，明显不悦。她身侧的苗莹莹目光幽幽地望向常瑶，叹息道：“哑蝶醒后告诉了我们两件事。”

千鹤圣女抬手指向神色不变的常瑶，道：“第一，她是妖；第二，她答应妖皇，要杀云山君。”

这清冷的声音传遍整个金銮台，每一个字听着都清晰无比，也让人们感到震惊与难以置信。

先前的内鬼传言已让人心生猜忌怀疑，如今却说云山夫人是妖，不仅是妖，还要杀自己的夫君！

常瑶略微惊讶地回望千鹤圣女，倒是完全没想到会是她暴露自己的身份，那哑蝶既然知晓自己与妖皇的交易，又为何不知无咎山领主的事？

妖族身份被当众揭穿，她竟然比别人想的更加冷静漠然。

任泓呆住片刻后，用青竹棍杵着地面，道：“圣女，你这就过分了啊，她怎么可能会是妖？又怎么可能会杀阿雪？那哑蝶莫不是被妖皇给策反了吧？”

任泓望向旁边的大阴山君与夏桑依：“你俩也信？”

夏桑依目光复杂，大阴山君沉声道：“燕子卞是第一个，哑蝶是第二个，我们需要证明到底谁真谁假。”

“证明？怎么证明？”任泓皱眉道，“这能有什么好证明的？她……”

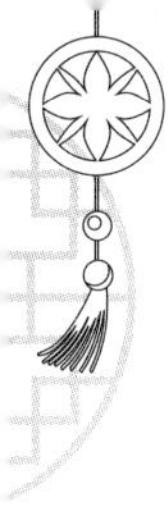

千鹤圣女挽剑：“是不是妖，以梵象缚妖绳一捆便知。”

其实想要知道常瑶是不是妖有很多种鉴定方法，但因为宋霁雪在旁，根本没人敢动手，如今宋霁雪在封印法阵中难以脱身，而千鹤圣女又有哑蝶证言在先，此时再无顾忌。

梵象缚妖绳是千鹤宫圣物之一，乍看只是一根普通的细长金色绳子，但若是捆在妖身上，便会迸发出强大的力量，衍生出数千根金绳，联结成杀阵。

这梵象缚妖绳与普通缚妖绳的不同之处就在于它是以上古龙须炼制。

任泓本想再拦，奈何对方速度过快，在他的心眼世界只来得及瞥见一抹金色掠过，梵象缚妖绳已到他身后，缠在常瑶颈间。

常瑶听说过千鹤宫的梵象缚妖绳，只是没想到有一天这件宝物会用到自己身上。

哪怕她是半妖，有着人的血脉，梵象缚妖绳仍然将她认定成妖变幻出杀阵。于是在短暂的安静后，金绳发出清脆嗡鸣，霎时分裂变幻为数千根金绳，将常瑶整个自上而下地缠绕，每一根金绳都显得笔直坚硬，如神剑直直坠入地下，牢牢把常瑶困在其中。

有一根金绳呈现柔软飘摇状态，横在她脖颈上，仿佛一用力随时就会割断这纤细脖颈。

夜风吹来浓浓海雾，也带来湿冷的气息，金銮台上众修者震惊地看着被梵象缚妖绳困住的常瑶。

云山夫人……竟真的是妖！

夏桑依惊讶地伸手捂嘴，任泓更是一脸蒙，甚至有几分无措，抓着青竹棍讷讷道：“瑶妹……你、你真要我去跳西海啊？”

面对那些震惊或是失望的眼神，常瑶却是轻笑出声：“千鹤梵象，久仰了。”

千鹤圣女目光微沉，众人只见常瑶抬手搭在金线上往下一按，便感到一股庞大的妖气自她而出，断裂声接连不断，梵象缚妖绳的杀阵被那素手轻轻一捏竟全盘瓦解碎裂！

金銮台上妖风猎猎，掀起海雾迷眼，众人脸色皆是一变，千鹤圣女挽剑以最快的速度赶到常瑶身前时，对任泓喝道：“躲开！”

“云山君！”玄天教主见宋霁雪收阵离去，急忙大喊，“不可！”

于野暗骂一声，刚要将自己的神剑扔去宋霁雪所在的位置时，却见稚鬼被搁在法阵中，不由得心头一凛，似想到什么，猛地往下方常瑶处看去：“小师弟！”

任泓被厉风卷走，常瑶对挽剑而来的千鹤圣女微微抬首，幽幽黑眸中透着一丝高高在上的蔑视，她释放的妖力让千鹤圣女神经紧绷，握剑的手竟不自觉地微微发抖。这股威压实在是太强了，比她遇见过的任何妖怪都要强大危险。

妖气化形，自常瑶身后分出三五只流窜的红眼恶灵，发出怪笑声，将被恐惧压倒心神的千鹤圣女重伤，撞飞数米远。

常瑶感到厉风自上而来，抬手握住千鹤圣女的长剑回首斩去。

“霁雪！”大阴山君与任泓同时喊道，却无人能靠近妖气中心。

长剑斩出一道血痕，宋霁雪转过微偏的脸，脸颊上的伤痕直到胸前，这一剑毫不客气，仿佛是要故意斩断什么。

剑刃仍旧横在宋霁雪脖颈上。

他目光沉沉地看着她，血色很快染红了白衣，今日似乎就不该穿这颜色，让他的狼狈与痛苦都难以隐藏半分。

常瑶心中杀机暴起，来自无法割舍的血脉。

她已静心养神三年多，比从前更能克制血脉带来的暴戾之息，此刻却感觉这三年多都白费了。

她尽量压制着，让自己的嗓音保持轻柔：“我其实不想让你看见这些的。”

在常瑶的计划中，她会安静地，在只有他们二人时杀了宋霁雪，永远不会让他知晓自己妖族的身份。

宋霁雪垂眸，视线掠过脖颈间的长剑又落在常瑶身上，眼神沉郁：“阿瑶。”

常瑶说：“我是妖。”

常瑶说出这三个字时，有什么东西在她心底最深处发出轻轻的碎裂声，

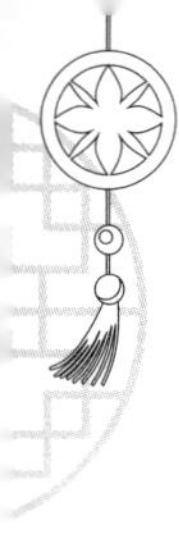

似乎应该在意一下，却又被她不自觉地忽视。

宋霁雪喉头滚动，只盯着她。

常瑶又道：“我骗了你。很多事都骗了你。”

于野收阵，沉着脸色朝二人斩来乘风一剑，常瑶只眼角余光轻扫，那剑光便在数丈之外被化解，连她衣袂都未碰着分毫。

于野脸色瞬间难看起来。

常瑶是妖就够震撼的了，实力竟如此强悍，这境界恐怕……

宋霁雪往前一步时，那锋利的剑刃便割破肌肤渗出血丝，常瑶无奈道：“云山君可小心些。”

云山君——偶尔调笑时她也会如此称呼，此时宋霁雪听着却格外刺耳。

“你真要杀我？”宋霁雪紧盯着常瑶，问话的嗓音沙哑，似乎在极力克制着什么。

常瑶沉默片刻，宋霁雪幽深的眼眸因她的沉默而有一抹暗光闪烁，却听她轻声叹息道：“二选一，我只能选杀你。”

二选一。

选杀你。

宋霁雪眼底那抹暗光转瞬即逝，心底某处在快速崩塌。

宋霁雪不敢想且认为绝不会发生的事发生了：二选一，常瑶选择抛弃他。

那个曾经跟他说过永远不会抛弃他的女人，此刻正拿剑横在他颈间给了他致命的一击。

宋霁雪突然间心中充满不甘，不甘心！凭什么？凭什么被抛弃的又是他？

“阿瑶，”宋霁雪不顾利刃割破肌肤带来的刺痛，单手带着狠劲，紧握着长剑，一步一步走近常瑶，“你告诉我，我输给了什么？”

常瑶蹙眉，宋霁雪靠近的气息进一步激起了她血脉中的戾气，她抬首时，翻转长剑刺进宋霁雪的肩胛，妖气与恶灵将他推出数丈远。

被妖气环绕的常瑶眉眼精致，衣衫整洁，举止优雅，抬首时不复云山夫人的骄纵灵动，而是带着几分凶戾的轻蔑。

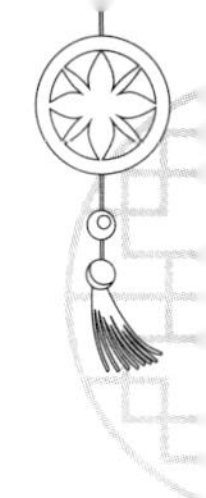

“阿雪！”任泓替宋霁雪拦住继续进攻的恶灵，又对常瑶说，“瑶妹，我知道你很厉害，但是我不知道你原来这么厉害！就算你要杀他，也看在三年夫妻的分上，先让他把地鬼之门封印完了再杀吧！”

常瑶不语，她看向金銮台中心。一道道黑光自天而落，让在场修者的脸色几次变换。

“三年夫妻恩情，确实应该给点时间。”妖皇从虚空黑光中走出，带着他数名心腹妖将降临西海金銮台，温声笑道，“本座追着你们人间的一只蝴蝶到此，不如在这段云山君争取来的时间里，你们告诉本座，那只背叛本座的蝴蝶在哪儿？”

“妖皇！”玄天教教主咬牙切齿道，“这又是你的阴谋之一吗？”

魑魅和魍魉拦在于野身前，虚雾蛇再次与昆仑大阴山君交手，而妖皇慢悠悠地落在常瑶身侧，微微笑道：“玄天教教主若是问云山君夫妻二人一事，那可真是想多了，昆仑神山灵息绵延不绝，清清单纯是想在那儿修炼几年，本座自然是同意的。”

这话一出，就连任泓都有些愣怔。

在场的都是聪明人，妖皇这番话里的信息量足够他们同情云山君好些年。

常瑶是为了借昆仑的灵息修炼，她根本就不是因为喜欢宋霁雪才嫁给他的。而这件事妖皇一开始就知道。

妖皇称呼她为清清，不是常瑶。

这又无形中给了宋霁雪一刀——他以为的独一无二只不过是自作多情，那孤注一掷、热烈滚烫的爱意都是自我感动，在没有动心的人眼里是笑话一样地存在。

宋霁雪抬手轻擦嘴角上的血迹，眼尾泛红地看向沉默的常瑶，她明明站在众妖之间，却又显得孤零零的。

妖皇收到常瑶眼角余光发出的警告，与她拉远距离，笑道：“行吧，你们夫妻二人的事，你们二人解决。清清，我可是相信你能说到做到，杀云山君一事对你来说不难。”

常瑶看向宋霁雪，剑尖仍指着他：“用稚鬼吧。”她神色认真，竟看不

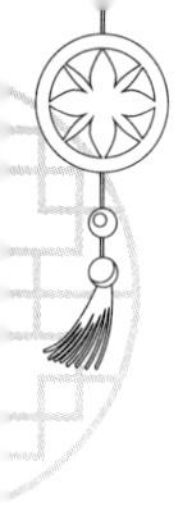

出半点动摇。

任泓都快要哭了："瑶妹，你认真的吗？"

"常瑶！"于野骂道，"你做个人吧！"

"其他人就跟本座玩吧。"妖皇笑眯眯地道，"这地鬼之门是开是合，可就在今夜了。"

"仙首！"

"宗主！"

"云山君！"

面对其他修者的求助，符纪沉稳地吩咐应对之法，始终不慌不忙，却也时刻关注着宋霁雪那边的情况："霁雪，地鬼之门事关重要，若是封印破除，百万妖魔出世可就……"

轰的一声雷响，吸引了所有人和妖的注意。

明月被黑云隐藏，云浪翻涌间雷光闪烁，接着又是一声惊雷落下，每一束雷光都正好落在常瑶的位置。

那雷光闪烁的瞬间竟然像某种奇异的咒纹，常瑶微怔，面色古怪。这是只存在于传说中，极其难见的天劫大雷。

"你……"符纪呆愣道，"今日渡劫？"

常瑶也没想到会是今天，现在。

"快散开！天劫大雷越往后范围越大，攻击力越强，不小心被劈中可就魂飞魄散了！"玄天教教主边喊边带着受伤的人往后撤。

人们边退边惊恐地朝雷光中的常瑶看去。渡劫的大妖，她的修为竟已到这种地步了吗？

"可是……我们就这样眼睁睁地看着她飞升成神吗？"有修者弱声道，"她可是妖……"

大阴山君护着夫人时瞥了那修者一眼："你若是不怕被天劫大雷击中魂飞魄散，可以上前一试。"

任泓被于野抓着衣领拉到金銮台边缘时还在喊："阿雪！阿雪！不要命了吗？"

“那是我师弟，老子比你还急！”

于野丢下任泓正要冲回去，被苗莹莹拉住，苗莹莹双手张开拦在他身前道：“来不及了！你不能再为他不顾性命地去冒险！你就不能多为自己着想吗？”

于野一口气差点没缓过来被气死。

修者与妖怪都走了，金銮台正中央只剩下常瑶跟宋霁雪。

天雷落下的速度很快，一道比一道更难抵抗。

常瑶问宋霁雪：“你不走吗？”

宋霁雪轻扯嘴角，话带三分嘲弄：“你不是要杀我吗？”

“若是飞升去神界后再杀我可就难了。”宋霁雪朝常瑶走去，稚鬼仍旧在法阵里撑着，没被他召唤回来。

宋霁雪衣衫染血，少年时刻进骨子里的凶戾也逐渐显露，他刚踏出第一步时，常瑶眼前所见的世界又变回了当年的无咎山。

白衣剑修的身影与宋霁雪逐渐重叠恍惚，让她心生惧意。

“站住！”常瑶轻呵一声，“不准过来。”若是过来了，保不准她真就把人杀了。

宋霁雪脚步不停，他眼见常瑶皱着眉头，那张好看的脸上生出不耐烦，甚至隐隐带有杀意。

他心头钝痛，似乎被划出千百道伤痕。

常瑶不仅拿剑架在他脖子上，还对他不耐烦了。

“当真只是为了修炼吗？”宋霁雪顶着数不清的天劫大雷，一步步走到常瑶身前，与她只相隔一柄长剑的距离，那剑刃抵着他的胸膛，阻止他迈出最后一步，“为了昆仑神山的灵息？”

常瑶耳边是剑阵启动的声响，往事与现实不断交替，让她失去真实感，警惕的同时又克制不住心底早已存在数十年的恐惧。

天劫大雷正逐渐削弱她的力量，让她更易被影响。

不能败在这里。常瑶如此想着，眼前却越发模糊。

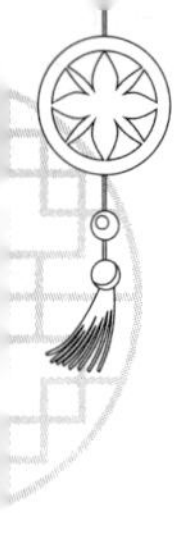

她看见的是白衣剑修提剑走过的那瞬间，水车在他身后转呀转，可眨眼间就被万剑撕成碎片。

“轰——”

雷声越发响亮，让边缘的修者们都忍不住想要捂耳朵，每一次都心惊胆战。

宋霁雪不该在这儿。他必须离开她的视线。

常瑶再度迸发强大妖气，那剑刃刺破白衣入了宋霁雪皮肉，穿透了他的胸膛。

宋霁雪无视两人之间的阻碍，一把将她抱入怀中，近乎偏执地问她：“阿瑶，我要你亲口告诉我，真的只是那样吗？”

话里有连他自己都没有察觉到的哀求。

常瑶本该听出来的，可她被困在恐惧中，天劫大雷每一声都敲在她心底最脆弱的地方，仿佛在嘲笑着什么。

她说：“我嫁给你只是为了昆仑灵息，我不爱你。”

雷电落处一片焦土，鲜活之物被燃烧殆尽。

常瑶在强迫自己恢复心智时，恍惚间却见宋霁雪朝她一指，熟悉的剑阵声响起，一共九十八剑，通体黑色，层层叠绕，透着杀伐之气。

她听见一声近乎哽咽的“阿瑶”，却被困在充满杀意的剑阵中。

也许宋霁雪最终崩溃，是因爱生恨。可他为何会这剑阵？

在意识模糊之际，常瑶知道她渡劫失败了。这场天劫大雷不知为何突然提前，而她始终被困在白衣剑修的杀阵中，从未踏出过一步。

人生一幕幕在她脑海中飞速掠过。让她没想到的是，父母与兄长们只占据了记忆中的一小部分，剩下的竟全是宋霁雪。

宋霁雪带她走过四方之巅，去过天涯海角，看过万古苦海，和她在昆仑云山最高处停下——

“别怕，他们会抛弃你，但我不会。永远不会。”

那日春光烂漫，水车转悠带来哗哗声响。她站在结界外看白衣剑修将书拿到外边桌案上晒着，她悄声问母亲：“我每次跟爹爹说话，他从来都不理，

爹爹是不是不喜欢我？”

母亲懒洋洋地道：“瞎想什么呢！你爹爹首先最喜欢我，其次最喜欢你。”

她委委屈屈道：“可爹爹从不跟我说话。”

母亲揉了揉她的头，轻声叹息：“他只是忘记了。”

第四章 哑音

云山夫人常瑶是妖。修界还处于震惊中，她就因渡劫失败死在西海金銮台。三千多道天劫大雷接连落下，令其魂飞魄散，尸骨无存，灵息消散天地间，旁人都在金銮台边缘远远看着，只有云山君始终站在离他夫人最近的地方。

常瑶渡劫失败虽然会令修界震惊，但他们更在意金銮台下的地鬼之门是否因此被打开。等雷劫停止后，仙首符纪带领众人上前，却见稚鬼始终停留在法阵中心支撑着赤金乌碎片合成。云山君以一人之力顶着大妖雷劫封印地鬼之门，又受常瑶一剑，因此重伤，昏迷数月。

宋霁雪的识海安静又冰冷，没有尽头的雪原可见狂风肆意却无法听见半点声音，天空阴沉，黑云翻滚间隐约有雷光闪烁。

这偌大天地空旷又寂寥，周遭只剩下他的剑。

稚鬼斜斜地插在冰上，一股旋风刮过，卷起一抹黑衣角猎猎飞舞，这旋风越来越大，剑后的黑影也越来越明显，与剑的主人同样高瘦，却看不清脸。

宋霁雪躺在稚鬼身旁，面无表情地看着阴沉天色。

稚鬼的声音一段似孩童，一段似青年：“你永远得不到你想要的。为什么不在他们抛弃你之前抛弃他们？”

宋霁雪闭上眼，他开始回忆第一次遇见常瑶的画面，一直回忆到见她最后一面的场景。

稚鬼的声音十分冷漠：“回忆是假的，爱也是假的，你不是会沉溺于假

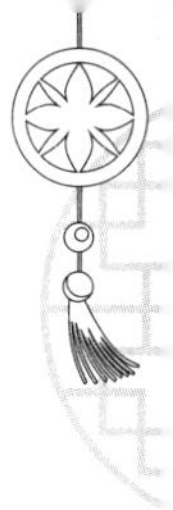

象世界的人。”

它说得没错。宋霁雪不会放纵自己沉溺在假象世界中。

风卷来了片片雪花落在他眉间，身下冰层厚得能看见数不清的冰凌。

宋霁雪像是睡着了，稚鬼偶尔跟他说上两句却得不到回应。

风停雪止，稚鬼问他：“下一个抛弃你的会是谁？”

“我。”宋霁雪睁开眼，从地上站起身时握住剑柄将稚鬼拔出，雷鸣电闪间狂风再起，吹乱他的衣发。

云山君昏迷三个月后醒来。此时人间正被现世的双蜚搅得翻天覆地，瘟疫与战争四起，云山夫人一事早被淡忘。

师尊乘静真君归来，见云山君时给予一物：“这是三途河的忘情水，常瑶以妖术蛊惑你，让你成为修界的笑柄，此情不断难以服众。”

忘情水小小的一瓶，比他为常瑶随身携带的药瓶还要小。

宋霁雪坐在桌案后沉默地把玩着，师尊并未逼迫他立马喝下，而是给了他考虑的时间。

从破晓到日暮，宋霁雪终于下山除蜚。那瓶小小的忘情水落在桌角，碎成一片一片。

十年后。

上庭南郡，长驼山。

石蚌村就在长驼山山脚，紧挨着无冰河。村民世代都以无冰河中的珍珠与长驼山上的草药为生。十年前双蜚现世，瘟疫四起，眼看长驼山半边的草木都快枯死了，瘟疫却在无冰河前停住，甚至绕过了它继续前行。无冰河没有遭到半分污染，村民靠吃河中鱼存活，无一人染病死亡。

事后村民们坚信无冰河受到河神保佑，每年一月初七都会在河边举行祭祀，感谢无冰河河神的保佑。村民们将纸灯系在长绳上，沿河岸拉起长绳，入夜后河边灯火似长龙。着盛装打扮的少女们随乐起舞，河边摆有酒席，村民们相邻而坐，举杯共饮。

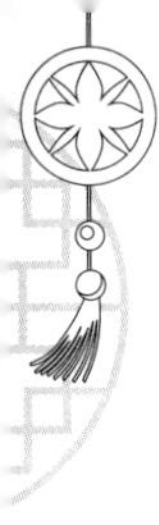

宴过，村民们将祈福之物放进福袋内并投入水中。

宋织双手合十，闭目念叨：“信徒宋织祈愿，河神保佑。”她嘴角上挂着笑意，回头去看妹妹，“宋雅，你怎么还不祈愿？陈哥哥在前边等着我们呢！”

宋雅双手握着福袋，轻声说：“你们先去吧，我等会儿就来。”

“好吧，那我就不等你啦。”宋织迫不及待，说话时已转身走远。

宋雅左右看了看，大部分祈愿的人都在这一河段，因为这一片平时鱼多蚌多，是吉祥之地，但她挤出人群，朝与宋织相反的方向走去，来到连祭祀灯火都没有的河段。

河边有一棵枯死的梨花树，枝干漆黑丑陋，开春了连一片叶子都没有，宋雅听父亲说，过段时间就要把它砍掉带回去当柴火烧。

宋雅抓着梨花树，小心翼翼地顺着土坡来到河边，离着灯火热闹处有些远，还好有月光。

这里很少有人来，因为这一段水域是出了名的不见活物，连小虾小蟹都不会出没，村民们在这儿讨不了好，久而久之就再也不来了。

河面倒映着少女略显稚嫩的脸庞，长发扎成两个小团绑在脑后，束发的长绳垂在肩前，比起貌美、身材玲珑的姐姐，她像是刚刚发芽的新叶，除了娇嫩以外，再无优点。

宋雅双手捧着福袋缓缓蹲下，将它放入水中。

她紧盯着泛起涟漪的水面，轻声道：“信徒宋雅祈愿，河神保佑。”

原本浮在水面的福袋，在她话音落后咻地沉入水下。宋雅捂嘴，明亮眼眸中是盈盈笑意。

渡劫失败后，常瑶一直处于黑暗与混沌之中，许久之后才逐渐恢复意识。她反思自己失败的原因，得出结论，还是白衣剑修的错。

当年，白衣剑修在她幼小无知时留下的杀意剑阵，让她把恐惧刻进了骨髓，她找不到破解剑阵的方法，就没法跨过这道坎。

可宋霁雪为什么也会那杀意剑阵？不是说阿娘把父亲的宗门全灭了吗？还是她当时神志不清看错了？

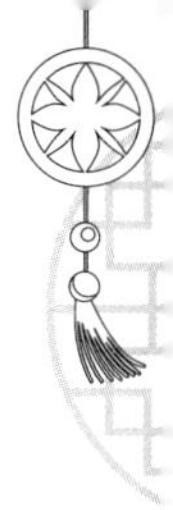

起初常瑶还会抓着这些问题使劲去想，后来时间对只剩意识的她来说太过漫长，她从一开始的充满疑问到后来只专心修炼。

渡劫身死，尸骨无存，灵息消散。这是事实。可母亲曾告诉她：“我族血脉本十分强大，你却因为混杂了人的血脉无法做到生来就掌握那份力量，但有失亦有得。”

现在她终于知道自己作为半妖失去了什么，又得到了什么。失去了掌握先天强大力量的能力，得到了第二条命。

肉身消散，意识聚拢，灵息再回，一个全新的她正缓慢回归这天地间。

起初常瑶的意识仍旧在混沌与黑暗中，从中度过很长一段时间后终于能感受到周遭事物。

河水，夏风，日光，冷月，花香，人言。从这条河到整座山，大妖的意识灵息覆盖范围逐渐扩大。

常瑶在无冰河中听见器乐声，村民欢庆着，对着她的方向高喊“河神保佑”。可这里哪有什么河神？这里之所以不被蜚的瘟疫侵染，是因为这条河的尽头连接的是妖界无咎山。山蜚也不想对自己老家释放瘟疫，到时候岂不是要被无咎山的其他大妖按在地上打？

常瑶三年前第一次感知到周遭事物，见村民信奉河神，还特意举办庆典，只觉得他们无知，她所在的这段水域旁的活物都不敢来打扰，在祭典那天晚上却有一个女孩失足坠河。

一人一妖在月光照耀的幽深河水中有过短暂的碰面。

水下被月光渲染的景象中，女孩眼中所见之物人身长尾，鳞片反射出的光芒耀眼得让人不敢直视，黑色长发四散，随着温柔水波漂浮，也有的长发搭在那黑色的双翼上。

这就是宋雅眼中的“河神”。

常瑶还未重塑肉身，也无法化形，只能以意识的形态存在。这女孩能在极度恐惧中看到常瑶的原形，让她有点惊讶。

此后这段水域多了一个奇怪的女孩。

宋雅认为自己见到了河神，在万籁俱寂的深夜里，常常偷跑出家门来到

梨花树下对无冰河虔诚跪拜，絮絮叨叨。

“她看我越发不顺眼，上次竟还将我推下水。我向母亲说起，反被打了一顿，骂我不知好歹，并威胁我不准再提这件事。母亲明明也看见了的。”宋雅低声道，“我越来越讨厌她了。”

常瑶闲来无事就听听宋雅对姐姐宋织的控诉，言辞间的怨恨在这几年变得越发明显。

去年宋雅在河边说：“昨日下雨，我见陈哥哥忙于收稻谷，便上去帮忙，她不想淋雨，看都没看一眼就回家去了，事后陈哥哥给了我两颗糖，还帮我擦了脸上的雨水，可回去后她便把糖抢走，我恨死她了。第二天她要去长驼山采草药，我恨不得她摔死才好。”

翌日，上山采药的宋织不小心从山坡上摔下，虽然没死，却刮花了脸，闹腾了好一阵子。

这可真是意外，至少常瑶能说绝不是她做的。

宋雅却觉得是河神显灵，来河边的次数越来越多。

“一同去镇里赶集回来时，她将东西都推给我拿，自己却假装摔倒要陈哥哥背她，偏偏陈哥哥被她的花言巧语骗了，还真的背她一路回来，大家都看见了，还说陈哥哥未来会娶她，真是恶心！河神保佑，不要让她嫁给陈哥哥。”

常瑶心道：别说这里没有河神，就算有也帮不了你，河神不管姻缘。

过了好几个月后，来拜河神的宋雅鼻青脸肿，哭红的眼里满是怨恨，她带着哭腔道：“凭什么家里欠债就要我嫁给东街的那个老头儿？她才是该出嫁的年纪，凭什么不是她是我！”

几日后，宋雅又来哭诉：“陈哥哥知道我家欠债要拿我去抵债，于是借钱给我们，让我不用嫁过去，他真的很好，可为什么他要娶那个恶毒的女人？我真的不想陈哥哥娶她！”

三日前，宋雅说：“村里来了一个女人，一个长得非常漂亮的女人，男人们都对她想入非非，每次看见她都移不开眼，就连陈哥哥也……”

今夜，宋雅又来了：“这几日陈哥哥的目光都在那个奇怪的女人身上，她却毫无所觉，以为自己不久就要嫁去陈家……她怕是没机会了，昨晚我亲眼

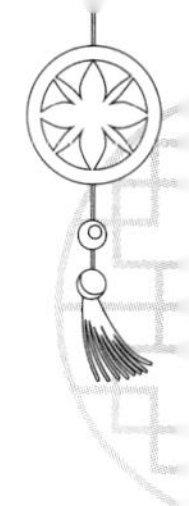

看到陈哥哥进了那个女人的屋子，许久都没出来。”

常瑶有点意外，宋雅竟又一次如愿了。常瑶可不信这边真有河神。

带着无聊与好奇心，常瑶扩大意识范围到村里，准备看看宋雅口中长得漂亮的奇怪女人是何模样。

那女人没来参加今日祭祀，而是在屋中宽衣沐浴，宋织等着的陈哥哥正站在屏风后，手上拿着女人的贴身衣物，喉头滚动，目光躲闪又忍不住往屏风后看。

浴桶中的女人肤若凝脂，抬手轻顺湿漉漉的长发，媚眼如丝，红唇微勾，似笑非笑：“陈哥哥，你可千万别走，人家一个人害怕。”

常瑶没再看下去。

来的不是河神，而是只狐狸精。

这狐妖在石蚌村里对男人勾魂夺魄，让女人们嫉妒憎恨，魅惑男人主动靠近，与她天雷勾地火，借此吸取阳元。狐妖已害死了好几名村夫，却又被她很好地掩藏，无人发现异样。

常瑶专心修炼聚神，也没太在意。

宋雅来的次数也少了，每次都忧心她的陈哥哥。

“宋织和陈哥哥终于闹翻了，婚事也解除了，我本该高兴的，可看着陈哥哥天天往那女人屋里跑，我却高兴不起来。那是个坏女人。

“最近村子里接连死了很多人，有的是从山上掉下去摔死的，有的是病死的，也有的是跟人打架被砸中了脑袋……但我总觉得哪里不对劲。

“陈哥哥最近看起来很累，似乎没怎么休息。”

又是数日过后，月圆之夜，宋雅趁家里人都睡着后来到河边，拿着福袋。

“今天村里来了不少人，村长说他们是来自仙门的修者，都跟陈哥哥差不多年纪，但是比陈哥哥长得更好看。其中一位修者姓孟，这位孟哥哥说他来自昆仑，是昆仑云山的弟子。”

平静的水面泛起一圈涟漪。常瑶自恢复意识起就再未听人说过“昆仑云山”几字。

“宋织又打起了这位孟哥哥的主意，一整天都黏着人家不放。可这帮人

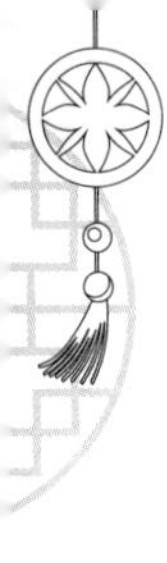

里有一个比她更漂亮的女修者，她根本比不过。”

宋雅将福袋放入水中，双手合十，正要许愿，却听后方传来谈话声，惊得立马爬去梨花树一侧躲起来。

“孟临江你有病吧！大半夜不睡觉跑河边吹冷风你拉上我干吗?!”少年气急败坏的声音传来。

走在前头的俊朗少年不过十七八岁的年纪，一双眼往四周打量着，手里握着杆细布灯笼照明：“这村子有妖气，真的，你信我！”

郭奕翻着白眼，从鼻孔里冷哼出声：“詹师兄堂堂化虚境修者都没说有妖气，你一个定虚境说有就有？”

孟临江气得伸手指着郭奕道：“这不就只差一个修为境界吗？凭什么他说有就有，我说有你就不信？你以修为看人，庸俗！”

郭奕挥开他的手打着哈欠道：“堂堂云山君嫡传弟子，修行八年却只混了个定虚境，比不过人家入门修行三年，不是我庸俗，是你丢脸。”

孟临江黑着脸道：“这又不是我师尊的错！”

郭奕没好气道：“这当然不是云山君的错，是你……”

“嘘。”孟临江看向前方，“有人。”

郭奕噤声，两人迅速交换眼神，各自分开行动。

躲在梨花树后的宋雅捂着嘴惶惶不安，已经在想着被发现后该如何解释才好，河道忽然变得安静。

常瑶还在想“云山君嫡传弟子”几个字。这修为不过定虚境的少年竟然是他的徒弟。

孟临江与郭奕分别躲在河道两旁，等到后边鬼鬼祟祟的黑影过来，两人一前一后突然现身，厉声喝道：“谁？”

“呀！”黑影被吓一跳，发出娇弱的呼声，“是我是我！孟哥哥别打我！”

梨花树后的宋雅听到这声音脸色微变。

孟临江被这一声娇气的“孟哥哥”喊得满身鸡皮疙瘩，连连后退两三步把郭奕给推出去。

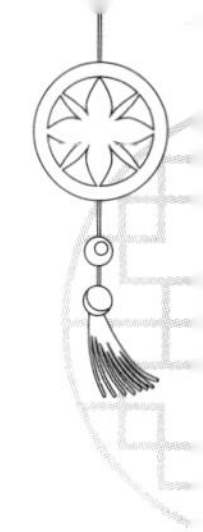

“误会误会，原来是宋姑娘，我们还以为是夜里出游的妖怪，当修者的多少都有点敏感，对不住了。”郭奕打着哈哈道，“不过宋姑娘半夜出来是为何事？”

“我、我……我夜里睡不着，起来做活时瞧见你们在外游走，心中好奇，便跟了出来。我不是妖怪！”宋织焦急又委屈地道，“那个女人才是妖怪！”

“哪个？”孟临江从郭奕身后探出头来。

宋织抬手比画了一下，愤愤不平道：“就是今日给你们酥花饼的苏玉姬，她才是妖怪，村子里的人都说她是狐狸精！”

孟临江摸了摸鼻子：“是有这种说法。”

郭奕点头附和：“我白天听说她是从荒村逃难来的，以前也在花楼待过，所以大家对她有些偏见。”

“你们相信我，我说的是真的！她是专门吃人的狐狸精！”宋织见他们并无半点危机感，顿时有些急了，“她把陈哥哥也迷得神魂颠倒，最近几天陈哥哥身体越来越差，我看离死也不远了，这都是苏玉姬害的！”

孟临江清了清嗓子，正了正脸色道：“宋姑娘，你说的我们都记住了，有机会的话一定会查清楚的。关于你说的这位陈兄弟，我建议你明儿就带他上镇里看看大夫，身体不好要及时就医，不能拖着。”

宋织呆呆地看他片刻，见他竟不信，生气地跺了跺脚伤心地跑走。

等宋织走远后，郭奕才感叹道：“偏见果然无处不在。”

“你要不要跟上去看看？这大半夜的，她一个小姑娘走夜路……”孟临江话还没说完就见郭奕晃了晃手里的纸人道：“有小尾巴跟着呢，怎么样，要不要拿你们昆仑的驭灵术跟咱们菩提门的驭灵术比比？”

孟临江神色微妙，愤怒地拒绝：“不比！”

郭奕纳闷道：“云山君该不会没教你吧？”

“才不是！”孟临江像被踩了尾巴的猫一样瞬间炸毛，“我师尊什么都教！是我学不会，跟我师尊没关系！”

郭奕：“驭灵术也学不会？”

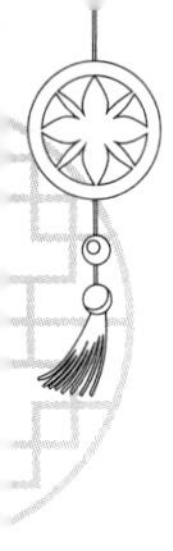

孟临江黑着脸道：“……不会就是不会！”天知道他有多用心学，日夜刻苦修炼，每日默写千百遍咒律，但不会就是不会。

郭奕拍了拍他的肩膀安慰道：“往好处想想，虽然你没什么天赋，修行也差，但云山君至今没跟你断绝师徒关系，也算是一种别人羡慕不来的福气。”

孟临江耷拉着脑袋，神色黯淡地嘀咕：“我师尊那么厉害，我却这么不争气，太给他丢脸了。”

云山天才遍地走，最不差的就是有天赋的人，却偏偏他是那个最没天赋的。最没天赋的人却是掌门唯一的徒弟，能被云山君带在身边一对一教导修行，令多少人羡慕嫉妒，但几年之后人们对他的艳羡就变成了调侃或是讥笑。

郭奕见他真的伤心了，忙揽过他肩膀一副哥儿俩好的样子，安慰道：“云山君都不觉得丢脸的事你这么在意干吗？云山君收你为徒的时候也没说要你剑术赶超定坤君取代奉天宗成为仙首吧？别对自己要求太高，修仙嘛，保证自己灵脉能运转就成了，我师尊就常说放平心态，心态好就什么都好起来了。”

常瑶万万没想到，宋霁雪会收一个废才为徒。遥想当年的燕子卞，他也是先看中对方天赋超绝才收入门下，眼前这看起来干净明朗却根骨极差的少年又是哪里吸引了云山君？

两人在河道边转悠一圈，什么都没有发现。孟临江沉思：“奇怪，我明明察觉到有妖气。”

郭奕打着哈欠道：“算了算了，等白天你清醒些再来看吧。”说着揽过他肩膀把人往村子的方向带。

孟临江：“我很清醒！”

郭奕：“那我问你除秽三诀的咒文分别是什么？”

孟临江怒了，拉起他疾步走，道：“赶紧回去睡！”

躲在梨花树后的宋雅险些就要睡着了，好不容易等到这二人回去这才撑着已经发麻的双腿站起身来。

人们走后，无冰河又变得安静。夜风吹皱河面，泛起圈圈涟漪，倒映月色的水面可见一个曼妙人影时隐时现。

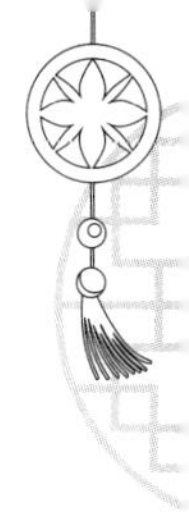

常瑶以为宋霁雪的新徒弟是个自我否定的废物，没承想白天再见他时，又是另一副模样。

村民们早起下河捕鱼，数十人扯着渔网在水中游走，岸上和水里都传来各自的吆喝声，显得这一片十分热闹。

不少人干活都非常卖力，主要原因是村里的美人苏玉姬正着一袭轻纱红裙，手提竹篮来河边采花，她不时朝河边看去，掩面羞怯一笑，看得男人们心脏怦怦直跳，有的失神还一个跟头直接摔进河里，引来众人大笑。

河边所有人的目光都在苏玉姬身上。觊觎，爱慕，嫉妒——那些目光复杂无比。

常瑶觉得奇怪。

在有数名修者到来的情况下这个狐妖还敢如此招摇，是真的胆子大不怕死还是非常肯定自己不会被发现？就算孟临江修为不高，不是说还有一名姓詹的师兄已到化虚境了吗？

宋家姐妹二人也在。宋雅小跑着给她的陈哥哥递茶水、毛巾，陈元却无精打采，目光不时朝苏玉姬的方向看去，每看一次眼神就黯淡一分，走路都差点摔着。

“陈哥哥……你小心些。”宋雅心脏跳动似敲鼓，好不容易才鼓起勇气说出这话，陈元却根本没听进去，浑浑噩噩地牵着渔网一角重新下河。

宋雅看着很是担忧。

姐姐宋织跟陈元闹翻，再也不陈哥哥前陈哥哥后了，反倒是见了旁侧走来的孟临江一行人双眼一亮，脆甜的嗓音传入众人耳里：“孟哥哥！”

孟临江全身的鸡皮疙瘩都起来了。

宋织朝孟临江跑去时，目光却落在旁侧二人身上。

这两人年纪稍长，一男一女皆身着昆仑云山门服，金带束腰，尾绣杏花。

女人杏眼黑白分明，细腰身如弱柳般盈盈一握，垂眸眨眼间我见犹怜。青年则俊雅不凡，桃花眼似天生带笑，自带温柔缱绻。

常瑶觉得这女人有点眼熟，再看青年时陷入沉默。哪怕青年掩藏了气息还稍微变形弱化了绝世容貌，但她还是一眼看出这就是她的狐王二哥。他不好

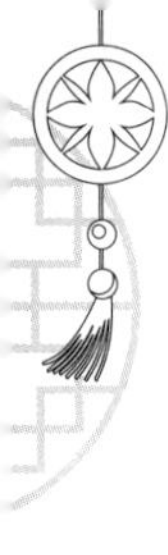

好在狐山待着养伤，什么时候来了人间还成了昆仑云山的弟子？

宋织嘴甜道："孟哥哥，你们来这儿看河神吗？祭祀节才过没多久，好可惜，你们要是早些来就好了。"

孟临江此时从容不迫，眉尾轻挑着，带点几分蔫儿坏的散漫，倒是把他师父的气质学了一二。此时他不同于夜里的丧气，自信得仿佛能以普通人的身份打败十个修者。

村长正热情地跟他们介绍道："这条河叫无冰河，盛产河蚌，当年瘟疫四起时，长驼山的草木都枯死，这条河却好好的，一点事都没有，不仅没有干涸，里面的鱼也鲜活着，我们当时全靠河里的鱼才活下来。"

村长边说边朝无冰河双手合十念叨"河神保佑"："那瘟疫过水后继续祸害其他山头，多亏有河神我们才能活下来。"

"这祭祀节又是什么？"孟临江问。

宋织抢先回答："是为了感谢河神保佑立下的节日，每年一月初七开始，孟哥哥好奇的话不如明年来看看？"

孟临江面不改色道："昆仑离这儿太远了，应该来不及。"

宋织："那是明年的事了呢！怎么会来不及嘛。"

孟临江又道："因为我一点也不好奇。"

宋织恨恨地瞪他一眼，气得跑走了。

郭奕扭头偷笑。

孟临江去看站在河边垂首打量的青年："詹师兄，这儿真有河神吗？"

被称作詹师兄的师天颢没回头，道："河中生灵鲜活，未曾发觉异样。"

"蜚却避开这条河，是忌惮什么吗？"郭奕提问。

"当年瘟疫重灾区是西海与中州，所涉范围不大，刚好就在这前面一座山结束，到这边时威力有所消减，长驼山拦在前边，已经抵消了大半威力。"师天颢说完抬首朝身旁的女人看去，微微笑道，"崔师姐觉得呢？"

一句"崔师姐"瞬间唤醒常瑶的记忆，总算想起这人为何眼熟，这是当年被画皮附身来替她师兄求情的浩然峰弟子崔淼淼。

"应该就是你说的这样。"崔淼淼贝齿轻咬下唇，似乎有些为难，低垂

着眼眸怅然道，“我这个师姐当得可真是失职，连你一星半点都比不上，根本就想不到这些。”

孟临江看得眼角一抽，赶紧向师天颢使眼色，示意别问了。这崔师姐是出了名的弱小可怜，自己本身实力并不弱，却始终认为自己什么都做不好，什么都做不了，若是要她答疑，她会满脸无措。

孟临江以前不知事情严重性，外出历练遇见崔森森时问了许多问题，直接把人问到崩溃。崔森森边哭得双眼红肿边说“对不起”，孟临江在一旁就差没给师姐下跪道歉，直到薛师兄赶来才帮他解了围。

崔森森这毛病，云山大部分人都是知道的，大家都会选择避开，詹师兄跟崔师姐同是浩然峰弟子，不应该犯这种错才对啊。难道是故意的？

孟临江眼皮一跳，再去看詹师兄时，他已经跟师姐沿河道走远了。

师天颢沿河边走着，眼角余光一直落在崔森森身上：“师姐若是等不及想见薛师兄，过晌午便动身去菩提门吧。”

崔森森犹疑道：“石蚌村没有异样吗？这儿接连死了好几个人……”

“师姐放心，我昨日查看过了，村子里不见妖气，没有异样，就连这河也——”师天颢视线转向河水时微微停顿，“河神一说不过是村民自我安慰，这边灵息很淡，别说河神，就连一些常见的小妖都少。”

崔森森点头道：“没有妖怪就好。”

师天颢看回河面。

三两条游鱼似惧怕什么，反复在一个位置打转，却不敢朝前游。

再往前走的一段水域不同于别的河段，这里不见活物，也没有活物敢靠近。

师天颢看了眼岸上枯死的梨花树，再看向毫无波澜的水面轻轻挑眉，难道这村子里除了狐狸精外还有什么别的他没发现？

常瑶的灵识发现孟临江一行人在晌午过后便离开了石蚌村。

苏玉姬靠在窗边看着修者们远去，眼里笑意加深，又带着点贪婪与遗憾。吃有灵脉的修者可比吃普通人要补得多呢。可惜她还没开始动手人就走了。

苏玉姬心有遗憾地关窗时，瞥见躲在角落里偷窥这边的小姑娘，嘴角勾

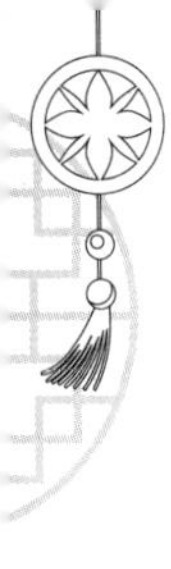

起一个带着深意的弧度。

村民们早上打鱼收获颇丰，下午都在给各家各户分货，忙完时已是黄昏。各家各户开始生火，炊烟袅袅，野猫闻着鱼香味纷纷从角落里出来，跳上院墙高头。

宋雅端着一碗鱼汤起身要走，宋织喊住她："你去哪儿？"

宋雅不答，加快脚步，宋织上前拦她："我问你话呢！"

两人不慎相撞，汤碗脱手碎了一地，宋织"哎呀"一声避开："你干什么？不会好好端着吗？都洒我裙子上了！"

母亲从厨房里探头，呵斥道："宋雅，你又给你姐姐添乱！还不赶紧把她裙子给洗了，明儿她还要穿这一身去你阿舅家！"

宋雅心里憋着一口气，衣袖下双手紧握成拳又松开，反复几次后，终于鼓起勇气狠狠地推了宋织一把朝院外跑去。她抛下后方哭喊的姐姐与怒骂的娘亲飞奔，夜风冰冷，将她眼角泪花吹走了。

宋雅心中委屈得不行。

那鱼汤是她要拿去给陈哥哥的，因为他这些日子看起来很累，她想要他补补身体，却全被宋织给毁了！

宋雅一路跑到陈家，刚巧看见陈元爬墙出来，正要张嘴喊人却又愣住。他好端端的大门不走，爬墙干什么？

陈元翻墙不太利索，摇摇晃晃的，整个人从墙上滚下来，全没了以前的潇洒利落。宋雅见他还摔破了头，额角出血，他却不管不顾，鬼鬼祟祟地朝暗处跑去。

宋雅知道他要去哪儿。

夜里村中灯火还未完全熄灭，但苏玉姬住得偏僻，周围都没什么邻居，很方便那些心怀不轨之人。

此时苏玉姬家亮着灯，陈元舔了舔干涸的下唇，上前敲门，神色痛苦地喊道："玉姬，玉姬……"

宋雅躲在后边看得双眼酸楚。

屋里传来欢声笑语，衬得陈元狼狈不堪，宋雅难以再看，正要上前时屋

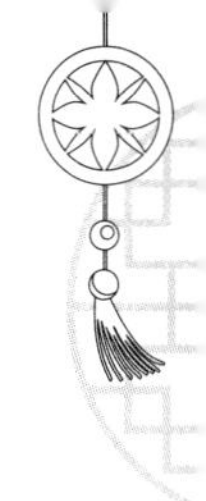

门却从里面打开，门口没人，陈元也没管，红着眼直接冲了进去。

宋雅咬着牙也跟上去，她要把陈哥哥从这儿带走！那是个坏女人！

欢笑声在她跑进门时戛然而止，宋雅进内室时只见苏玉姬身着单衣靠在陈元身侧，而她的陈哥哥正呼吸急促地对她又咬又亲，那着急的模样让她瞧着恶心不已。

苏玉姬勾着眼尾媚笑，轻推陈元娇声道："陈哥哥，你别这样，宋妹妹看着呢。"

宋雅气得发抖，又是难堪又是羞怯，转身欲走时却听熟悉的声音冷喝道："还真是一只狐狸精啊。"

剑光自她身后飞来，极为耀眼，逼得她别过头去。

"退后！"去而复返的少年持剑将前方二人斩开后肃容道，"带他走！"

宋雅看见摔倒在脚边的陈元瞬间清醒，忙不迭地把人扶起来，喊道："陈哥哥！"

苏玉姬捂着被剑光抽到的脸怒道："小道长，打人不打脸，更何况是女人的脸！"

孟临江专注道："你又不是人！"

苏玉姬听后发出森然的笑声，眉眼却越发妩媚，五指化爪逼近："区区定虚境，回来送死！"

"陈哥哥！"宋雅见二人已打起来，陈元还一副着急模样，反手就是一巴掌打过去，"你清醒一点，她是妖，你被她迷惑了！"

孟临江抽空掐诀朝陈元点了一指，因此被苏玉姬的妖气横扫得退后数步。

见自己使的清心咒并不管用，孟临江眼角轻抽，果断地对宋雅说："别管他了，你先走！"

苏玉姬冷笑："走？今夜你们扰我兴致，一个都别想走！"

眼见狐妖朝自己冲来，宋雅吓得连连后退，在孟临江抽身上前将狐妖拦下后，转身跑出院子。她心脏怦怦直跳，满心恐惧，腿脚发软，却在求生本能

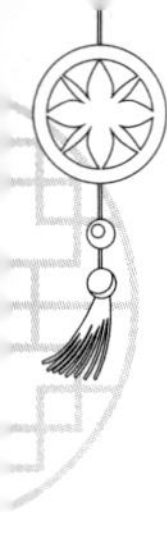

中跑下去。

这边离村子有些远，却离无冰河近。宋雅连滚带爬地朝无冰河河边跑去，整个人从梨花树前滚下去，差点落水里，她扑通跪下，双手合十：“河神保佑，求求……求求河神救救陈哥哥……救救小道长……”

她太害怕了，浑身发抖，话也说得哽咽。那小道长似乎并不厉害，因为前天晚上她在这儿听到了小道长跟道友的谈话，宋雅对他没有信心。

事实上，后方逐渐靠近的打斗声也证明她的担忧没错，小道长打不过那狐妖。

听见刺耳的剑鸣声时，宋雅惊得回头，却有一物落在她脸颊，冰冰凉凉。

宋雅愣怔抬首，那枯死的梨树枝丫正开出一朵又一朵雪白梨花。

花开即落，从生到死只短暂的一瞬。

宋雅再看回无冰河时，眼中倒映的一如当年自己在水下的惊鸿一瞥——黑发温柔垂落双肩，长尾变双足，赤脚踩在水面行走时带起一圈又一圈涟漪。

眼前的女人容貌艳丽，眉眼微弯，略带点点笑意，却让宋雅生出高不可攀的距离感，她姿态从容，缓步越过宋雅身侧时却伸手轻点了下女孩额头。

常瑶说：“河神保佑。”

宋雅紧绷的神经松懈，鼻酸得不行，双手抹着眼泪随她上岸。

孟临江拜入云山君门下已有八年，却未找到适合自己的剑。

因境界太低，云山君给孟临江找的不少神剑他都难以驾驭，就像是在一只饿鬼面前摆了色香味俱全的满汉全席，饿鬼却只能看不能吃。几次三番之后，孟临江也来了脾气，他放出话去，不要自己寻剑，要剑来寻他。

于是云山君只好在他如今的佩剑上留下一道生杀咒给他保命。

孟临江身上符咒灵器用完也没能制伏狐妖，反倒被追着打，师尊教他的咒律千千万万，能用出来的却没几个，方才在屋里尽显英雄气概的少年郎，此时却被狐妖打得毫无还手之力，十分狼狈。

苏玉姬嘲笑道：“小道长，你白日走就走了，何必再回来送死？莫不是

也贪恋人家的美色，想要同人家花前月下一番？”

孟临江被道道妖气捆住四肢难以动弹，在方才的打斗躲闪中，他的衣衫束发都乱了，却是一脸倔强，誓死不从，反倒让苏玉姬看得心痒。她刚要伸手摸摸那汗液滑过的喉结，就被孟临江手中长剑上的生杀咒金光灼伤，尖叫着被击退老远。

“什么东西？”苏玉姬惊惧地发问。

孟临江冷哼一声，哪怕心里已经嗷嗷喊叫，面上却一派从容，睥睨着从地上起身的她道：“怕了吧！”

苏玉姬眼中暗光闪烁，妖气四散间五指化爪，尖利得瘆人。

“死到临头还要花招！”狐妖话里带了杀意，挥手间带起厉风，身后三条粗大的尾巴显形，妖力暴涨，与孟临江争夺他手中长剑，“既然你非要跟我作对，那我也就不再手下留情了！”

孟临江见她竟有三尾，面色微沉，这可真是超出他的能力范围了，三尾狐谁打得过啊？他打一尾狐都够呛！

苏玉姬的妖力在与他夺剑，孟临江凝神拼尽全力想要阻拦，却敌不过这老妖怪，长剑发出不甘的低鸣声脱手而飞，被甩出老远。

孟临江还来不及骂上两句，苏玉姬那张过分美艳的脸就到了他身前，随之而来的还有泛着杀意的利爪。

他瞳孔紧缩，生死存亡之际，两道灵息各自从前后飞来，全都准确无误地落在苏玉姬身上，一道断其利爪，一道逼其跪下。

孟临江眼睁睁地看着刚刚还占据上风的苏玉姬，这会儿正惨叫着跪倒在他身前。

“谁?!”苏玉姬半是惊惧半是震怒地低吼，“阁下这是何意？”

“孟道长，你没事吧？”孟临江听见宋雅的声音回头看去，见常瑶抬手屈指轻弹，使出的就是他学了千百日也不会的高阶咒律。

耀眼的灵光从他眼前闪过，击碎束缚四肢的妖气，同时将苏玉姬困死在牢笼中。孟临江晕过去前，满脑子都在想：这又是哪家仙门的天才？

“孟道长！”宋雅焦急上前，却跑了没两步也晕倒在地。

常瑶的视线越过苏玉姬，落在从阴影中走出的青年身上，刚才斩断狐妖利爪的灵息出自赶来救援的师天颢。可师天颢万万没想到，回来一趟会有如此惊喜。

空气中流动的妖气是那么熟悉，又让人怀念。花树下那张脸也与从前有七八分相似，要说不同也就是她右眼眼尾多了一颗泪痣。可无论怎么看，这都是他十年前在西海金銮台渡天劫魂飞魄散的小妹。

“阿瑶？”师天颢声音都在发颤。

常瑶微歪下头，朝师天颢莞尔一笑。一向温和、稳重的他激动不已，上前把人紧紧抱住。

常瑶度过漫长的混沌时光之后重回人间，对世间一切都感到陌生又熟悉，包括她的兄长。

河边的打斗引来村民，没多一会儿全村的人都知道了。师天颢不得不应付村民们，把事情说清楚。

常瑶站在河边梨花树下守着昏迷的孟临江，不时看一眼被村民围着的二哥，他作为被凡人憎恨惧怕的妖怪，却总能与凡人温柔相处，让他们亲近自己，还真有当仙门弟子的天赋。

师天颢斩了苏玉姬一尾，又以永不踏足长驼山为交换条件饶她一命，再为受了蛊惑的村民施以清心咒安抚情绪，还开了丹药方子以防后患。

一只妖竟对凡人如此善良温柔。常瑶静静看着，心想二哥想成为凡人的心怕是拦不住了，就算大哥再关他数百年也没用。

村民们对师天颢感激不已，纷纷跪谢，师天颢忙了许久才得以抽身去找常瑶说说话。兄妹二人静静对视片刻后，他像小时候一样伸手轻揉她的头，略略感叹道：“我与大哥都以为你渡劫失败，魂散西海金銮台，这天地间再无你的灵息，就连无咎山也与你断了联系，至今无主。”

无咎山再度无主，妖界才认为常瑶是真的死了。

常瑶简单解释道：“大概这是半妖为数不多的优势。”她打量师天颢身上的云山门服，问出了一直想问的，“二哥，你怎么成了仙门云山的弟子？”

“这就说来话长了。”师天颢轻扯嘴角，神色无奈，“我情劫再临，起始点在昆仑云山。”

“可我入昆仑三年也还未等到那个人。”师天颢苦笑。

“会来的。”常瑶转移话题，“白天你们走了，我以为你要放这狐妖一次，怎么又回来了？”

“白日走是想要事后回来独自解决，不把事闹大。”师天颢说到这儿扭头去看还昏迷不醒的孟临江，叹气道，“谁知道孟师弟也存了这心思。他虽然没有修行天赋，心性却不错。”

常瑶略显纳闷道：“宋霁雪怎么收了这么个废物徒弟？”他跟燕子卞相比，可真是哪儿哪儿都比不上。

师天颢尽量避免提起的人却听常瑶主动提起，一时愣住。

“虽说没什么修行天赋，但云山君对这个徒弟倒是挺好的。”师天颢观察常瑶神色，“他对孟师弟的要求也不是很高。”

常瑶轻挑眉，目光狐疑，无声反问：你确定吗？

师天颢斟酌词句：“云山君这些年……变化很大。”如果说当年他确信宋霁雪爱着常瑶，那么现在可就难说了。

常瑶没有对此追问，她看了眼天色，若有所思道：“二哥，你在昆仑可要保重，无咎山至今无主，我怕是得回去看看。”

她最在意的是无咎山，不是云山君。师天颢也不知是否应该欣慰，只好点头。

重逢的喜悦很快被冲淡，刚回人间的常瑶似乎有很多事要做。第一件事就是重新与无咎山结契，成为新的无咎之主。

人妖两界日夜颠倒，从黑夜转眼到白日，常瑶站在无咎山山脚，日光透过枝丫缝隙洒落，高耸入云的树冠投下大片阴影，腐叶堆积中偶有几株花草挣扎着冒头。

她走在林荫道中，一步一步慢慢往山上走去，偶过溪河，可见各色金银珠宝闪闪发光，衬得山色瑰丽。一些飞禽走兽悄悄从枝叶后探头，树在常瑶走

过时开花献礼，表达无咎山对她的喜爱。

常瑶能感觉到身体的变化。靠第二条命重塑肉身，不仅容貌有细微的变化，连她曾经失去的灵脉也回来了。力量并未消减太多，还有所得。

为此她心情不错，认为与无咎山重新结契绝无问题，谁知等她到山灵石像前释放妖力与之结契时却失败了。

山灵石像上的咒纹并未被激活并排列出正确的图案。

常瑶不信邪，伸手再次结契。

山灵石像依旧毫无动静。

周遭花树枝丫摇曳，像是在为她加油呐喊。

常瑶试了数次都未成功，无咎山对她表现出的善意与亲切是真的，它并没有排斥自己，或者说无咎山至今无主，是因为它还在等常瑶回来。但为何结契失败了？

她试了一整天都无果，等到入夜后去了无名碑崖前。

星辰漫天，沿途全是红艳的妖花，常瑶发现崖前又多了一块无名墓碑。

大概是两位兄长给她立的。

常瑶站在碑前喃喃发问：“为什么失败？”无人应答。

即使她死去十年，竹屋水车也没有妖敢靠近半步。

常瑶在水车前静立到天明。

她花了好几天时间复习所有曾学的术法，修长手指在虚空画出字符，最后使出的是宋霁雪曾教她的清心咒。

待她平复心境后，常瑶又一次来到山灵石像前，却见一只大妖在此等候。

形如牛身，有蛇尾，独目，这是大妖山蜚。它站在山灵石像前看着她，口吐人言：“近日山灵异常活跃，我就猜到是你。”

常瑶面不改色道：“那你猜得挺准。”

她往前走着，目光掠过山蜚眼尾伤势，挑眉道：“你受伤了？”

山蜚沉声道：“你夫君不愧是心剑第一人。”

“他伤的？”常瑶眨了眨眼，“什么时候？”

“你死后六个月，人间瘟疫不断，是他找到我，以心剑稚鬼将我重伤逼

退。”山蜚哼一声道，“你那日是故意不杀他？留下祸患？”

常瑶慢悠悠地道：“我忙着渡劫，哪还管杀不杀他？”她站在山灵石像前摆摆手，“我现在忙着结契，你想报仇就自己去，但是你下次出山入世得六百年以后。”

山蜚踹了踹蹄子表示不满，不情不愿地道：“你结契失败，是因为心元差一半。”

常瑶惊讶地看去，山蜚冷酷转身：“是山灵要我告诉你的。”

她这些天屡次结契失败，无咎山都急了，派了使者来告诉她真正原因。

风声飒飒，常瑶仰首看山灵石像，神色微微恍惚——心元差一半。

当年她结契时身为半妖的心元是完整的，后来却分出一半去，她给了谁？只有那个人。她曾为救宋霁雪断了灵脉，又分他一半心元，这么重要的事为什么都会忘记？难道宋霁雪在她心里就这么不重要吗？

常瑶抬手轻揉眉心。这下麻烦了。想要与无咎山结契成功就得拿回另一半心元，她得去找宋霁雪，再从他灵脉里把心元挖出来。

常瑶回到人间，直接去了上元城。

开春时节，上元城有诸多节日，不管白日夜晚，城中各处都热闹非凡。

她在城中短暂游逛后便朝昆仑的方向走去，路上一遍又一遍默念清心咒。

偶尔遇见几名下山或返回的昆仑三山弟子，都是些才入山门不久、修为低微的弟子。

在昆仑天阶处，那些御剑而行外出归来的弟子都聚在此处落地，因为这里是昆仑三山分界线。长长阶梯似看不见尽头，两旁山石耸立，划出一道深渊。

师天颢正在天阶等着她。常瑶回人间便给他传音告知要入昆仑拿心元一事，师天颢大惊，忙不迭为她安排入山。

此时，师天颢领着常瑶避开人群，在天阶角落压低声音道：“自从当年的事后，昆仑盘查越来越严。”

“我是半妖，他们的多数法阵对我都没用。”常瑶不甚在意。何况入昆

仑对她来说并不难，难的是进云山找宋霁雪。

师天颢边往前走边说："云山君从去年八月开始就不在昆仑，虽然山内没有通告，但据我所知，他是跟上庭两门的人去了鬼民之界，赶巧昨夜才回来……还受了伤，双目失明。"

常瑶不由得摸了摸脸，心想那可真是天助我也。

"他这伤……"常瑶刚开了口就被人打断。

"詹师兄！"熟悉的声音从后方传来，二人皆是一顿，回头看去。

孟临江拎着好几个包装精美的盒子御剑下来朝詹容招手，看见转身回来的常瑶，稍显激动地对詹容说："这不是那天晚上救我的姑娘吗？"

常瑶一眼认出他手中盒子装的什么，都是云山君喜欢吃的零食。

孟临江目光好奇地盯着常瑶打转："你也是昆仑三山的弟子吗？"

"我哥哥是云山的弟子，前些日子他外出历练不幸遭难，我得知消息后前来认领遗物。"常瑶垂眸伤感道。

师天颢的神色有些难看，虽然这就是带她入山的理由，但听她亲口说出来还是有些怪。

孟临江微怔，问师天颢："她哥哥该不会是晋舒师弟吧？"看来他也知道云山有弟子外出历练去世一事。

师天颢颔首："正是，她名叫晋柔，我正要带她去浩然峰。"

"好好，那你们先忙，我等会儿再去找你们。"孟临江挥挥手，又急忙御剑离去。

常瑶看了眼孟临江离去的方向，又看回师天颢问："晋舒是谁？"

师天颢面不改色道："是大哥。"

常瑶呆住了："大哥也在？"

"他渡八苦劫，晋舒这个身份死后已剩最后一劫，只不过……还是在云山。"师天颢面色古怪道，"年初云山新收的一批弟子里就有他。"

常瑶跟在师天颢身后默默走了会儿，又问："二哥，你这三年在云山，该不会每次都看他渡八苦劫吧？"

师天颢苦笑道："我也不知为何大哥渡劫点总在这儿。"

他这三年来，除了日夜苦等自己的情劫之人出现外，便是为大哥操碎了心，渡劫身份总是命途坎坷，经历让人心酸落泪。

每每想起大哥受的苦，师天颢都担心大哥若是渡劫后恢复凤族少主的身份，按照他的脾气还不知道要把云山怎么样。

常瑶抬手搓了搓脸，没想到她这一趟还真是来给兄长收拾遗物的。

两人装模作样地到弟子堂舍，进晋舒的房间收拾东西。衣物都是提前整理好的，常瑶好奇地翻看片刻，得出结论：大哥过得很是穷苦，除了两套门服外，就一件常服，还到处缝缝补补。

她唏嘘道："大哥过得可真不容易。"

"如今他叫石雷，刚满十六岁，身体有残缺，右手断了三指，自卑又极端。"师天颢轻轻摇头，"这次也不会好过。"他问常瑶，"接下来你打算怎么做？"

进昆仑不难，见云山君取心元才难。

常瑶说："速战速决，趁他受伤还看不见的时候早点拿到心元。"

师天颢抬手施了道隔音术在门外，正色道："阿瑶，云山君如今的心思谁也猜不准，你可千万别让他发现是你回来了。"不然，他怕宋霁雪疯起来自己这刚重生没多久的小妹又要没命了。

云山夫人的名讳"常瑶"二字不仅是昆仑的禁词，只要是云山君出没的地方就是禁词，谁也不敢当着他的面提起。

十年晃眼而过，好在每年都有新鲜事供天下人谈论，如今云山夫人已没什么人再提，可宋霁雪永远不会忘记。

常瑶不知道宋霁雪如今变得如何，她的记忆停留在十年前，停在最后那一声复杂的"阿瑶"。混沌的时光里她也曾反复回想那一幕，终于听出那声"阿瑶"中的哀求之意。

宋霁雪该恨死她了。

"再过半月，大阴山那边有喜宴，是大阴山君的孩子八岁生辰宴和东阳真君六十大寿，如今已开始着手准备，云山的人偶尔也会被叫去帮忙。"师天

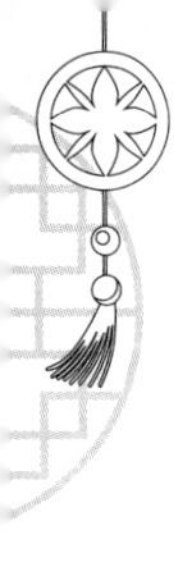

颢在带她去浩然峰的路上说道，“之前薛师兄让我下午去大阴山帮忙布阵，等会儿孟师弟过来你自己小心些，他之前在石蚌村就对你念念不忘，一直以为你是哪家仙门的天才。”

常瑶点着头，模样乖巧，引得路过的师弟们频频瞩目，有大胆的隔着长廊就冲师天颢喊：“詹师兄！这是咱们浩然峰新来的师妹吗？”

“别想了。”师天颢温声道，“这是晋舒师弟的妹妹。”

闹腾的师弟们听后纷纷正经起来，朝常瑶露出节哀的表情。

按照规矩，生人入山得记录灵息，去往各处都有限制，可能会触发部分带有攻击性的法阵，但常瑶是以领遗物的理由进云山，收拾完东西后，浩然峰峰主理应再表达一番慰问。

师天颢带常瑶走过场，去见浩然峰的赵峰主，却得知对方此刻正在上云峰。

常瑶再次感叹：天助我也。

去往上云峰有一段必经之路，曲径通幽，两旁树木参天，遮掩了天地光芒，全靠永不熄灭的小石灯照明。偶是平路，偶有石阶，蜿蜒曲折。

师天颢说：“还好你此次回来略有变化，若是与当年一模一样反而不好。”

常瑶闻言，抬首摸了摸脸。眼尾处多了颗泪痣，容貌相似度七八分，回到当年与宋霁雪初见时的年纪。但凡见过她的人都会惊讶于这相似的容貌。

师天颢继续说道：“你死后也有心怀不轨之人利用与你相似的容貌接近云山君，无一例外都被他斩于剑下。”

常瑶眨眼道：“这不是很正常的事吗？”换她也杀。

师天颢哽住，又道：“听说当年乘静真君回来给了他一瓶三途川的忘情水，让他忘了你。”

常瑶抬首朝上云峰的方向看去。

“但他并没有喝，被乘静真君怒斥给昆仑丢脸，连累云山成为天下人的笑柄。他一个人被妖迷惑活成个笑话却不知悔改，反而拉着昆仑一起沉沦，这话可是当着各大仙门的面直接骂的。”师天颢忍不住摇头，“因为得知你的死讯我去了趟人间，这才发现人间什么传闻都有，说你是妖皇派去昆仑的内鬼，

害死了众多修者，间接导致地鬼之门封印开启，云山君以稚鬼顶着雷劫重新封印了地鬼之门也被唾弃是赔罪。”

常瑶无言，怎么内鬼这事儿还没被忘掉？乘静这老头儿是觉得自己活得太舒适安逸想找点刺激？

“宋霁雪重伤刚醒就下山除蜚，次次出战都受伤，本是为了人间，却有修者趁他受伤偷袭，义正词严道这都是他的错，他该为自己因妖而死的亲朋师友赔罪。”

师天颢回忆往事，再次忍不住感叹云山君的落魄难堪，他甚至觉得这人当年没有入魔实在是不可思议。从高高在上到万人唾弃，莫须有的罪名和各种迁怒伤害，心性有多坚忍才能全部扛下。

“十二仙门曾要将他从云山掌门的位置上拉下来，但有一部分修者并不同意，乘静真君放言宋霁雪闭关，自己代管云山，其实就是夺权，最终导致师徒决裂。”师天颢说，“转折在宋霁雪独战双蜚，一死一伤，又与圣剑宗、菩提门两位化命劫尊者战妖皇，退万军，护了人间，得无数凡人拥戴，修界再无人敢对他指指点点。”

那一战后，宋霁雪无疑成了修界第一人，众人都在想他离飞升似乎也就一步之遥，哪怕明儿醒来有人说云山君昨夜飞升仙界也绝不会惊讶，只会感叹终于到这一天了。

独战双蜚，双蜚一死一伤的战绩引得无数修者、凡人崇拜，云山不仅没成为天下笑柄，反而又被推上一个高度，来昆仑欲拜入云山的人一年比一年多。不少凡人都以家中有儿女或是亲戚在昆仑云山为荣。

常瑶安静地听着，师天颢见她并无波动，也就干脆将自己知道的都告诉她了，也好为接下来的见面做准备，免得突生事端。

“云山君在天下太平后将所有与你有关的东西都烧了，就连上云峰的大殿也毁了重建。”师天颢边说边看常瑶，“他还曾去过无咎山，似乎是以为你来自无咎山，伤了数名大妖，残阳峰就是被他给斩了一半。当然，他自己也受了伤，还被大哥打了。”

常瑶轻轻抿唇，这事儿足以看出宋霁雪对她有多怨恨。

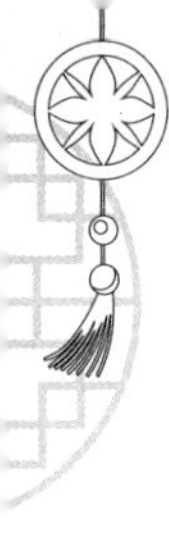

师天颢犹豫片刻，还是把话问出口：“当年我是因宋霁雪真心爱你才没阻拦你嫁入云山，也不觉得他会因你是妖便如此怨恨。阿瑶，金銮台雷劫时你是否还对他说了别的？”

短暂的沉默后，常瑶慢吞吞地道：“我说嫁他只为云山灵息，并非爱他。”

师天颢一顿，心想：果然是这样。

“他这些年变得跟大哥差不多，脾气阴晴不定，心思难猜且好战，常外出征战又受伤而归，似乎只为突破瓶颈飞升，如今实力深不可测，又对你因爱生恨，到时候可要万分小心，就算他受伤失明也不要大意。”师天颢叮嘱道，“以他的修为境界，你若是施展易容术反而容易被看穿引他生疑，反正他现在也看不见，今日若是没有机会就明日再来，不要着急。”

宋霁雪的对手虽能伤到他，但也一定会死。

常瑶眼角余光瞥过路上昏黄石灯，冷不防想起当年，在这里宋霁雪说过的话：“阿瑶，不管什么时候，遇见任何危险都记得往我这儿跑。”

上云峰彻底变了样。常瑶记忆里熟悉的山石道路和屋檐长廊全都不复存在，她喜欢的花树被替换成她讨厌的，当年宋霁雪为她亲手栽种的果树也被尽数砍去，如今那一片成了水池，里面种着大片红莲。

去往大殿路上连绵的花道也已不在，被改造成了水廊，所见之景无比陌生。

常瑶下水廊到青石路，两旁是以小黑石块圈起来的白沙地，刚绕过白沙地就见前方殿门前立着一棵千年垂枝樱，枝条低垂，上面又缀满粉樱。

她微微眯眼，还以为这棵樱树也被砍了。

师天颢见孟临江从大殿出来，停下脚步道：“孟师弟。”

孟临江侧首看过来，目光落在常瑶身上：“詹师兄，你们怎么来了？”

师天颢说：“晋柔入山一事要跟师尊汇报，得知他人在上云峰就过来了。”

“赵峰主刚走没多久。”孟临江问，“你们没遇上吗？”

师天颢微怔，摇头道：“我以为师尊还在跟掌门谈事。”

“师尊在跟星罗左护法聊这次外出，我溜出来透会儿气。”孟临江说，“本想去浩然峰找你们的，没想到一出来就遇上了。”

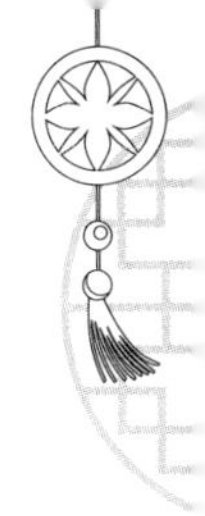

他属实不想听两个盲人在里面交流心得，说得要把他也弄瞎一起体验下新世界似的。

“既然如此，还请孟师弟先照看晋柔片刻。”师天颢准备把人交出去，“薛师兄要我去大阴山准备宴会献礼法阵，一直催着，不去不行。”

孟临江看着满脸柔弱无助的常瑶，心一软，便点头道：“好吧，我正好要感谢晋柔上次的救命之恩。”

师天颢这才离去。

常瑶装乖扮弱十分熟练，带点不安，问孟临江：“我是不是打扰到你了？你有事忙的话不用管我，我就站在这儿哪儿也不去。”

“没有没有。”孟临江连连摆手，他感到有些奇怪道，“那日在石蚌村，我见你是用了四时困阵？”

“不是的，只是普通的锁妖阵而已。”常瑶否认，细声细语道，“我哥哥去年拜入云山，而我被一名散修收为徒弟，也会一些咒律术法。”

孟临江羡慕了。他虽出身大仙门，师承修界第一人，却学得不如无名散修之徒。

孟临江感叹道：“那你师父一定很厉害。”

常瑶摇头：“云山君才厉害。”

孟临江点头，骄傲地道：“那是，我师尊最厉害。”

常瑶忍不住想笑。

“那晚若不是你突然出现，我怕是没命回来见我师尊，救命之恩永生难忘。”孟临江朝她拱手弯腰，郑重行礼，“孟临江在此谢过姑娘。”

“孟哥哥不必客气，修者外出历练死于妖手这种事谁也不想看见，能救当然要救。”常瑶的细声软语听得孟临江心软不已，不似宋织叫他孟哥哥时起一身鸡皮疙瘩，从常瑶口中说出时听起来异常舒服。

这姑娘可真是乖巧善良——孟临江如此想着。

“你暂且就在上云峰待着，等詹师兄忙完后再回来接你。”孟临江说，“有什么需要不必拘礼，大胆与我说便是。”

“孟哥哥，我确有一事相求。”常瑶神色犹豫。

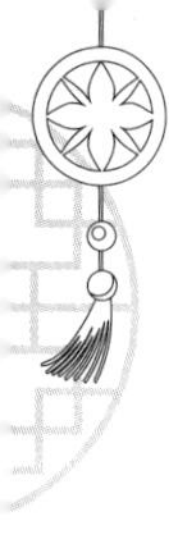

孟临江大方道："你说。"

"我与家兄都十分崇拜云山君，如今哥哥遭难，我在这世上再无亲人，斗胆想请云山君为哥哥行安魂礼，让他走得圆满。"常瑶言辞恳切又悲伤。

孟临江被那双盈盈眼眸注视，实在是难以拒绝，抬手摸了摸鼻子，道："晋舒是我云山弟子，师尊应该会同意，我这就带你去见他。"

常瑶拦道："还是等云山君空下来再去吧，方才听说他正在里面会客。"

任泓在场有点麻烦，人越少越好。

孟临江一听又觉得常瑶可真是个懂礼貌的好孩子。他同意了，便跟常瑶在殿外等候。

其间，常瑶问他："听说云山君受伤了？"

"会好的。"孟临江没有多谈这件事。

常瑶想确定宋霁雪伤到什么程度，但孟临江对自己师尊的事很是警觉，难以套话，只好等着待会儿亲眼看看。于是她转移话题，把重点放在孟临江身上，一句又一句"孟哥哥"把他喊得晕头转向，连自己修炼时的丑事都全说了。

孟临江跟常瑶聊得正欢，冷不防听见有人喊他："临江，你师尊呢？"

常瑶见来人后垂首低眉。

"大师伯，"孟临江回首看去，忙收敛笑意道，"师尊还在里面跟左护法谈事。"

"任泓还没走？"云山定坤君于野刚要迈步进大殿，余光却瞥见另一人，那模样有点眼熟，又没有穿着任一仙门门服，便停下问，"这是谁？"问完细看之下就发现少女与云山夫人过分相似的眉眼，神色瞬间变得莫测。

"这是晋柔，浩然峰弟子晋舒的妹妹。"孟临江如实回答，"晋舒因外出历练被妖所害，她前来收拾遗物，恳请师尊为晋舒行安魂礼。"

常瑶看见于野来的时候就知道这次没戏了。她不可能当着星罗左护法和云山定坤君的面取走宋霁雪体内心元。

"哦，安魂礼。"于野冷哼一声，迈步朝里走去，"带她进来，这种要求你师尊肯定不会拒绝。"

孟临江悄悄向常瑶使了个眼色，示意她跟上。常瑶默默随二人一起入殿。

算了，拿不到心元，给兄长换场安魂礼也行，就当提前庆祝他渡劫成功吧。

大殿内，建筑风格都变得肃穆，像是在看一尊不苟言笑的铁佛像。树木花草少得可怜，走廊之外全是小黑石子圈起来的白沙地景，庭院了无生机，十分寂寥。

常人在这种环境下久住心性必然发生变化，心志不坚者大概率会因孤独寂寥而轻生。

所以每次孟临江来大殿找他师尊都小心翼翼，否则一不小心就会陷进庭院中的白沙地景，使自己的心神困在其中。同时，他又无比佩服师父的心神之坚定，多年频繁出入这里却丝毫不受影响。

中殿屋内点了安神香，常瑶还在台阶下时就能闻到，也能听见里边星罗左护法对云山君嘀嘀咕咕：“我说了让你别去你不听，现在好了吧，你这眼睛没几个月别想看得见。瞎眼独我一个，我就这点特色了，你还要跟我抢，不要脸。”

云山君宋霁雪一袭青衣黑纱，蒙眼立在槅子前，骨节分明的五指搭在架子的一小格上，进屋的人只瞧见他侧脸，微微抬首似在寻找槅子某格里他所需要的东西。蒙眼的黑纱长带垂在发上，窗外吹进的春风拂过长带，使它飘起又落下。

屋里有两个盲人，所以走在最后的常瑶肆无忌惮地抬首看去。

漫长的时光隔在她与宋霁雪之间。

在常瑶沉睡于黑暗混沌中，只剩意识聆听山河之息的日子里，宋霁雪经历了太多太多，好的坏的都有，那些不为她所知的事在他身上留下点点滴滴的痕迹，将他雕刻成另一副熟悉又陌生的模样。

视线掠过那蒙着黑纱的眉眼时，常瑶感觉心脏被重重地敲击。

宋霁雪不像任泓是几十年的老盲人，也没有在短短数日修得心眼的本事，双眼失明对他还是有一定影响的，但就算如此他也比常人厉害太多，以至于他看上去跟平日没有差别。

他只能凭借灵息判断周遭是否有人，而修得心眼的任泓不仅能识别灵息，还能将灵息化形，把他眼皮之下的世界作为具体景象存在。

两人都察觉出进庭院的有三人：孟临江和于野，剩下一个境界不高的陌生人。宋霁雪没太在意，手指滑过木格，随意道："临江，帮我把金花种子拿出来。"

宋霁雪家里的东西太多，什么灵器丹药都是小玩意，这些小玩意他随手就丢了，从来不整理，想找的时候才找，有的东西丢哪儿去了也不记得。

以前都是常瑶帮他整理的，如今这些活已被孟临江接下。

"师尊拿金花种子做什么？"孟临江麻溜地来到榻子前帮他找。

宋霁雪站着没动，神色淡淡："把山崖后的桃花树换了，碍眼。"

任泓提醒他："你现在是个盲人。"

于野走到桌案边去，其间余光始终注意着常瑶，见她局促不安、神色怯懦地站在门口，小心翼翼的，不敢轻举妄动。他想，这次的替身不行啊，连原主什么性格都没摸透就敢上了。

"什么事？"宋霁雪无视任泓，微微侧首转向走来的于野。

"看你死了没？"于野冷酷道。

宋霁雪："没死。"

于野眼角轻抽一瞬，似受不了般哼道："浩然峰有弟子外出历练遭难。"

宋霁雪安静等着后文。孟临江忙接话道："是晋舒师弟，他的妹妹晋柔如今就在大殿，想请师尊你替晋舒行安魂礼。"

常瑶此刻低垂着头，俨然一副没见过世面的模样，五指抓着衣袖揉捏着，把内心紧张充分展露出来。

宋霁雪接过孟临江递来的金花种子袋问："那妖死了吗？没死就找出来偿命。"

孟临江："死了。"

宋霁雪这才望向进门的第三人。

常瑶轻声细语道："我与哥哥都十分敬重崇拜云山君，所以斗胆提出此要求。"

宋霁雪良久不语。

气氛在他的沉默中变得有些许微妙。

孟临江没想到本该顺利的事竟然生了波折，又不想常瑶失望，便小心翼翼道："师尊，之前跟你说过从上庭回来遇三尾狐妖一事，是晋柔救了我。"

任泓听到这儿，笑出声来："不就是安魂礼吗？这有什么难的？至于把救命之恩都搬出来逼你师尊？"

孟临江连连摇头："我可不是逼师尊！师尊，我绝对不是这个意思！"

"哎呀，云山君如今瞎了眼，行安魂礼也不方便，不如我来，再不行让你们定坤君来。这位姑娘，星罗左护法和定坤君加起来也够云山君的排面了吧？"任泓笑嘻嘻地问道。

常瑶也满眼慌张道："此事是我唐突，几位真君就当我从未说过，我、我……"

"安魂礼入夜再行，既是云山没护住你哥哥，理该如此。"宋霁雪面向常瑶，说完这话后又微微垂首看回手上。

常瑶激动道："晋柔多谢云山君。"

宋霁雪的注意力都在花种子上："先带她下去吧。"

孟临江道了声"是"，带着常瑶朝外走去。

等两人走远后，于野才冷酷地抛了句："她长得像常瑶。"

任泓刚喝的茶一口气全喷出来。

于野看向宋霁雪，这人却在数种子，不咸不淡地回了句："看不见。"

任泓咳了两声："看吧，瞎也有瞎的好处。"

"我回头查查看这次又是谁派来的。"因为这种事已经不是一次两次，有经验的于野并不是很在意，反正他知道冒牌货是不可能影响自家师弟的。

假的始终是假的。在所有人都担心宋霁雪会沉溺于假象时，他却比任何人都要清醒。起初人们以为扮作常瑶能诱惑云山君，后来才发现此想法大错特错。

在宋霁雪接连斩杀数名假常瑶后，人们终于醒悟：原来的深爱宠溺已化作深切的仇怨，常瑶曾是他最爱的人，如今却是他最恨的存在。扮作常瑶去见云山君并不会成为新的掌门夫人，反而会死。

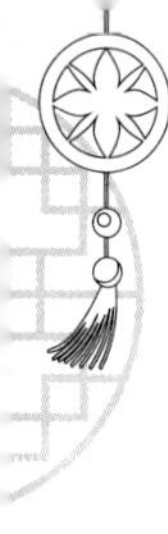

于野看向宋霁雪的双目："话说回来，你这眼睛是怎么伤的？"

"我知道我知道！我当时亲眼看着的！"任泓举手积极回答。

于野翻白眼道："你是个盲人，哪来的亲眼看？"

任泓："你再骂不告诉你了啊！"

于野摆摆手，示意他说。

任泓却哼道："他是为了救个女人伤的，我当时都说别去救了他非要去，不听我劝。神算的话你都不听，你这次最好长长记性。"

于野惊讶道："什么女人？"

任泓高傲地一抬下巴："求我就告诉你。"

于野伸指点他："你求老子求你啊。"

宋霁雪没理这两人幼稚的拌嘴。他的思绪有片刻飘远。

每一个扮作常瑶试图魅惑他杀他的妖或者人都非常厉害，神色、姿态都贴近人们对云山夫人的印象，不只皮相，还有气息与声音，哪怕容貌、身形都一模一样，宋霁雪也只觉得他们扮演的常瑶无趣又可笑。

倒是方才在看不见脸的情况下，那少女与常瑶相似的声音和语调瞬间将宋霁雪的记忆拉回当年。宋霁雪太熟悉常瑶说话的语调，有着独特的个人节奏，也熟悉她装乖扮弱的姿态。常瑶同他轻声细语的时候太多，在彼此亲昵缠绵时，那记忆太过深刻，不会忘记。

于野跟任泓吵着吵着发现宋霁雪往外走了，喊道："去哪儿？"

宋霁雪头也不回道："种花。"

种新花之前，要把老树砍掉。

常瑶原以为要入夜后才能再见宋霁雪，没想到会被孟临江叫去帮忙种花。

她问："这是云山君的意思吗？"

孟临江点头："若是师尊不让，我肯定也不敢叫你一起。"

常瑶乖乖去了。

宋霁雪了解她，熟悉她的语调姿态，她何尝不是呢？知道是宋霁雪的话一定会听出来，所以她才在云山装乖扮弱，就是要让宋霁雪注意到这细微的不

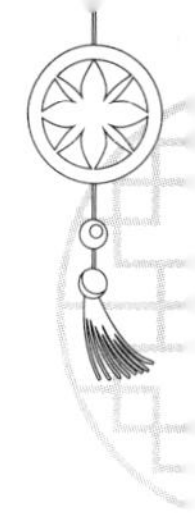

同，不然她靠什么接近云山君？

常瑶到时看见的是已经倒在山崖前的桃树，它开得正盛，花落了满地。曾经崖前有一间厨房，她在这儿跟夏桑依学会了包抄手，再等着外出的云山君回来一起吃。

如今厨房小屋没了，桃树也要没了。

“师尊，”孟临江站在桃树前挠头，“这树怎么处理啊？”

宋霁雪漫不经心道：“砍了去给斋堂当柴火烧。”

孟临江拿着自己的剑瞅了瞅，认命地开始对桃树砍起来。

常瑶怯声道：“云山君。”

宋霁雪朝她的位置略一停顿，也没让她干吗，而是问：“听说之前是你从三尾狐妖手里救了临江？”

“……是。”

“用的四时困阵？”

“只是普通的锁妖阵。”

云山君似笑非笑：“普通锁妖阵可困不住三尾狐。”

“我只是刚好在那瞬间打断了狐妖，并没有孟哥哥说的那么厉害，最后还是靠詹师兄及时赶到才得以拿下三尾狐。”常瑶轻声道。

孟哥哥？

这相似的声音与语调听得宋霁雪神色莫测。

孟临江一直竖耳听着，此时忙道：“师尊，你不知道那三尾狐妖当时完全是癫狂了，因为我打扰了她吸食阳气，从她手里救了整整两条鲜活生命，她这才恼羞成怒追着我打。师尊，你看我做得对吧？”

宋霁雪简短地“嗯”了声，让常瑶挖坑，他丢种子，两人渐渐走远，留孟临江一个人在崖前专心砍树。

其间除了必要的交流外，宋霁雪再没有多说一个字，常瑶挖土挖着挖着忍不住想：他真就是让我来当苦力种花的？

直到一只传信灵鸟从虚空飞出落在宋霁雪肩头——有关晋柔此人的所有信息查不出半点不对劲。

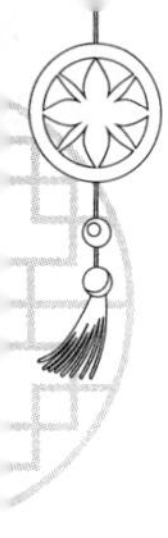

宋霁雪不动声色地放飞灵鸟，正要开口时却听常瑶问：“云山君……您不喜欢桃树吗？”

“不是。”

常瑶侧首看他：“那为何要将桃树砍掉？”

“它知道得太多了。”宋霁雪似笑非笑，并未顺着她的话题走，反而问道，“有人曾告诉过你，你与我死去的夫人长得很像吗？”

常瑶微怔，完全没料到他会直接问出这种话来。

“没、没有，我不知道您夫人是何模样。”她无措回应着。

宋霁雪捏着手上种子，松手时准确落入坑中，慢慢地道：“不仅长得像，连声音也一模一样，每说一个字都让我想杀你一次，当我耐心耗尽后，也不知你能在我面前活到几时。”

“云、云山君……”常瑶话里带了点惊恐。

宋霁雪捏着种子，声色漠然：“你若是想活命，安魂礼后立即下山，这辈子都别再踏入昆仑半步。”

意料之外。常瑶完全没想过会这样，她竟然被宋霁雪威胁了。宋霁雪竟然要杀她，还不准她再踏入昆仑半步。

常瑶心情复杂。种完花回去后，她跟来上云峰的师天颢说了这事，神色阴郁：“他要杀我。”

师天颢安慰道：“我之前跟你说过的，他已经不是以前的云山君了。”

常瑶五指扣着水廊木柱，垂眸看水中红莲。

“你不爱他，他也没了往昔情意，正好，这次拿到心元便可一刀两断。”师天颢劝道，“你重新修炼可别再打云山的主意了，若是缺灵息充足之地，我帮你去偷开启降神虚海的钥匙，降神虚海足以跟昆仑相比。”

降神虚海。

常瑶不由得想起妖皇，他们之间还有好几笔账没算。

“换作以前，他不会给你活命的机会，今日主动戳穿长相相似一事，应该是查了你的身份并未发现异样，认为真的是巧合才出言警告。”师天颢担心死而复生的妹妹再出意外，不愿她冒险，“既不是你想要的缘分，断了就

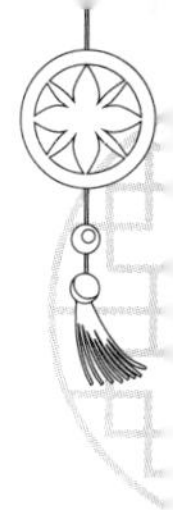

断了吧。”

当断则断，常瑶不是不明白。可她和宋霁雪之间真的该结束了吗？让宋霁雪恨她，被困在怨恨的牢笼中反复受折磨，常瑶从未想过要这样，也不该是这样的。当年她要从昆仑离开回无咎山，抓着她将她留下的是宋霁雪。

常瑶静默片刻后，轻声道：“我拿回心元就走。”

她该回无咎山。

入夜时分，宋霁雪按照约定在崖前为晋舒行安魂礼。

桃树都被他砍掉了，新种的花还没有发芽，山崖前光秃秃一片，只见远处云峰花海。

常瑶站在宋霁雪身后，再往后些是孟临江。

夜风吹着青衫衣袂与黑纱长带，宋霁雪身姿挺拔，双手结印间不断有天地灵息化作荧光升腾飘舞，它们温柔而宁静，安抚着九泉之下的亡魂。

常瑶站在后方，安静地看着云山君的背影，指尖微动，下午便在崖前布下的噬元阵缓缓启动。此阵可困住云山君片刻，也能将波动控制在一个度，超出法阵承受力才会触发云山警报，并且禁止传信灵鸟出没，延迟他人知道上云峰出事的时间。

云山夜里多雾，此时山雾轻薄，却混杂了狐族珍宝见愁珠所带来的烟气，宝珠遇水可化云烟，沾者立生幻觉，困其心智。

噬元阵开启的瞬间，宋霁雪便察觉不对劲，但没有给他反应时间，他便已入见愁幻境。

无论是法阵还是宝珠都是大手笔，用在宋霁雪身上却又非常值。

哪怕把人困在法阵中，心剑稚鬼也在护着主人免于受伤，而以宋霁雪的能力，这幻境困不了他多长时间，常瑶须得速战速决。

轻烟薄雾将山崖景象吞噬，孟临江入了幻境神情呆滞，常瑶拿着他的剑上前，迎着稚鬼的剑鸣声斩去。

稚鬼未出鞘，正出于被动护主，但那凶煞之气形成的屏障亦让常瑶花了点时间，她以比稚鬼更强横的妖气施压对抗，哪知道她手中剑并非神剑，竟率

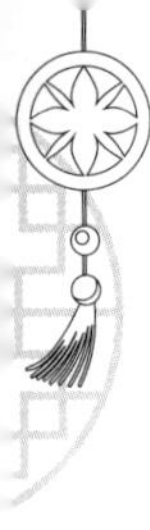

先受不住二者力量断了。

想破稚鬼的屏障必须用剑，断剑碎裂瞬间，常瑶眉头微蹙，当即道：“二哥！”

守着见愁珠的师天颢下意识将腰间佩剑给她，瞧见剑光闪烁时才惊觉不对：“等等！”

常瑶单知道她二哥渡情劫除了带回一身伤外还有一把剑，一把绝世神剑，名叫哑音，却不知这把剑的特殊之处。

师天颢对谁也没有说过。神剑哑音剑刃锋利无比，可斩世间万物，甚至天地，唯独伤不了持剑者的心上人。

大妖之力配合剑气狠狠地斩碎稚鬼护主的屏障，常瑶这一剑本该刺入宋霁雪胸膛灵脉处，剑尖却忽地在他衣上停顿，再不可前进半分。

常瑶愣住。

云山君却在她愣怔时破出幻境，在那剑风与妖气还未消散的瞬间夺剑反斩，哑音换主，锋利剑刃划过常瑶纤细脖颈，却连她一根头发丝都未斩断便停下。

师天颢的脸色有点绷不住，而常瑶在那短暂的停顿后，立马后撤出宋霁雪的攻击范围，同时朝她二哥看去，投以古怪眼神询问：哥，你的剑是不是坏了？

师天颢不知说什么。

常瑶没退两步就被宋霁雪追上，一圈圈涟漪自宋霁雪脚下蔓延，无数灵剑从涟漪中升起，见他开了心剑，常瑶不由得认真起来。

宋霁雪很快发现自己夺的这把剑什么用都没有，手感极佳，听剑鸣是把好剑，但好几次在必杀的点都莫名其妙地顿住，就算是他也难以使力半分，于是果断扔了，反手拔出稚鬼。

哑音又回到常瑶手里，她见稚鬼出鞘，不由得呆了呆。

师天颢看着持剑对立的二人眼角狠狠一抽，竟莫名觉得有些荒唐。

第五章 戏火

宋霁雪破除幻境，恢复神志，常瑶跟师天颢都不敢出声，恐被他认出而暴露身份。

稚鬼出鞘必见血才收，再看自己手里这把无法伤到宋霁雪半分的哑音，常瑶顿了顿。这架没法打呀。

心剑范围扩大到整个山崖，常瑶每一个落脚点都被提前察觉，行动被封。

剑势激荡，几次险些就要伤到她。好在哑音不可攻却能守，与稚鬼碰撞能承受那猛烈强势的灵息，发出刺耳剑鸣，带起星火闪烁。

与宋霁雪比剑这种事，自她失去灵脉后就再也没有过。

常瑶并不擅长用剑，也不喜用剑，她害怕剑修。

当初她假装是小仙门的弟子，让宋霁雪以为自己在仙门过得不好，什么都没学到，在万象灵境里容易受人欺负。一通装乖扮弱的操作只是为了借刀杀人，没想到宋霁雪不肯直言说要保护她，反而拉着她习剑术，教她咒律，说：“你得学会自己保护自己，我的剑只会杀人，不会庇护弱者。”

结果每次遇险，他拔剑比谁都快。

剑鸣声声，那些久远又零碎的记忆忽地在她脑海中飞速闪现。

在万象灵境的日子里，常瑶被迫学会了仙门术法。

教她的宋霁雪常嘲讽她说：“清清，你连自己的剑都怕，是准备靠意念杀死敌人吗？”

常瑶握着剑站在篝火燃烧的河边，神色苦恼。隔着火焰，她问正在翻转

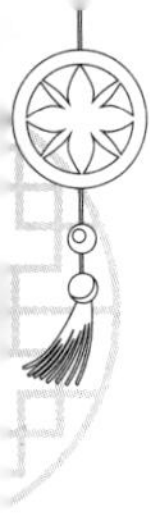

烤肉架的宋霁雪："万一我用剑伤到自己了呢？"

宋霁雪眼都没眨一下就道："我要是教出这种人就杀了灭口。你资质不差，咒律也学得挺快，但很多时候咒律只是锦上添花，一旦没了施展咒律的机会就会毫无还手之力。剑在你眼中虽是凶器，却是在你无法施展咒律时唯一能保护你的凶器，就算会伤到自己，但只要能杀死敌人，活下来就行。"宋霁雪给烤架上的肉刷酱，话说得轻描淡写，清悦慵懒的嗓音配上被火光渲染的俊美容貌让常瑶微微晃神，对他的话左耳进右耳出，只注意到眼前的人间美色。

给她讲剑术的宋霁雪无意间抬首，瞥见她的目光后，眯眼问："清清，我刚才说的你记住了吗？"

常瑶一本正经道："记住了。"

于是宋霁雪起身，拿着一根细长的木棍走向她："那你试试看。"

没记住的常瑶对上他的剑术毫无还手之力，无法破招，只能被动接受。剑刃虽锋利，却比不上那木棍横切之下带来的厉风，连落花都被击退，最终常瑶退败倒地。宋霁雪单手撑在她肩侧，手指压着几缕发丝，木棍点在她的咽喉而后停下，神色莫测地问道："你记哪儿去了？"

常瑶却微微睁大眼，松剑后抬起手递到他眼前说："你打我？"

那皮肤娇嫩雪白的手背上有一道明显的红痕，是刚才木棍缴剑时打上去的。

"你竟然打我?!"常瑶不敢置信。

宋霁雪一时无言。他面不改色地把木棍扔进河里，伸手牵她起来说："烤肉能吃了。"

常瑶躺地上不起来，别过脸去不看他。

宋霁雪捏了捏眉心又道："我那份也给你吃。"

常瑶转过脸来。

见她还是不起，宋霁雪面无表情道："任泓那份也给你。"

常瑶笑得眉眼弯弯，这才朝他伸出手。

宋霁雪牵她起来，此后对剑再没伤过她一根头发丝。

可如今稚鬼的剑气接连扫过她的衣袂，月色云雾带风起，被斩断的几缕

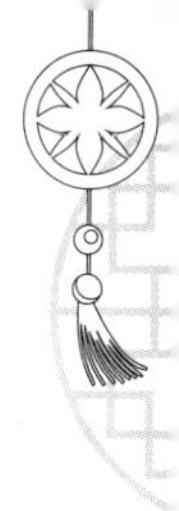

发丝飘落在地，又因剑风震荡不知去处。

常瑶微偏着头又避开一道剑气，可宋霁雪速度太快，熟悉又陌生的杀招斩来，曾经的一幕幕在她脑海中闪过，云山君的自创秘技剑法——赤心，至今无人能破此招，她只能被动承受这一套剑法的伤害。

可从一开始宋霁雪就教过常瑶该如何破解。

当稚鬼携带万千灵剑斩向她时，她重新回归的灵脉自己调动力量，身体下意识做出反应，竟将这杀招破解，全身而退。

宋霁雪握剑顿住，眉头微蹙。

交战的二人同时停下，都在回味刚才破招的一瞬。

师天颢看到这里都不由得摇头感叹：十多年无人能破的剑招赤心竟被常瑶破了，我小妹真是个剑修天才。

之所以十多年无人能破，是因为唯一能破这剑招的人失了灵脉，再不能用剑。

宋霁雪只教过常瑶破解之法，这世上只有她会。那么此时身前破他赤心的人是谁？

浩浩剑风吹起蒙眼纱带，宋霁雪脚边涟漪四起，无数灵剑响应召唤，颤抖着发出声声剑鸣，剑身闪烁咒纹，一圈圈雷光在咒纹中若隐若现。

常瑶见此脸色微变，惊雷关能覆盖整个昆仑，将天地万物圈在宋霁雪脚下，任何细微变化都将落在他眼底。

若真要跟宋霁雪动真格，常瑶并不一定会输，但要到现原形的程度，没有必要。

在惊雷闪烁时，常瑶掠至半空，因为地面已被心剑阵覆盖，她若落地就会被困入其中再难动弹。同时噬元阵发出碎裂声响，雷云天色瞬间惊动昆仑各方尊者，他们齐齐看向上云峰的方向。

云山君动用心剑惊雷关，这是出了什么事？

刚要领着几位弟子下山的于野，脚下一转便御剑朝上云峰飞去。

传信灵鸟啼鸣声四起，常瑶只得庆幸宋霁雪还瞎着看不见，但很快昆仑的山君与峰主们就要赶来，她不能再纠缠下去。

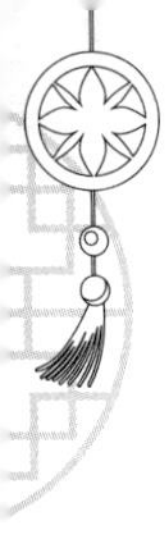

师天颢在千钧一发之际重新开启见愁珠，幻境再起，却只困住云山君一瞬便被打破，这短暂的时间却足够他掠到常瑶身前。

燃烧的火线在山君峰主们到来时闪烁耀眼，堪比白日，修者们纷纷在云雾边界处驻足，震惊地看向前方妖气浓厚处。山崖虚空中立着一只巨大妖兽，有着庞庞九尾，雪白长身，额上红纹，口衔长剑，金瞳威严，居高临下观此方天地。

九尾天狐身如巨山，凡人在它身前渺小似蝼蚁。

很多人几百年都难以见此级别的大妖，远处的于野等人神色各异，却都疑惑这九尾天狐怎么会突然出现在云山。

噬元阵散去，孟临江从幻境中醒来，一条白色巨尾冷不防映进他眼底，天狐的威严之姿与庞大妖气震慑得他立在原地不敢动弹。

站在九尾天狐身后的孟临江刚要大喊一声“师尊救命”时，却听得一道女声怯怯道：“孟哥哥……”

常瑶躲在孟临江身后，茫然无措道：“这是发生了什么？我明明刚才见到哥哥了，再一睁眼就变成现在这样……”

那声“师尊救命”被孟临江吞回肚子里，少年的自尊让他无法在女孩面前狼狈求救。

“别怕，那是幻境，你如今已从幻境中出来，这大妖……有我师尊在，不会有事的。”孟临江心跳加速，却尽量安抚常瑶，手已下意识去握剑，却握了个空。

剑呢？孟临江抬眼一扫，不远处的地面上断成几截的剑身颇为眼熟，再看看自己腰间空荡荡的剑鞘——谁把他剑折断了？

常瑶抬眼看着虚空中的天狐，还在纳闷：二哥那把剑到底怎么回事？

宋霁雪能感觉到有妖现形，虽看不见，却从周遭庞大的妖力和威压中知晓此妖十分强大，可惜不是他想见的那只妖。

“哇！九尾天狐啊！”赶来的任泓站在地面，朝天上的大妖兴奋地道，“那么大一只！那么大！阿雪，你快把它打下来，让我摸摸毛茸茸的狐狸尾巴！天狐的尾巴跟普通狐狸的尾巴手感肯定不一样！它还有九条！足足九条！

阿雪，快快快，打起来！”

赤金狐眼往下一瞥，眸光冷厉。不同于人形的温柔和煦，天狐浑身上下都透着满满的威压，让人不寒而栗。

师天颢并不打算跟昆仑众人一战，事实上他情劫之伤并未痊愈，打起来还不一定能占上风，在敌人因忌惮而防守时，天狐的长尾横扫破惊雷关，开妖界之门离去。

宋霁雪本欲再拦，却听那熟悉的声调喊道：“孟哥哥！”

被常瑶施法弄晕的孟临江倒地不起，常瑶在旁焦急无措：“孟哥哥，你怎么了？”

这一句句充满担忧的“孟哥哥”让宋霁雪轻啧一声，他撤去心剑朝孟临江走去。

不少人赶到山崖前欲要问云山君情况，却在看见他身侧站着的少女时顿住，表情一个比一个微妙。

这少女长得与已故的云山夫人未免太像了些。

昆仑今夜出了两件大事。

第一件是九尾天狐莫名其妙现身，与云山君打了一架后离去，不知目的。

第二件是云山君身边留了名长得与常瑶有八分像的少女。

云山君伤势未好却动用心剑布阵，师兄于野将他强留在殿里，让大阴山夫人赶来治疗。其他峰主则连夜巡山，查看是否还有九尾天狐留下的痕迹。

殿内灯火明亮，常瑶站在大殿外樱花树下抬手搓了搓脸，窗纱上人影绰绰，她抬首看了片刻又低下头去，春日夜风带来的冷意让她鼻尖微红。

今晚夺心元一事是彻底搞砸了。因双眼失明，宋霁雪这段时间怕是都会在云山待着，日后她动手的机会渺茫。

那一剑为什么会斩不下去呢？

常瑶百思不得其解，如果当时那一剑没有顿住，她已划过宋霁雪灵脉，虽然会很疼，但花点时间也能养好。

九平峰峰主很擅长这种事，他肯定会尽心尽力治疗云山君的。

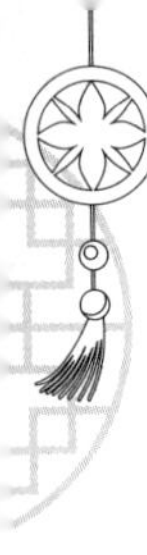

但转念一想，不只她拿剑伤不了宋霁雪，宋霁雪拿剑也伤不了她，所以不是他俩的问题，是剑的问题。可二哥这剑到底有什么问题？

外面传来的脚步声打断常瑶的沉思。

于野问夏桑依：“他的眼睛什么时候能好？”

“这三痴毒难清，和凤族羽毒相似，不仅吞噬灵息，还有迷惑心神的作用，中毒者每隔三个时辰便会心生幻境，但他这些年经历过的幻境数不胜数，倒是不用太担心。”夏桑依语调温柔地说着，“应当一月便可痊愈。”

巫山君沉声道：“霁雪怎么会中三痴毒？”

于野冷着脸答：“说是为了个女人。”

“什么人？”巫山君挑眉。

夏桑依也略显惊讶地看去。

大殿门前的常瑶听得微怔。

于野刚想要他们去问任泓就看见站在殿外的常瑶，那相似的容貌看得他眼角轻抽。

其余人也注意到了，一时间纷纷驻足打量常瑶，神色各异。

常瑶做惶恐状垂首，心中叹息，没想到短时间里老熟人们都到齐了。

巫山君仍旧不待见常瑶，却又认为她是个祸不及他人的主儿，虽然长得相似让他不喜，却也不会因此迁怒于她，便只一眼就过。毕竟这些年大家都知道宋霁雪对相似者的态度有多么明确且冷酷。

夏桑依却念及故人，再瞧少女乖巧柔弱，不由得心生怜惜。

“外边风冷，让她入殿去等吧。”夏桑依道。

于野挑眉：“进去被一剑砍了怎么办？”

倒也不是没这种可能。

夏桑依有点担忧，正犹豫时，见一名云山弟子走下水廊过来。

“弟子詹容见过各位真君。”师天颢摇身一变，又是温润优雅的云山弟子，“我是来带晋柔回浩然峰的。”

“你来得正好，带她……”于野还没说完，就听后边出来的任泓喊道：“那小姑娘呢？云山君叫她进去呢！”

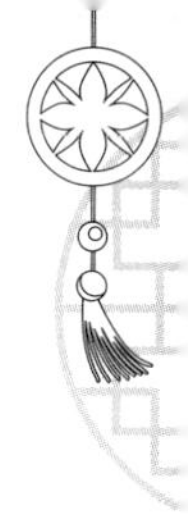

大殿前一帮人脸色微妙。

常瑶无措道：“我、我吗？”

“对，就是你。”任泓笑嘻嘻道，“还不赶紧去！”

常瑶顶着各种复杂的目光朝殿内走去。

师天颢颇为担忧。这云山君不知她是真的小妹，该不会真把她叫进去一剑砍了吧？

夏桑依也有同样的担忧，于野替她问道：“什么意思？”

“什么‘什么意思’？你们什么意思？”任泓一开口就把人都说蒙了，“问我什么‘什么意思’？”

于野暴躁道：“你给老子好好说话！”

“凶我干吗？这查都查了，人家姑娘清清白白，就是长得像了点，阿雪杀的都是些意欲图谋不轨之徒，哪里会跟个倒霉的小姑娘过不去？”任泓无辜道，“你们都想些什么呢？就算他真想也不会那么做，咱们阿雪还是会顾及一点云山正面形象的。”

师天颢听得稍稍放心些，想起之前二人拿剑伤不了对方的画面又忍不住想笑。

此时站在屋门前的常瑶却笑不出来。

她看着宋霁雪蒙眼的黑纱，忍不住想：什么样的女人能让他不顾自身安危去救？

夏桑依等人也想知道，于是在常瑶走后又问任泓，让云山君受伤的女人是谁。

任泓抓着青竹棍点了点地面，边笑边说：“哎哟，我就知道你们会想歪。八十高龄往上，在鬼民之界肯给饿了三天三夜的云山君一碗热乎抄手的凡人婆婆也是女人啊。”

宋霁雪守着孟临江。他气血不顺这才忽然晕倒，夏桑依诊断多半是幻境所致，但并无大碍，稍作休息就会醒来。

常瑶站在门前没有进去，屋中有梨花木屏风，金线绣出一幅百花盛景。

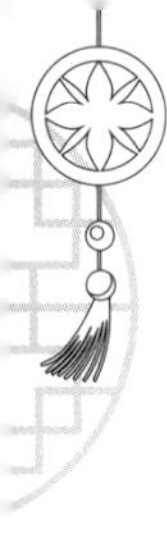

这寂寥的大殿和房屋也就屏风上有一些花枝春色。

除去昏迷不醒的孟临江，此时屋前只有他们二人。

宋霁雪绕过屏风走出时问她："你看见了什么？"

周边无人，常瑶光明正大地看他，弱声回："……我在幻境里看见了我哥哥。"

"我问的不是幻境。"宋霁雪不急不缓地道，"你比临江更早醒来，如果还要撒谎，建议你想清楚再开口。"

常瑶抿唇。宋霁雪的敏锐远超她所想，这十年来，他的修为境界增长到何种程度是常瑶没能料到的。他虽然瞎着看不见，却能肯定与他对剑的人并非九尾天狐。

宋霁雪问过于野跟任泓，他们都说看见九尾天狐嘴里叼着一把剑走的。

十年前常瑶渡劫那日，属于她的妖气与今日九尾天狐的妖气并不相同。

破赤心剑招的人不是常瑶就是绝世天才，二者必有其一，无论哪一个，宋霁雪都不会放过。

更别说白日他身边刚出现一个与常瑶相似的女人，晚上就又是幻境困他，又是大妖现身，过分巧合会让人生疑。再加上少女说话的语调和常瑶也惊人地相似，几次都让宋霁雪以为她真的是常瑶。那些微妙的、来自心底最深处无法被大脑欺骗的熟悉反应让宋霁雪难以忽视。

"我、我确实比孟哥哥先从幻境中清醒，随后便看见云山君的心剑阵与大妖九尾狐。"常瑶认真道，"知道大事不好，我就立马去找孟哥哥，然后在他身边看着，直到孟哥哥忽然晕倒才叫来云山君。"

宋霁雪神色漠然。听这无比相似的嗓音和语调一口一个"孟哥哥"，对他来说是种折磨。

常瑶还在演，她担忧道："云山君，请问孟哥哥还好吗？"

宋霁雪："他今年十八，不是你哥哥。"

"我今年十六。"常瑶欺负他瞎了，"理应叫他一声哥哥。"

宋霁雪没法。他这会儿确实看不出眼前少女到底十六还是十八。

"临江说你天赋异禀，似乎是真的。"宋霁雪站在原地没动，任由屋外

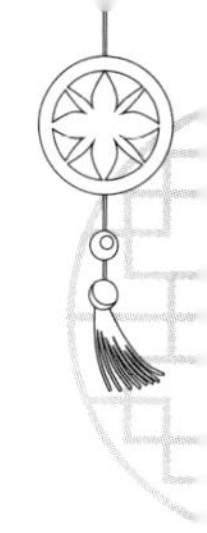

凉凉夜风拂面撩起衣袂与发，“毕竟你只看一眼便知道那是心剑阵。”话里带点轻嘲的笑意。

常瑶装傻充愣：“心剑阵太过有名，我师尊还在世时也常跟我提起，而云山君本尊就在我眼前，这才会第一眼便认为那就是心剑阵。”

虽然表现得易受惊、无措害羞，但脑子挺好。喜欢装乖扮弱，这也跟当年那个骗他的女人一模一样。

“会用剑吗？”宋霁雪说这话时，骨节分明的五指已握住稚鬼剑柄。

出鞘声响起时，常瑶说：“不会。”

剑刃上一点光芒微闪，常瑶紧盯稚鬼。之前山崖一战似乎并未见血，此时稚鬼剑上的戾气只增不减，全靠云山君以更强大的力量压制着。

宋霁雪握着剑柄的手却并未松开，他语气散漫地道：“你师父没教过你？”

“我师父并非剑修，对剑术一道也没有研究。”常瑶有点捉摸不透他想干吗，跟一个无门无派、境界低微的小散修比剑？那也太欺负人了吧！

“是吗？”宋霁雪低笑一声。

宋霁雪上一刻还俊雅疏懒，下一瞬就凶如厉鬼，长剑出鞘杀伐之声响彻这四方庭院。常瑶只来得及惊呼一声“云山君”，眼瞧着宋霁雪斩出的赤心剑招已明白他在怀疑自己，于是并未躲闪，硬是毫无防备地接下这一剑。

赤心是杀招。宋霁雪虽在最后一刻斩偏了些，但常瑶仍旧被剑势击飞，重伤后摔倒在庭院白沙地上，唇角有一抹血色。

于野与任泓感应到杀招时立马瞬移进来，落后一步的师天颢见常瑶倒地，脸色一沉。

“云山君……”常瑶艰难地撑起半个身子，捂着淌血的嘴角，面容痛苦又茫然地问他，“我是……做错什么了吗？”

师天颢心想：妹妹好演技。

于野瞥了眼任泓，无声责备：你不是说他不会砍人的吗？我就说吧！放人进来小心被砍！

任泓“哎呀”叫着上前在常瑶伤处虚点，一边为她稳住灵息，以免被剑

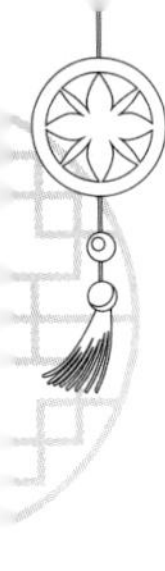

势进一步波及，一边跟宋霁雪说："阿雪，你这就让我为难了呀。这姑娘跟瑶妹不一样，她有灵脉的，哪怕容貌相似，但瑶妹是瑶妹，她是她呀。虽然瑶妹很过分，没心没肺，抛下我们，但我们也不能迁怒于无辜的人，是不是？"

站在门前握剑的宋霁雪不由得听笑了。

那笑声低低沉沉又带点冷嘲，还有点疯。

世人都知云山夫人常瑶没有灵脉，因此前几次假扮她的人为求逼真也都没有灵脉。偏偏这名叫晋柔的少女有。因为有灵脉，她才能破赤心这一招。

"你说得没错。"宋霁雪收起稚鬼，迈步走向常瑶，在另外三人的复杂目光下弯腰把她抱起，"这是我跟她两个人之间的事，与旁人无关。"

"霁雪。"

"云山君。"

于野跟师天颢同时开口，宋霁雪却道："叫夏桑依再来一趟。"

他抱着人往大殿后方禁地走去，其他人难以跟上。

常瑶演得逼真，说完那话就因伤重晕了过去，也不知自己会被宋霁雪抱入怀中，更不知会被带入上云峰禁地。宋霁雪穿过重重清幽竹林。石灯散落各处，形成巧妙法阵，让擅闯者难以找到正确位置。

依山而建的竹屋群下是大片樱花林，此时花开得正艳，夜风一过便带起花雨阵阵。

屋前水流清澈，好几座竹制水车缓缓转动，卷起几片落花。

常瑶若是醒着，看见这些必然会惊叹：原来上云峰还有她熟悉的地方存在。这禁地独山居仍旧是当年模样，一丝未改。

夏桑依匆忙赶到时，只见云山君抱着人站在竹屋门前，少女半个身子都被他遮掩。他环抱的姿态小心翼翼又充满独占欲，蒙上黑纱的双眼遮掩了太多情绪，让人疑惑又好奇。

不管过了多久，只要是与常瑶有关的事，宋霁雪就会有不同程度的失控，变得难以捉摸，这事他身边与他关系较好的人都已察觉。

"先将她放下吧。"夏桑依叹道。

宋霁雪一言不发，随她进屋后才把怀中之人放下。

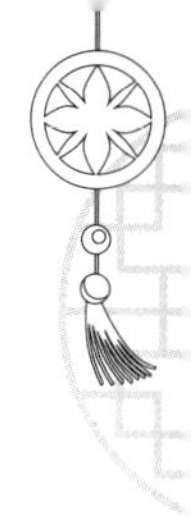

“还好打偏了，剑势卸了一半，未伤及心灵二脉，却也得养上一月才能完全恢复。”夏桑依柔声说道。

宋霁雪问：“她还有别的伤吗？”

“这倒没有。”

“灵脉完好无损？”

“完好无损。”夏桑依猜到他的意思，肯定道，“没有过任何断裂或是残缺，与她完全不同。”

所有人都在告诉宋霁雪要他清醒。常瑶已经死了，死了十年，往后余生再也不会重新出现在他面前，那些相似的人都是假的。

假的就是假的，永远成不了真，他不能沉溺在假象中。

宋霁雪只能无比清醒地承受着“再也见不到常瑶”的事实。

时间永远停留在常瑶对他说出“我不爱你”这句无比残忍的话的瞬间，爱恨都变得再无意义，只剩下虚无与自我厌弃。

他到底为什么要活成这样？

常瑶感觉自己又回到了混沌之中。无边无际的黑暗混沌中有光亮接连闪过，快得她只能瞥见些许片段。

热闹的人间灯会，带着半边面具的美艳女子同身边清风雅正的青年说着什么，惹得青年脸色微红，低低道一句“胡闹”，气恼离去。美艳女子也没追，只是站在原地笑盈盈地等着。

没多久，青年兀自板着脸回来，一言不发地牵着她的手同游。

美艳女子是大妖绯，青年是白衣剑修。

这些零碎片段里的白衣剑修与常瑶记忆里的人完全不同。

无咎山结界里的白衣剑修冰冷沉默，从不跟她说话，就连阿娘也很少理会，可光影碎片里的白衣剑修目光始终都在大妖绯身上。

宗门与凡间一墙之隔，杏树高大，枝丫缀满花叶。绯趴在墙头，笑盈盈地望着下方的白衣剑修：“我可要走了，回妖界后你就再也见不到我了。”

白衣剑修背对她，做漠然状：“你要走便走，何必来此跟我说？”

绯说：“当然要跟你说了，不然你以后想我怎么办？那时你会因为没把

我留下而后悔死的，所以我来给你机会。你若是不想我走，就过来亲我一下，我便为你留在人间。”

“轻浮，胡闹！”白衣剑修呵斥完就朝长廊走去，“赶紧走！”

“你可要想清楚，真赶我走我就去狐族——”

话还未说完就迎来白衣剑修的怒斥：“那狐妖渡情劫时弃你而不顾，自私自利，你还去干什么？”

“那我去凤族——”

“凤妖可为族群与你为敌，你去找他，自己送死？”

绯眼里笑意越发浓，语气越发从容：“好好，那我去狼族，狼族与我没有情劫或利益纠葛，男子又个个威猛帅气，不知道与你比起来……”

剑修脸色白了又红，恨恨回首瞪她：“不知羞耻！不准去！”

绯笑着颔首，伸手点了点脸颊：“凶我做什么？与其嘴上凶巴巴地叫我不准去，不如做点实际的，不然你以为我会听你的吗？”

白衣剑修气息微重。

绯说：“你不能既管着我又克制自己，若是觉得爱上一只妖让你无法接受的话就趁早——”

白衣剑修掠至她身前，伸手钩着大妖脖颈献上一吻。

那些浓烈的爱恨不知何时悄然消失不见，最后竟成了死劫。

常瑶不知自己为何会从混沌中看见父母的往事，却在醒来时再次想起母亲曾说的：“他只是忘记了。”

忘记了。

难道她也忘了什么吗？

常瑶醒来时已是翌日黄昏。

大片橘红色的光透过门窗洒进，宋霁雪倚在窗边正对床铺，整体逆着光。偏头看去的常瑶微微眯眼，一时竟看不真切他的面容。

“醒了？”云山君问她，声音微哑。

常瑶眨眨眼，觉得当下环境有些熟悉。虽然明白宋霁雪因为怀疑才用赤

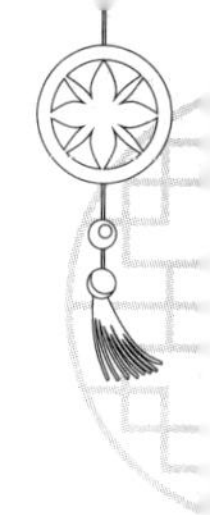

心试探，但她还是第一次被稚鬼砍伤，心里闷闷的，答话也不再像之前那般乖巧细弱，只从鼻腔里轻轻哼出一声："嗯。"

本以为宋霁雪该打消怀疑，却听他又问："为什么不躲？"

常瑶又开始演起来："我怎么可能躲得过云山君……？"

"我教过你的。"宋霁雪却打断了她，面色平静，就连语调也淡淡的，"在万象灵境里，如何破赤心剑招我只教过你。"

常瑶下意识看他双眼，却对上一层黑纱。

"你也学会了。"宋霁雪微微侧首看向窗外，柔和的夕阳光芒洒了他满身，此刻的他在常瑶眼中越发像是一道虚影，仿佛在日光沉没时就要消散。

宋霁雪弯唇，似笑非笑地看向她的位置，似有一声叹息："清清，隔了十年你又回来找我，我是该为此高兴，还是该伤心你一来就又要杀我？"

常瑶有瞬间的耳鸣，不敢相信自己方才所听。

"十年前没能杀死我，十年后回来还要继续，是吗？"蒙着双眼的宋霁雪若有所思地站起身，"噬元阵再加幻境，在我双目失明时用此招正好，还找了帮手，可惜你又失败了。清清，你想杀我哪需要如此费尽心思？直接与我说要拿我的命去跟妖皇做交易，难道我还会拒绝你吗？"

他说这话时带着笑意，一步步朝常瑶走去，反手将稚鬼拔出："你拿来杀我的剑似乎出了问题，那就直接用稚鬼好了。"

常瑶眼见他在床边坐下，一手压在她肩上，一手将稚鬼塞给她："不管我高兴还是伤心，在你看来都是笑话，或许还觉得无趣，甚至厌烦。对了，听说你其实一点都不喜欢三足凤，甚至非常讨厌。难为你当年陪我演戏，我连自己夫人真正喜欢的是什么都不知道，我可真不是一个称职的丈夫。"

宋霁雪越说越温柔，可眉间阴郁，面上是嘲讽的笑。

常瑶从宋霁雪每一个字中都听出了怨与恨，对她的和对自己的。宋霁雪急切渴望着常瑶给他深深一刀，才能平息那股将要压弯他笔直背脊的痛苦。

"清清，你十年前什么都没有解决就走了，却让我日夜活在你的阴影下。如果你真的死了，我会活到最后，活着忍受你带来的所有痛苦，忍受那些想你想到发疯却再也无法见到你、触碰你的日子。哪怕我再怎么想你，那句

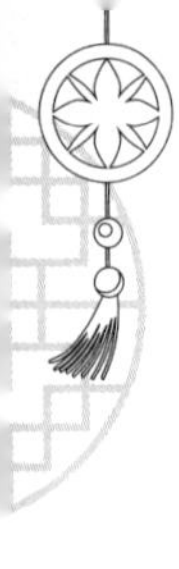

‘我不爱你’总能让我跌进泥潭里，厌弃自己为什么如此卑贱。”宋霁雪说这番话时语调漫不经心，压在床铺上的手上却暴起青筋，他说，“可你没死。”

常瑶被宋霁雪圈在双臂之间怔怔地看他，眼角有什么滑落，灼热滚烫，让她感到一丝疼痛。

宋霁雪微微俯身，压低声音说：“你想要什么我都给你，清清，我不想当还活着的那一个。”

云山君独战双蜚，云山君闯鬼民之界，云山君挑战无咎山大妖——世人道他好战又常受伤，是因为他在等一个赴死的机会。

也许死了还能再见见他的阿瑶呢。

他活得太清醒，无法沉醉于幻境，只能在生命终结那一刻，记着曾经从常瑶那儿感受到的爱意死去。

屋中陷入漫长的沉默。

常瑶眼角干时，轻声说：“云山君，我不是你夫人。”我也不想杀你。

宋霁雪轻嗤一声，从喉咙里发出闷笑，最后似忍不住笑弯了腰，垂首埋在她肩颈笑着，一只手却紧握成拳，另一手紧握稚鬼缓缓划下。

稚鬼归鞘。宋霁雪笑够了，轻抚上常瑶脸颊，在她唇角轻轻一擦时微直起身：“我可不会让你从我眼前消失第二次。”

常瑶心情复杂，几不可闻地叹息了一声。

十年不见，她夫君变得有点疯。

宋霁雪是有点疯。他黑纱长带蒙眼，看不见眸光神采，不知其中流淌的是爱恋还是怨恨。

白日时，宋霁雪会心情颇好地与她谈笑，也不管是否能得到回应，时而叫她“清清”，时而唤她“阿瑶”。

“温灵丹我以前全都扔了，昨天让夏桑依重新拿了几瓶，本来是要给你吃的，但一想你如今灵脉恢复，也不用再吃那些有的没的。”宋霁雪靠站在窗边，面向她微微笑着，“反正你也不爱吃。”

常瑶抱紧被子，只露出双眼看他。

“你想吃什么？”宋霁雪自问自答，“肉食得量大才吃得饱，饿着你了

不行，但如今受伤，还是要吃些清淡的，两者中和一下吧，我不会告诉夏桑依的，她若知道该唠叨你了。啊，我差点又忘了，妖是不用怕的，那就多吃些肉吧。”

宋霁雪单手扶着额角轻轻一点，若有所思：“该怎么分辨，我记住的东西哪些是真的，哪些是假的呢？清清，如今你也不用辛苦伪装，便坦白些直接同我说了吧，若是让你吃了不喜欢的，我又该恼自己了。”说着轻轻摇头叹息。

常瑶眼睁睁地看他端着碗，将食物一勺又一勺地喂到她嘴边。

“清清，”宋霁雪轻声问她，“你这么乖，是在等那只九尾天狐来救你吗？”

其实那只九尾天狐也挺忙，要找自己的情劫之人，又要照看渡八苦劫的大哥，还要担心被云山君关在禁地里的小妹。

白天的宋霁雪仿佛从未经历过金銮台渡劫一事，十年里死讯也不存在，与常瑶还是恩爱夫妻；可入夜后，他眉眼阴郁，仿佛想起一切，会从窗边转到床边坐着。

常瑶被他从被子里拉出来攥着手腕按住，茫茫然地承受迎面而来的阴沉气息。

“我输给了什么？”宋霁雪近乎咬牙切齿地问她，“凭什么你最后选择的不是我？”

常瑶甚至不需要给予回答，他就能自己接话继续发疯。

宋霁雪的姿态从瞬间的不甘转为鄙夷：“我在你这儿可真是活成了一个笑话。”

那黑长的眼睫轻颤，在肌肤上投下一层阴影，常瑶不知为何想起非离真君的妻子杨夫人。这个被挚爱欺骗、背叛的女人曾痛苦又怨恨地说：“他让我活得像个笑话！”

世人也曾嘲笑云山君活成个笑话。他们目视宋霁雪挺拔的背影时，窃窃私语，低低嘲笑，说他被妖蛊惑，真情错付还不知悔改，甘愿被一只妖利用。痴情？是卑贱。

“不喝忘情水在那儿感动自己呢。”

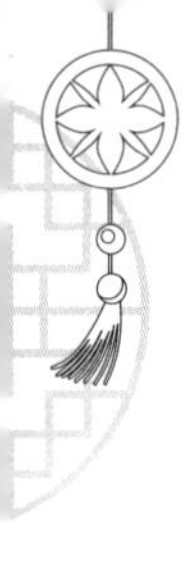

“哎呀，哪有什么深情，不过是因为自己爱上一只妖还不知道，被耍得团团转，面子上过不去，这才一口咬死痴心一人，心里怕是恨死那只妖了。”

“还硬说那些事不是他夫人做的，说得冠冕堂皇、情真意切，不就是怕自己被那些事连累吗？这种境界的妖哪有不杀人的？更别提她连宋霁雪都要杀，说他俩是真爱谁信？他如今可得为自己留条后路。”

“夫妻本是同林鸟，大难临头各自飞。我看这宋霁雪哪是什么天之骄子，就是一个傻子。”

那些令人难堪、充满恶意的揣测，将他视作笑柄的言语，也能化作锋利的剑刃，从四面八方飞来，无时无刻不在刺痛他。

常瑶虽没亲眼见过、亲耳听到，却也知这世间恶意是何模样，单是想想那些议论宋霁雪的恶毒话语，她就忍不住皱眉。

也许宋霁雪恨极了常瑶，可她一点也不恨宋霁雪，也不讨厌他呀。

除了无法对宋霁雪谈爱意，云山君整个人在她眼中是非常完美的。

夜里的宋霁雪不似白日把所有伤口和情绪藏起来，而是自虐似的将它们撕开，用痛苦来刺激自己清醒。

原本躲被子里昏昏欲睡的常瑶被他这么一折腾却精神起来。

宋霁雪坐在床边，双手撑在她两肩，俊雅面容隐忍紧绷：“阿瑶，你再说一遍。”

常瑶眨眨眼。

“不爱我的话你再说一次。”宋霁雪冷冷笑着，“你亲口再说一遍，从万象灵境到昆仑，我们经历的所有事都是算计，你没有付出过半点真心，也从未对我动过心，从未爱过我，你再说一遍。”

这发疯的狠劲让常瑶心生叹息，在宋霁雪什么都看不见的时候，她伸手熟稔地圈着他的脖颈，使了巧劲侧身让他一同躺下。

“我不想说。”常瑶温声道，“睡吧，云山君。”

宋霁雪冷不防倒在柔软温暖的身体上，他本该睁眼看看这亲昵又熟悉的姿势，却什么都看不见，眼里只有无边无际的虚无黑暗。

常瑶被云山君推开了。实在是出乎意料，连她都惊愕不已。

宋霁雪起身坐直，嘲讽道："我问的是我的阿瑶，你应什么？"

常瑶忍不住抬手捏了捏眉心，这男人疯归疯，心机仍在。尽管宋霁雪的所有怀疑都是对的，但只要常瑶咬死不认，他也没办法，破赤心杀招就算说出去也没人信他，常瑶会破招是只有他一个人知道的秘密。可刚才常瑶一心软就接上了云山君的话。

"骗我很好玩，是吗？阿瑶，你开心就好。"宋霁雪话说得温柔，语气却是满满的讽刺。

常瑶拉过被子盖头，无奈道："你不睡，我睡。"

宋霁雪把被子狠狠一掀，又把她拎出来："你还要继续骗我什么？"

"你说，我们还有很多时间，往后余生我都听你说。"宋霁雪攥着她的手，"不如你再骗我你也对我动过心，也喜欢过我。"他说完这话皱眉，神色又嫌又恨，五指轻搭在脸上郁郁道，"仍旧迷恋、渴望虚假幻象的我，简直恶心极了。"

怎么疯起来连自己都骂？常瑶有点不悦。

"既然时间很多，那也不差这一会儿，睡吧，睡着后梦里会有你的阿瑶。"她说。

宋霁雪漠然道："没有。我一次都没梦见。"

常瑶拉回被子盖着，反握着他的手轻声说："今晚会有的，今晚她一定会来见你。"

宋霁雪真就消停了，他在床边坐着一夜未睡，但床上的人呼吸绵长微沉，睡得非常好，两人交握的手却没松开过。

常瑶醒来听见的第一句话是宋霁雪说的。他说："你又骗我。"

常瑶耐心道："骗你什么了？"

"梦里没有我的阿瑶，她没来见我。"云山君阴郁道。

常瑶无奈道："因为你昨晚根本就没睡。"而且你的阿瑶一直都在。

上云峰禁地独山居是宋霁雪成为云山掌门后建造的。

起因是常瑶想要安静、旁人难入的地方好悄悄修炼，于是跟宋霁雪撒起

娇来。

常瑶撒娇说自己怕生，不想跟除宋霁雪以外的人玩，昆仑相熟的人没几个，一半不喜欢他，一半不喜欢她，都是些讨厌鬼。

再加上她那会儿失去灵脉没多久，正假装身娇体弱，宋霁雪对她百依百顺，夫人说什么就是什么，哪怕她本意是看着图谱上的三足凤嘴馋想吃，宋霁雪却误以为她喜欢，于是悄悄费了好大劲给她找来。

第三天，常瑶站在阁楼围栏边看下方水车花林，又是一日黄昏，身旁的宋霁雪眉眼阴郁，心思正在加重。

赤心剑招打偏不说，以常瑶的能力，离开这儿易如反掌，之前躺床上不过是想看看宋霁雪能疯到什么程度又或者会对她做些什么，结果他虽然疯起来连自己都伤，却也没对她做什么。

常瑶抬手压下被风撩起的发，侧首看宋霁雪："你不是把与你夫人相关的东西都烧了吗？连大殿都推倒重造，怎么这里却没改半分？"

一只传信灵鸟从虚空飞出停在宋霁雪身前，他没接，冷笑道："我毁掉什么留下什么，你在意吗？"

常瑶纳闷："我不是在问了吗？"

"这是我跟我夫人之间的事，你问什么？"宋霁雪漠然伸手，传信灵鸟落在他手指尖。

宋霁雪的目的很明确，就是要常瑶亲口承认她是谁。常瑶也知道，却没如他所愿，仍旧犹豫着。

夕阳柔光衬得宋霁雪周身的阴冷消散了些，蒙眼黑纱长带搭在肩前，指上传信灵鸟消失的那一瞬间，常瑶想起三足凤。

刚得到三足凤时她真的心情复杂。她本想找个借口把它吃掉，却因它是宋霁雪送的而犹豫，数次压下把三足凤捏死的心思。为了放养三足凤，让它既不在自己眼前瞎晃又不会逃跑，常瑶还偷学邪修术法给三足凤上了禁锢，哪怕因为天性深深厌恶着，却因为宋霁雪而温柔抚摸它的羽翼。

宋霁雪接到传信灵鸟的消息后并未有动作，很快第二只、第三只传信灵鸟接连而来。不过片刻，常瑶再抬首朝他看去时，云山君身边已经围了数十只

传信灵鸟，它们拖着长长的尾羽朝他转着圈叽叽喳喳叫个不停。

有胆子做出这种幼稚事的只有星罗门的左护法任泓。常瑶看着被传信灵鸟围着转的宋霁雪，因这滑稽场景没忍住笑出了声。

宋霁雪捏诀将所有传信灵鸟驱散后，准确面向常瑶的位置冷冷地问：“笑什么？”

常瑶背靠着围栏，姿态懒散：“有事就去吧，我在这儿不会走。”重新回到这里又能安安静静地汲取昆仑灵息还挺好，让她一时半会儿都不想回无咎山了。昆仑灵息果真是人间一绝。

“阿瑶，你以为我还会信你吗？”宋霁雪嗤笑。

常瑶：“云山君当然相信我，不是说我对你有所图谋吗？没得手怎么会走？再说我如今受伤……”

宋霁雪不客气地揭穿她：“那点伤根本拦不住你，若不是你想装，这会伤口都该愈合了。”

常瑶抬手摸了摸鼻子，神色无奈，也不管他，回屋里拿了衣服搭在腕上往竹屋后的温泉走去。

她下着竹梯，知宋霁雪如今眼盲，轻声道：“我去沐浴了，云山君。”

温泉热气氤氲，白雾袅袅，天色暗下来后周边石灯亮起。常瑶轻车熟路地到此，素白玉指搭上腰带解着，眼角余光瞥见在屏风旁站着的宋霁雪，莞尔一笑。

宋霁雪安安静静地站在岸上，他背对着温泉，蒙眼的黑纱长带飘于脑后，似与头发融为一体。常瑶沉入水里，片刻又冒出来晃了晃头，发丝坠水，她透过氤氲雾气去看宋霁雪。

她正在想怎么搭话，就听宋霁雪用那熟悉的又嫌又恨的语气说：“你不是不爱我吗？”

宋霁雪转过身来，凭着方才水声望向常瑶的位置，神色莫测道：“三年夫妻，什么都做了，你却半分未动心，只为了昆仑灵息？为了修炼什么都肯做？”

常瑶知道他又开始疯了，出言安抚道：“也不是什么都肯做……”

话还没说完就见云山君一步踏入温泉，却未沉入水中，而是借着灵息走在水面上，来到她身前弯腰垂首，把她逼到岸边退无可退。

“可我的阿瑶什么都肯做。”宋霁雪声音低哑，危险又嘲讽，“哪怕她不爱我。”冰凉的手指抚上她的纤细脖颈，轻按往下拭去肌肤上的水痕。常瑶微仰着头看他，熟悉的触碰似乎唤醒了身体的记忆，带来一阵战栗，心跳都随之加快，她下意识地放缓呼吸。

两人在独山居的共同记忆很多，带着羞人绯色，满是风花雪月的痕迹。

回忆旖旎暧昧，偶尔也让大妖常瑶迷失其中。

常瑶抓住那缓缓下移的冰凉手指，话里带点无奈：“你现在看不见，总不想又尝一次‘望梅’的滋味……”话说到后边突然噤声。

常瑶有点尴尬。她与宋霁雪之间太熟悉，以至于很多话根本藏不住就说出口。

宋霁雪听笑了，嘲道：“提‘望梅’，不继续装了？”

“那就不提。”常瑶正经道，“我现在真的只想沐浴，没有别的想法。”

“你觉得我有什么想法？”宋霁雪挣开她的手冷冷问道。

常瑶看了他片刻，轻声邀请：“想一起洗？”

寂静蔓延，绯色的樱花在氤氲雾气中飘飘洒洒。

宋霁雪直起身：“不想。”

常瑶眼睁睁看他背对自己走回岸上，那背影感觉像是在生闷气，让她忍不住摇头。

宋霁雪变成这般阴晴不定、有点疯疯癫癫的模样都拜她所赐。常瑶也没有嫌弃或是害怕，反而很顺着他，能哄就哄，毕竟大多时候宋霁雪发起疯来伤的都是他自己，这倒是让常瑶有点不放心。

宋霁雪虽恨她，但厌弃自我的情绪更浓更重，远超那份爱恨。若是在这种情况下再给他一刀，取其心元，常瑶有点不敢想象宋霁雪又会变成何种模样。

常瑶是以妖的心元与无咎山结契，后来分给宋霁雪一半他并不知情，但自己却忘记到底是什么时候给出去的、为什么给他。

怎么会连这种事都忘记了？常瑶抬手揉了揉眉心，面色瞬间沉郁了。

她在温泉里泡够后出水，慢条斯理地穿上衣服，任由长发滴水落地。

常瑶正系着衣带，余光却见宋霁雪只身走进温泉里去。哦，不跟她一起泡温泉，要自己泡。

常瑶眼角挂着笑意："云山君……"

"转过去。"宋霁雪抬手解着外衣，"不准看。"

"好好，我不看。"常瑶温声说着，却没转身，真就欺负他此时眼盲。

外衣解下，热雾升腾间常瑶可见云山君逐渐显露的上身，她刚想感叹还是跟以前一样完美，却瞥见卸下衣物的右臂靠近肩膀位置有一圈金线痕迹。

虽然十分细微，却又真实存在。

那是什么？

常瑶微怔，还没想出个所以然来，就听云山君不悦地道："我说了不准看。"

"我没看。"常瑶盯着他的右臂。

宋霁雪轻靠在石岸边，闻言微抬下巴，姿态冷傲："阿瑶，难不成事到如今你还想欣赏一番当年留在我心上的那道疤是否漂亮？"

常瑶视线从他右手臂移到胸膛，心脏位置确有一道狰狞的伤疤。哪怕已经十年过去依旧难以抹去，宋霁雪以前穿衣时总会凝视这道疤痕片刻，往事在脑海中飞速掠过，所有滚烫的爱恨都在那瞬间冷却。

金銮台渡劫时，她长剑在手，剑刃对着宋霁雪。她拿的是千鹤圣女的剑，伤了他，留下这道疤。

常瑶想到这儿不由得蹙眉，别过头转过身去，迈步走到屏风后没有回话。

云山君的话从后方传来："当年没能跟你一起死在金銮台可让我遗憾很久，阿瑶，你下次可要刺准些。"

等宋霁雪从温泉中出来穿戴好后，常瑶又见无数只传信灵鸟从虚空中飞出，这次没等它们被打散就传来任泓撕心裂肺的大喊："阿雪！再不出来我就把你唯一的徒弟从上云峰扔到西海去喂鱼，你信不信?!"

宋霁雪无动于衷。

常瑶说：“去吧，我跟你一起去。”

云山君低笑：“阿瑶，离开的机会你应该等很久了。”话说完又伸手牵过她往外走去。

“我想离开随时都可以。”常瑶反手握着他，“你既觉得我要杀你，没得手之前不会走，又觉得我随时都想离开。”

宋霁雪反问：“我想错了？”

“错了。”常瑶点头，“我没有想离开你。”确实没有，跟宋霁雪在一起时她就没想过要走这个问题。

宋霁雪听完沉默，却在心里自嘲：他的阿瑶还是跟以前一样，会说些花言巧语骗他。

独山居竹林道上，孟临江可怜兮兮地抱着个空剑鞘站在路口石灯前，身旁是还在捏诀唤传信灵鸟的瞎眼护法。

任泓说：“信我，用这招你师尊保准会出来。他无父无母，又无兄弟姐妹，就连夫人也没了，在这世上就只剩下你这个便宜徒弟，怎么可能会为了个冒牌货抛弃你？云山君肯定会出来的！”

孟临江听着挠头，心想：与其要我相信你，不如说是你自己在试图相信这番鬼话吧。

“师尊是很宠我没错，但跟师娘的事比起来我可就什么都不是了。”孟临江悄悄问任泓，“晋柔真跟我师娘长得一模一样吗？”

“孟临江，你是在为难我一个盲人！”任泓不可置信地扭头。

孟临江连连摆手。他不知道这位十年前死去的师娘长什么样。他被宋霁雪收为徒弟时，云山的事基本都消停了，他在外跟宋霁雪浪迹尘世三年后才被宋霁雪带回昆仑行了正规的拜师礼，那时他才知这个在他眼中无比强大、令他崇拜、给予他温暖、护他平安的男人竟然是昆仑云山的掌门。

宋霁雪将所有关于常瑶的东西都毁了，更别提什么画像了，死去的师娘长什么样，孟临江无从得知。

前些天醒来，得知那位又美又乖的小散修竟然跟死去的师娘长得一模一样

不说，还被师尊带去了独山居，孟临江算是体会到什么叫作“一觉天地变”。

“你大师伯说至少八分像，八分像什么概念？除了眼角那颗泪痣那就是一模一样。”任泓又道，“你师尊经历过的幻境数不胜数，不少真实无比，换作你我能被困死在里面，但他都能出来没有中招，全因为他比任何人都清醒又坚定。你师娘曾经说过，阿雪永远不会迷失自我，所以阿雪是她的领路人，每次只要看他所在的位置一眼就能充满动力，让她也不会迷失。”

任泓摇头叹息：“当时都把我给听哭了，哪知道这两人后来会变成这样。”

孟临江小心翼翼道：“听起来我师娘也不是一点都不爱我师尊啊。”

“谁不这么想呢？”任泓讷讷道，“但金銮台那事儿证明，这爱是会消失的啊。”

他被常瑶骗了，发誓说“要跳西海喂鱼”都难过得要死，更别提宋霁雪了。

任泓叹道：“以前都好好的，这次把人带进独山居，我怀疑你师尊发疯的病越来越严重了，等会儿要是还不出来，我就把你扔西海去喂鱼，再让传信灵鸟把那一幕发给你师尊，这样我看他出不出来！”

孟临江大惊：“为什么是我被扔去西海喂鱼？”

任泓义正词严道：“你是他唯一的徒弟，不扔你扔谁？”

孟临江谦虚道：“我怎么比得上您？您跟师尊有百年友谊，是生死兄弟呢！”

两人正为到底该扔谁去西海喂鱼而激烈辩论时，从夜色浓雾中的竹林小道中走来两人。

“师尊！”

“阿雪！”

任泓与孟临江同时打招呼。

任泓只知道来了两人，孟临江却注意到晋柔牵着他师尊的手，惊得抱在怀中的剑鞘啪嗒落地。

瞎与不瞎的优劣在此时体现。

常瑶听见声响朝他看了一眼，这才想起之前用了孟临江的剑还给人折断了，便悄声提醒宋霁雪：“你徒弟的剑断了，得换把新的。”

“阿瑶，那不是你哥哥吗？”宋霁雪也低声回她，“怎么不继续叫了？”

“你不是不爱听吗？”常瑶面不改色道，“你不喜欢听，我就不那么叫他。”

宋霁雪低呵一声，气息依旧冷冷的。

孟临江捡起剑鞘，在云山君过来时忙道：“师尊。”

宋霁雪应声，走过他身旁时蹙眉，停下问道：“你下过山？”

“是，白日去上元城给你买了些白花斋的瓜果饼回来。”孟临江被问后麻溜地回答。

常瑶走近后能嗅到孟临江身上残存的一缕妖气，熟悉的、来自无咎山大妖的妖气，且不止一只。

宋霁雪也发现了。他再次迈步时脚下心剑阵扩散开去，眨眼间已覆盖整个昆仑。

孟临江忙道：“师尊，出什么事了？”

任泓也纳闷道：“好端端的怎么开启心剑阵了？九尾天狐又回来啦？”

“在山上待着。”宋霁雪没有多言。

常瑶被宋霁雪带着去往山下天阶。

昆仑山下有数只大妖隐藏气息等待着什么，它们甚至接近过孟临江，明显是冲着他的师尊云山君来的。

宋霁雪在御剑时问常瑶：“阿瑶，山下都是你的帮手？”

“不是。”常瑶温声道，“我不认识它们。”视线却往昆仑天阶处扫去，眸光微冷。

宋霁雪在天阶前落地，周边石灯点缀黑暗，已到山禁时间，再没有弟子从这儿走过，只剩下山石门柱在冷沉夜色中矗立。

常瑶被云山君带去身后一步，骨节分明的手握上稚鬼剑柄，拔剑时带出清越剑鸣。

躲在暗中的大妖们纷纷被一道道金色剑光惊雷打出，黑暗中传出阵阵怪笑：“云山君好手段，这么快就发现了。本以为还要再多等几日，你却自己送上门来。”

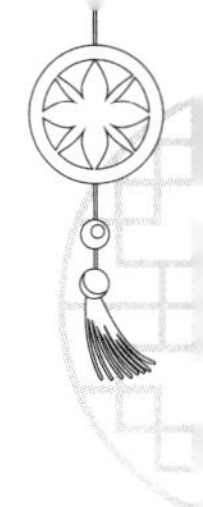

虚空中振翅飞起的蝠妖双眼血红，仅一翅便将月色都遮蔽，给人间投下大片阴影。在这片阴影中剩余四只大妖也现了原形。

人面马身、通体虎纹的英霆上下打量着宋霁雪，张嘴时发出幼儿的声音：“听说云山君从鬼民之界回来伤了双目，原来是真的，早知如此就直接上山去，也不劳烦一个盲人跑这么远。”

从林深处走出的飞廉闻言大笑。

“跟一个盲人废什么话？”从地下迎着黑旋风现形的石狰冷哼道，“只要他一死，便有妖与山灵重新结契，成为无咎之主。”

最后一只大妖拖着长长的鱼尾，赢鱼姿态妖媚，只微微一笑，并未言语，抬手时收拢在背后的羽翅伸展开来，满是细长的骨刺。

眼前随便一只都是修为几千年的老妖怪，实力深不可测。哪怕常瑶还是无咎之主时也并非全部大妖都打从心底臣服于她，更多的是没有反抗的能力，暂时忍了。

这五只大妖与常瑶的关系本就不好，甚至说得上糟糕。

十年时间里，无咎山的和平全靠大妖之间互相制衡，也因为没有妖能与山灵结契，众妖都被无咎山压着，有着微妙的平衡。

山灵给常瑶的提示只有蜚知，它知道常瑶回归后无咎之主定然还是她，却也不甘心当年被宋霁雪从人间逼退，于是告知其他大妖，这些年没有妖能与山灵结契成功，是因为上一任无咎之主结契的一半心元还在人间昆仑云山君身上。只要云山君一死，心元彻底消散，诸妖便可重新与山灵结契，成为无咎之主。

宋霁雪刚从鬼民之界受伤回来，又双目失明，大妖们纷纷心动，前往昆仑埋伏等待时机。今夜终于等到机会。

被五只千年老妖带着杀意注视，云山君却不显慌乱，他手握稚鬼立在天阶山门前轻声道：“阿瑶，听说你是无咎山的上任领主。”

常瑶在他身后沉默。

“上！”大妖们却没给两人过多的谈话时间。

赢鱼声音魅惑：“云山君这条命奴家可就收下了。”

黑风猎猎，大翅遮月，使得下方妖气暴增，大妖们难得配合默契，以妖法吸引稚鬼剑光和心剑攻势，欺宋霁雪眼盲，掩护蝠妖从虚空落地至宋霁雪身前，双目猩红，张嘴露出尖牙欲咬下人头，却被后方一道强势妖气刺穿右眼，惨叫退去。

第二道妖气是冲着云山君去的。宋霁雪本有防备，发觉是出自常瑶时却又瞬间撤去防御，嘲笑道：“阿瑶。”

“你不是说什么都肯给我吗？”常瑶眼角余光瞥向再次攻来的大妖们，手指搭上稚鬼剑柄，借力从他手中夺走转而朝宋霁雪斩去，“这是最后一次。”

她说的时候也不知道自己在承诺什么，却觉得应该说点什么，必须说点什么安抚宋霁雪。

地面剑阵动荡，无数灵剑上的咒纹燃烧散去，万剑出征，在二人身前排列，如千军马万拦下大妖的合力杀招。

常瑶斩开宋霁雪的灵脉，血液溅染长阶山门，那只曾温柔抚摸他面庞的手此刻穿透他的胸膛取走了心元，对常瑶依然毫无防备的宋霁雪不堪痛苦地单膝跪地。万剑争鸣，却带着难言的凄厉。

常瑶抽出手时恍惚间想起曾经一幕幕。

那是在他们要成亲的前几日夜里，宋霁雪偷偷带她下山去上元城看一场戏火表演。

戏火是人间独有的，属于凡人自己的“术法”。人们将火焰玩出不同形状，妖魔鬼怪或是飞禽鸟兽，凡人以一双手借火焰操控天地万物成为至高神。

上元城一年才有一次的戏火表演，她以前都没看过，知道她对人间的小玩意都很感兴趣，宋霁雪便特意带她去。

两人在长阶屋檐上寻了个好位置，能将上元城的灯火长龙尽收眼里。

常瑶胃口大，又爱吃人间食物，身边堆出了个小山堆，全是宋霁雪给她买来的。

“这不就是火咒吗？”她这会儿咬着一串糖葫芦边吃边看，“现在是在

玩上百种火咒？”

“不一样，火咒是靠修者灵息施展的，下边表演戏火的没有一个是修者，他们不需要靠灵息驾驭火焰，只需要靠技巧。”宋霁雪耐心地解释着。

常瑶神色懵懂，目光盯着人群里最受欢迎的一位俊俏小哥，他一只手拿着根火棒，另一只手在火中抓了一把后放在嘴边轻吹，便吹出一只燃烧着的火兔，引来看客激动拍掌。确实没用术法。

常瑶正在心中感叹人间无奇不有时，就听身旁人阴郁道：“阿瑶，你在看谁？”

“他。”常瑶老实伸手一指，“这兔子真不是用术法变的，还挺厉害。”

宋霁雪嗤笑：“这有什么厉害的？”

常瑶：“我们都得靠术法才行，他不用。”

宋霁雪站起身，问她：“你就只想看兔子？”

“他好像只会变兔子。”常瑶仰首看身旁人。

宋霁雪没好气道：“谁让你看他了？看我，除了兔子，还想要什么？”

常瑶歪头一想，期待地道出一字：“龙。”

宋霁雪面不改色道：“小一点的。”

常瑶试探地问：“半条龙？”

宋霁雪默默下了屋檐。

常瑶眼角带笑，注视着宋霁雪混入人群，拿着细木枝从旁人处借了火。他不用术法，单手在火焰上轻掐手指散开时，一小簇火焰迸发成漫天星火，坠落时又在他轻轻一吹后变成数只小火兔朝常瑶的方向奔去，引得人群轰动。

看客们纷纷朝宋霁雪的方向围去，到处都是火焰在晃动，橘红色的光芒映照整条长街大道，连天上夜空都亮了几分。

宋霁雪在重复唤出星火群兔时，不停地点燃一根又一根木枝，直到点燃十三根时，双手合拢，在那一大束火焰中轻吹的同时将火棍一根根接连往上空抛去，高不可见。

当人们茫然不知发生了何事时，火风呼呼似龙吟，金色长龙燃烧着盘踞在上空，摇首摆尾，似要飞向屋檐上的常瑶。

耀眼火光中传来看客激动的惊声大叫："龙，是龙！"

当所有人都看向长街上空的火龙时，常瑶却在看被火光环绕的宋霁雪。他手里还剩一根多的木枝，燃着一束小小火焰，被他把玩在五指间。两人视线相撞，宋霁雪轻挑下眉，眼尾带笑。

那一刻的宋霁雪在常瑶眼中耀眼极了。

她心脏似被填满般，只剩下柔软与欢愉，那瞬间的悸动足以让她永世难忘，此后再没人能代替宋霁雪让她心旌摇荡。

宋霁雪本就该如此耀眼。即使不用术法，不成为修者，不是云山的掌门，不是心剑第一人，他也能在人间活得肆意潇洒。他若成为一个不会术法的凡人，也能得到许多人温柔的爱。那些苦难本不该降临在他身上。

常瑶凝视着火中的人，却感鼻酸。

宋霁雪回到屋檐，在她身旁坐下问："看见了？"

常瑶说："一点点。"

"嗯？"宋霁雪偏头看她。

常瑶凑在他耳边柔声说："你让我看你，我就始终看着你，很难从你身上移开目光去看别的。"

宋霁雪轻哼声，又转过头去，唇角压了压，还是没忍住勾起那抹笑意。

"以后还有吗？"常瑶问。

宋霁雪说："你想看就有。"顿了顿又道，"下次可以先看完龙再看我。"

常瑶笑弯了眼，将手中糖葫芦递过去，上端被她咬了半颗："甜的。"

宋霁雪没怀疑，低头将剩下半颗咬去。

她把半颗心元给了他。

常瑶想给宋霁雪自己最好的东西，她想对宋霁雪好，因为在这世上她最爱的人只有宋霁雪。

常瑶想起自己是何时给宋霁雪心元的，却记不起那时的悸动。

不知何时她把一切爱意迸发的瞬间悄然忘记了。

剑阵被破的瞬间她回首看去，眼中倒映着大妖们惊恐扭曲的面容，她周

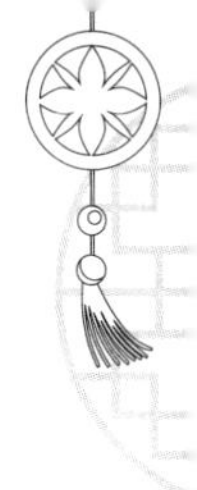

身迸发出满是杀意的妖气：“滚！”

妖气碰撞发出尖锐的声响，大妖们感受到久违的恐惧与带着无咎山契约的不可抵挡的压制，纷纷开了妖界之门，逃回无咎山。

常瑶并不想这么放过它们，刚要跟上去，衣袖却被宋霁雪抓住。

宋霁雪低低笑着，他说：“阿瑶，原来你当年断了灵脉也这么痛吗？”

常瑶再难走一步。

“我不是跟你说，下次要刺准些。”宋霁雪五指死死攥着常瑶衣袖，指节泛青，他艰难地抬首看她，黑沉的眸光晦暗，却笑着问她，“只斩我灵脉就走，是不是太看不起我了？”

“它们对你起杀心，我就不会放它们活着。”常瑶垂首轻声道，“我只是回无咎山一会儿，不是要走。”

常瑶握着稚鬼的手微紧：“你的灵脉没有断，我……”她有点懊恼地皱眉，竟然不知该如何解释。

拿回心元并没有想象中的轻松，反而让她感到急切焦躁，大妖围攻宋霁雪激起她的杀意和戾气，周身妖气逐渐控制不住，化出阵阵黑雾。

宋霁雪这会儿不信她。

他说着“下次要刺准一些”的话，对常瑶毫无反抗，整个人被绝望笼罩，在等待最后的审判。

他抓着常瑶衣袖的手不松开，死也不想再看她消失在自己眼前。一次就够了，凭什么还要让他绝望第二次、第三次？他不会痛吗？还是说常瑶根本就不在乎他会如何。每次想到这种可能他都会更加绝望。

常瑶将手覆上宋霁雪手背，他以为她要拉开自己，咬着牙低喊：“阿瑶。”

“我不会修复灵脉，虽然切开部分，但并没有斩断，你养一段时间就会好。”她强制压下血脉躁动的力量低声说着，将宋霁雪扶起来一起消失在天阶山门前。

等昆仑其他山君峰主赶到时，只能看见沾满血液的长阶石柱，以及还未散去的浩浩剑意与妖气。

“阿雪呢？”任泓嗅着空气里熟悉的血腥味惊道。

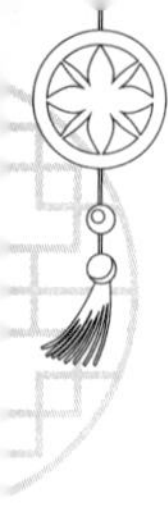

于野脸色难看地道：“心剑阵仍在，但人不见了。”

任泓气道：“那九尾天狐属实不要脸！竟然找帮手来围攻阿雪！”

跟在赵峰主身后的师天颢闻言稍显郁闷。

九平峰峰主最近睡得早，他修炼遇到了瓶颈，常在睡梦里自我开解，察觉云山动荡后便起来准备去往天阶看看，结果刚出院门就感异样突生，警惕回首时见一女子身上染血，手握稚鬼站在门前看他。

那相似的容貌与气息让九平峰峰主惊得瞳孔紧缩：“你……”

“他伤了灵脉。”常瑶侧身，示意明显。

九平峰峰主脸色微变，知她说的是谁，立马回去屋里。

宋霁雪仍旧撑着没让自己晕过去，在外向来强势无敌的云山君，此时在九平峰峰主眼里却跟当年雪夜时一样脆弱。

常瑶守在屋前说：“我就在这儿，哪儿也不去。”

宋霁雪在虚无的黑暗中伸出手，固执道：“太远了，你若是只留下一个傀儡，我如今瞎着也看不出。”

还能留下傀儡再走？常瑶受教了。

她走上前与宋霁雪的手十指交握，无声安抚着。

九平峰峰主默默专心为自家掌门修复受伤的灵脉，暂时把所有疑问都吞回肚子里。其实看掌门这态度和少女熟悉的容貌就该知道是怎么回事。

他解下云山君半边衣物，察看伤势时没忍住好奇道：“这灵脉为何只斩开了一半？计算巧妙，不像是杀招。”

宋霁雪神色漠然。

常瑶答：“取东西。”

“什么东西？”九平峰峰主又没忍住。

“妖的一半心元。”常瑶轻声道，“以前给了他，没想到我还能活过来，重新与山灵结契需要完整的心元。”渡雷劫时她也不知道身为半妖能有两条命，重新活过来一事确实在意料之外。

宋霁雪听到这里，手上力道加重，问道：“什么叫作你没想到还能活

过来？”

常瑶任由他抓疼自己的五指，无奈道：“我非人非妖，也没有妖或者人能告诉我身为半妖应该知道些什么。”

常瑶作为妖的血脉太过强大特殊，却不是完整的。母亲对此也无能为力。也许身为人类的父亲能对她指点一二，可他此生从未跟常瑶说过一句话。

常瑶没想到自己有一天竟能如此毫不掩饰地跟宋霁雪谈论自己半妖的体质，一时竟不知是悲是喜。

九平峰峰主始终竖起耳朵偷偷注意着二人的对话，心中嘀咕肯把一半心元给出去也是了不得的决定，更别说是跟无砮山结契的大妖的心元。

云山君当年能独战双蜚，还能让蜚一死一伤，是因为体内的心元力量对无砮山的大妖有着天然的克制能力。哪怕他闯妖界、进无砮山大杀特杀，斩了一半山峰，山中大妖要么不敌他，要么将其无视，无砮山任由他胡来，最后还是凤族少主伏烬赶来把他赶回人间的。

宋霁雪紧握着常瑶的手，沉沉问道：“什么时候给我的？”

常瑶想起后便老实回答：“成亲前一起看戏火那天。”

“为什么给我？阿瑶，你不是不爱我吗？”宋霁雪微微偏头朝常瑶的方向看去，压着心底一丝期待与渴望，语气发狠，“不爱我还给我一半心元干什么？我求你给了吗？”

常瑶被他凶得一愣，垂眸不说话，面有郁色。

宋霁雪看不见，九平峰峰主却瞧得清楚，刚低咳一声试图制止夫妻吵架，就听宋霁雪冷声道：“阿瑶，你说啊。”

常瑶多少也察觉到当时给心元是抱着何种想法，却始终没能记起那瞬间的悸动，总不能告诉宋霁雪说自己忘了，真这么说了他又得生气。

于是常瑶转移话题，视线停在宋霁雪右臂上那一圈金线上，问：“他右臂上的金线是什么？”

九平峰峰主忙道：“这是……”

“闭嘴。”宋霁雪沉怒道，“不准说。”

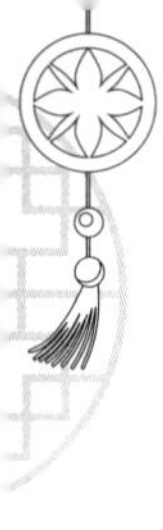

九平峰峰主闭嘴了。身处夫妻吵架的旋涡中心，九平峰峰主战战兢兢，生怕这怒火烧到自己身上来。

宋霁雪因伤脸色惨白，额上汗珠滴落，灵脉被伤的痛非常人能忍，就算是天下第一剑于野这会儿都该晕过去了，他却因害怕常瑶离去而强撑着。

常瑶瞥了他一眼，又问九平峰峰主："是受伤了吗？"

不等九平峰峰主回应，宋霁雪已讥讽道："阿瑶，现在施舍你的关心是否太晚了些？"

常瑶不语，揪着衣袖给他擦额上的汗珠，这细心温柔的动作让宋霁雪心中越发酸楚。

九平峰峰主处理伤口时，好几只传信灵鸟从虚空飞出停在他身前，他也没管，专心于手下动作。

常瑶不想宋霁雪清醒着承受痛苦，擦汗时手指绕到他肩穴试图把人弄昏过去，却因被宋霁雪抓住手而顿住。

他阴沉道："我不需要。"他预料到了常瑶的想法。

常瑶便随他去。

九平峰峰主刚替他稳定好伤势，于野等人就赶到院外，孟临江焦急上前道："师尊！"

"在外边等着。"宋霁雪说。

于野黑着脸道："你给老子出来，让我看看是死是活。"

九平峰峰主开门出去稳定人心，信誓旦旦地保证掌门还活着。

宋霁雪不让他们进去，他们也没有办法，知道云山君死不了后纷纷离去，走前又给九平峰峰主几个意味深长的眼神，无声地表示：没关系，咱们玉简传音说，好兄弟有消息一起分享。

九平峰峰主忍不住擦了擦额上的湿汗，心想：这消息虽然让人震惊，但也得有命去传播才行啊。

孟临江还站在门口不肯走，可怜巴巴道："师尊，你真的没事吗？我看长阶有好多血，又说有好几只千年老妖在天阶山门与你交战，那九尾天狐真不要脸，竟然喊了这么多帮手！"

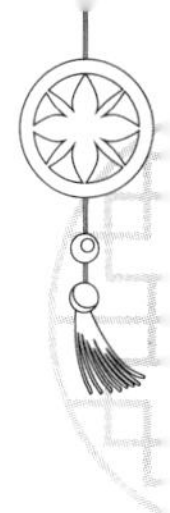

孟临江抱着空空的剑鞘在门口台阶坐下，幽幽叹息道：“师尊，都怪我不好，若是那天没答应晋柔带她去见你就不会有后来那些事，我都听左护法说了，晋柔与师娘长得一模一样，早知这样我在天阶见到她时就该拦着不让她进昆仑。”常瑶听着侧首往门口看去。

躲在院外的师天颢闻言忍不住摇头，就凭孟临江那修为境界，怎么拦？

“虽然大家都说师尊你历经幻境不怕迷失，这次你却把人带回独山居数日不出，大家多少有些担心。师娘已经死去十年多，晋柔就算长得再像也不是师娘。”孟临江老成地叹气，“旁人或许误以为师尊你对师娘恨之入骨，但我知道你其实……”

宋霁雪：“滚回上云峰去。”

凌厉剑气忽然落在孟临江脚边，吓得他立马起身后退：“好好好，弟子这就回！”

孟临江本想御剑跑路，低头一看剑鞘是空的，又回头可怜巴巴道：“师尊，之前一直没机会跟您说，我的剑被那可恶的九尾天狐给折断了。”

宋霁雪淡声道：“去沉剑阁里拿。”

孟临江这才欢喜地离去。

常瑶回首看宋霁雪问：“刚刚怎么不让他继续说？”

“他该回去修炼了。”宋霁雪漠然道，“勤能补拙。”

常瑶莞尔道：“他天赋极差，却没想到竟是你的徒弟。”

“什么时候让你觉得可以跟我谈我们两人之外的事了？”宋霁雪阴郁道，“为什么给我一半心元？”他还在执着这个问题。

常瑶也问：“那你说手臂上的伤是什么？”

宋霁雪抿唇。半晌，他冷冷道：“你知道了有什么用？打算换种方式可怜我？”

心疼与可怜是不一样的。常瑶想告诉宋霁雪，却又觉得他不会信，今夜他已经够累了，还是少说这些容易引起误会的话。

“不说就不说吧。”常瑶温声道，“我今夜不会离开你，想要好起来还是闭目休息快些。”

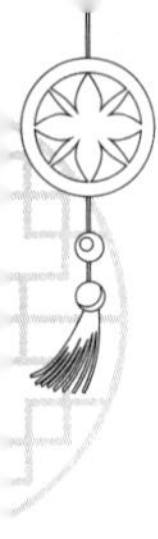

宋霁雪："我本就瞎着。"

常瑶抬手捏了捏眉心，无奈道："你不快些恢复，我若是想走你也没能力拦着是不是？"

"我是有多犯贱才要拦着给我一剑伤害的人不要走？"宋霁雪呵笑。

常瑶心道：那刚才抓着我不让走的是谁？她刚要松手就被宋霁雪狠狠一拽握得更紧。

宋霁雪恨道："阿瑶，你又骗我，说不会离开可还是想走！"

第六章 血脉

正当常瑶沉思该如何哄宋霁雪时，忽听外边传来脚步声，气息不稳，修为低微，不是九平峰峰主，此时正朝院中屋舍走来，可那血脉共鸣却让常瑶微愣，她神情古怪地朝屋外看去。

本是躲在外边等着跟自家小妹说说话的师天颢，瞧见进院的那个身影时也愣住。

宋霁雪又是一道剑气落在来人身前，却给对方造成极大惊吓，手中汤碗啪嗒落地碎裂。

清瘦少年惊慌跪地，手缩进袖中只见两指："峰主……是我，弟子石雷。"

常瑶与师天颢同时扶额捂眼。这一世的大哥竟然直接吓跪了？

堂堂凤族少主，在妖界呼风唤雨，让两界忌惮，曾搅乱西海、重伤各家仙门的大妖，却在此时化作人形惊恐跪地。伏烬渡八苦劫遭难的事师天颢已经看过好几次，但常瑶是第一次见，心中震撼无比，难以置信。哪怕知晓是渡劫，大哥在她心中的形象还是有了一点坍塌的趋势。

宋霁雪正欲开口叫人退下，却被看出来人身份的常瑶抢先伸手捂嘴制止。

"嘘。"常瑶俯身凑到他耳边悄声道，"别说话。"若是让大哥知道他跪的是宋霁雪，他得疯。大哥疯起来可比云山君更难应付。

宋霁雪沉默，耳边的轻声细语，每一个字都在挑拨他脑内神经。

院内寂静，石雷蹙眉，因紧张额上蒙了层细汗，他不过是个才入仙门不

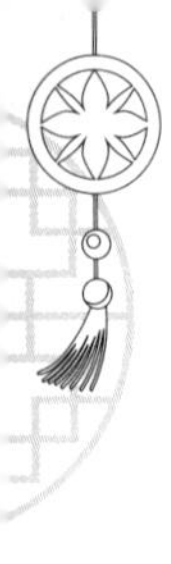

久的普通弟子，白日受他人欺辱时幸得九平峰峰主相救，心中感激，斗胆煮了鱼汤前来道谢，哪知时机不对。

石雷慌忙以双手拾起汤碗碎片：“弟子竟惊扰了峰主休息，这就离去。”

他走得狼狈，垂首，眼里光芒黯淡。白日从九平峰峰主这里得到的片刻温暖，在刚才冷漠的剑气中消失殆尽。这位大人物帮他不过是举手之劳，他却妄想高攀。温暖都是错觉，仙门的世界比凡间更残酷。他怎么还敢奢求！

师天颢看那少年离去的阴郁面庞就知道石雷敏感的心思多虑了，他有些哭笑不得，万万没想到云山君竟也是大哥的一道劫。

常瑶察觉人走远后才收手。不知渡劫后大哥是否会想起，保守起见还是别让他发现才好。

她刚坐回床边就听宋霁雪问：“你怕什么？”

常瑶面不改色道：“你饿不饿？”不需要敷衍应付，直接转移话题。

宋霁雪低声冷笑。

常瑶又揪着衣袖给他擦了擦汗，说：“换只手吧，你这只手之前伤还没好，今日伤口又开裂，久握不好。”

若是别的利器，不会需要调养太多日，偏偏那是被稚鬼划伤的，深可见骨。

云山君自鬼民之界回来就一直在受伤。

宋霁雪轻声嗤笑，一副根本不怕伤口能不能好的表情，倔强地不松手。常瑶若要牵另一只没受伤的右手就得去床铺里边，九平峰峰主是个单身汉，睡的是单人床，若是要躺两个人便显得拥挤。

常瑶单膝跪在床沿，借力探身往里边去，冰凉又带着淡香的发丝从宋霁雪鼻尖擦过，他察觉到她的动作不自觉地挺直背脊。

屋中烛火微微摇曳，将光影投在地上，却隔绝了帐中景象。

常瑶的手与宋霁雪的手相比更显娇弱，白皙滑嫩，温热的指腹轻擦过手背，勾起宋霁雪骨节分明的手指缓缓交握。这一刻宋霁雪似失去所有力量，任由她引导操控。

“松开。”常瑶示意宋霁雪松开受伤的那只手。他还是没动，但常瑶手

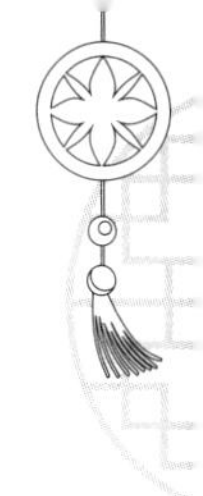

指撤离时也没再阻止，而是握紧了另一只手。

常瑶侧着身子面向宋霁雪躺下。他心脏不受控地颤抖着。

“既然云山君不肯松手，那就委屈你跟我挤一块了。”常瑶轻声道。

宋霁雪紧握常瑶的手，力道之大，指节泛青，她却眉头都没皱一下。

半靠着床头并未躺下的宋霁雪，忍不住低头去看身旁的常瑶，但这可恶的眼伤将他困在无边黑暗中，什么都看不见。他心心念念的人奇迹般地回来了，自己却看不见，他心中烦躁，眉间戾气突生，加之遇上常瑶的事总是不同程度地失控，完全没注意手上的力道。

“你在哪儿？”宋霁雪因伤痛而嗓音低哑，“这些年你在哪儿？”

常瑶闭上眼：“跟你现在一样。在混沌虚无的黑暗里。”

十年说长不长，说短不短，但每一刻都有着无数变化。大家都往前走了很远很远，兄长们开始新的渡劫旅程，好友得爱女，享天伦之乐，宋霁雪也从孤身一人到师徒相伴，只有从混沌虚无中回到这世上的常瑶还停留在十年前，静默地与前尘遥遥相望。

“聚拢灵识再重塑肉身也需要很长时间，我这才回来没多久，半妖有两条命谁也不知道，但我肯定这是最后一条命，你若是因恨要杀我，我这次死了就绝不会再……”

话还没说完，就听宋霁雪狠声道：“你以为我跟你一样？”

常瑶又被他凶得郁闷闭嘴。

“我为什么要杀你？”宋霁雪气笑了，“阿瑶，你说，我有什么理由非杀你不可？我凭什么杀你？我不需要跟妖皇做交易，至今我也不知道我输给了什么，让你二选一抛弃了我，阿瑶，你倒是说来听听，你想知道的消息到底是什么？有什么比我更重要？”

这话里的怨与恨互相交织着，难以化解。

不等常瑶给出回答，宋霁雪单手轻抚前额，阴沉沉道：“是我忘了，你说你根本不爱我，我却妄想在你心里争第一的位置。”他时而冷静清醒，时而又疯得厉害。

常瑶垂眸看两人交握的双手：“你今晚凶了我两次。”

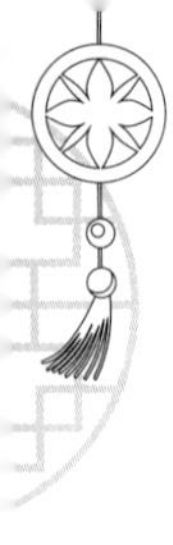

常瑶稍稍动一下手指就被宋霁雪加大力道抓着不松手，她轻声说：“云山君，你抓疼我了。”

宋霁雪紧抿唇线，手上的力道缓缓放轻些。

“等我确定一些事再跟你好好谈谈，如果到那时你还肯听的话。”常瑶伸手轻抚他面庞，带着耐心地温声细语，“现在先躺下休息会儿吧，我真的不会走，也不会放傀儡骗你。”

宋霁雪轻扯嘴角，却可耻地贪恋那指尖熟悉的温柔，闷闷不乐地躺下。

单人床还是有点小，宋霁雪侧过身对常瑶说：“过来。”

说的同时已经动手将常瑶拉进怀里，缠着白色纱布的手环在她肩上，五指紧紧抓着，这个拥抱充满占有欲与誓不放手的狠劲。

十年前他们彼此亲密无间，相拥而眠。

金銮台雷劫后彼此天各一方，在常瑶连灵识都还未聚拢觉醒的日夜里，宋霁雪总难以入眠，梦外没有他的阿瑶，梦里也没有。

触感和听觉总是在欺骗他，欺骗他常瑶还活在他身边，如此反复折磨，让他越来越清醒，不得不面对常瑶抛下他的现实。

如今常瑶安静地靠在他怀中仍旧让他在心底忧虑这是幻境，自我怀疑对修者来说是大忌。

这眼伤得可真不是时候——宋霁雪心中厌弃又憎恨，调动灵息试图强行破毒睁眼看看怀中人。

常瑶察觉时睁眼，蹙眉欲起身：“你……”又被宋霁雪压回去。

她说：“你才伤了灵脉，刚稳定还未彻底恢复，怎么非要……”

原本紧抱着她的手转而覆在她双眼上，宋霁雪未言语，但周身灵息颤动，让屋内烛火承受不住地偏倒，最后熄灭。

常瑶拿他没办法，在沉默中明白宋霁雪的意图。

烛火熄灭那瞬，屋中陷入黑暗，黑纱长带滑落，而云山君缓缓睁眼。偷偷洒入屋中的月光让他看清了怀中的人。

眼前是真实存在的常瑶，他们十指交握，似永不分开。

十年仿佛只是一瞬。

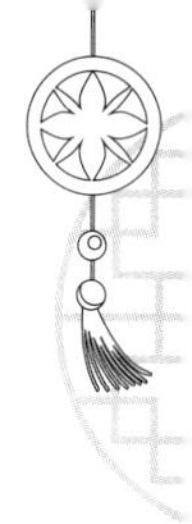

宋霁雪遮着她的双眼，静静地看她柔美的侧脸与记忆中描绘过千万遍的五官，却不敢去看那双在雷劫时无情无欲的眼。

他明明曾从那双漂亮清明的眼里看见过明确的爱意，从她身上感受到对自己浓烈热切的爱意，那些无比真实，让他心动的瞬间不该是假的。

常瑶能感受到宋霁雪目光灼灼的注视，片刻后，她将遮在眼前的手挪开，迎上那带着血色的双眸。这是她重生回来第一次没有感觉到熟悉又陌生，只有熟悉，一如既往。

那眼眸中承载的熟悉的情绪让她心脏收紧，一时间竟觉得难过极了，视线悄然模糊，泪水顺着眼眶而落。

常瑶茫茫然，不知所措。

宋霁雪在见她落泪的一瞬便失去光明，而后再度陷入黑暗，他再次抱紧常瑶，沉沉问道："哭什么？"

哭什么？不爱他为什么会哭？

常瑶在他衣上擦了眼泪，自己也很奇怪，声音难得有点闷："大概是因为你之前凶了我两次。"

宋霁雪放开常瑶，另一只手抚上她脸颊，指尖往上摸到湿润眼角，将余下泪水拭去，在眼角处反复轻擦，将过于娇弱的肌肤擦红一片。

常瑶无奈道："可以了。"

宋霁雪眉宇间阴郁更重。看见之前已不可忍，看见之后更不能忍。

见他动作不停，常瑶只好伸手抓住拉开他。

宋霁雪发现回来的阿瑶跟在金銮台时有些不一样。

金銮台的阿瑶真的能对他下杀手，可他从此时的阿瑶身上感受到明确的犹豫与彷徨。

彷徨什么？宋霁雪心中思绪万千，难以入眠，柔声安抚他的常瑶却不知何时睡倒在熟悉的怀抱中，晨光破晓时分醒来，身边人依旧清醒着。

常瑶要起身，宋霁雪没让，道："清清，怎么不多睡会儿？"

云山君白天又是另一种疯法。

"我去叫九平峰峰主来给你看看伤势。"常瑶温声道。

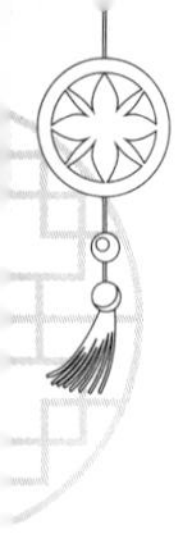

宋霁雪下巴搁在她发顶，又把人往怀里搂紧了几分，轻声笑道："清清，你只说了昨夜不走，没说今日也不走，是去叫九平峰峰主还是趁机离开？"

"我今天也不走。"常瑶视线往屋外扫了眼，二哥在外边等一晚上了。

师天颢本以为过不了多久就能跟小妹见上一面说说话，谁知道他等啊等，从天黑等到了天亮。屋里两人相拥而眠，他在外边跟山雾缠绵落得湿冷一身。九尾天狐师天颢倔强地跟云山君杠上了。

然而天亮后师天颢揉了揉鼻子，然后漠然离去。

宋霁雪不肯放开常瑶的手，这直接导致后来的日子里，于野等人无法进屋查看他的伤势，只能在外听云山君时不时轻嘲两句来证明自己还活着。

每次只有九平峰峰主能进屋帮忙修复灵脉。

宋霁雪虽回了上云峰，但不睡。白天温柔喊着"清清"，晚上喊"阿瑶"，不动声色地折磨自己千百遍，爱恨难分。

九平峰峰主只好狂灌他各种灵丹妙药好让他能支撑下去。

常瑶随宋霁雪去疯。

直到宋霁雪灵脉伤势终于稳定不需要太担心后，她才跟他说："我回无咎山一趟，很快就回来。"

这会儿还是白天。

"清清，"宋霁雪正摩挲着她细白的手指，"你终于不耐烦了？"

常瑶赶着回无咎山把那几只大妖杀了，抽手时又被宋霁雪抓住，死死抓紧不放。她垂首看宋霁雪比自己大一圈的手掌，指节分明修长，宽厚温暖，掌间有常年练剑生的茧，被这手轻轻一握便心生安全感。

常瑶恍惚道："那年金銮台雷劫……你对我用剑阵了吗？"

常瑶第一次主动跟宋霁雪提起这事，她想确认那瞬间究竟是心魔幻象还是真实发生过。

宋霁雪微微颔首："用了。"

常瑶："最后黑色的剑阵是出自你手？"

云山君面不改色："是。"

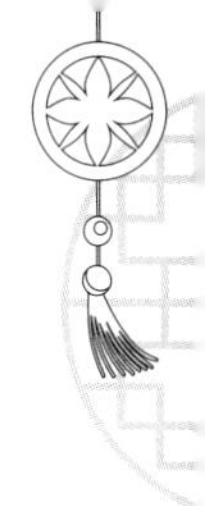

常瑶怔住，心感荒唐，她早就知道那也许不是幻象而是真实存在的，可在听见宋霁雪亲口承认时竟有点难以接受。

让常瑶恐惧无比的杀意覆在她心上，她因惧怕下意识地抽走交握的手，用了术法，宋霁雪感到手上一空，清越声线染了几分阴沉："清清。"

"那剑阵是谁教你的？你师尊乘静？"常瑶将惧意隐藏并轻声问着。

"不是。"宋霁雪蹙眉，"那剑阵怎么了？"

常瑶面色古怪地看他："你为什么会这剑阵？"

宋霁雪冷声笑道："清清，你就不能先回答我一次？"

"以前有人对我用过这剑阵，我非常害怕。"常瑶看着他的手，低声说，"我想知道你为什么也会这杀招。"

"杀招？"宋霁雪神色莫测，"清清，你以为那是杀招？"

"不是吗？"常瑶反问。

"我为什么要对你用杀招？"宋霁雪漠然道，"你在雷劫里神志不稳，将我击退，那时候没有比天雷更厉害的杀招，我若是想杀你根本不用动手，看着你被天雷淹没就好。"话说到后面，语气越发阴沉。

"不是吗？"常瑶再度反问，心中思绪万千。

"那是我在万象灵境里学会的，名叫震霄，不知来源，是传承术。"宋霁雪神色晦暗不明，"它虽是杀戮剑阵，但杀的是剑阵外的一切，而非阵内之物。"

所以也可以算是比灵犀剑阵更为强大的保护剑阵，也是宋霁雪所知世间最强大的杀阵，却也保不住雷劫之下的常瑶。对阵外的人来说它是杀招，可对阵内的人来说，是再安全不过的保护剑阵。

常瑶长久以来的认知被宋霁雪三言两语给推翻，心中掀起滔天巨浪，震惊不已。震霄是杀招，却不是要杀她。无论是宋霁雪还是白衣剑修，都不是要杀她。可她在白衣剑修那儿感受到的滔天杀意又是怎么回事？

常瑶难得头疼，抬手按压着还没想出个所以然来，又听宋霁雪讥讽道："清清，难道这十年你都认为金銮台渡劫时我要杀你？"

这倒没有。事实上，这十年来很多时候她都处于大脑放空的状态，什么也没

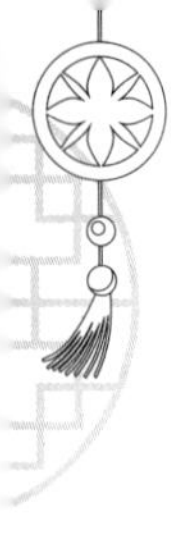

有想，差点就这么随着天地飘摇，放任自己成为一摊什么都不知的死水。就算宋霁雪真要杀她，她也不会有所抱怨或是憎恨。她的爱恨很难得，难以触发。

“我现在知道不是了。”常瑶轻声说。

宋霁雪阴郁地问道：“第一个对你用震霄的人是谁？”

常瑶重新握住他的手，被宋霁雪紧紧抓着。

“我晚上回来。”常瑶俯身在他耳边低语。

宋霁雪微微笑着：“清清，你最好把我也一起带去，不然我会去无咎山带你回来。”

外边传来任泓的喊声：“阿雪，开门！”

“最好别去。”常瑶凝视他的脸，语带深意，“剑修去无咎山都不会有好下场。”

她在房门被任泓踹开前化作青烟消失不见。

任泓一脚就把房门给踹开，自己还愣了下：“于野不是说开不了吗？可我怎么这么简单就打开了？这个没用的废物。”

他昂首，得意扬扬，后边跟着的孟临江挠了挠头，感到十分疑惑。

“师尊。”他朝里边桌案后坐着的宋霁雪看去，敏感地察觉到师尊现在心情不好，气息阴沉影响着这屋里，黑云压顶，仿佛下一刻就要打雷落雨。

宋霁雪缓缓抬首面向任泓：“你把无咎山的相关消息再说一遍。”

无咎山。

那五只大妖逃回无咎山后就发现有人与山灵结契成功，无咎山有了新的领主。可它们也知道，无咎山的新领主还是原来那位。几只胆小的大妖纷纷从无咎山逃走，在外夹着尾巴东躲西藏。

常瑶作为无咎山领主，对山中任何妖怪的动向都一清二楚，也能传送到山中任何方位。

常瑶刚入山，就把还没来得及跑走的三只大妖掐死，无咎山领主的震怒让试图上前讨好她的大小妖们纷纷退去。

山蜚本想躲起来的，刚到洞府面前，就看见无咎山领主以人类之姿立在

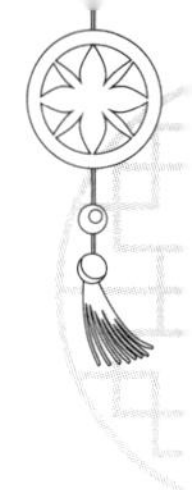

半空中，居高临下地看着它。

常瑶："之前我以为你是胆小，现在看来你胆子还挺大。"

山蜚愤愤道："你为何偏向凡人那边？"

"我是半妖，你说呢？"常瑶似笑非笑。

山蜚被噎住。见常瑶抬手，它深感恐惧，先不说常瑶本身修为已深不可测，成为无咎山领主的她对山中百万大小妖都有天然的压制能力，不可反抗。

"等等！我还有一事相告，与你夫君有关！"山蜚忙道。

常瑶："说。"

山蜚求饶道："你若是答应不杀我……"

常瑶把手放下，从半空落地。

山蜚这才悄然松了口气，一边甩着蛇尾踏着蹄在洞府门口绕圈，试图绕过常瑶进去，一边说："还记得当年在金銮台，你要我现身吸引他的注意力好下杀手，却有另一人藏在暗中试图刺杀吗？"

那人躲在暗中趁着宋霁雪专心对付山蜚时，偷放灵息羽箭，试图置他于死地，一击不成还放了第二支、第三支，杀心很重。

若不是山蜚提起，常瑶都快忘记还有这茬了。

"你知道他是谁？"常瑶问。

山蜚点了点头，独目半眯着，周身荧光乍现，将自己的记忆交给常瑶。

当晚在他们打斗时山蜚坐观全场，释放出的恶灵覆盖整座山头，黑衣面具者因躲避于野的剑势从半空落至地面，那瞬间他被常瑶的咒律击碎了面具，让恶灵窥见一半容貌，不过瞬间却也足够。

那半边脸常瑶并不陌生，是宋霁雪那位性格懦弱、不敢与云山君决裂的四师兄桑沥。

常瑶回去后还排除过这个人，以为桑沥没这个胆子，却万万没想到真是他。她从头到尾都没听说过桑沥在西海，按照当时云山上报的记录，桑沥远在上庭未归。

常瑶瞥了眼山蜚，山蜚正色道："就是这个人，绝对不假。"

"你可知他是谁？"

“后来地鬼之门被封印，修界到处寻我踪迹，我与你夫君再战时也见过这个人。”山蜚沉声道，“他们似乎同出一脉，都是昆仑的人。”

常瑶掐指收下这段记忆，转身漫步离去。

山蜚这才松了口气，忙不迭地跑进洞府，把门关上躲起来。

常瑶的身影眨眼间已到半山腰的竹屋水车长廊处。

她静看吱呀转悠的水车与后方开了遍地的红艳妖花，仔细回想往事，逼迫自己面对那些回忆。可无论她怎么回想，迎接自己的都是白衣剑修踏破结界后瞥来的冰冷目光与杀意剑阵。

他与母亲不死不休地战斗可没有半点心软，释放的每一道剑气与咒律都明显是杀招。

只有复仇的恨，没有恋人的爱。

上次常瑶故意不躲赤心剑阵而受伤昏迷时，她看见父母的往事记忆，二人结局本不该如此的。

“他只是忘记了。”

常瑶想起母亲说的话，神色微沉，去找了山中最长命的大妖。这妖名唤毒蛐，是一只背生大山的地龟，无咎山还不是一座大妖山时它就生在这儿，数不清的时光过去，它也从当年平平无奇的小地龟变成了一只古老大妖。

常瑶落地在地龟山的长河边，长河水浓黑黏稠，难有活物存活，水浪翻滚时倒是偶尔能看见亮闪闪的翡翠宝石等。诸多大妖平时都在沉睡，只有在常瑶出山的时间里才会苏醒。

常瑶来时没有掩藏气息，毒蛐从浓黑河水中探出一个小脑袋来，以黑漆漆的双眼看她，声线低沉沙哑，似人间叫卖糖葫芦的老爷爷：“你能回来可真是太好了。”

“我娘有没有问过你凡人失忆的事？”常瑶开门见山道，“失去的是所有记忆还是与某些东西相关的一部分记忆？”

毒蛐沉思片刻。它活得太久，脑子里记忆太多，回忆也需要花点时间。

“没有。”毒蛐最终答道，“绯与剑修之间的事她从未提起过。”

常瑶在河边坐下，心道：那就是绯自己知道是怎么回事。

“那剑修的宗门呢？”

“也未曾听说。”

“你不是说绯在山中与你关系最好，怎么你却什么都没有听她说过？”

毒蛐摇头晃脑地叹道：“自从那剑修来后，跟绯关系最好的就不是我了。剑修实属可恶。”

常瑶点头。

毒蛐看她：“你为何也嫁给了剑修，走上与绯同样的路？”

“说来话长，当年初见时我是真没想到他也是名剑修。”常瑶按压着眉心，说得很是无奈，“今天来找你是想问问剑修失忆一事，是他人所为还是自己的问题？”

“若是他人所为，按照绯的性格一定不会放过对方。”毒蛐一双眼黑亮，与水色融为一体，有时很难分辨它的位置，“她把剑修囚禁在山里，自己却屡屡外出，应当是在找办法。”

但绯去了何处，无人知晓。

“没有剑修之时，绯一心修炼，只为飞升成神，那剑修实力虽强，但在无咎山中只要绯一声令下，山中百万妖魔皆可为她所用，剑修休想碰她半分。”毒蛐还在为往事愤愤不平，“可绯始终没有动用山中领主的力量，与这剑修斗一场白白死去。”

白衣剑修忘记深爱绯的事，他记不起。绯却记得。

常瑶单手支着下巴看河面，漆黑的河水流淌着，偶尔露出的璀璨宝石让人眼前一亮，她看着偶然一现的宝石喃喃自语：“我似乎也跟他一样忘记了。”

毒蛐沉思道：“说明这是剑修的问题，不是绯跟你的问题。”

常瑶莞尔一笑。

“如果忘情忘爱是传承，那问题出在何处？”常瑶问，“修炼？我可不知他都练过什么术法。”

“倘若真是传承，那问题的答案很简单，是血脉。”毒蛐说，“你继承了剑修的血脉，也有了同样的毛病。”

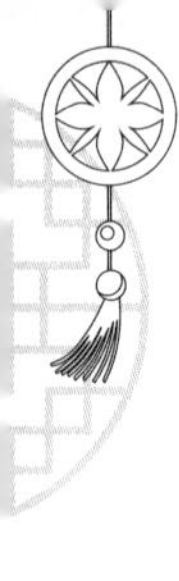

常瑶食指点着额头，闻言微微颔首。

“剑修忘记了绯，若是情况相同的话，你也会忘记那位云山君。”毒蛐缩进水里又出来，“等到你彻底忘记他的时候，恐怕也会跟剑修走向同样的结局。”

“一个时刻在你身边与你日夜相对的人也会彻底忘记吗？”常瑶有些不相信。

毒蛐又道：“绯在带回白衣剑修的前一段时间里常去中州，十分频繁，我猜想也许她就是在中州遇见的剑修，剑修的宗门也大概率在此地。”

中州。

常瑶起身道：“记住了。”

毒蛐缩回水里，隔了好一会儿又探头出来：“你要想清楚，你与绯都追求修炼飞升，区别只在这次忘记的是你，那些记忆阻碍你飞升，为什么非要找回来？”

黑亮的眼睛紧盯着领主背影，似在等一个答案。

那些记忆为什么非要找回来？

反正找回来也会继续忘记。

常瑶听后却觉得奇怪，回首看去：“为什么你们都认为得道飞升者必须无情无爱？无爱者不惜万物，不与天地共鸣，还妄想飞升？”

毒蛐终于知道自己再睡一万年也无法飞升而常瑶却能渡最终雷劫的原因了。毒蛐沉入水中，方才一瞬它仿佛看见了曾经的无咎山领主绯。

红衣女子五指搭在发间顺着青丝漫不经心道：“修炼嘛，想练的时候就练，不想那会儿就跟喜欢的人玩点风花雪月，无憾就行。”

常瑶回到昆仑时还未入夜，日暮初显，来往昆仑的人却多起来，他们都是来赴大阴山的寿宴的。

师天颢受同门所托在天阶接待来客，冷不防瞧见人堆里混进了自家小妹，忙将手中帖子塞给身边的昌岱，欲抽身去找常瑶。

谁知道他刚把东西交出去，就见旁侧走出一个高瘦身影拉着常瑶的手去

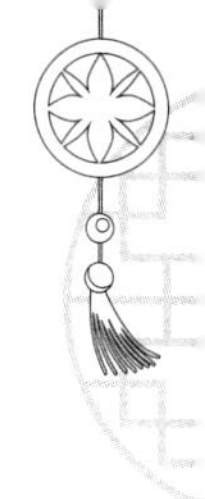

了角落。

师天颢无语，他竟然快不过一个盲人，这合理吗？难怪心剑阵从白天就一直在，敢情宋霁雪是为了监视他家小妹何时回来。

宋霁雪牵着她往云山方向走着，曼声道：“清清，你回来晚了。”

“天都还没黑。”常瑶纳闷。

“在我眼里已经黑了。”宋霁雪说，“你走的时候就是黑的。”

她低笑一声没反驳，余光瞥向后方忧郁的二哥，常瑶拉住宋霁雪：“我还有事没做完。”

宋霁雪停下，神色略暴躁：“你已经走一整天了，还有什么没做完？”

常瑶轻捏他的手安抚着：“这事儿很重要。”

宋霁雪：“什么事？”

“我忘记了一些事，得找办法想起来，不然……我会后悔的。”常瑶微微仰首看他，心是平静的，说出的每一个字都温柔地落在宋霁雪心上，“我可能忘了我爱你这件事。”

宋霁雪握着她手的力道加重，垂首间情绪几次变化，最后轻笑道：“清清，你这次又想骗我什么？”

宋霁雪不信，也不放手，常瑶只好退而求次与师天颢以玉简通信。用宋霁雪的玉简。

上云峰山崖边，宋霁雪负剑而立，神色漠然地等着她谈完。

他把周边开得正艳的桃花树都砍了，种下的金花藤蔓种子已经发芽抽枝，生长极快。

绿芽在常瑶脚边随着夜风左右摆动，倒有几分憨厚可爱。

“剑名哑音，它有一点特殊之处，即持剑者不可伤自己的心上人。阿瑶，虽然你之前常说不爱云山君，但哑音是不会骗人的。云山君也一样，虽表现得像是对你恨之入骨欲杀之后快，却拿着哑音伤不了你半分。”

常瑶忍不住抬首看了眼宋霁雪。在这之前她已经猜到自己忘记的是什么，是所有对宋霁雪心动的瞬间，那份曾真实存在，热烈又真挚的爱意。

常瑶血脉中有一股更为强大不可抗拒的力量，悄无声息地吞噬着她心底

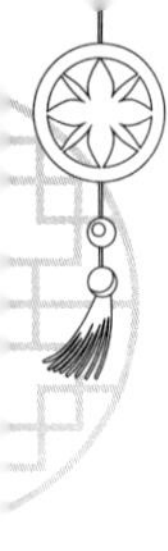

的爱意。

山雾从悬崖下方蔓延而上，敏锐的云山君察觉视线朝她微抬下巴，夜风将他眼上的黑纱长带吹开，被常瑶抬手抓住。

她要给宋霁雪系回去，被他别过脸躲开：“不用。”

他说：“一会儿就好了。”

常瑶耐心等着，宋霁雪抓着她的手不放，风大起来，吹动二人衣袂，发丝交缠的那一瞬云山君缓缓睁眼。

清明黑亮的眼眸倒映着她的面容，曾装得下天地万物，又只装得下她一人。

常瑶耳边是风声，眼里是和宋霁雪初见时与此时重叠的影子，不变的是宋霁雪在叫她：“清清。”

十五年前，常瑶入人间一为报恩，二为万象灵境。

万象灵境是通往神界的天梯，它随机选择入境者，将这些修者投放至不同的小世界进行历练。入境有危险，却也有诱人的收获。

入境者可一步登天，也可万劫不复。

万象灵境现世时间难测，一旦现世，只要是大仙门都会出现一棵巨大的红木扶桑树，除了入境者，其余人难以靠近。

这棵红木扶桑树也象征天道对各大仙门的认可。

常瑶到人间那会儿万象灵境已开，她本是计划先去奉天宗报恩，再想办法捣鼓这通往神界的天梯，结果刚到人家宗门前，眨眼间就被传送进了万象灵境里。

作为被万象灵境选择的入境者，常瑶深感荣幸。

“一、二、三……十一、十二，好，人都到齐了。”客栈庭院内，头戴白玉簪的年轻老板娘跷着兰花指点了点站在末尾的常瑶，满意地眯着眼道，“咱客栈只剩下六间空客房，你们自己选，必须两人一间，不可多，不得少，若是坏了规矩可是会受惩罚的，诸位客官切记。”

站在庭院大樱树下的常瑶往前看了一眼，除她之外，十一人，八男三女。

“租期七日，到时便可离开。天黑了，还请诸位先回客房稍作休息，一

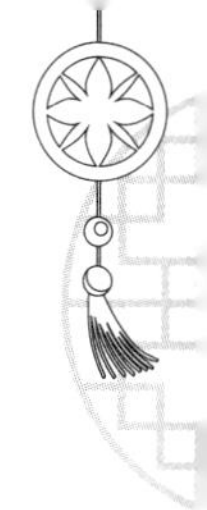

会儿便有人送上洗漱用品与晚膳。”老板娘容貌艳丽，言谈间一些动作透着妖娆。她扭着水蛇腰漫步离去，留下仙门的年轻修者们面面相觑。

客栈庭院呈圆形，中间一棵巨木樱花树，枝丫高过屋顶，枝干上系着不少灯笼照明。下方可见水池青石路，屋檐长廊后是挂了数字门牌的墨色移门。风格精致优美，绝非普通人能住的客栈。

即使在庭院中也能听见外边热闹的声响，似乎生意很好。

“这是什么呀？”怯生生的女声吸引了常瑶的注意力，前头一位圆脸少女抓着身旁少年的衣袖，略带好奇地问，“景鸿，我们怎么突然出现在这个奇怪的地方？”

被唤作景鸿的少年安抚道：“或许是什么幻境……”

“哇！你们连万象灵境都不知道吗？”活泼的男声突然出现，拄着青竹棍的盲人青年歪头望着那二人道，“现在就连一般的小宗门都会开课讲《诸法》，着重强调万象灵境的存在，你俩是哪家仙门的？竟然连这都不知道。”

圆脸少女弱声道：“我们是散修……”

任泓顿了顿，又热情道：“那不知道也情有可原，散修好，我最喜欢跟散修交朋友。姑娘贵姓？我看你骨骼奇佳，天生就是副当散修的好苗子哪！”

圆脸少女躲去景鸿身后悄声道：“景鸿，这个人奇奇怪怪的，我们还是离他远些吧。”

景鸿：“好。”说完，便拉着少女去长廊找客房进去。

“我怎么奇怪啦？你别以为那么小声我就听不见，越是看不见听觉越厉害的常识你们不懂吗？”任泓在原地愤愤不平。

常瑶一眼看去，前边的人个个腰间佩剑，就连盲人也不例外，断了她上前搭话的心思，站在原地兀自惆怅这世界剑修真多。

除了刚才两个散修，剩下的两男两女都出自小宗门。任泓话多爱热闹，一个人也能叨叨许久，还真有人上前搭话详细询问万象灵境一事。

“万象灵境呢，是天道所造，是能通往神界的天阶，只要通过其中历练，便可一步登天成神。”任泓哼哼道，“最后一句当然是假的，谁信谁傻，这破灵境也不先问问老子意愿就直接把人拽进来，这作风就不得劲，一点也不

礼貌，飞升成神者不可能是个没礼貌的家伙。再说这历练世界亦真亦幻，难以辨别，你们不要当它是幻境，因为一不小心你可能会死在这儿。”

听到这话，人们面色都有一瞬间变得微妙。身着星罗门服的少女眼里带泪：“那、那怎么办？我不想死，这要怎么出去啊？”

“哎呀，也不一定会死，哥哥我给你算一卦，我看看。好卦，姑娘，百年难得一遇的好卦，给我十金，我给你详细解释该如何避险活着出去！”任泓那张脸笑起来的时候阳光明媚，讨喜得很，嘴里说出来的话却又贱又欠揍，十分讨打。

偏巧他一个盲人遇见个傻子，星罗门弟子卷卷擦着眼泪道：“真的吗？我现在身上只有五金，剩下的可以出去后给吗？我一定会给的，我拿我的剑保证！”

任泓摸着卷卷给的长剑赞道：“姑娘人美心善，肯定不会欠钱不付，我看看，好剑好剑。”

旁边另一名星罗弟子郑志承忍无可忍，上去一脚把人踹倒：“你才好贱。”说完，拉着卷卷后领把人往长廊带去。

任泓从地上爬起来还挺委屈：“我是夸人，你骂我干吗！”

常瑶看了会儿，觉得这些仙门人脑子都有问题。

身边站着的华服少年拉着另一人的衣袖悄声问：“三师兄，他是不是星罗门的盲人护法？”

“看破不说破，入境后少管他人，只顾自己就好。”被称作三师兄的齐光皱眉环视一圈，跟小师弟段凡义说，“这次没能跟二师兄一起，只有我看着你，你可注意些，别像上次那么毛躁抢着出头……凡义！”

段凡义早溜去站在树后的青衫少年身边，笑容暖暖地问：“五师兄，好巧啊，我们终于在万象灵境里碰面了。”

“凡义！你理他作甚，过来！宋霁雪可巴不得见不到我们！”齐光冷眼瞪去。

段凡义打圆场道：“师兄，话不是这么说……”

“两人一间客房，你要跟他一起还是跟我一起？”齐光干脆问道。

段凡义闭嘴，乖乖朝齐光走去。

常瑶这才注意到方才只瞥了个背影的青年。他双手抱胸，姿态懒散地靠着巨树，枝干横生，恰巧拦在他身后，刚才师兄弟的对话并未在他心里掀起半点波澜，因此他毫无反应。

常瑶绕树走了两步才见到他的脸。身姿挺拔，玉树临风，单看外表清风霁月，长了张过分好看的脸，远超常瑶对凡人外貌的认知，长眉凤目之下，余光轻扫她时略有几分疏懒。青年并不与他人交流，立在花树之下，在其他人都为万象灵境兀自焦虑惆怅时，他正仰首，透过花枝观赏墨色夜空，那深黑的眼眸中倒映着璀璨星光。

长得最好看，也是这里最端着的人，还有一点对常瑶有致命吸引力：他没有佩剑。

没有佩剑，不是剑修，长得又如此赏心悦目，简直完美。

常瑶主动上前道："这位道长哥哥，要不要跟我住一间房？"

这人便是宋霁雪，他歪头看过来，似有点意外地挑眉。

齐光说得对，宋霁雪就不想在这儿遇见同门师兄弟，遇上他俩让他对这次万象灵境闯关兴趣大失，也懒得去挑人组队，就等着跟最后落单的搭伙瞎过，反正十二个人总有一个要落单。

只是他没想到会有人来主动邀请。

眼前的常瑶明眸皓齿，说话时眉眼弯弯，笑意盈盈，言谈举止都在朝他释放善意。虽然看起来娇弱了点，但应该比前边剩下的其他人好。

宋霁雪站直身体，语调轻缓："行啊。"

"不行！就剩一个盲人跟一个跛子了，你们俩为什么没有关爱弱者的心！姑娘，我看这位小道长与我挺配，你就勉为其难去跟那跛子……"

任泓飞扑过来要抢人，常瑶拉起宋霁雪的手就跑。

宋霁雪眉头微蹙，好在常瑶跑得快，开门进屋反手关门，一套动作快狠准，宋霁雪不动声色地收回手。

任泓在门外气急败坏地嗷嗷直叫。

常瑶还没来得及开心，转身就被屋里的布置惊呆了。

除了屋门，剩下的三面都是破败土墙，角落里堆放着枯草堆，地面坑坑洼洼，只有一片单人草席铺在地上，床头点着一盏惨淡至极的油灯。

门外精致华丽，门内却破旧不堪。

常瑶瞥见身旁的宋霁雪默默转身抬手欲开门，她立马背靠屋门挡着，仰首看宋霁雪：“道长，床给你睡，我可以不睡。”

如果有的选，她才不要跟外边的剑修们待一块。

“床？”宋霁雪嫌弃道，“你管那玩意儿叫床？”

常瑶保持微笑：“万一别的房间都是这样呢？”

宋霁雪站着没动。

“何况大家都分好了，现在出去也改不了，刚才的老板娘还说坏了规矩会受惩罚。”常瑶安抚道，“道长，你不用考虑我，我不睡就好，你睡吧，有草席也总比没有好。”这话里还是带了点小心机的。

人间男子大多有些难以根除的劣根性，对美色和娇弱难以抵挡，会心生怜惜，不自觉心软去满足对方的要求。这招常瑶屡试不爽。

偏偏今日栽了跟头。

宋霁雪把草席卷起，又将角落里的枯草拉出来铺在地上，再将草席盖在上边，然后就地躺下，闭目养神。

常瑶愣了愣，行吧，也有男子不解风情，完全领会不了这种小心机。

屋内过于窄小，背贴房门的常瑶与草席也就两步距离。草席与枯草堆一前一后相挨着，乍一看屋中竟是被填得满满的。

常瑶靠着房门蹲下身，双手环抱膝盖，神色乖巧，黑亮眼眸望向青年，欣赏这人间美色。

“我叫常清，道长怎么称呼？”她友善地问道。

宋霁雪漫不经心地道：“随便。”

常瑶单手支着下颔看他，心想这男人好看是好看，但是一开口就很容易让人起杀心。其实她刚才听见段凡义的师兄叫他宋霁雪，但那场对话对道长来说较为尴尬，常瑶善解人意，不想他尴尬，这才礼貌一问。结果他说“随便”，那就随便吧。

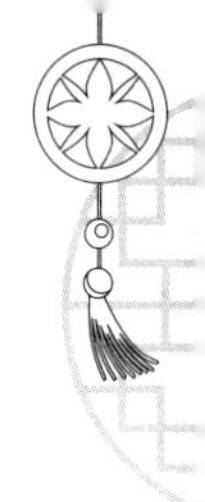

常瑶一本正经地问他："随便道长，你这次历练的目标是什么？"

宋霁雪睁开眼朝门边一瞥，靠门蹲下的常瑶迎上他的目光时微微一笑。他眯眼，心道她笑得还挺乖巧。

宋霁雪问她："第一次来？"

常瑶点头："嗯，第一次，我还没有宗门，术法不精，只听别人说过万象灵境。"

宋霁雪双手枕在头下："我没问你这么多。"

"感觉你会问到这些。"常瑶弯着眼笑，表露的善意与好感十分明显。

她的狐妖二哥曾背着大哥偷偷传授她如何与凡人快速相处并获取对方信任的方法，首先要让对方感受到自己对他的好，主动表达善意，然后明确表达好感。

大多数凡人都是谁对他好，他就对谁好。

常瑶行走人间时用这招，有时会遇见无数没心没肺的白眼狼，越是对他好，他越是不珍惜，也不知回报，反将这份善意与好感当作理所应当的事，这样的人在她手里难有善终。

作为一只谦虚好学的半妖，人心的复杂变化让常瑶学到很多。

然而这次常瑶对宋霁雪表达善意却不是为了学到什么，只因为他在一众佩剑的剑修当中脱颖而出，作为非剑修的存在深得她心。

哪怕他张嘴就让人起杀心，她也忍了。

"刚才这客栈的老板娘说租期为七日，到时就能离开，今天算第一天，也就是说我们只要再在这儿待上六天就能出去了，是吗？"常瑶试图跟宋霁雪讨论万象灵境。

宋霁雪闭目，懒洋洋地"嗯"了一声。

常瑶："万象灵境的试炼应该不会这么简单。"

"你喜欢难一些的？"宋霁雪轻笑。

常瑶好脾气道："我喜欢简单的，但它看起来并非如此，而且……大家的灵息似乎都消失了。"她抬手掐了个咒诀，却无事发生，"那盲人卜算用的是碎星石，瘸腿的剑修几次掐诀试图用咒律查看四周，还有你师弟悄悄握了四

次剑柄想要调动护身的剑诀却发现没用。”

宋霁雪听着又睁眼偏头朝她看去。这姑娘瞧着娇弱、好脾气，倒是观察细致，不仅笑起来挺乖，脑子也好使。若是死在这儿有点可惜。

“屏蔽了我们的灵息，不能用术法，这次的历练关应该会很难过。”常瑶抱着膝盖道，“若是碰上妖魔可就麻烦了。”

宋霁雪瞥见门外靠近的影子，用眼神示意她开门。

常瑶站起身，那影子在门前停下，女童道：“客官，您的晚膳送来了。”

门被常瑶从里面推开。端着托盘的女童不过六七岁的年纪，身高到常瑶腰间往上些，身着粗布衣，扎着两个牛角辫，圆脸仰首看时露出娇憨的笑容。

“谢谢。”常瑶抬眼迅速打量一圈庭院，发现还有一名男童在送膳，正巧在她对面。

那是齐光跟段凡义住的房间，门开后多少能瞧见里边精致的屏风与精巧的桌案，再对比她身后的土墙、草席——千万不能让宋霁雪瞧见了。

常瑶不动声色地挡住后方宋霁雪的视线。

常瑶接过托盘时听女童笑嘻嘻地说：“客官切记，晚膳后到辰时需保持安静，莫惊扰他人。”

女童说完还贴心地将门给她关上。

保持安静到辰时？

常瑶低头看托盘中的食物，一共两个小碗。

宋霁雪不知何时坐起半个身子问她：“吃什么？”

“舌头。”常瑶重新靠门蹲下，顺便将托盘递给宋霁雪看，“不知是哪种动物的。”

两个小碗中各装一块血淋淋的舌头。

短暂打量了一眼那泡在血水中略微发黑的舌头，宋霁雪面色古怪地问常瑶：“你一点都不怕？”话音刚落，就听隔壁传来惊恐的女声尖叫。

常瑶把托盘放地上推给他后，靠着屋门环抱双膝，满眼谨慎：“我很害怕呀。”

“那是害怕的表情？”宋霁雪看笑了。

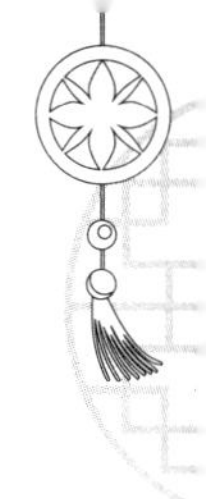

常瑶眨了下眼，心道：这人笑起来更好看。

客栈给他们送来如此奇怪的食物自然是不能吃的，作为妖，常瑶也对吃舌头没兴趣。她喜欢吃天地灵物，或者大修者的元丹。

常瑶最喜欢的是人间的食物，大概是因为半妖的体质，普通人的食量她却难以饱腹，一次就要吃许多。

“万象灵境会把人饿死吗？”常瑶问。

宋霁雪：“会。”

常瑶点头若有所思。若是真到那时候，或许她可以考虑把这些剑修的元丹掏出来饱腹。

宋霁雪端起碗，似笑非笑道：“不吃吗？”

常瑶轻声道：“我害怕，不敢吃。”末了又补充一句，“你也别吃，这东西送来肯定不是给我们吃的，而是要我们注意什么。”

这“随便道长”可不能比其他人先死，不然她就得去跟别的剑修打交道。

宋霁雪将碗倒扣在托盘上，随口问她：“注意什么？”

“那送膳的女童最后说的一句话你听见了吗？要我们在辰时前保持安静，不要惊扰他人，大概意思就是要我们闭嘴，噤声到天亮。”常瑶垂眸去看被宋霁雪倒扣的第二个碗，“这晚膳会不会是警告我们，若是在辰时之前出声就会被割舌？”

宋霁雪抬首看她：“你真第一次来？”

常瑶点头，目光真诚：“我是不是很有天赋？”

宋霁雪哼笑一声，重新倒回草席闭目休息。

庭院巨大樱花树上的挂灯一盏接着一盏熄灭，屋外迅速变暗，最终只剩点点月光和屋中油灯的光芒。

常瑶伸手揉了揉眼，知晓从这一刻开始到辰时前需保持安静，不能发出声音。

有关万象灵境，常瑶听无咎山的大妖们提起过，因此不算一无所知。甚至有个别大妖还被神界各路神君抓去，关进万象灵境里，拿妖给人间修者们当历练跳板。单是无咎山就被抓了不止一千只。若是大妖倒霉被神界抓走，那常

瑶也没办法，对她来说，重要到让她去杀上神才能救出来的大妖根本不存在。

按理说万象灵境只会选择人类进入，常瑶以为自己血统不纯难有机会，却不承想万象灵境把她给传送进来了。这对遭遇修炼瓶颈的她来说是绝佳机会。

在狭窄的土墙屋内，常瑶兀自思考这次历练是否会遇见什么妖魔，遇见了是否要问问相关情报，思来想去还是不问的好，免得对方发现她是半妖后还要杀她。

寂静中忽然传来脚步声。常瑶与宋霁雪同时朝门口看去。

那脚步声慢悠悠，每一步的声响都清晰无比，由远及近，距离越近，走得越是缓慢，最终它在常瑶身后停下。

屋中烛火映照着门上的高大影子。

“出来呀。”

门外的影子低声细语，常瑶刚准备从门边退开一点，门就像是遭到重击，传出砰的巨响，同时一股力量从门外传来，将她击退，往后摔去，那影子暴喝：“出来啊！”

宋霁雪眼疾手快地将朝草席摔来的常瑶接住，同时伸手捂住她的嘴，避免她惊吓出声。

好在这屋子本就窄小，两人之间的距离从一步之遥到鼻尖相贴。宋霁雪对上那双清明的眼，直到见她没有半分被吓到的样子才松手。

然后常瑶就躲去了宋霁雪身后。

躲什么？不是不怕吗？宋霁雪回头看她。

常瑶抓着他衣角，假装没看懂他眼中的意思，一手指门外黑影。

黑影声音尖细，再次喊道：“出来！”

移门传来砰砰响声，仿佛在大力敲打或是怒踹，听得人心颤抖，难以集中注意力。

宋霁雪在草席上写了个字，手指点了点，示意常瑶。

常瑶眨了眨眼。宋霁雪又写了一遍。常瑶茫然地看他。

宋霁雪抓过常瑶的手，在她掌心复写一遍，又以眼神威胁，像是在说：

这样你还看不懂，信不信我当场就扔你出去？

常瑶懂了。

他写的是“灭”。把灯灭了？

常瑶回身将后方的油灯掐灭。

屋中光亮不再，漆黑一片，她抓着宋霁雪衣摆的手倒是没放开，因此又躲回他身后。

宋霁雪这瞬间有种自己养了只黏人小猫的错觉。偏他最不烦小猫小狗。

两人各自噤声，又都盯着门，心思各异。

灯灭后门的撞击声立即停止，黑影喃喃自语：“不在啊……错了，再找。”脚步声再起，缓缓走远。

常瑶就知道万象灵境的历练没那么简单，只要安静不出声在屋子里待着度过六天就行？若是这么容易，入万象灵境的修者每一个都能飞升了。

眼下黑灯瞎火，灵息被屏蔽，无法靠术法照明，彼此都对黑暗适应后才能勉强看出对方的轮廓。

宋霁雪半坐起身，长腿一伸一曲，常瑶躲在他身后，跟他挤着一张草席。狭小空间里二人拉近的距离让他很不适应，尤其是鼻间传来常瑶的淡淡发香，让他下意识地去警惕这陌生的冷香。

宋霁雪在常瑶掌心写：“回门边。”

常瑶指尖点在他背上写着：“看不懂。”

宋霁雪又写：“回去门边，我要睡了。”

“看不见，不知道走哪儿。”常瑶仗着这会儿黑灯瞎火，他看不清，神色悠悠地又写下一句，“太黑了，我害怕。”

宋霁雪心想：刚差点被踹飞都没见你皱下眉头，端上来两碗舌头也不见惧意，这会儿说害怕？

宋霁雪抓过常瑶的手，在常瑶挑眉以为这也是个经不起诱惑的男人时，常瑶被他拉着起身往前一带，踉跄两步倒在他怀里，不过一瞬又被他侧身按倒在门边，随后他回草席躺下。

常瑶压着心中杀意默默靠门蹲下。

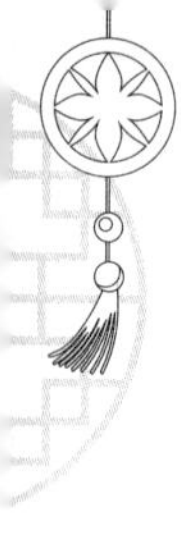

宋霁雪如今将她推开得潇洒果断，怎么也想不到未来某天自己会抓着这人的手死也不放。

常瑶也没想到她会爱上一个剑修，哪怕心中已难以感觉到半分爱意，却不得不承认她爱过宋霁雪。

昆仑入夜后与西海一样多雾，尤其是高处，上云峰的风逐渐变大，吹得两人青丝交缠。

常瑶正从宋霁雪眼里看见曾经初遇的一幕幕，宋霁雪却只盯着眼前的她，十年本不该那么漫长，偏偏她不在身边，因此他感受到时间流逝的速度是那么缓慢。

如今她稍微变了模样，却又没怎么变。

宋霁雪伸手轻捧着她侧脸，眼神似画笔在细细勾勒，冰凉的指腹在眼尾下的泪痣处来回摩挲，片刻又轻轻按压，像是要将这痕迹抹去，又像是在与之亲近。

“这怎么来的？”他问。

常瑶回他：“不知道，醒来就有。”与十年前细微的不同，她开玩笑道，“大概是要我重新来过。”

“重新来过？”这话不知哪儿惹到了云山君，他气息瞬间变得阴沉，指腹在泪痣上温柔按压，说的话却冷冷的，“阿瑶，你想抛弃以前重新来过，我同意了吗？把以前忘得干干净净，什么都不记得，就这样看着我在你面前犯贱发疯，难道很有成就感吗？”

经过这段时间的相处，常瑶已经习惯宋霁雪的阴晴不定。他对她总是有用不完的耐心，从初见到现在都是。

“我不是这个意思。”常瑶解释。

宋霁雪眸光漆黑幽深，盯着她冷笑：“你说你忘记了，你把爱我这件事忘记了。”

如今的常瑶对宋霁雪没有那份刻骨铭心的爱意，所以即使明白自己忘记的是什么，也感受不到恋人的那份心痛。

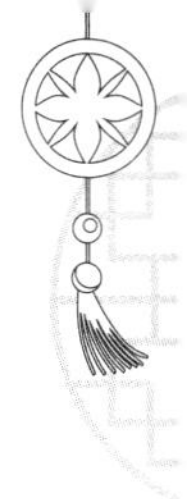

可对宋霁雪来说不一样。他记得点点滴滴，记得每一次心动的瞬间，记得他从常瑶这里得到的救赎与温柔，当常瑶平静说出她忘记了这些的时候，他只觉得又回到当年金銮台被常瑶一剑刺穿胸膛的瞬间。

十年里他回忆了太多次，每一次都把自己伤得鲜血淋淋。

常瑶死前那句“我不爱你”成为宋霁雪的噩梦，漫长的时间里，这句话不断逼迫他认清现实，以至于现在常瑶说她爱过他，他都不敢相信。

一个把深爱的人忘记，另一个在噩梦里待太久，固守那个不爱的现实，再难往外踏出一步。

“阿瑶，金銮台时可不见你对我有半分爱意。”宋霁雪怨声道，“你没忘记万象灵境那些事，没忘记‘望梅’，昆仑三年日夜相对，是你忘记了还是你根本就没爱过我，只是为了这满山灵息委屈自己扮作爱我的样子？”

常瑶一时无言。

她不爱宋霁雪这事儿连自己都骗过去了，更别提宋霁雪，他根本就不敢再信。

常瑶伸手将两人交缠的发丝分开，又将手中玉简还给他：“我会找到办法想起来。”得赶在她彻底忘记宋霁雪之前。

宋霁雪拿回玉简时，又抓着她手不放：“什么办法？”

“在我。”常瑶说。

宋霁雪盯着她，冷不丁道了句：“听说无咎山领主跟凤族与狐族都有很深的渊源。”

人间滞后的消息，只知道无咎山领主还是大妖绯，新领主又极其低调，不像妖皇那一派整天打架斗殴，对人间虎视眈眈，时不时就闹点大动静惹人注意。

常瑶能感觉到宋霁雪抓着她的手力道又失控，他自以为藏得很好，话问得冷冷淡淡，可眉眼里的醋意又再明显不过。

“那是我母亲。”常瑶莞尔地笑道，“与这两族有渊源的也是她，不是我。”

宋霁雪这才恢复冷静的模样，手掌往上握着她手腕。宋霁雪带着她朝大殿方向回去，边走边嘲道：“你以前跟我说你父母是普通人，在一次走商途

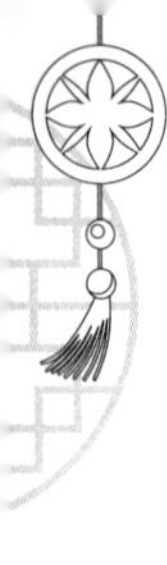

中被山匪杀害，遭人贩子卖给天香门打杂，运气好被天香门门主夫人收养教习术法……如今你却说你母亲是无咎山前任领主绯，阿瑶，你有对我说过一句真话吗？”

常瑶默然不语。

“你死后我去东州找遍所有仙门，根本没你说的天香门。”宋霁雪阴沉道，“我又去了无咎山，可那边都是些没用的大妖，这么多年，我连你来自何处都不知道。”

他走着走着，说到这儿忽然停下脚步回身看去：“那凤妖伏熜知道，却不肯与我说，阿瑶，伏熜看起来很袒护你，你们关系似乎很不错？”

常瑶面不改色道：“怎么会？我从小被他打到大，他见我就打，我见他就跑，哪有关系好这一说？”

宋霁雪听得眼底掠过狠意：“他打你？”

常瑶点头。

宋霁雪没说话，转过身去继续走着。

常瑶被宋霁雪带回上云峰大殿。

桌案旁的灯摆放有序，照亮屋中每一个角落却不显刺眼，屋门开着，一眼就能瞧见殿外门口那株巨木垂枝樱，淡粉白花的景色与枯燥惨淡的庭院对比强烈。

宋霁雪不善收拾，屋中杂乱，书柜里装的除了书，还有各种意想不到的奇奇怪怪的小玩意，上自珍贵的神剑灵器，下到平平无奇的花种子。

宋霁雪坐在桌案后不说话就盯着常瑶，她习惯性地帮他整理木柜上的东西。

孟临江一来就看见如此诡异的一幕。他眼里又乖又美的晋柔，熟练地在屋中来去整理物品，而他英明神武的师尊就盯着人看，晋柔去哪儿，师尊的视线就转去哪儿。

孟临江竟不知自己这会儿是该高兴师尊的眼睛好了，还是该惆怅师尊彻底迷失在一个与师娘相似的身影上。

“师尊，”孟临江上前一步迈进屋里道，“你眼伤好了吗？要不要再叫夏夫人来看看？”

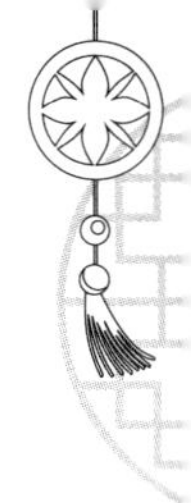

宋霁雪看都没看他一眼："不用。"

孟临江转了转眼珠，又道："晋柔入云山收拾兄长遗物，还没去赵峰主那边记录，弟子这会儿正好有空，不如先带她过去一趟。"

柜架前抱着一摞书的常瑶闻言回头朝孟临江看去，唇角微弯着。

孟临江心头一凛，有了不好的预感。

常瑶说："外人入山需要记录，我是该跟你去一趟。"

孟临江敏锐地察觉到哪里不对劲，之前对他轻声细语又害羞胆小的常瑶这会儿怎么如此从容不迫？

常瑶往孟临江走去，云山君冷声道："站住，阿瑶，你又想走？"

孟临江听得一个激灵。

常瑶说："我只是去一趟浩然峰。"

宋霁雪阴郁道："你说过不会离开我身边，我在上云峰你却要去浩然峰！"

孟临江心道：这不都在云山范围内吗？

常瑶瞥了眼惊呆了的孟临江，不好让宋霁雪发疯的样子被这徒弟看见，因此没了师尊的威严，便回到柜架前："好，我不走，你在哪儿我在哪儿。"

宋霁雪冷呵一声："你又想骗我。"

常瑶神色无奈。

孟临江有点担忧，试图提醒宋霁雪，说道："师尊，这是晋舒师弟的妹妹晋柔……"

"她是我夫人，是你师娘。"宋霁雪终于肯看孟临江一眼，却又短暂地让他觉得是错觉，因为他师尊很快又看回常瑶，语气轻嘲并带点狠意，"阿瑶你看，就算我告诉别人你还活着也没有人会相信，这跟你告诉我你忘了一样，我也不会轻易相信。"

孟临江看看宋霁雪，又看看常瑶，惊得倒吸一口凉气，连连后退几步，颤抖地盯着常瑶："这这这……是真的吗？师、师娘回来了？"

师尊这半疯不疯的模样孟临江并不陌生，却也很久没见过了。

孟临江第一次见到宋霁雪时就是这样。

孟临江在东州黑砂荒漠濒死挣扎时，踏着黑云从虚空落地的剑修只一抬

手便杀了围攻他的妖狼们，神色阴郁地问他：“你可知道天香门在哪？”

八岁大的孩子为了活命而撒谎，他急不择言道：“我知道，我知道！你救救我，我告诉你它在哪里！”

宋霁雪依言救下孟临江，带他走出荒漠，但他并不知道天香门在哪儿。

眼瞧剑修眼中希望升起又熄灭，孟临江感到危机四伏，唯恐命不久矣，又急不择言地跪地求饶：“道长哥哥别杀我，我真不是故意骗你的！”

宋霁雪没杀他。只因为那一句“道长哥哥”。

孟临江重新打量常瑶，这次是以看师娘的目光在看她。以前他就在想，到底是什么样的女人能让他英明神武的师尊爱得如此疯魔，执念如此之深。

如今得见真容，孟临江是半个字都不敢形容。他那贫瘠的词汇量配形容师娘半分姿容吗？不配！听师尊说的，喊师娘就对了！

如今师尊又变得半疯不疯，阴晴不定，指不定哪个字、哪个眼神就惹怒了他老人家，到时白遭一顿打还不知道为什么。

孟临江看向常瑶，一撩衣摆扑通跪地，掷地有声地道：“师娘！”

常瑶一时沉默了。

外边传来熟悉的任泓的高喊声：“阿雪开门！”

来的不止他一个，还有来赴宴的各家仙门宗主等，都是得知云山君受伤特来表达关怀的。

常瑶抱着怀里还未整理好的书本化作青烟离去。孟临江见他家师尊脸色瞬时阴沉了几分。

若还将她看作晋柔，小徒弟只会觉得自己傻，瞧瞧人家这术法玩得多好。可如今得知她是自己的师娘，孟临江心生骄傲：看看，不愧是我师娘！能在昆仑各山君峰主和各家仙门宗主面前化形，来无影去无踪，不被察觉丝毫妖气，这还有谁？

任泓第一个进来，青竹棍敲地哒哒响：“临江，你跪着干吗？被你师尊教训了？嚯，你师尊的脸色这么难看，你是做了什么大逆不道的事？说来听听，我跟阿雪一起批评批评。”

孟临江心想：师尊脸色难看不是因为我，是因为你才对吧！

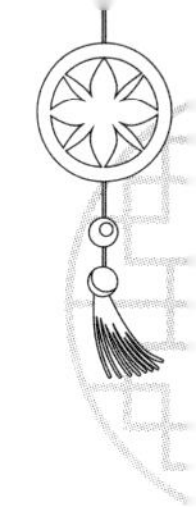

“霁雪，”跟在任泓后方的仙首符纪进来时，孟临江顿感和煦春风拂面，“你的眼伤好了？”

孟临江起身拱手道：“见过仙首。”

符纪朝他颔首一笑。

宋霁雪坐在桌案后看着前边一大堆人不禁蹙眉。

巫山君正抱着个两岁孩童，手里拿着仙鹤逗他玩，站在一旁的青年时不时指点两句，反被巫山君骂了个狗血淋头：“我当年就是这么哄你的！他是你儿子，你爱玩这个，他肯定也爱玩！”

这话引来周边其他宗主的哄笑，巫山少主顿感丢脸丢到家了。

大阴山君笑着上前问宋霁雪：“霁雪，身体可好些？今晚各大仙门几乎都到齐了，仙首与几位宗主得知你前些日与山外大妖一战受了伤，特地来看望。”他顿了顿，又补充一句，“齐光和桑沥也回来了。”

孟临江听得眼皮一跳，往宋霁雪的方向看去。

这两位师伯跟大师伯于野不一样，前者与师尊闹翻，对师尊恨得要死，而后者怕师尊怕得要死，在他面前连话都说不清楚。

宋霁雪没什么反应，巫山君抱着小孙子来到他面前炫耀：“你这些时间总是在受伤，来，让我孙儿给你赐福祝愿，他刚学会的，三天就学会了最简单的赐福术。”

巫山君若是有尾巴，此刻想必已经翘上天去了。

巫山少主在宋霁雪几人看过来时尴尬地笑道：“最简单的，没什么难度，三天已经算慢……”

巫山君：“你闭嘴！别让我孙儿听见了！”

巫山少主裴文珏摸了摸鼻子，一脸无奈。

大殿内热闹不已，众人笑作一团，还夹杂着孩童特有的笑声，小孩笑声的传染力很强，他一笑，旁边的人也忍不住随他一起笑。

常瑶在殿后暗处安静听着，垂首看怀中书本。这些书都是些禁术孤本，这些禁术又都与轮回和复活相关。宋霁雪想复活谁不言而喻。

墙的那边很热闹，属于人间的热闹。

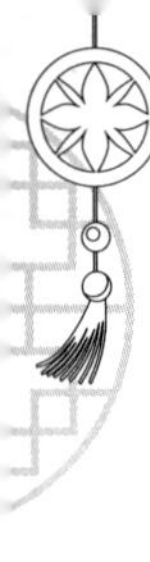

若是没有爱上一只半妖，没有娶一只半妖为妻，云山君也该与这份热闹融为一体。他有疼爱自己的长辈，敬重自己的徒弟，遇上新鲜事找他絮叨许久的好友，该在人间快意生活，无忧无虑。

常瑶抬手将被夜风吹乱的发丝撩去耳后，触及肌肤才觉指尖冰凉。她收起怀中孤本消失在暗处。

殿内与众人周旋，漫不经心的云山君忽然皱眉，搭在长椅上的手指轻点，心剑阵覆盖整个昆仑。

感受到一瞬磅礴远去的灵息，大家都有点蒙。

任泓纳闷道："你好端端的开什么心剑阵？"

大阴山君警惕道："又有妖捣乱？"

"没有。"宋霁雪说，"想开就开。"

任泓愤愤道："就你有心剑了不起，我要是练成了心剑，我也想开就开！"

在场唯一的知情人孟临江默默往嘴里塞橘子，酸死了。

常瑶刚到半山腰就察觉到覆盖整个昆仑的心剑阵，有些无奈地摇了摇头。

宋霁雪没有半点安全感，又或是对常瑶不信任，哪怕她数次承诺不会离开他，但只要她离开他半步，他立马警觉地认为她是要趁机离开再也不回来。

他再也不是那个能将常瑶留在昆仑独自出门数月不归的云山君了。现在的云山君就算死也要死在常瑶身边。

天色才刚黑没多久，门禁时间不到，师天颢还在天阶山门处接待可能到来的各家仙门来客，他看见常瑶时先是惊讶，随后了然。

怪不得心剑阵又开了，原来是云山君看不住人。

"二哥。"常瑶走下台阶到他身边。

师天颢左右看了看，压低声音说："小妹，我们两个就这样站在昆仑大门前是不是有些太嚣张了？"

人界至高无上的大仙门，斩妖除魔无数，此时山门前却光明正大地站着两只化为人形的大妖。

常瑶道："可我一出昆仑云山君就要追过来。"

说得也是，云山君跟过来就更引人注意了。

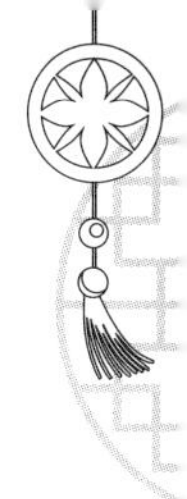

“你们和好了吗？”师天颢问。

常瑶轻轻摇头：“他不信我。”

师天颢安慰，话说得有些天真：“不要难过，只要你们互相喜欢，结局就是好的，把记忆找回来后云山君就会相信你了，他现在是嘴硬心软。”堂堂狐族之王，在情爱这种事上却异常天真。

“我是半妖，他是云山掌门。以前身份没有暴露还能不去想那些，但是如今天下人都知道我是妖，我不想他再受人非议，被人当笑话看待。”常瑶看向上云峰的方向，“昆仑的人，除了他的两个师兄外，剩下的都对他很好，还有任泓和他的徒弟孟临江……若不是知道我回来了，他不会像现在这样。”

师天颢听得心里一惊：“你该不会以为现在离开云山君就没事了吧？他会更疯的。”

“我不是这个意思。”常瑶摇头。

“小妹，我们现在已经知道问题出在哪儿，只要找出白衣剑修的宗门，弄清楚当年的经过就能找到破解之法。做任何决定都先等你恢复记忆后再说，否则你会后悔的。”师天颢语重心长道，“你看，哪怕你现在记不起对云山君的爱意，却对他如此忍让、耐心十足，换作别的人，就云山君这个疯样，你确定能忍吗？”

说这话的时候，师天颢忍不住想到妖界那几个有名的单恋无咎山领主的大妖，大妖们曾深情万分地跪在常瑶面前也无法得到她的青睐，再看看如今的宋霁雪——没有对比就没有伤害。

常瑶在石阶上坐下，单手托腮，若有所思：“刚才我看他在热闹之中，总觉得他该过得比跟我在一起时要好，不该自虐地折磨自己，他需要被人关心照顾，给他世上温暖的一切。”

师天颢伸手摸了摸常瑶的头，道：“你就算忘记那份爱意却依旧想对云山君好。”

“二哥，我是在可怜他。”常瑶面色微妙。

师天颢听得愣住。他有点不敢相信，又在对上常瑶的目光时默然。

继承白衣剑修血脉的缘故，如今的常瑶对宋霁雪的爱意被抹去痕迹，那

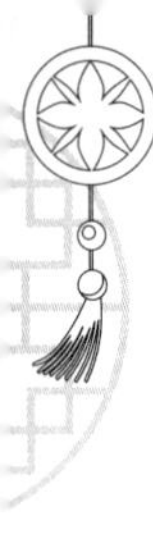

么她为什么会对宋霁雪如此有耐心？

同情、可怜，这些足以让宋霁雪疯上加疯的心思，常瑶很聪明地没有表露半分。

师天颢目光担忧地看着她："阿瑶，你对云山君的感情还在不断消失，爱意已经不见，现在是可怜，等再过一段时间你或许会觉得厌倦了，连可怜他都觉得多余，慢慢对他不再有耐心，不会对他妥协，逐渐变得冷漠……就像白衣剑修对绯一样。"

常瑶沉默，又看了眼上云峰的方向，不自觉地蹙眉。

二哥说得没错。难以想象她这么对宋霁雪的那天会是何种模样。

"在那之前找到解决的办法就好。"师天颢安慰道。

"毒蛐说绯常去中州，也许他的宗门就在那儿，我打算去找找看。"常瑶点着头说，"还有妖皇——"

说到妖皇，她不由得微眯起眼，眸光幽幽。

妖皇当年以白衣剑修宗门的消息换她杀宋霁雪这事儿，还没算账。

"妖皇那边不如等大哥渡劫回来后让他问问看。"师天颢提议道，"你若是现在与妖皇交恶，妖皇肯定会再次利用云山君来对付你。"

常瑶嗯一声应着，视线落在师天颢腰间的佩剑上，剑鞘雪白，衬着剑柄纯黑，是两种极端颜色的对比。

"二哥，你渡劫时受的伤是被人用哑音伤的？"常瑶仰首看身旁站着的师天颢。

师天颢眼神黯淡一瞬，温声笑道："要说起来，哑音也不是我的剑，但她最后只留了这把剑给我。"

师天颢记忆里的女人持剑刺穿他掌心将他定在地面，柔顺冰凉的长发垂落在他脸颊上，女人凑近他耳边柔声道："我拿着哑音能伤你，你明白了吗？"

情路坎坷，对妖来说这条路实在是难走。

师天颢轻轻叹息，垂首目光怜惜道："阿瑶，爱意只是被遗忘，而不是被抹去，否则你拿哑音不会伤不了他。爱也存在本能，作为半妖，你最清楚本能的意义。"

也许你的心忘记了，身体却不可避免地做出反应。

兄妹难得谈心，师天颢很乐意为常瑶开解烦忧。

多少年了，妹妹自从小时候在人间遭难回来后就性情大变，再也不跟他亲近，别说谈心，偶尔一两年连面都见不到。

师天颢是“人妖相恋”的支持者，喜欢有情人终成眷属，不喜欢彼此相爱却不能相守的结局，更别提这半妖是他从小宠到大的亲妹妹。

师天颢始终觉得自己的妹妹很孤独，她的存在被妖嫌弃鄙夷，也不被人类接受，哪怕拥有母亲强大的妖族血脉，可这天地间又无她的同族。

即使大哥与他不能拥有母亲，他们却有亲缘之外的族群。更何况绯也不是跟他们老死不相往来，两边的父亲都巴不得自家儿子天天往无咎山跑，好将绯带回去。

兄长们没了母亲还有父亲、族群，可常瑶失去绯以后就什么都没有了。

师天颢也曾见过水车后的白衣剑修，那会儿兄妹三人偷偷躲在暗处，彼此嘀咕着，对比谁的父亲更厉害。

小凤凰冷着脸道：“我凤族乃妖界霸主，父王境界力压妖皇，当然是我父亲最厉害。”

小狐狸摇头不赞同：“我父王已到渡劫期，很快就要飞升。”

站中间的小女孩开心地举起怀中雪兔欢呼：“那我赢了呀，我父亲是人间剑修，专杀妖怪！”

兄妹二人还在谈心，脚下却泛起剑阵微光，师天颢神色微妙，常瑶回头看去，身着玄袍的宋霁雪正迎着夜风站在后方目光幽冷地望着这边。

两人后来特地挑了最偏僻的角落，是要避开天阶的其他人，可此时二人这番举动落在宋霁雪眼里却是另一种意思了。

安慰妹妹的哥哥刚刚还伸手揉了揉她的头。师天颢感受到周遭来自宋霁雪的杀意时，默默把手收了回去。他可是太懂这份充满醋意的杀意了。

师天颢刚要装模作样地拱手道一声“掌门”，就见宋霁雪漫步过来，眼尾泛着冷嘲与狠意，先他一步开口说：“阿瑶，你迫不及待离开来这儿，就为了见他？”

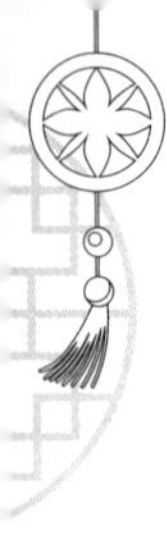

常瑶纳闷，她哪有迫不及待？

师天颢却是第一次见识云山君发疯的模样，开口就把他给惊呆了。已经到这种地步了吗？好歹他现在还顶着云山弟子的身份，这两年也在云山君面前混了个脸熟，怎么也不该当着他的面如此直白吧？云山君不要面子的吗？云山君不怕“云山君疯了”这种话传出去尽人皆知吗？

“我只是来这儿吹吹风，恰巧遇见詹师兄。”常瑶一边起身轻声细语地答着，一边给师天颢使了个眼色。

师天颢收起心中嘀咕，面色温和，装作什么都没发生过一样，略微垂首道：“掌门。”

宋霁雪来到常瑶身边不由分说地牵过她的手，眉眼阴郁：“你们刚才在说什么？”

他问的是师天颢，盯着人的目光幽冷无比。

师天颢不动声色道：“晋柔方才说起死去的兄长，有些伤心难过。”

宋霁雪根本就不信，她哪来的兄长？否认后又忽然想起，自己所知有关常瑶家世的消息全都是假的，说不定她真的有，当下眉间郁色更深，垂首瞥了眼身侧的常瑶。

常瑶一脸“你听我狡辩”的表情，刚要开口却见前方有三两弟子回山。

其中一个人走在最后，艰难地提着东西又抱着剑，前边的弟子回头不耐烦道：“石雷，你走快点行不行？你是手残又不是腿残，两根手指头拿不动剑不会用嘴叼着？”话说到后半段已从不耐烦变成轻嘲戏弄。

“笨死了呗，手脚不便就算了，脑子还不行，跟他一起出去都嫌丢脸。”另一人停下来顿住，等石雷低头从身旁走过时推他一把，“快点！”

这一推本就是故意羞辱，石雷连人带剑倒在地上，额头磕在台阶上，不小心被摔落在地的剑割伤了手，残缺的手掌染着血色，难堪又丑陋。

师天颢看得眼皮一跳，万万没想到这么巧。若是被大哥知晓，他们看见他受此奇耻大辱，定会杀妖灭口。师天颢干脆果断地转过身去。

石雷扶着额头，抬首时正对着常瑶三人的方向，云山君见山中弟子如此混账，眼中冷意又增，正要出手，却忽然被常瑶拉着转过身去。

血顺着眼眶滴落，石雷脑子晕乎间，只瞥见不远处有三人背对着自己，仿佛面壁思过。

宋霁雪莫名其妙被拉着一起罚站面壁，阴沉地开口：“阿瑶。”

“我想跟你说个秘密。”常瑶轻声道，“那两个弟子稍后再罚吧，你先听我说完。”

宋霁雪攥紧她手腕：“说来听听。”

“这世上有一把神剑，名叫哑音，它非常锋利，可斩世间万物，但持剑者唯独伤不了自己的心上人。”常瑶说话时一直注意着后方三名云山弟子的动向。

宋霁雪哪能忍？他伸手掐着她下颌迫使她收回目光看自己。

“阿瑶，然后呢？”他沉声问。

常瑶迎着他的双眼说：“在山崖你被困幻境时，我便拿着哑音试图取心元，拿着那把神剑却伤不了你半分。”

宋霁雪眸光一沉，抓着她手腕的力道重了几分，手指都泛着青色。

常瑶拿着哑音剑伤不了他分毫，这意思不就是说，他是常瑶的心上人？

“阿瑶，你这是什么意思？”宋霁雪冷笑，“想骗我，让我再次自作多情地认为我是你的心上人？”

常瑶：“我说的是真的。”

“那会儿我瞎着看不见，所以给了你编造的机会？”宋霁雪手下用力猛地将她拉到身边，垂首，话里狠意加重，“这剑我从未听过，也没见过，你说拿着它伤不了我半分，好，你拿它再杀我试试！”

常瑶去看二哥，却发现师天颢不知何时已经溜了。

常瑶眨眨眼，又看回宋霁雪，轻声道：“那是九尾天狐的剑，不是我的，何况你当时拿着也伤不了我。”

云山君冷漠道：“是剑的问题还是妖术的问题，除非我亲眼看见。”

常瑶也没在这事上跟他太较真，因为说出口本就是为了转移他的注意力，刚才瞥见大哥已走远不见身影，便顺着他的话道：“好，日后有机会就再让你见一见。”

宋霁雪听得心生阴郁，这敷衍的态度，哪有半分真实？果然又是骗他。

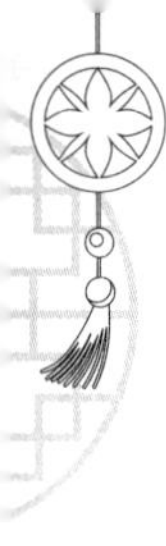

“先回去吧。”常瑶朝山门里走去，又被宋霁雪拉回来。

“嗯？”她茫然看去。

宋霁雪伸手轻揉她发顶，回想方才师天颢摸她头的一幕，又似忍无可忍，攥着皓腕的手搭上肩将她往怀里拽去，一手按头把人紧紧抱着。

“詹容与你什么关系？”宋霁雪想要克制却又无法做到。

他很清楚常瑶的性子，哪怕她朝你温柔乖顺地笑着，好似没脾气，但若非亲近之人，休想碰她半片衣角。

常瑶被按在宋霁雪怀里，听见衣下胸膛传来沉稳有力的心跳声，瞬间唤醒血脉里的暴戾，五指不自觉地攥紧，抓得宋霁雪衣襟皱成一团。她直起身，试图后退拉开距离却被宋霁雪扣着后脑难以动弹。

常瑶垂首半敛眉目：“只是认识的关系，我把他当半个兄长。”

她也知道宋霁雪没那么容易糊弄，不如半真半假。

宋霁雪听后连冷笑都笑不出来，怨道：“你把他当兄长，那我呢？”

常瑶轻声叹息：“我把你当夫君。”

宋霁雪顿了一瞬，后埋首在她侧颈冷冷地哼了一声。

常瑶尽量保持平静与温和，抓着衣襟的手却逐渐收紧，努力克制着身体里的暴戾和杀意。她说：“先回去吧。”

宋霁雪如今对她的情绪过于敏感，察觉出了一丝微妙，垂首时刚好瞥见常瑶眼里一闪而过的不耐烦与嫌弃，顿时就疯了。

“阿瑶，”宋霁雪缓缓放开她又保持亲昵的距离，轻掐着她下颌恢复之前暧昧的姿态，这次眼中却带审视与阴沉，“逼自己说谎不难受吗？既然那么不耐烦又觉得恶心，何必为难自己？我需要你这么可怜我吗？”

他一开始还能保持冷静与克制，说到后面时每一个字都藏着深深的怨恨：“我要的是你可怜我？我要你对我说一句真话很难吗？高高在上的无咎山领主是认为凡人不配得你一句真话吗？”

“不是。”常瑶蹙眉。

宋霁雪已经失控，眼尾处都泛着微红：“既然你想施舍你的可怜，怎么不直接杀了我？”

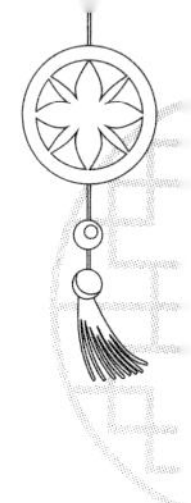

常瑶血脉力量逐渐失控，还得稳住眼前的人，偏偏她这会儿说什么宋霁雪都能往极端去想，一时半会儿是解释不清楚的，便直接握住剑柄拔出稚鬼。

剑鸣声清越，长剑出鞘锋芒凌厉，剑身倒映着二人偏执的眼神。

稚鬼出鞘必见血才收，宋霁雪有那么一瞬间的绝望，却见剑刃转向常瑶自己，他想也没想地出手阻止，却被自地而起的一道妖气黑墙拦住，隔绝了他的咒律。

“云山君，我是妖。”常瑶一剑刺向自己的左肩再拔出，剑刃滴血落地，她侧首看着自己的伤口，鲜血很快染红半边身子，“虽然是不伦不类的半妖，但是也继承了妖对人类嗜杀的血脉，越是能力强大者，靠近对方，便越是能激发这份血脉里的杀戮欲望。”常瑶轻声说，“跟你在一起的那几年我已经很努力地克制了。”

她说完又觉得不对劲。宁愿时刻压制这份血脉的躁动也要跟宋霁雪在一起，只是为了昆仑灵息多少有些不值得吧？她又忘记了什么？

常瑶心中懊恼，面上不动声色继续解释道：“以前我能控制好，但十年不见，你变得比以前更厉害了，我一时没能适应，不耐烦跟嫌恶都是来自这份血脉，并不是针对你。”

宋霁雪此时看得眼都红了，灵息都快覆盖整个昆仑，就因为眼前这道该死的妖气黑墙拦着，他没法靠近常瑶。

“阿瑶。”宋霁雪狠声道。

常瑶刚将妖术撤去，下一瞬人就被拦腰抱起，御剑至虚空。

第七章 心剑

若是有别的剑可以选，常瑶也不会用稚鬼。这是世间唯一一把化形的心剑，换了别的剑她不用回无咎山，一两天就好了，可稚鬼对妖魔有着天生的克制作用，她刚才刺得也没什么轻重，估计回无咎山借山灵之力也得养个十天半月。

常瑶在宋霁雪怀里昏厥了片刻，醒来时发现自己躺在独山居温泉里，被温暖的热气包裹着，还有源源不断的天地灵息朝她靠拢，舒服得都忘记肩上有伤口了。

她看见宋霁雪站在岸上，离她不远，却又在无言中透着保持距离的意思，否则以他之前发疯的程度早握着她的手不放了。

宋霁雪双目赤红，目光阴沉晦暗，在常瑶短暂昏迷的时间里，他一直都在看着她。

“若是忍不住直接刺我就行，你伤自己我同意了吗？”宋霁雪垂眸，不悦地道，“你在我这儿多添一道伤与少添一道伤都没差别。”

常瑶微微歪了下头看他：“你当时不听我的。”

宋霁雪听得面露郁色，沉声道：“所以要你直接刺我。”

常瑶静了好一会儿才轻声道：“若是以后我想起来了，会后悔心疼的吧。”这是二哥告诉她的，做任何决定都等记忆恢复后再说。再继续伤宋霁雪，她怕以后恢复记忆后会后悔得心绞痛。

宋霁雪在心中反复揣摩这句话的意思，却没有任何自信去肯定或是期望

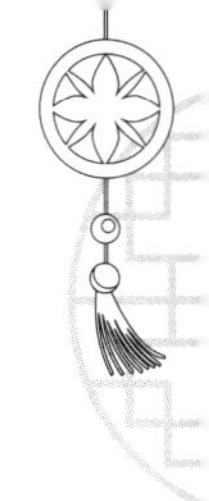

常瑶也是爱他的。他的自信早被时间摧毁得一丝不剩。

宋霁雪狼狈又隐忍地别过眼去，狠声道：“我说不准就是不准。”

常瑶往泉水里沉了沉，低头看被处理过的剑伤，上浮后问云山君：“我的衣服是你脱的？”

宋霁雪面色阴沉道：“你以为我会让别人碰你？”这占有欲比以前更强了。

常瑶眨眨眼，笑着朝他伸手：“你过来。”

宋霁雪沉眉看去。

见他没动作只在原地生闷气，常瑶又道：“你若是不靠近我，我怎么慢慢熟悉你，再去压制躁动的血脉力量？我不想伤你，你又不准我伤自己，那总要有一个解决办法才是，难不成你想一辈子都不碰我？”

这句话成功戳中宋霁雪的死穴。

宋霁雪沉着脸过来握住她伸出的手，熟稔亲昵地十指交握。

常瑶问：“还要泡多久？”

“泡到伤口愈合为止。”宋霁雪垂眸看她。

“那我不得泡十天半个月？”常瑶微微睁大眼，“我还有事必须要做。”

“什么事？”宋霁雪蹙眉，“又要离开我？”

常瑶安抚并承诺：“不是要离开你，我不会离开你。”

宋霁雪到嘴边的轻嘲在看见常瑶肩伤的瞬间顿住，心中烦躁，沉郁始终无法化解都快成心魔了，对宋霁雪来说堕落成魔只在一念之间，他却又始终死死守着最后一道防线。

见宋霁雪沉默没有嘲讽或是放狠话，常瑶反倒是有点意外，她在泉水里好奇地仰首看宋霁雪。

常瑶的璀璨星眸在氤氲热气中眼底似乎也蒙了一层薄薄的雾，宋霁雪对她总是难以抵挡，神色晦暗道：“看我做什么？”

常瑶另一只手温柔地轻抚他脸颊，宋霁雪敛目，眼睫轻颤。

“只是想看看你，不做什么。”常瑶温声说，“只看着你就够了。”

这话里的每一个字都如惊雷落在宋霁雪心上，他最是受不了常瑶那些温柔的谎话，他与这份温柔较量，次次输得一败涂地。

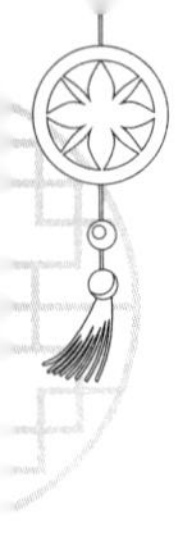

“阿瑶，”宋霁雪此刻看她的目光如同当年在昆仑长生道拉住她时一样认真，“你这次不妨骗我骗得更认真、更长久一些，最好直到我死。”

三年太短了。

他如今回头再看，成亲后那三年活得简直像梦一样。

宋霁雪始终觉得自己是从梦里醒来的人，理智让他无法沉溺幻境，爱恨难消，自我折磨。最后让他深感厌弃的只有自己。

在长生道时常瑶没有拒绝宋霁雪，如今她也没有拒绝。

常瑶迎着宋霁雪认真又悲伤的眼眸轻声应了一句：“好。”

宋霁雪虽然眼睛复明，但伤势并非全好，所以这些天都在独山居不出来也没什么人怀疑。

常瑶没想到宋霁雪会因此又疯成另外一种模样。

宋霁雪不再像之前那样动不动就失控，在常瑶答应他后，他回到当年夫妻恩爱的生活状态，好似那十年分离并不存在。从此不管白天黑夜他都叫她“清清”。

“明日就是寿宴，清清与我一起去？”宋霁雪站在温泉屏风后问她。

常瑶心道：你这语气可不像是给我选择的样子。她随口答：“去，你想我变成什么跟着你？”

宋霁雪蹙眉不悦：“为什么要变成别的？”

“看见我这张脸跟在你身边，那些人肯定会议论纷纷，把寿宴搞砸就不好了。”常瑶耐心解释，“大仙门的人几乎全都在这儿，若是因我一只半妖打起来像什么话。”

宋霁雪垂眸静静地看了她一会儿，语气听不出喜怒：“你喜欢什么就变什么。”

常瑶双手交叠着趴在温泉岸边，闻言歪头看宋霁雪，他又补充道：“除了龙。”

于是第二天常瑶变成一只兔子跟宋霁雪去了大阴山。

雪白的兔子有双红红的眼，温驯可爱，被宋霁雪抱在怀中走上醉江峰。

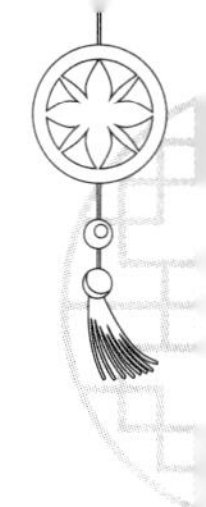

周遭百花环绕，香气醒神，来往皆是修界有头有脸的人物，各家仙门带着家眷或是好友徒弟来此参宴道贺。

常瑶发现宋霁雪用了隐神诀，这是一种把自己从他人耳目中摘除的术法，能使出这种隐蔽身形的高阶咒术全修界一只手都数得过来，因而入场时她没被任何人发现。

兔耳朵颤了颤，红眼睛朝四周打量，她心中已有不祥的预感。

“清清，你说你忘记了以前的事，今日有机会与一些故人重逢，怕是也认不出谁是谁了。”宋霁雪一手轻捏着兔子耳朵摩挲着，走在热闹的人群里前往宴台高处，语气轻缓地同她说道，“昆仑这几位你应该有点印象，大阴山君的夫人夏桑依，她七年前生了个女儿，名叫樊落落，也是今日的寿星之一。”

常瑶顺着他的话朝人群里看去，见到笑容温婉的夏桑依牵着一名被打扮得十分漂亮的女孩低头说着什么，旁边围了一圈人。

小寿星生得粉雕玉琢，比起母亲的温婉，言谈举止间倒有股豪迈之气，她伸手朝黄衫女子怀中的两岁男童霸气道：“来，姐姐抱。”

黄衫女子笑着将男童给她。

“这两位是巫山少主的妻儿。”宋霁雪从这几人身旁走过。

兔子有些惊讶地朝巫山少主这一家三口看去，没看两眼就被宋霁雪转过头去。

那巫山少主裴文珏不是曾被她断一手臂吗？方才瞧他怎么完好无损？

常瑶正奇怪，又听宋霁雪道：“前边是我几位师兄。”

“拿酒壶的是我大师兄，云山的定坤君于野，你以前常说他不靠谱。”宋霁雪散漫道，“拿着酒杯的是我四师兄桑沥，云山麟央峰的峰主，他一直跟齐光混，以前对我也不客气，但不知为何某次从万象灵境里出来后就很怕我，见了我话都说不清。”

于野揽着四师弟桑沥的肩膀给他倒酒，被大师兄拉着走不了的桑沥没好气地抬手举杯，一边还有心思开玩笑，同师兄弟乐得开怀大笑，可若是宋霁雪此时现身，桑沥见了他怕是酒杯都端不稳。

兔子蹭了蹭云山君的掌心，温声道：“他知道自己以前对你做的事有多

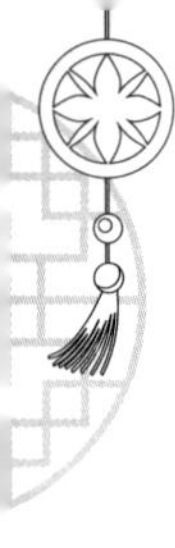

么过分，所以才见你就害怕，这叫内心有鬼。”

宋霁雪弯唇笑了一瞬。

“师兄！”后边有人笑道，“桑沥，你小子也在？”

“三师兄！”桑沥双眼一亮，惊喜道，“你终于肯回来了！”

于野提着酒壶仰首喝了一口，朝走来的三师弟齐光冷笑道：“稀客啊。”

齐光背负双剑，比起多年前显得更加沉稳，面向身前两位师兄弟时，眼里露出几分怀念往昔的笑意。

宋霁雪没有回头，怀中的兔子也没有去看。

宋霁雪淡声道：“三师兄齐光，你讨厌他，我也是。”

常瑶默默听着。

宋霁雪如今变得捉摸不透，看似正常，但在常瑶眼里他比前些日子更加不正常了。

因为他不再直白地将心中所想告知常瑶，哪怕之前他用嘲讽的方式，又自虐地展现心中怨恨，可如今他看起来冷静又理智，似不再失控。

宴台层层相叠，走道蜿蜒，宋霁雪上了台阶，路过被各大仙门宗主围着谈话的符纪：“中州奉天宗的宗主符纪，也是如今的仙首。”

这人他不想多谈。

常瑶以前微妙地察觉到他不喜符纪，却始终没能知道原因，这会儿装作什么都不知道的样子问：“你怎么没说跟仙首关系如何？”

宋霁雪淡声道：“不好。”

兔子前爪轻轻按了他一下，温声软语道：“人家是仙首，诸多仙门听他号令，云山掌门怎么不跟他交好反而交恶？”

宋霁雪低头看她：“云山与奉天宗的关系不错。”言下之意是他跟仙首单方面关系不好。

“你讨厌符纪？”常瑶直接问。

宋霁雪低声笑道：“清清，十年不见你还是这么了解我，始终被你关注着的感觉很好，这是奖励。”

宋霁雪抱着兔子在它额前落下一吻。

宋霁雪往宴台左边走去，孟临江正端庄优雅地坐在席前充当雕像，身侧是抓着青枣往嘴里塞的任泓，他把不吃的冬枣分给右手边的紫袍青年：“给你给你。”

紫袍青年生得异常俊美，那份阴柔感不会让人感叹男生女相，更像是刻进骨子里的气质。紫袍青年最引人注意的是那双过分漂亮的眼睛——天生异瞳，一金一蓝，犹如山中最珍贵的宝石坠在水中被温柔的月光照耀，散发出莹莹光芒。

宋霁雪往这三人缓步走去时说：“左边的盲人是上庭星罗门的左护法任泓，右边的丑八怪是上庭菩提门的掌门岳南一。当年你与我在万象灵境中与这二人相识，算是你在人间为数不多的朋友。”

常瑶将他对岳南一与相貌不符的称呼默默无视，说：“这两人我记得。”

“清清，凭什么你不记得爱我这件事，他们却能被你记住？忘了，你只记住我就行。”宋霁雪不悦道。

她柔声安抚：“好。”

岳南一轻捏着手中冬枣，问孟临江：“你师尊呢？”

“应该在来的路上。”孟临江答。

岳南一把任泓递过来的冬枣一颗颗又混进他的枣果碗里，漫不经心道：“听说有个跟你师娘长得很像的女人被你师尊带回独山居了？”

他今天才到昆仑，消息滞后严重。

孟临江听得眼皮一跳，神色严肃道：“是师尊的意思。”

“这几天他都在独山居不出来，我也进不去，不知道什么情况。”任泓幽幽叹气，“他以前可没这样过，愁啊——”

“该不会是被三痴毒的幻觉影响了？”岳南一挑眉，将任泓递来的冬枣又扔回去，“我让你跟着他去鬼民之界看着点，结果呢？让人瞎着回来不说又遇到幻境，他历过的幻境多到我看着都要吐了。”

菩提门主越说表情越是嫌弃。

“你个见色忘义的丑八怪还有脸说我？你让一个盲人去看什么看？”任泓不服气地骂回去，“自己跑去东州追女人，弃兄弟于不顾的家伙没资格说我！”

“有多像？”岳南一问。

任泓指了指自己的眼睛，岳南一去看孟临江。

孟临江有点无辜：“我也没见过师娘长什么样啊。”

岳南一轻啧一声，跟任泓说：“得想办法把那女的给绑了，都带回独山居关着，保不准他这会儿已经是十年前那疯癫状态。”

任泓刚要张嘴回话，突然感觉周遭灵息波动，他识海内的星象天空变幻，神色一凛警惕道：“嘘，隐神诀。”

这咒术有一个弱点，那就是对盲人没用。

常瑶知道宋霁雪该现身了，却没想到他现身前还撤了她的伪装术法。

从兔子到人形不过刹那。清冽竹香飘落在这桌宴席，三人眼睁睁地看着宋霁雪牵着一名绯裙少女从虚空现身，云山君不动声色地落座，望向还站着有点呆住的常瑶说：“清清，坐这儿。”

常瑶是真的惊呆了。她没想到宋霁雪真的敢这么做。

云山君一现身就吸引了宴台众人的注意力，于野领着两个师弟刚上宴台就瞥见牵着常瑶的宋霁雪，眼角狠狠一抽。

“那是……？”桑沥微微怔住，待他看清少女的面容后瞳孔猛地一缩，内心惊惧之余竟下意识地往后退了数步，仿佛随时会晕厥过去。

她、她不是死了吗？

“又一个替代品？”齐光却不见惊讶，目露鄙夷，“竟然敢把人带到这儿来，就算当上掌门也跟个乡下村夫一样不知规矩。”

宴台上一时间多了不少人窃窃私语，望向云山君那边或是探究、鄙夷，或是看热闹。

宋霁雪却仿佛看不见这天地间的其他人，眼里只有常瑶，拉着她在自己身旁坐下，耐心又熟练地给她端茶倒水，再剥坚果壳：“不用管别人，若是有不长眼的来说胡话、干蠢事，我就开心剑阵，布几道惊雷关或是绝杀阵，这样他们就该识趣了。”

常瑶默默拦住他要拔剑的手。

孟临江惆怅望天：为什么师娘回来后，师尊却越来越疯了呢？

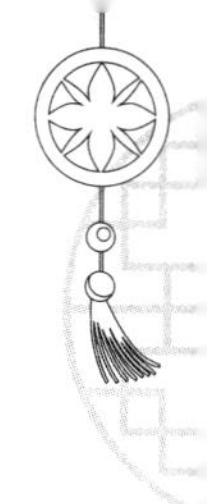

任泓偏头跟伙伴悄声道：“你看现在把那女的绑走还来得及吗？”

岳南一把冬枣直接塞进任泓嘴里。

来不及了，他的好兄弟已经疯了。

师天颢坐在宴台下方稍远的位置，却也不妨碍他看见宴台上的暗潮涌动。

此刻怕是再也没有比大阴山宴台更危险的地方了。师天颢别过头去，不忍再看。

常瑶从最初的震惊中冷静下来，心想随宋霁雪去吧，他开心就好。

她面不改色地吃着宋霁雪给的坚果，无视周遭的人。

孟临江恭恭敬敬地把身前的果盘、肉盘往师尊那边递。

任泓默默抱紧了自己的枣果盘，抬起手肘撞了撞岳南一，示意他说点什么。

岳南一问宋霁雪：“你什么情况？”

“清清说她忘记了以前的一些事，我带她出来走走，希望她能想起来。”宋霁雪剥着果壳，头也没抬地说，“你们要是能让她想起来的话，我也不介意你们跟她说一说。”

“清清已经死了。”岳南一冷冷地看着好兄弟，“你抓着一个跟她长得像的无辜路人有什么用？”

宋霁雪抬头去看常瑶，微微笑着：“清清，你看，我就说他们不会相信你回来了。”

“雪啊，这姑娘灵脉完好，瑶妹的灵脉在斗魇魔的时候就没了，迄今为止没有人的灵脉断了还能恢复如初的，光凭这一点她就不是瑶妹。”任泓语重心长道，“还有，别用忘记了这种烂到家的借口。”

宋霁雪点头：“这借口确实不怎么好。”

常瑶忍无可忍，抬眸往对面二人扫去：“我只是忘记了我爱他这件事，可不是把以前全都忘记了。”

岳南一跟任泓同时朝常瑶望去，彼此都带着审视，任泓虽双眼无光，但也用心眼术在打量着，试图从她身上发现些跟常瑶相关的点。

“声音像。”任泓说。

岳南一补充：“长得像。”

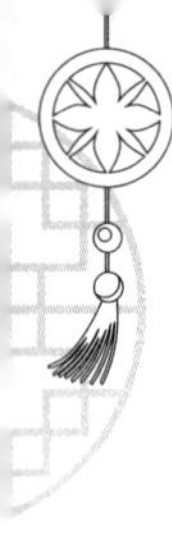

二人又看回宋霁雪。

常瑶也没有非要证明身份的意思，这会儿于野总算走到桌案边，瞪着宋霁雪道："你疯了吗？你带她来这儿干什么？"

任泓摆摆手："去去去，你一边去，别打扰我们叙旧。"

岳南一嗤笑："你才知道他疯了？"

孟临江给师尊倒茶，已知真相的他憋得十分难受。

"霁雪，"大阴山君与夫人带着小寿星过来，不动声色地扫过垂首的常瑶，"你何时来的？方才我在那边怎么都没见到你？"

宋霁雪说："用了隐神诀来的。"

非常诚实的回答，却让大阴山君听得眼角轻抽。

小寿星欢快地朝宋霁雪扑过去："云山君！其他几位山君和峰主都送了我生辰礼物，我就等着你给的啦！"

"左护法好、菩提掌门好、孟哥哥好，这个……"小寿星仰首看常瑶，又悄悄回头问母亲，"娘，这位怎么称呼呀？"

夏桑依正犹豫，宋霁雪将手中盒子递给小寿星时，顺便帮她解决了难题："是我夫人。"

小孩子才不管大人那些复杂往事，收到礼物后开开心心地朝常瑶叫了声："云山夫人好。"

周围竖起耳朵听八卦的人们：云山君疯了。

常瑶还是云山夫人时就很少出席这种场合，宋霁雪说她体弱多病需要多多休养，不宜外出。昆仑三山的事她都很少参与，更别说其他仙门了。

修界对这位云山夫人知之甚少，甚至连她长什么样，都是在她死后从那些心怀不轨的替身上窥得眉目、得见姿容。如今常瑶本人也被看作替身。

常瑶并不在乎，她朝小寿星微微一笑，没有言语。

周围都是自己人，虽然宋霁雪发疯让人头疼，但大家并不会当着这么多人的面说什么，彼此都心照不宣地忽略掉常瑶，正要转移话题时，却听一声不客气的冷嘲传来："上一个云山夫人是只半妖，不知道你这任夫人又是什么东西，可别又是些妖魔鬼怪，传出去让人再笑一场，给昆仑丢脸。"

于野回头瞪齐光："你闭嘴！"都什么时候了还火上浇油。

齐光冷哼一声，视线瞥过宋霁雪时，见他面不改色地伸手拔剑。

"霁雪！"大阴山君忙按住他的手。

大阴山君还没来得及劝上两句，齐光又嘲道："怎么，说到你痛处受不了，还想拔剑跟我……"

一颗冬枣破空朝齐光而去，带着肃杀之意，呼啸间似有穿透一切的磅礴气势。

齐光神色微变，不得不抬手结印唤出结界拦下这颗冬枣，两股灵息相撞时冬枣竟直接化作齑粉散落。

岳南一捏着手里第二颗冬枣，阴恻恻道："不会说话就闭嘴，最烦你这种出风头的家伙。"

"你说什么？"齐光脸色一沉。

"行了！"于野忍无可忍地怒喝道，拦在二者之间，抬手一指小寿星，"闹什么闹？看把孩子给吓的！"

小寿星躲在夏桑依身侧，对着手中玉简悄声道："阿殊，快来宴台上看山君峰主们打架啦！"

夏桑依默默将女儿拉去后方。

"齐光，"仙首符纪温声道，"少说两句吧。"

齐光重重地冷哼一声，拉着脸色惨白的桑沥朝符纪那桌走去。

这一幕被众人看在眼里，心思各异。云山掌门镇不住自己的师兄，唯有仙首才行。

常瑶心中突然升起一丝后悔：早知今日，她当年就该在万象灵境里把齐光一起杀了。

若不是齐光来慢一步……

"清清。"云山君清冽的声音唤回她的思绪。

常瑶歪头看去："嗯？"

"别想多了。"宋霁雪旁若无人地替她整理衣发，"你可千万别因为旁人的想法而觉得我们不该在一起，想着如何离开我，他们懂什么？"

虽然宋霁雪换了种疯法，但是一如既往地怕她离开。

常瑶点头说：“好。”

岳南一觉得自己也快瞎了。眼前这都什么跟什么，看得他起一身鸡皮疙瘩。

岳南一忍不住屈指敲了敲桌面道：“你能不能正常点？好歹也是一山之主，常瑶不爱你，你就不能换个人喜欢吗？”

常瑶跟宋霁雪同时朝他看去。

岳南一挑眉：“你不觉得你把自己困死在常瑶这儿了吗？难道常瑶死了你还得固守一辈子跟她纠缠不清？她还活着我就不说什么了，人都没了，你因为她把自己弄成这副鬼样子，值得吗？”

宋霁雪摸了摸常瑶的头：“你看，我刚才说了，他们懂什么？”

岳南一翻了个白眼。

任泓摇头道：“你这么说是没用的，他要是肯放下瑶妹就不是他了，又不是谁都跟你一样薄情寡义，阿雪是个深情种，你是个负心汉。”

岳南一把冬枣扔回他碗里：“再骂，你就死定了。”

于野在旁边坐下，瞪着自家师弟，生气道：“你把人关在独山居就算了，带出来光明正大地说她是你夫人，你也不怕常瑶知道了气得活过来跟她抢？”

宋霁雪挑眉一笑：“那也挺好。”

孟临江放在膝上的双手紧握成拳，死死抿着唇，压着心里那股倾诉欲：你们不要再当着师娘本人的面说她坏话了啊！她就在这里啊！就在你们对面，她全都听进去了啊！

常瑶默默吃着东西没说话，心里却给岳南一记了笔账。

今日一整天都是寿宴，有的仙门较远，要晚上才到，其间还有各种术法庆祝的表演，倒也不算无趣。

宋霁雪却没什么心思再看下去，不少人始终对他这边留着余光，注意他的一举一动。宋霁雪最终兴致缺缺地牵着常瑶的手说：“我们先回去了。”

“晚宴不吃啦？”任泓问，“她若真的是瑶妹，肯定不会错过晚宴的西

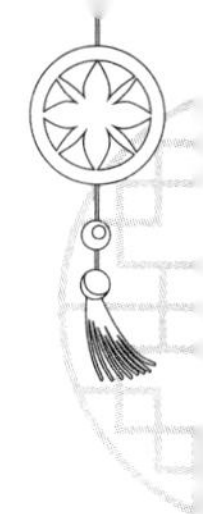

海巨蟹啊！”

宋霁雪淡声道：“清清有伤未好，得回去浸泡灵泉两个时辰。”

宋霁雪带着常瑶离场，任泓拍了拍桌子道：“看见没？她半个字都没说就走了！这肯定不是瑶妹，瑶妹是不会放过西海巨蟹的！死也不会！”

换作以前，常瑶肯定不会就这么跟宋霁雪走了，但现在嘛，宋霁雪说什么就是什么吧，她不想宋霁雪继续疯下去。

日落西方，余晖洒了整条山道，残阳血色衬得周遭山石林景花树莫名凄美。

宋霁雪没有用术法，而是牵着她一步步往山下走着。

常瑶低头看两人交握的双手，听他说：“清清，你要是想吃我就让临江等会儿带点回来。除了西海巨蟹，还有上庭牛肉串，你喜欢的甜品珍果。泡完灵泉我带你去小曲峰看焰火，是以咒术琉璃火设计，比人间焰火更漂亮，到时候整个昆仑夜空都会被点亮，你应该会喜欢的。”

宋霁雪说着说着，发现身边人忽然停下不走了，他回首望去。

常瑶的视线从两人交握的双手上移到他的脸庞。

“岳南一有一点说得没错，你不该活成这样。”常瑶轻声说着，盈盈水眸中倒映着他与血色残阳，“太苦了。”

宋霁雪散漫的神色退去，变得有几分阴沉。他攥紧常瑶手腕，低声道：“清清，你演技不敌当年了。我要的是你同当年一样爱着我，而不是此刻在你眼里看见可怜或同情我的目光。”

“我之前答应你，是因为我想回到我喜欢你的时候，那对我来说也很重要。我是看重修炼、力量，想变得更强，但我也不会因此就放弃自己的感情，我又不像你们人间修士，要断情绝爱去修什么无情道。”常瑶抬首迎着宋霁雪黯淡的目光温声说着，语调清晰，又有点霸道，给他一种要他乖乖听完的感觉。

她朝宋霁雪走近些：“我之前不说这些，是以为你这样的状态只是暂时的，我当年在金銮台对你说的话和那一剑让你恨我至深，再见到我自然难以控制，可后来我发现，你根本恨不了我。”因为爱胜过了一切。

宋霁雪攥着她的手力道加重，片刻的失控后又下意识地害怕伤了她而松开。

“清清，”宋霁雪压着眉眼，面色带着浓浓的沉郁，薄唇微颤，咬牙切

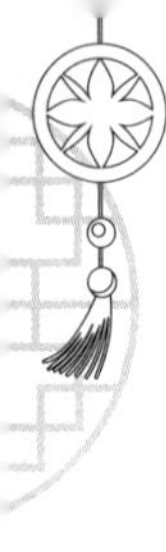

齿道，“你明明答应了我……”

“这几日让我意识到你这样的状态已经太久了，并非重新见到我才变成这样。你不恨我，却恨自己。”常瑶对宋霁雪说出的每一个字都越来越温柔，像是怕惊扰什么，又像深藏什么，那轻轻的叹息让他心脏揪紧，下意识地去想哪里出了错，惊恐得在瞬间连呼吸都忘记。

“霁雪，你什么错都没有，任何人任何事都不能归咎于你。”常瑶抬手抱住他，温热的手掌轻抚他的后颈，“你不能再折磨自己，不能认为你是无足轻重不需要的存在自我厌弃着，不能把自己踩到尘埃里。在我想起来之前，你可以恨我。”

宋霁雪垂首，十年来许多东西一直压着他背脊，如山重，如海沉，他咬牙负重前行，走了很久很久，即使奇迹出现，让他再次回到常瑶温柔的怀抱也难以消除。

别在腰后的稚鬼剑发出极低的剑鸣。

人们以为宋霁雪只失去了夫人，只有宋霁雪自己知道，连同常瑶一起消失的还有更多。

在练成心剑前，他远不如上头几位师兄有名，也不如小师弟受宠，是个被忽视、戏耍、嫌弃的存在。

修炼心剑也是为了争一口气，在瓶颈期卡了许久，直到从万象灵境出来的那天，常瑶第一次与他告别，在夜晚热闹的长街上，她跟一帮奉天宗的弟子走了。

宋霁雪也不知为何自己没走，而是站在灯柱下看着那纤细背影逐渐混入人群，灼灼光影中，他却能准确地找到她。

上元城的夜风渐大。常瑶忽然回首看了他一眼，眼带笑意，被风撩起的发丝拂过脸颊。

这一回眸，让宋霁雪成了心剑第一人。

宋霁雪呼吸微重，心剑与他共鸣，在剑鞘里轻轻颤动。

常瑶刚要退后放开他，却被一只手揽住肩膀将她按在怀里紧紧抱着。这瞬间宋霁雪才终于有常瑶回来了的真实感。

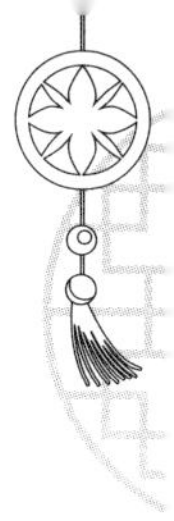

虽然常瑶想不起来曾经深爱宋霁雪的点点滴滴，但她也不愿意看见宋霁雪变成如今的模样。

之前她就明白，哪怕对宋霁雪没有半分爱意，她也欣赏且略有几分敬佩这个男人，因此更加不能看见他为了她，自我厌弃、自我贬低，将自己踩进尘埃里。

这是不掺杂爱慕极度理智的决定。

常瑶本不想在记忆恢复之前对宋霁雪说这些话，但她看不下去了。唯恐时间越长宋霁雪越难回头。也怕她没有机会想起来。

理智上她知道她喜欢宋霁雪，却因没能感受到那部分的记忆而无法完全共情，她也就只能做到这种程度了。

常瑶聆听他的心跳声，已经能控制住暴躁的血脉力量，她轻声说："别着急，你的清清会回来的。"

两人在山道相拥着，仿佛时间停在那一刻成了永恒。

回到云山已经天黑。常瑶太喜欢泡灵泉了，以前她就一直赖在里面不起来，因为能时时刻刻吸收昆仑的天地灵息，每次都是宋霁雪在大殿找不到她就进独山居来把人捞出去。

常瑶沉入泉水下的时候发出些微水花声响，岸上的宋霁雪瞥了眼水面。

晚宴那边的西海巨蟹已经送到，他正给常瑶捣鼓蟹肉。

"于野还什么都不知道吗？我看他跟齐光、桑沥相处得挺和谐的。"常瑶从水里冒出头问。

宋霁雪散漫道："你怎么不多问问与我相关的事？管他们干什么？"

"那我问了，你可要说。"常瑶五指顺着长发编着辫子，"我之前替你收拾书柜的时候，发现许多复活咒术的孤本，其中一本里还夹杂着入东兰州的秘境灵符，你去过了？"

宋霁雪嗯了一声："去过。"

"东兰州秘境不比万象灵境危险，去那儿要过无边黑沙，传说那位上神界的尊者问道仙就在黑沙尽头，若是闯过东兰秘境就能得见仙人一面。"常瑶好奇道，"你也见到了？"

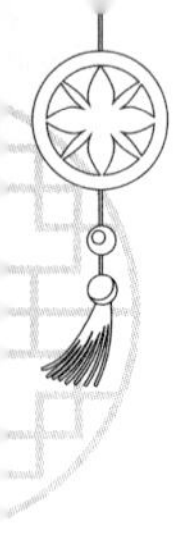

她知道宋霁雪很强，已是半只脚踏入飞升阶段的人，但是否能过东兰州秘境得见问道仙也不敢完全肯定。毕竟她没去过。

“见到了。”宋霁雪面色不见变化，似乎那些事都没有他手里给常瑶挑蟹肉的活重要，“清清，你也想去？”

常瑶摇头：“你跟问道仙谈了什么？怎么当时没飞升？”

“你最关心的还是修炼。”宋霁雪瞥她一眼。

常瑶低头编着辫子装作没看见。

“我问他该怎么才能复活你，他说死于天劫的妖无法被复活，自然也不知道该如何复活你。”宋霁雪声色淡淡，眉眼间却是沉郁，“我又问他，清清是不是真的不爱我，问道仙说这只有我自己才知道。黑沙尽头的问道仙一问三不知，也不知道那么多人拼死拼活地闯东兰州秘境见他图什么。”

常瑶听着他最后嫌弃的语气有些忍俊不禁。人家都叫问道仙了，要你问的肯定是与修道相关的问题，你哪个问题跟修道相关了？

“不是说三不知吗？你才说了两个，第三个问题是什么？”常瑶笑道。

宋霁雪垂眸，他没有回答，将装满蟹肉的碟子递过去唤她：“过来吃。”

常瑶靠过去接到碟子眨眼看他：“你又不说了。”

“没有答案的事没必要知道。”宋霁雪沉郁道，“等我找到答案后再告诉你。”

常瑶用勺子舀着蟹肉，边吃边说：“第一个问题，半妖之力让我有两条命，所以不用复活。第二个问题，我当然爱你。问道仙不知道的我都知道，你第三个问题也说来听听。”

宋霁雪低头看她，眼前这张娇艳的脸还挺认真。

在黑沙尽头仍旧是无边无际的黑色沙漠，问道仙高坐虚空圆月之上，笑容和蔼地望着沙地上提着剑的宋霁雪：“你想等下一世的她？”

云山君一路闯关来到此地已满身鲜血，接连两个问题得不到答案，他眼中沉郁更浓。

他说：“既然无法复活，那就告诉我她的转世在哪儿。”

问道仙却轻轻摇头，一声叹息后，遗憾道：“你和她的缘分无前生，也无来世，只有今朝。”

没有前生因果，也无来世续缘。这辈子若是错过，那就是错过了。

宋霁雪不愿回想当时的心情，像是溺水的人无法呼救也无法自救，只能放任自己沉去更深处。他沉浸在绝望中走了许久，差点就走不下去。

是一个姓孟的孩子拉了他一把。那个孩子叫他“道长哥哥”，跟他夫人一样满口谎话却又机灵无比，不懂术法，拿着剑都怕伤到自己，却对他抱有善意和好感，看他时眼里藏有光芒。

而这个孩子也跟他一样，在这个世上过得辛苦艰难，从未被人善待过。即使已七八岁却又瘦又黑，长得像五六岁，看起来小小的一只，被带出荒漠时曾哭得稀里哗啦，跟他说：“我也不知道有爹娘是什么感觉，别人都有，就我没有，但我还是想说……道长哥哥，你给我的感觉就像是我爹一样，我可以叫你一声爹吗？”

宋霁雪看他片刻，漠然拒绝：“不可以。”万一他的阿瑶误会了怎么办。

成亲后的几年里，两人也曾说过孩子的问题。是常瑶被宋霁雪缠着在灵泉里起不来的时候问他：“你要不要一个孩子陪着你？”

“你想要孩子？”宋霁雪反问。

“今天去上元城给岳南一送东西，看见他小师叔带了两个小孩来，才三岁，粉雕玉琢的，蛮可爱。”宋霁雪听时懒懒地笑着，被常瑶伸手轻轻擦了下唇角，“他小师叔你知道吧？那张脸经年不变的就一种表情，又冷又木，今天却为了两个小孩忙前忙后，还笑了。虽然笑得有点呆，但比以前温暖得多，仿佛前尘往事都放下了。”

宋霁雪将常瑶抱起半托着上身，抬首看去，对上她温柔的目光，话却有些吃味：“阿瑶，观察别人不用这么细致。”

“可我看别人的时候都在想你呀。”常瑶搂着他的脖子低头，与之额头相抵，“我见他能因为两个孩子而放下前尘往事，就在想也许你也可以，一个全新的生命陪着你重新开始，也算了却你那些遗憾。”

宋霁雪那时只觉得自己正被世上最温柔的人注视着，她轻声细语间抚平

了自己人生中所有的伤痛。

“不需要。”宋霁雪仰首亲吻她的嘴角，喉间溢出低哑的话，“阿瑶，我不需要任何除了你以外的人。”

后来宋霁雪想起这些，都在迷茫到底是他的阿瑶演技太好，还是她早就决定未来的某天要离开自己，所以才问他是否要一个孩子，以此施舍他。

“你不说就不说吧。”常瑶见宋霁雪沉默不语，轻轻叹息准备换个话题，“那我们来谈谈你……”

“清清，”宋霁雪忽然拉着她的手问，“你下一世还会喜欢我吗？”

常瑶眨眨眼，下一世？

“转世吗？”常瑶若有所思道，“我暂时没有要死的想法，但如果真有那一天……”

宋霁雪眸光幽深，俯首吻去，打断了她的后话。

灵泉氤氲而起的热气拂过他的眼睑，眸光也因此蒙上了薄雾，水珠从常瑶纤细脖颈滑落，她仰首承受着宋霁雪突然发狠的亲吻。

“你已经死过一次，如今就是转世。”宋霁雪看着常瑶的目光固执得吓人，伸手轻抚她脸颊时，掌心的茧擦过娇嫩的肌肤带来痒意，她忍不住闭了只眼，顺着他道，“好好，我已经转世了，转世也喜欢你。”

常瑶说完就被宋霁雪拉入怀里，宋霁雪在她耳边闷声道：“清清，不要再死了。”

“我也不想死。”常瑶温声安抚道，“只要我不想就不会死。”

她也不知道到底哪里戳到了宋霁雪的痛处，宋霁雪又变得阴沉起来，目光紧盯着她，好似这天地就只剩下她一个人。

常瑶默默吃着蟹肉，不时舀一勺给宋霁雪，他不吃，都留给她。

孟临江用玉简传音说焰火就要开始了，问师尊和师娘来不来。

常瑶这才从灵泉里出来。

宋霁雪带她去小曲峰，准备过二人世界，不想被他人打扰，刚到小曲峰时就听夜空中传来巨响声，无数淡蓝深紫的荧光焰火炸出精致的形状。

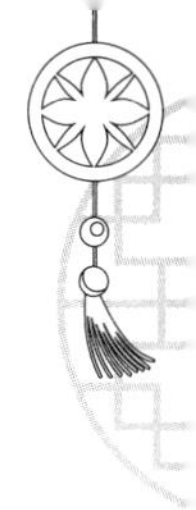

常瑶嘴里还咬着一根没吃完的烤串，仰首去看夜空焰火时，冷不防瞧见光芒之下，一棵巨大的扶桑树自昆仑现形。近在眼前时能看见它，远在千里时也能瞧见它。

神树红木扶桑自地而生时，便是神界万象灵境朝人间打开通道之门的时候。

在大阴山醉江峰坐着笑看焰火的仙门尊者们纷纷激动地起身。

“是神树扶桑！”

“万象灵境再现？百年之内竟然连着出现了两次！”

“爹，这是什么呀？”

“好像不止神树啊……”

“你们看！”

“什么什么？”任泓抓着岳南一激动道，“除了神树，还有什么？”

这扶桑神树就落在醉江峰宴台前方，除去巨大的枝干、树冠和红叶，还有将它圈在中间由四根黑色山柱搭建而成的高台，高台之上雷鸣电闪，玉白石阶通往天上神界。

“四方之巅。”岳南一冷着脸道，“踏过四方之巅可登神界归位，说明这儿有人过了这次万象灵境就能飞升了。”

昆仑最有可能飞升的人是谁？

大家心里都有答案。

任泓抓起玉简就给宋霁雪传音：“阿雪，阿雪！苟富贵，勿相忘！”

常瑶第二次见到扶桑神树和四方之巅也是跟宋霁雪一起，不由得感叹命运之奇妙。

常瑶回头正要对宋霁雪道一声喜，却见他垂眸望着自己，目光晦暗难辨。

“最后的试炼了。”常瑶说，“不要为了任何人停下呀。”

宋霁雪轻笑：“清清，我又不是你。”

“不能放下的话，我是走不到四方之巅的。”宋霁雪伸手勾着她的脖子往前带，“我在想，万一这次万象灵境预示要过四方之巅飞升的人是你，你会去吗？”

常瑶被问得微怔，并不能立马给出肯定的答案。

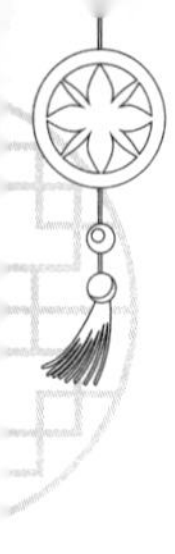

只不过片刻的停顿，宋霁雪已知晓常瑶的决定，他低笑一声，却将她紧抱在怀，禁锢的力道让她都有几分心惊。

“过四方之巅是修者飞升之路，我是半妖，修的又是妖道，所以肯定不是我，你放心。”常瑶抬手轻拍他的背安抚着。

宋霁雪眼中阴郁却未消散半分。

红木扶桑神树脚下一圈蓝色涟漪荡开，顷刻间覆盖整个昆仑，万丈光芒自地而起，将被选中的入境者们传送至历练之地。

常瑶眼前景色瞬间变换，从山巅云峰处转瞬来到万人拥挤的刑场。圆台往外扩散，形如斗兽场，却比斗兽场更加热闹，周边密密麻麻都是人。

行刑场中心跪着三排身着白布衫的囚犯，刽子手所持的刀刃在正午的阳光下反射出冷冽的光芒。

常瑶从宋霁雪怀里探头看去，周围的人竟都是些眼熟的，几乎半个修界，包括半个昆仑的人都在这儿了。这次历练之地带来的入境者，少说也有上百人。

“这熟悉的气息，熟悉的灵石。”任泓举起手中万象灵境给的任务灵石，“让我看看这次试炼的规则和目标是什么。救下刑场的顾氏一族……这顾氏一族在哪儿？这不是欺负我瞎吗？万象灵境有歧视！我不服！天道不公！”

岳南一给他指了个方向：“前边，三排，一共四十六人。”

任泓扭头看去。

“这救不了吧？”孟临江惊讶道，“太多了，而且周围全是百姓，还有重兵看守……坐在最上面的那位就是我朝天子？”

“慌什么？我们可是有上百名修士，半个修界的尊者都在这儿，我跟我师弟一出手都得活。”于野淡定道。

岳南一扫完人群分布后，讥讽地笑道：“你三个师弟都在这里，你说哪一个啊？”

“当然是……”于野一回首，却发现两个师弟在仙首那边，另一个师弟躲在角落过二人世界，都跟自己离得远远的，当下黑了脸，眼角狠抽道，“哼，我一个人也行！”

在场大多数人都是第二次进入万象灵境，因为有经验，所以毫不慌张。大仙门弟子对万象灵境规则早有耳闻，身边又这么多尊者前辈在，恐慌感也大大降低。

“灵息被削了，只能使几个小咒术。”齐光掐诀后望向符纪。

符纪颔首，转向其他修者朗声召集：“诸位，若是第一次进万象灵境历练者不要惊慌，可看好手中的灵石，先找到自己的宗门。”

仙首开始整合人员，不少年轻弟子斗志满满，又兴奋又好奇。

“不知道万象灵境规则的人，可以看看自己手中的灵石，上面记录了此次历练你需要完成的目标，但它并非最终目标，我们需要认真对待，不能放松警惕，否则不仅无法从这儿离开，还有可能命丧于此。”符纪神色凝重地为一些弟子解释着，“历练之地似真似假，我们可当这里是一个独立的世界，在灵息受限的情况下，自保能力也大为降低，大家都别轻易独自行动。”

“灵石要我们救下即将被问斩的顾氏一族，在灵息微弱只能使用火咒和施展瞬移的情况下，诸位有什么想法吗？”

常瑶目光投向行刑台中间，耳里听着符纪的话缓缓眯起双眼。

大阴山君牵着满眼好奇的女儿略显惆怅，妻子不在，女儿却被传了进来，他此时高度戒备，始终警惕着随时可能出现的危险。

巫山君身边只有自己的儿子裴文珏，父子俩倒是挺冷静，同围过来的七八名巫山弟子低声说着什么。

“师尊，入境的云山弟子都在这儿了。”孟临江过来跟宋霁雪打招呼。

宋霁雪回头看了眼，听见弟子们齐声说道：“掌门。”

常瑶听得微怔，回头看去，一下就撞见跟石雷挨着站好的师天颢。

师天颢的神色略显无奈。

万象灵境是凡间修者的秘境，妖魔不可入。如果说暂时化人渡劫的大哥能进没问题，但纯血妖狐的师天颢也被传送进来就有些离谱。

常瑶也很惊讶，难道神界胃口已经大到凡间的修者不够满足，开始朝妖界挖墙脚了？

“师尊，我们接下来怎么办？”孟临江悄声问。

“你看着办。”宋霁雪淡声道，“拿不定主意时再问我。”

孟临江点头。

从两年前开始，宋霁雪就带着孟临江处理山中事务，外出去各大仙门也都带着他，所有人都知道这是云山君的徒弟，也有所预感，云山君是在给徒弟铺路，让他提前熟悉云山的一切。

所幸孟临江虽然修炼不行，但当掌门管理山中事宜，辅助昆仑很在行。

当修界尊者们商讨如何救下台上顾氏一族时，常瑶则在观察四周的满面怒气的平民百姓，隐约能听见这些人对顾氏一族的谩骂声，说着“卖国贼”“还我阿郎命来”“对得起长平江牺牲的将士们吗”等话，可见顾氏一族犯了众怒。

修者们处于行刑台外围，虽然在高处，却隔得有些远。烈日耀眼，照着看台最高处身着金色龙袍的男人，男人背对光晕，看不清面庞，却足可感受到对方阴沉的气势。

常瑶觉得那人影有点眼熟，正要回头问宋霁雪是不是也这么觉得，却发现他看向台上的目光冷冽、沉郁，还有几分嫌恶。

“你认识？”她问。

“认识。”宋霁雪边说边拉着她朝中心走去，“但不是他。”

“年轻的弟子在外围接应，我跟师哥负责应对北边的守卫，你跟任泓救人。”宋霁雪说。

常瑶点头：“好。”

“阿雪，你确定吗？她能行吗？人家叫晋柔，不是瑶妹。阿雪，你清醒一点！”任泓跟在后边碎碎念，“我们现在可是在万象灵境这个鬼地方里历练，保不准什么时候就踩到规则暗线一命呜呼。阿雪，你可千万清醒些，再回答我一遍，谁跟我去救人？”

宋霁雪头也不回道：“清清。”

任泓一脸“我死定了”的表情。

前方响起震耳鼓声，声声如惊雷起，逐渐加快如密集的雨点，也将刑场周遭上万看客的情绪拉扯到最高点。

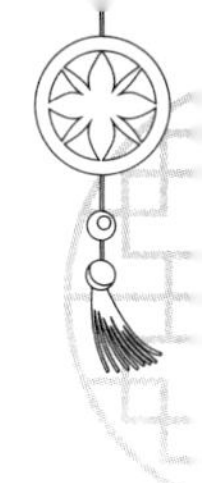

“行刑！替边关将士们报仇！”

“杀了顾贼！”

“顾氏一族不死！我军将士怒火难息！”

“行刑！行刑！行刑！”

师天颢身手敏捷地躲开后方百姓扔来的鸡蛋和烂菜叶，在重重擂鼓声中听见清越的哨声，是动手的信号。

高台上着金黄龙袍的人抬起手又落下，早已准备多时的刽子手高喝一声举起手中大刀，同时，数不清的剑鸣齐声而响，持剑者乘风似上仙从人群中一跃而上斩出冽冽剑风。

“有人劫狱！”

“拦下他们！”

年轻帝王身侧的银甲将军沉声喝道：“保护陛下。”说完，便拔剑飞身下去迎战。

常瑶刚给一个女孩解绑就感到身后有厉风，任泓那一句“小心”还没来得及说出口，就听破空声响起，他眼前一道光咒飞速掠过，常瑶足尖钩起地上大刀游刃有余地接下这一杀招。

刀剑碰撞声淹没在百姓恐慌的惊叫声中，常瑶不客气地反手横刀斩去，却在看清银甲将军的脸时微怔。这不是二哥渡情劫时……

“快走！”体术较差的任泓只能以光咒替她掩护，“姑娘不要恋战，咱们重点是救人！”

“想走？”银甲将军神情冷漠，俊朗面容与师天颢有五六分相似，却浑身充满杀伐冷峻之息，宛如战场浴血的修罗，那桃花眼与眉梢没有半分如春风和煦的温柔，此时看着常瑶，眼里满是冷傲。他像极了化为人形的九尾天狐，也像极了常瑶记忆里渡情劫未归时的二哥。

这次历练之地竟然融合了二哥的情劫？

常瑶与之对招时抽空瞥了眼师天颢的方向。

负责接应救人离去的任泓，正与拦路的禁军在厮杀，任泓将手中拉着的年轻姑娘甩过去：“接着！我背不动！”

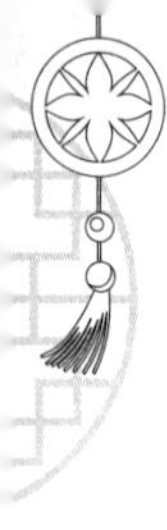

师天颢匆忙收剑接人，却在抱住晕过去的少女时眼角颤抖。

前尘往事一幕幕掠过，最终停在女人俯首在他耳边柔声说话的那一幕：“我拿着哑音能伤你，你还不明白吗？”

银甲将军的余光始终在那囚服少女身上，见她被师天颢抱住，目光一沉，剑刃偏向禁军处，竟朝着师天颢杀去。

常瑶本不想给他机会过去，却在动身的瞬间瞧见被人推出去挡刀的石雷，眼角狠狠一抽，即刻改了想法掠身到石雷身前拦下这一击。

石雷脸色惨白地倒在地上，狼狈又柔弱。

“起来。”常瑶伸手，认真道，“然后把我见过你这事儿忘掉。”

救人虽有波折，到目前为止还是顺利的。

常瑶带着石雷撤走时回头看了眼后方拦下高台禁军的宋霁雪，日光耀眼，始终坐在龙椅上没动静的年轻帝王终于在囚犯四散而逃时缓缓起身，低沉的嗓音带着浓浓的阴鸷：“给朕追回来，一个也不准少。”

这声音让准备撤退的齐光打了个冷战，震惊回首。

就连于野与桑沥也忍不住愣了愣。

“二、二师兄？”齐光目光惊喜又复杂地望着台上的年轻帝王。

“齐光，这是万象灵境。”符纪提醒道，“他不是你师兄，宁川已经死了。”

只有宋霁雪没看那人一眼，杀出禁军包围径直朝常瑶走去。

万象灵境虚实交织，它能利用现实中人熟知的一切来混淆过去已经发生过的事，让人陷入其中不分真假。

这也是它最危险的地方。

如果是在常瑶回来之前进万象灵境，而灵境里有她存在，宋霁雪也不敢保证自己是否还能清醒着离开。

它跟虚假的幻境不同，万象灵境把时间倒回了曾经事情发生的瞬间，让“曾经”在此刻活着。万象灵境最喜欢窥探入境者的内心，挖掘他们心中的秘密，试图让入境者成为最“真实”的自己。

所以宋霁雪根本不想理那个与二师兄宁川长得一模一样的年轻帝王，只

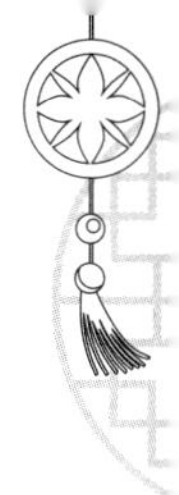

想找到常瑶，确认她还活在自己身边。

常瑶这会儿已经带着渡劫的大哥——少年石雷离开刑场到长街上，却见四面八方都是拥来的身穿黑甲、手拿长剑或长枪的禁军们。

最外围负责撤离的年轻弟子们都有些蒙。

他们显然没想到刑场外边也有大批禁军，而且不管东南西北哪个方向都有，人生地不熟，他们一时间都不知道往哪里跑才对。

斩妖除魔他们擅长，但跟成千上万名士兵作战还真是头一遭。

若是灵息没有受到限制还好说，什么屏息咒、隐身术用起来还怕脱不了身，偏偏这会儿只能用点最简单的光咒、火咒，还挺消耗灵息，导致部分平时修行不佳的人跑几步就累得要命。

方才劫刑场还惊动了大批百姓，一个个抱头鼠窜，人群挤来挤去，好几个弟子被挤在里面都出不来，甚至忍无可忍地喊道：“让一让，让一让！都别挤！踩到人了！人被踩到就会死，你们怎么就不明白！”

刚还默契十足上刑场劫狱救人的修者们这会儿纷纷散开，各跑各的了。

施展瞬移出来的常瑶在长街外看着正朝此处靠近的禁军队伍，思考该从哪边跑时，被银甲将军追着出来的师天颢喊道：“阿瑶！”

他将怀中的囚服少女转交给常瑶，再回身看向追来的银甲将军。

这熟悉的脸与气息……师天颢目光微沉。

“往左边走，看到红木牌的书院进去，井下有暗道，出暗道是东星城，前行见道观右拐，有一座黑瓦的废弃家宅，先躲里面，禁军不会找到那儿去。”师天颢低声跟常瑶说道，“但必须带着顾沅，否则书院不会让你们进去。”

常瑶听师天颢这么说，便确定这次历练之地是之前他渡情劫的世界，也没有过多怀疑，在他转身去拦银甲将军时，带着石雷与囚服少女离开，顺道还拉上遇见的任泓与孟临江。

孟临江背着顾沅，身边还跟着几名被救出来的顾氏一族的人。

任泓问：“走哪儿？要不我算一卦？”

“不用。”常瑶按照她二哥说的，到书院凭顾沅的脸进到井下暗道。

任泓跟孟临江都震惊不已：“你（师娘）怎么知道这儿有暗道？”

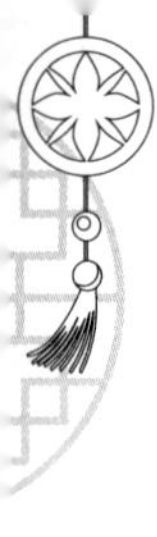

“你叫她师娘？”任泓批评孟临江，“你竟然叛变！瑶妹不会喜欢你的！”

孟临江冤枉：“可她真的是我师娘啊！”

出暗道后的长街比起刑场那边的混乱相较正常，来往行人似乎还不知道今日发生了什么。

师天颢所说的道观香火很旺，门前栽种巨大的松树，四季常青，还有身着深青色道袍的小道士们与前来祈福求学的施主们轻声低语地谈着。

常瑶一行人悄悄避开道观门前的小道士们，朝着深巷走去，找到黑瓦废弃家宅。门上落了锁，于是她带着人翻墙进去。

任泓望着墙院，伸手摸了摸冰冷的灰白墙壁说：“这真的对盲人很不友好。”

“护法快上来。”孟临江在墙头伸手拉他。

“先进去。”常瑶对石雷说。

石雷脸色依旧惨白，看了她一眼，低声道了句“多谢”，借着孟临江拉他的力道上了墙头。

常瑶忍不住捏了捏眉心，努力说服自己这是渡劫的幻影，不是她的大哥。

孟临江朝她伸出手：“师娘！”

“我去找霁雪过来，你们先在里面躲好。”常瑶摇头。

任泓进了宅院里落地时不知踩到什么，哎呀一声滑倒，星象门的弟子忙上前：“护法、护法，你没事吧？”

“什么东西？”任泓气呼呼道。

弟子向伊低头一看，倒吸一口凉气道：“护法，是个骷髅头……”

常瑶走出深巷时又见前方道观，与之擦肩时钟声恰响，低沉宛如道祖在耳旁温声低语，眼前景物像是破碎的镜子，啪嗒散开又合拢，形成另一幅似曾相识的景色。

当初她被没有佩剑的宋霁雪吸引，以为这人并非剑修，又在跟他一起外出巡查时发现他体术很强，即使赤手空拳也能解决妖兽，根本不需要武器，结果谁知道这人是在修炼天下最难的心剑术，本质上还是个剑修，很强的剑修。

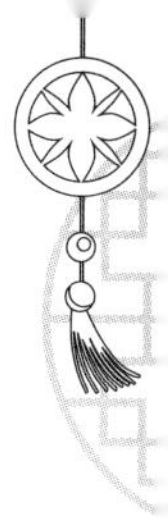

那是在中州城最大的道观里，她与奉天宗的弟子们入道观祈福，瞧见来中州参加婚宴的宋霁雪时，常瑶假装没有看见径直走过，因为她对自己判断错误一事耿耿于怀。

可她刚走了没两步就被宋霁雪拉回去。

“看不见？”宋霁雪站在门前石阶上低头问她。

周围来往的人很多。

昆仑云山峰主之女将于近日嫁给中州奉天长老，说得出名字的仙门都收到了两家发来的喜帖，这位小峰主是有名的宗族之后，得乘静真君关照，也是座下几名亲传弟子疼爱有加的小师妹。

常瑶之所以来这道观也是因为这小师妹跟长老带着大伙来逛道观祈福，昆仑跟奉天宗弟子都在，但他们的心思都集中在前方那对即将成婚的新人身上，没看见后边拉拉扯扯的两人。

唯有云山的小师弟段凡义回头看见了。

面对宋霁雪的质问，常瑶面不改色道：“这位云山的师兄，男女授受不亲，还请……”

“‘望梅’发作你牵我手的时候怎么不说男女授受不亲了？”宋霁雪神色莫测。

常瑶顿时哑声，半晌才轻哼一声。

两人十指交握，掌心温度互相传递，宋霁雪牵着她朝里走去，话里带着点难以察觉的无奈：“你这几天在生什么气？”

常瑶问：“你的佩剑呢？”

宋霁雪：“没带。”

“为什么不带？”常瑶气得都想咬他一口，“你一个剑修出门不带剑！”

“普通剑修才带剑。”宋霁雪还没意识到问题的严重性，在心上人面前耍酷道，“真正的剑修有心剑。”

常瑶没好气道：“你心剑练成了？”

“嗯。”

常瑶愣了一瞬间：“练成了？”

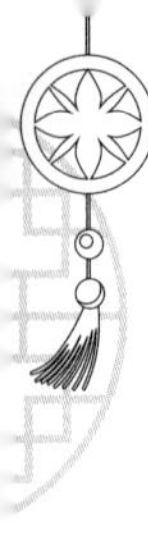

宋霁雪颔首："不信？"话里还有几分狡黠。

过正殿，庭院中心有一棵巨大的挂满红色布条的结缘树，每一根布条上都写有墨字，布条随着夜风轻飘。

当其他人都围着结缘树和正殿里的储缘箱祈福许愿时，常瑶却见眼前的人单手从虚空中拔出一把修长、漂亮、反射着冷月光芒的长剑。

那是她第一次见心剑化形。原来传说不是传说，而是事实。这世上真的有人能修得至强之剑。

常瑶指尖在冰冷却带弧光的剑身上轻点，剑鸣清越，她莞尔一笑。

算了，剑修就剑修吧。

宋霁雪目光始终在她身上，低声道："肯笑了？"六界中以心剑博美人一笑这事也就他能做到。

"历练之地那么危险，总算没有白去一趟，有点收获了。"常瑶抬首看他。

"不关万象灵境的事。"宋霁雪持剑翻转将剑柄递至常瑶身前，"心剑是你给我的。

"如果没有你，我练不成最后一道化形。"

"我？"常瑶迎着他黑沉的眼眸，那里面光芒晦暗却又藏着难言的温柔。

"嗯。"宋霁雪轻轻抬首，缓缓说出的话仿佛稍不注意就会被夜风吹散，"因为你朝我笑了。"

那天晚上在中州城最大的道观里发生了很多事。好的坏的都有。常瑶记得那些坏事，却忘记了面对宋霁雪心跳加快的那瞬间。

她在道观结缘树下第一次见到心剑，怎么就忘记了呢？

常瑶抬手按压眉心，突然回归的记忆让她心生不真实感，脚下一转，回头朝前方道观走去。

门口的小道士垂首道："施主。"

她没理，径直朝里走。入了大门才惊觉这里面跟中州城最大的三浮道观格局一模一样。

走在熟悉的青石路上，常瑶不知不觉间随着其他人来到正殿。又是一道

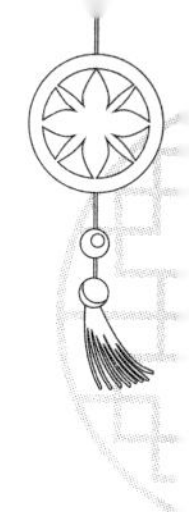

钟声敲响，搅乱她大脑中的记忆碎片。

她曾与宋霁雪一起在正殿储缘箱前许愿，将写有墨字的祝愿笺放入四四方方的小盒子里保存，日夜受到保佑。

常瑶只写了“吃饱”二字。

她去看宋霁雪的，发现还是白纸一张就被他卷起来准备放进箱子里。

“你不写吗？”她问。

宋霁雪懒声道：“不信它。”

常瑶：“那你信什么？”

宋霁雪瞥她一眼，唇角微弯：“自己。”

常瑶那时觉得宋霁雪在发光，明亮温柔又耀眼，让她舍不得移开目光片刻。

“常瑶，”带点腼腆的招呼自身后传来，小师弟段凡义朝她递来一支漂亮的白玉簪，“之前在灵境里谢谢你特意赶来救了我，为此还弄坏了你最喜欢的玉簪，我特地去珍品阁重新买了给你。”

“特意赶来救了我”“你最喜欢的玉簪”“重新给你买了”等字眼精准地刺激着站在一旁的宋霁雪。

常瑶低头看玉簪，段凡义在她垂首时抬眼朝自家师兄投去轻蔑的一瞥，见常瑶伸手接过玉簪，目光更是充满玩味。

宋霁雪冷眼看着不语。

“从珍品阁买来的果真好看，只是这颜色素了点，我想换别的可以吗？”常瑶笑弯着眼问他。

“当然可以。”段凡义受宠若惊道，“现在就去吗？”

“走吧。”常瑶把玩着手中玉簪朝外走去。

她走时没看宋霁雪一眼，他也没跟着，表情冷冷淡淡，站在原地不动，袖中双手紧了又松，但还是克制住了追上去的冲动。

段凡义心中正得意，同常瑶一起出了大殿。

远离大殿人群到长廊屋檐下时，段凡义笑容满面地去看身侧的常瑶，却见对方顿住，在五指间灵活打转的玉簪突然断成了四五节，落地发出清脆的声响。

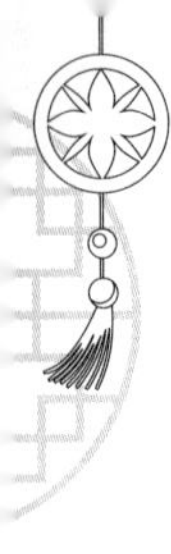

“你……”段凡义做出惊讶又难过的表情，“你这是不喜欢吗？”

“我警告过你，别出现在我和他面前，看来你根本不当一回事。”方才还笑盈盈的常瑶此时收敛了笑意，轻挑着眼尾带点散漫，高高在上，这份不屑众生万物的傲慢让段凡义深深着迷。

别人眼中阳光潇洒的师弟段凡义，在她面前露出充满占有欲的目光，嘴角笑容微勾：“常瑶，宋霁雪有什么好？他哪里比得上我？宋霁雪没见过你心如蛇蝎杀人不眨眼的模样，只以为你是个天真单纯的奉天弟子，这般愚蠢的人你也看得上？”

常瑶目光轻慢：“像你这样整天表面装着师兄弟间和睦相处，心里却无时无刻不在嫉妒算计的人也配跟他比？”

“你以为他就有多高尚？”段凡义不屑地嗤笑，目光着迷地看着常瑶一步步往前走去，“一条出身低贱，连自己父母都不知道是谁，靠各方施舍活下来的狗，我为何比不上？”

他伸手欲去牵常瑶的手，被强横的灵息拦在一步之外无法动弹。

段凡义不得已收回伸出去的手，目光紧盯着前方正眼都没瞧他一下的娇懒美人：“常瑶，你与我才是天生一对，我们俩绝配，何必让那条狗再一次被人抛弃戏耍呢？我都有点可怜我苦命的五师兄了。”

常瑶将发丝撩去耳后，抬眸的瞬间朝段凡义看去，厉风四起，尖锐的灵息飞射而出擦过段凡义脸颊，纵使他第一时间侧身躲避却还是在脸上留下一道浅浅的血痕。

灵息砰的一声意外穿透窗户将其整个击碎，令屋里的二人暴露，被宁川抓着手腕的钟师妹惊慌失措地看过来，瞧见常瑶时眼里露出求救的信号。

段凡义看见屋里的宁川时微愣：“二师兄……”视线瞥过被宁川抓着的钟师妹，似笑非笑地侧步上前挡住常瑶的视线，“别管他们，钟师妹出嫁在即，与二师兄之间还有很多话要说。”

“你小心些，”常瑶与段凡义擦肩而过时轻笑一声，“小心死在我手里。”

段凡义听得脸色微变，侧首朝常瑶看去，眼中嫉恨加深。

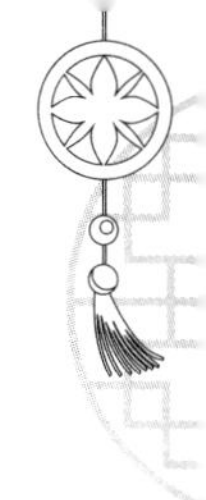

“常瑶……”屋里的钟师妹鼓起勇气朝她喊了一声。

常瑶对上屋中宁川的眼睛，对方无声威胁警告着，让她不要多管闲事。

“钟师姐，”常瑶朝里面的人伸出手，温声笑道，“一起回正殿吗？”

正殿里的宋霁雪没等多久就见常瑶回来了。

回来时还带着钟师妹，师妹眼眶微红，像是哭过，可他没心思去猜发生了什么，而是看着朝自己走来的常瑶，她头上也没戴那支玉簪。

“霁雪，看见你二师兄跟师弟没？”于野伸手揽过宋霁雪肩膀左右看着。

宋霁雪淡声道：“没看见。”

齐光冷哼：“师兄，你问他能问出什么来？他眼里还容得下二师兄跟师弟？”

“你别总是没事找事啊。”于野瞪他，“赶紧找人去。”

常瑶的视线掠过这二人。

一个是什么都不知道也不靠谱的剑圣大师兄。

一个是没脑子，宁川说什么就是什么的跟屁虫。

“钟师妹，你没事吧？”桑沥拿着张花笺递过去，“祈愿笺你写了吗？我这里有两张要不要？”

还有一个胆小懦弱的墙头草。

常瑶走到宋霁雪身前，仰首看他，迎着对方吃醋吃得快要酸死的目光低低叹气。她伸手轻抚宋霁雪的脸颊，也不管旁边昆仑与奉天宗的弟子们，踮脚在他唇角亲了下，柔声道：“别生气啦。”

桑沥看得呆住，手里的祈愿笺落地，于野脚下一软伸手抓着齐光才没摔倒，拿着玉简却半个字都写不出的齐光震惊过后，咬牙切齿道：“光天化日之下，竟然、竟然做出这种事来！简直……简直气死人了！”

使常瑶陷入回忆的钟声停了。

“施主，”小道士回头问站在门前发愣的常瑶，“不进去看看吗？”

常瑶从回忆中回过神来，再看前方大殿时目光变得复杂。

自从进入万象灵境后她就有一种挥之不去的焦灼感，像是在被什么追

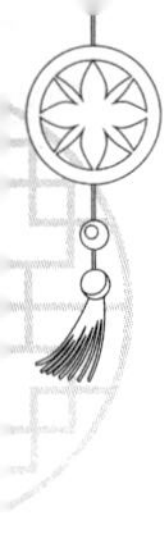

赶，逼迫着自己去做点什么、回忆什么，似乎她再记不起来的话就真的会彻底忘记宋霁雪。

如今总算零碎地记起一点，焦灼感却越来越重，这直接影响她的心境，勾起血脉里的杀戮之意，朝自己走来的小道士，若是再近一步就会被她捏断那纤细的脖子。

常瑶在付出行动前沉眉转身离去。

常瑶神色郁郁地走出道观，抬眼间在街口看见几个熟悉的身影，师天颢迎面叫她："阿瑶！"

宋霁雪瞬间回头，杀意涌现："你叫她什么？"

此时的师天颢在掌门面前没有半分浩然峰弟子的谦卑恭顺，面色凝重，眼中也有点点沉郁，只看着常瑶道："顾沅在哪儿？"

"在你说的废弃家宅里。"常瑶走到宋霁雪身边，"我本是要来找你……"

宋霁雪抓着她的手目光沉沉："清清。"

这力道和语气都十分熟悉，是宋霁雪暗自吃醋生闷气。

"不是你想的那样。"常瑶温声道，"这是我二哥。"

宋霁雪眼神依旧不见动摇。

常瑶补充道："按照人间的说法，是同母异父的亲哥哥，九尾天狐。"

宋霁雪听到这儿，总算肯分给师天颢一点余光，似乎是在怀疑之前没能亲眼见到，只感受到庞大妖力的九尾天狐，是否真的就是这位还有几分少年感的温和青年。

师天颢是九尾天狐，那清清原形……宋霁雪心中郁结，虽然知道常瑶是半妖，却始终不知道她是什么妖。

如果是狐妖，那一定是天下最漂亮最可爱的狐妖。

"我先去看看顾沅，剩下的事还得麻烦你先跟云山君解释。"师天颢略一垂首，急匆匆地离去。

常瑶握着宋霁雪的手，回头一指后方的道观问他："这地方你有印象吗？"

宋霁雪抬了抬眼皮，瞥了一眼后，又垂眸看回常瑶："没有。"

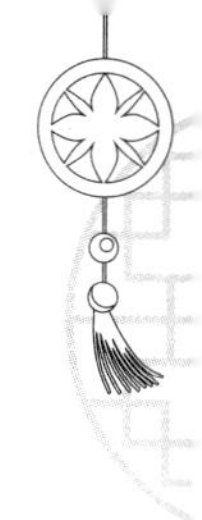

“里边跟中州的三浮道观一模一样。”常瑶沉思道，“我之前听见钟声，隐约想起了些什么，就进去看了看。”

宋霁雪问她：“想起什么了？”

常瑶没立马回答，而是眨眨眼看着他。

宋霁雪等了又等，忍无可忍地压着眉眼，沉声道：“清清。”吊着他害他心生期待又不说也太坏了。

常瑶听得笑了下，踮起脚在他唇边亲吻一下，柔声道：“想起这个。”

宋霁雪在她退走时伸手揽过细腰往前一带把人按进怀里。

那年三浮道观大殿一吻是他此生难忘之景。

他甚至为此一夜难眠，回去后翻来覆去睡不着，满脑子都是常瑶，无论念多少遍清心咒、静神诀都没用，最后忍无可忍，快要天亮时偷偷去了常瑶的院外。

“你把这些都忘记了。”宋霁雪声音难得放轻，落入常瑶耳里，感觉他在不动声色地难过委屈。

过了很久很久，宋霁雪终于感受到了什么叫作委屈。但他不用再一个人憋着，不再是不能让任何人看出来或是不与任何人倾诉。

常瑶额头贴着他胸膛，低声道：“对不起。”这次记忆回归连带着感情也回归几分，让她感觉心头闷闷的，又是焦躁又是难过。

“清清，我不要对不起。”宋霁雪将她禁锢在怀，嗓音暗哑，“我只要你不死。”

他不怕常瑶想不起来，却怕常瑶死后再无来世，今生已是他最后的机会。

宋霁雪冰凉的手掌轻抚常瑶的脸颊，拇指摩挲红唇并轻轻按压，问她：“还会再忘记吗？”

常瑶犹豫片刻后，还是如实相告：“如果没有找到办法的话，会。”然后就感觉到宋霁雪身上四散的戾气。

她安抚道：“我已经在想办法了。”

“会全都忘了？”宋霁雪又问。

常瑶抿唇。

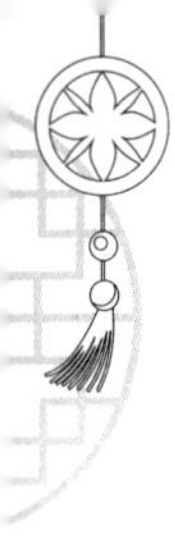

宋霁雪执着道："把我整个人都忘了？"

"我父亲是一名剑修，"常瑶轻轻叹息，"他最后忘记了我母亲，被带回无咎山，认为自己与妖有不共戴天之仇，和我母亲同归于尽了。"

宋霁雪停在她唇边的手指轻滑过她的脸颊："我们不会这样，清清，如果你真到彻底忘记我那天，我不会选择跟你同归于尽。"他再也承受不住看常瑶死在自己眼前的事。

常瑶也很清楚，如果真有那天，死的只会是宋霁雪。

"我不会走到那一步。"常瑶难得有点不悦地抿唇，她牵着宋霁雪朝深巷里走去，"这次万象灵境历练，我应该会想起来很多事，这里面有许多令我熟悉的感觉，但我得出去后才能去寻找解决失忆的办法，所以暂时先集中注意力完成这次历练。我二哥之前渡情劫失败了，原因不知为何，这次的灵境历练世界跟他当年渡情劫的世界一样，所以他才知道该往哪儿走。"

宋霁雪听得沉默，在常瑶以为他沉思时，冷不防听见他说："他是九尾天狐，你是什么？"终于还是忍不住问出口了。

常瑶却不愿告诉他。她连渡劫时都没有现出原形去挡雷劫。

"半妖原形很难看。"常瑶说。

宋霁雪目光盯着她的侧脸："清清，你在我眼里永远是最好看的。"

"二哥是狐妖，但我不是，也不想骗你。"常瑶回头看他一眼，"我想留在你眼里的永远是凡人的模样。"

宋霁雪磨磨牙尖，道："清清，我不在乎你到底是人还是妖。"

"我在乎。"常瑶以一句话终结这个话题。

她不能让宋霁雪知道她的原形。

第八章

爱恨

在回深巷废弃家宅的路上，常瑶将师天颢的情劫简单地告知宋霁雪。

“二哥渡劫时是手握重兵、常年在外征战的定国将军，世代效忠皇室，因为顾氏一族通敌叛国，他的弟弟和三万将士惨死关外，顾氏的嫡小姐顾沅与他关系暧昧，和他是青梅竹马，行刑当日被人劫走，后被我二哥抓回去藏起来……”

常瑶说到这儿，斟酌措辞后才继续道：“定国将军对顾沅又爱又恨，两人互相折磨。年轻帝王怀疑定国将军背叛自己，对他下套，顾沅为了逃出去报仇，自愿被皇室的探子发现，成了年轻帝王治罪将军的理由。”

宋霁雪听得蹙眉，问：“顾氏是真的叛国了还是被陷害的？”

常瑶没想到他的重点竟然是这个，无声笑道：“将军一家威望过重，年轻帝王只好想办法从他那儿夺势。顾氏有心想从两国贪得更多利益、金钱，却没那个胆，还在犹豫的时候就被年轻帝王借刀杀人。”

师天颢的情劫是爱不得。

爱而不得。他要过此劫，必须学会放下。

九尾天狐已经在妖界沉寂多年，无数次回想死前的那一幕，“放下”二字说得轻巧，却难做到。数十年过去，天道又给了他一次机会。

快到废弃家宅时，常瑶回头看宋霁雪：“刚才刑场的银甲将军就是我二哥渡劫的身份，高台上那位年轻帝王，跟你二师兄宁川长得一模一样。灵境擅长操控人心，挖掘我们内心最深处的恐惧与最渴望的事物，这次历练在针对

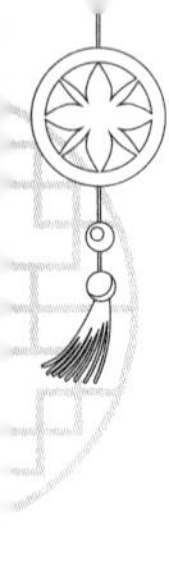

你，说明过四方之巅的人是你。你二师兄与小师弟的死……”

常瑶话未说完就被宋霁雪打断：“灵石的信息变了。”宋霁雪将手中灵石递给她看。

之前灵石传递的信息是救顾氏一族，此时他手中灵石显示的信息却是“救天下人”。

“救天下人？”常瑶低声重复，拿出自己的灵石再看时却意外发现不一样。

她的灵石显示：阻止全城瘟疫。

“不一样……再去看看其他人的。”常瑶刚转身去看高墙就被宋霁雪拦腰抱起。

宋霁雪体术超强，就算如今灵息被压制，抱着自家夫人翻墙这种事还是很轻松的。

两人刚落地就见负责看守外围的弟子警惕地看过来：“云山君？”

“掌门！”

宋霁雪将常瑶放下，任泓嗷了一声过来：“阿雪！灵石信号又变了！”

他递过来的灵石上写着“阻止全城瘟疫”。

“你的也是？”常瑶有点惊讶。

“什么我的也是？不都是这个？”任泓纳闷。

常瑶意识到重点。除了宋霁雪，剩下的人历练目标都是阻止瘟疫。只有他是救天下人。

常瑶悄声道：“你看我说得没错吧？灵境在针对你，因为你要渡劫。”

宋霁雪把玩着手中灵石，片刻后又眉眼沉郁地将它收起来。

救天下人——今年之前他连自己都救不了。

“其他人没跟你一起过来吗？”任泓问。

常瑶看见缩在墙角独自一人沉默不语的石雷，没敢过去，扭头又看了会儿，不见二哥跟顾沅的身影，正要去屋里找找，刚走了一步就被宋霁雪抓住。

“去哪儿？”宋霁雪目光沉沉地看她。

真是一瞬也不准她离开身边。

常瑶只好去问孟临江：“你詹师兄和顾氏一族的人呢？”

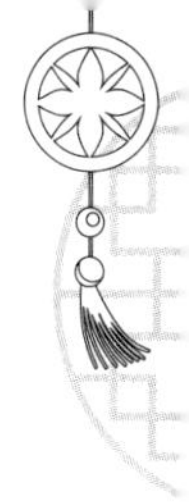

“在里边。”孟临江忙道，“詹师兄看起来很了解这里，甚至连柜子里有伤药都知道……”

孟临江满眼疑惑，常瑶胡说道：“或许是因为灵石给他的信息比较多。”

孟临江心想：这灵石还区别对待的吗?

任泓逮着宋霁雪接连发问：“其他人要去找吗？接下来怎么办？瘟疫跟顾氏一族有什么关系？这惹到禁军怕是没法光明正大外出找线索了吧！”

“我给南一留了线索，他们应该能找到这里。”宋霁雪有条不紊地答着，“救顾氏一族被禁军全城通缉，算是历练的陷阱，给我们寻找瘟疫相关线索增加难度。”

“阿雪，你真是天才，这点我怎么没想到呢？”任泓鼓掌。

“也说不定会有关系。”宋霁雪瞥他一眼，“要先打听清楚城内有关顾氏的消息。”

任泓：“厉害厉害！”

宋霁雪冷冷地看着他不语。

常瑶这会儿才扭头去看任泓，若有所思：“以前不都是你来分析这些的吗？怎么这次这么做作？”

“这不是看阿雪最后一次历练考验考验他……等等！什么以前？”任泓惊得汗毛直立，“你刚说了以前是吧？”

常瑶面不改色道：“我以为他对我如此执着你早该发现是怎么回事，没想到你更愿意相信我真的死了，当年那个说如果我是妖就从西海金銮台上跳下去喂鱼的左护法，怎么还在这儿不动？”

“那半妖跟妖能是一样的吗？”任泓激动地朝她扑过去，“瑶妹？真的是你？”

任泓还没碰到常瑶就被宋霁雪拦住推开。

任泓转而去抱宋霁雪道：“你不早说她是瑶妹！你不早说！”

宋霁雪嫌弃道：“我说过了。”

“你没说！”

“我说过。”

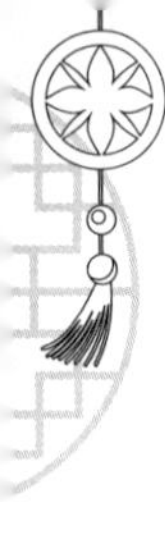

常瑶见宋霁雪脸上总算有了曾经鲜活的表情，唇角不自觉地弯了一瞬。

上锁的宅门传来敲打声，孟临江上前去对暗号，确认是自己人后才说：“翻墙进。”

诸位仙界至尊如下饺子般纷纷从墙头落进院里。

于野领着齐光与桑沥两位师弟赶来，就见任泓掐着宋霁雪的脖子怒吼：“你没说过！”

于野立马大喝一声，上前护住宋霁雪：“干什么?!”

常瑶不动声色地朝宋霁雪身边走去，与旁人拉开微妙的距离。

任泓扭头去找岳南一：“你来迟了！你刚错过了一个绝佳的机会！”

“什么机会？”岳南一皱眉。

“灵石有新的消息提示你们看见了吗？”巫山少主没注意气氛，专心干正事，拿着灵石朝诸位发问。

他经过打斗从好几队禁军里出来，虽然衣衫被划破，但是没受什么伤，只是透过破开的衣物，无意间一瞥的常瑶瞧见了一圈熟悉的金线痕迹，心猛地一沉。

“要我们阻止全城瘟疫蔓延，这里面该不会还有只蜚吧？”桑沥懊恼道。

齐光皱眉道：“这瘟疫跟救顾氏有什么关系？”

“先问问他们是否知道什么。”巫山君转向被救的顾氏一族。

在其他人都看向挤作一团瑟瑟发抖的顾氏一族时，常瑶却低头看牵着自己的云山君右手，视线缓缓上移，停留在右臂的位置。

巫山少主曾被她断过一臂，如今却完好无损，只有一圈金线痕迹，而这痕迹同样出现在宋霁雪的右臂上。

说明他的右臂也曾断过。

为何断臂？谁干的？

常瑶一手抓着宋霁雪的衣袖，他侧首，低头迎上常瑶黑亮的瞳眸，瞬间便明白常瑶看出来他右手的事。

“谁干的？”她轻声问。

宋霁雪轻眨下眼，嗓音微哑：“我。”

只一个字就让常瑶血液里翻腾的暴戾平息了。

如果不是云山君自己动手，谁能断他一臂？

只因为当年常瑶半妖身份暴露渡劫而亡，没有给天下人讨伐的机会，于是还活着的宋霁雪成为众矢之的，从前一桩桩一件件大小事都被翻出来，是她做的不是她做的全都归到她头上。

妖的身份已经钉死常瑶的罪行，无数人冲宋霁雪挥刀斩剑喊着“偿命”“讨还公道”。

而常瑶断巫山少主一臂的事也被广而告之，旁观者闻之震怒，怒骂妖之邪恶残忍，要替巫山君朝宋霁雪讨要公道。

乘静真君试图让宋霁雪离开云山，撤去其掌门之位的时候，宋霁雪当着昆仑各位山君峰主的面，在激烈讨伐谩骂声中拔剑，漠然道：“我夫人的罪我替她还，但若是再有人朝她泼脏水，诬陷她，也如此臂。”

稚鬼第一次伤了自己的主人。

云山君断己右臂，即使山君峰主们想拦也拦不住。

那些人以为云山君断了右臂就可再断他一臂，令他双手全无，但他的心剑仍在，他依然能将剑阵覆盖整个昆仑，把闹事者打退出山，立于昆仑最高的上云峰，使众生望尘莫及。

有些事常瑶永远也不会知道。

宋霁雪自虐又满足地回忆常瑶在乎他的每个瞬间，不论是一个眼神还是寥寥几个字，这些都能让他短暂地抚平心中的伤痛与绝望，可以再次相信常瑶其实是爱他的。

那些年不是他一个人自作多情，不是他爱而不得，不是他被心上人利用、欺骗，独自沉溺美梦不愿醒。

“清清，”宋霁雪微微垂首凝视她清明的眼眸，哑着声音问，“心疼吗？”

常瑶沉默着没有回答。她一时间不知道说什么才好，心中焦躁越来越重。

宋霁雪反抓着她的手，执着地要等到她的答案。

“心疼，快心疼死了。”常瑶垂首没看他，轻声说道。话刚说完，那迟缓的疼痛终于蔓延至心脏位置。

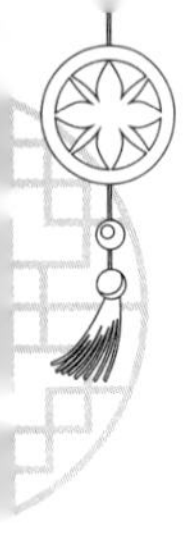

宋霁雪却听得蹙眉：“你说过不会死的。”他的脸色转瞬变得阴沉，“日后都不许再说这个字。”

常瑶微微张嘴却没能说出一个字，只有一声难以察觉的叹息。

被带回废弃家宅的顾氏一族共有十人。其中六人曾被用刑，浑身是血，奄奄一息，即使被救出刑场，若无药物救治，也难活过今夜。

还清醒的人里有两个小女孩、一个中年男子，以及顾沅的贴身侍女碧蝶。

侍女碧蝶声泪俱下地讲述了顾家被问斩的原因，在她看来这都是冤枉与诬陷，自家老爷不可能勾结外贼出卖行军消息害死边关的将士们。

孟临江悄声道：“问斩抓的都是些亲眷，怎么侍女却在里边？”

任泓肯定道：“间谍。”

孟临江又问：“那两个小女孩呢？”

任泓：“也是间谍。”

岳南一目光阴沉：“你看谁都是间谍。”

“此言差矣，我是盲人，怎么看谁都是间谍了？”任泓理直气壮地反驳。

外出打探消息的一批弟子回来，还带了不少衣物。

昌岱将手中衣服和袋中干饼递给孟临江：“我们已经被全城通缉，再穿这一身出去行动肯定会被抓，所以拿了些衣物回来伪装。”

“昌师兄，你真是个天才。”孟临江接过衣物夸道。

昌岱耸肩，将东西分发下去时左右看了会儿：“詹容哪去了？”

“詹师兄在里面照顾那位顾家的嫡小姐，叫顾沅。”孟临江说完就抱着衣物去找角落里的常瑶跟宋霁雪，“师尊！师娘！”

岳南一听见这称呼皱眉：“临江怎么还喊上师娘了？”

“你不懂。”任泓神色高深莫测，“他叫得没错。”

岳南一有点纳闷：为什么自己的队友忽然间都叛变了？

“先说正事，你看看这个。”任泓摸着墙壁蹲下身，伸指点了点脚下，“院子里有这玩意儿。”

岳南一低头，见任泓在地上摸了摸，褐色的泥沙推开露出一截白森森的

头骨。

“这院里死过人？”岳南一挑眉，“不奇怪。”

任泓屈指在白骨上敲了敲：“气息阴森，死前有怨，还有妖气。”

“说不定是被妖杀死的。”岳南一仍旧无动于衷，“所以心生怨恨，残留妖气。”

“怎么感觉我说什么你都能解释？”任泓仰脸，“那你说这妖是不是蜚？”

岳南一干脆道：“不知道。”

说起瘟疫总能很容易联想到妖兽蜚，它是制造瘟疫的罪魁祸首，一般有大疫时必有它的身影。

常瑶不忍继续听那二人议论院里的骷髅头，悄声跟宋霁雪道：“这具尸骸不必多查，对历练没用。”

宋霁雪问她：“你知道是谁？”

“我二哥。”常瑶给宋霁雪穿着伪装的外衣，低声答道，“他渡劫时就死在那儿。”

因为九尾天狐渡劫失败，被削了半数功力抗不过雷劫，常瑶与大哥伏烬同时赶到把他救下，带回狐山养了数十年，至今伤未痊愈。

不可一世，万人之上一人之下的定国将军最后死在一座废弃宅院里，与枯树烂泥相伴。

宋霁雪抿唇问：“怎么死的？”

“之前不是跟你说了，有把剑叫作哑音，持剑者不能伤自己的心上人。”常瑶朝破烂挂满蜘蛛网的屋内看去，“他被自己的心上人用哑音刺死在这儿。”

屋中昏暗，靠着日光勉强能视物，师天颢站在木床边低头看向囚服女子，她生得妩媚、精致，哪怕是简陋的白色囚服也掩不住一身光芒，在牢中受了些许折磨，伤痕与额头上的汗珠让她显得更加娇弱，惹人怜爱。

在历情劫的前尘往事中，是定国将军抓回被顾家余党救走的顾沅，把她关在这座废弃宅院里，随后日日夜里来此。定国将军憎恨顾家害死自己的兄弟

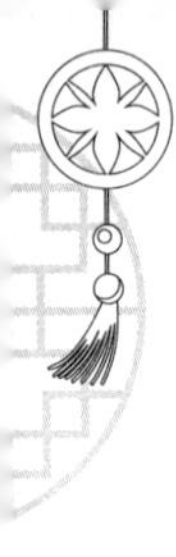

手足，却无法对她心狠，看她去死。

爱恨交织，彼此折磨。

本是最纯粹的情感，却因两人的身份、地位而变得复杂无比。

所以师天颢才能与失去常瑶的宋霁雪共鸣，理解他的心情，也有几分同病相怜。所以当年宋霁雪闯无咎山跟伏烬打起来时，师天颢才劝大哥留人一命。

并非师天颢没有反省，这么多年他也曾无数次回忆死亡的那一幕。

情劫，不过是一道劫而已。都知道放下了就好，但想要说服自己的心仍旧不容易。

顾沅因为伤口疼痛而蹙眉，发出不舒服的低哼。师天颢习惯性地伸手去抚平她的眉头，却在快要触及时猛然惊醒，手停在半空，变得僵硬。

他沉眉看着顾沅。

时间真是一剂良药，让他血淋淋的伤口结痂愈合，只留下丑陋的疤痕。也许再过很长一段时间后连疤痕也会消失不见。

师天颢缓缓收回手。他得做出决定，是要让顾沅被银甲将军发现带回去重蹈覆辙，还是……

师天颢垂眸看着腰间佩剑，沉默片刻后转身离开。

他开门出去，一路无视他人，径直朝角落里的常瑶走去。

宋霁雪拉着常瑶往后撤了一步，即使知道是她的亲哥哥也下意识地拒绝他人靠近。

师天颢并未在意宋霁雪的占有欲，他这段时间看得多也习惯了，哪天宋霁雪不这么做才奇怪。

“哑音给你了。”师天颢将腰间佩剑递给常瑶。

常瑶伸手接过，有点惊讶：“你确定吗？”

师天颢回头看了眼屋内：“我现在要带她走。”

师天颢做出了什么决定无人知晓。师天颢将哑音给常瑶后便带着还昏迷不醒的顾沅离开。

离去时被齐光看见，齐光皱眉要拦：“这是谁家弟子？怎么把人带走了？”

常瑶上前道：“云山君同意的。”

齐光一见她跟前任云山夫人长得一模一样的脸就觉得晦气，冷笑道：“你算什么东西？也敢到我跟前来？”

桑沥在心里说服自己这是替身，是冒牌货，鼓起勇气呵斥道：“让开！顶着与半妖一模一样的脸还如此放肆！”

常瑶拦住正握着稚鬼要拔剑出鞘的宋霁雪，似笑非笑地望向桑沥道：“怎么，这张脸让你想起清潭峰的事，害怕了？桑沥，你是不是很久没在这张脸前跪下求饶了？”

桑沥似被惊雷劈中，嚣张的气焰消失殆尽，转而脸色惨白，膝盖一软，差点直接跪下。

齐光手快将他捞起来，皱眉道：“桑沥，你怎么回事？”

“你、你怎么……不可能……你不是……死了吗？”桑沥满眼惊恐，望着常瑶时不停摇头，双唇颤抖得连话也说不清。

常瑶面带三分讥笑，微勾的眼尾，睥睨的姿态，那目光像是在看随手就能捏死的蝼蚁般，轻慢又充满威胁，是刻进桑沥骨子里无法忘记又深深惧怕的模样。

“桑沥，你清醒一点，她不是常瑶。”齐光抓着桑沥的衣领强行把人提起来，不让桑沥跪倒在地，神色似威胁道，“你怕她做什么？别自己吓自己！”

“不不……不是的，是她，三师兄，你救救我，常瑶回来了，她回来了！”桑沥反手抓着齐光往他身后躲去，吓得乱了分寸，“三师兄，你救救我！霁雪……不，掌门，掌门你救救我！”

孟临江等昆仑弟子都看得呆住。

他们谁也没见过桑沥如此惊慌狼狈的一面，此时桑沥的行为在他们眼中无疑是突然发疯，让人一头雾水。

齐光安慰和威胁都没有用，桑沥还是拼命往他身后躲，止不住地要跪下去。在这里朝长得像常瑶的替身下跪像什么话！绝对不行！

憋着一口气的齐光狠狠地瞪眼望向云山君道：“宋霁雪！”

“叫他做什么？”常瑶不悦道，“凭你的身份也该叫他一声掌门或是云山君，怎么敢直呼其名？”

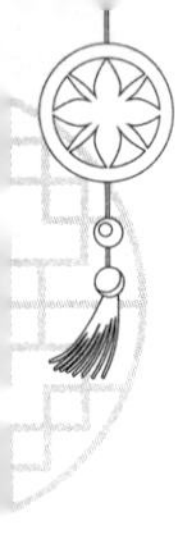

齐光气笑了："他还得尊我一声师兄！"

常瑶挑眉笑道："你配吗？"

"你！"齐光忍无可忍，当即放下桑沥朝常瑶走去。

师兄一放手，桑沥扑通一声就给常瑶跪下。

靠墙看热闹的岳南一刚要起身，任泓拿着青竹棍把他拦下："哎呀，别管他们，以前瑶妹也没少跟他打。"

岳南一总算觉得哪里不对劲，这替身比起之前那些假冒的也太像真的了。

常瑶新得了剑，正好拿齐光练手，双方拔剑交战，斩出十字时火星四溅。哑音是号称可斩世间万物的神剑，除去持剑者的心上人，什么都可以斩。

万象灵境里大家被削去灵息，两人挥出的剑招却依旧凌厉。齐光有所轻敌，开场就被心狠的常瑶压着打，剑势震得他虎口发颤、身体后退。哑音剑刃轻易割断他的鬓发，在脸上划出血痕。

"住手！"巫山君与大阴山君同时出口阻止，上前分开两人，"这是干什么？都什么时候了，还自己人打自己人！"

大阴山君劝道："当务之急是找到瘟疫蔓延处，而不是在这里内讧。"

常瑶收剑回到宋霁雪身边，余光扫了一下跪地的桑沥，心中嗤笑，牵着宋霁雪的手离开。

任泓问道："去哪儿？"

"去找瘟疫的线索。"常瑶头也不回地说。

"那行吧，光在这里看你们吵啊打啊的也没用，还是出去到处找找看。"任泓伸了个懒腰，朝星象门的弟子挥手招呼，"孩儿们，跟本护法一起去遛街吗？"

星象门弟子纷纷捂脸扭头。

离开废弃家宅，走在僻静的深巷中，常瑶将哑音递给宋霁雪："你刚看见了吧？我拿着哑音能伤到齐光。"

宋霁雪接过哑音挽剑转了两圈，手感与剑鸣声一模一样，确实是那天在山崖拿到的剑。

"你看。"常瑶在他持剑的时候抬手握住锋利的剑刃，宋霁雪蹙眉，却

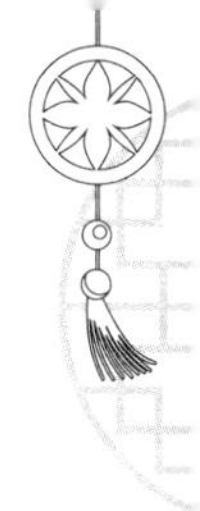

见那细皮嫩肉的掌心一点伤痕也没有，这最锋利的剑此刻如木头，伤不到她分毫。

宋霁雪停下脚步，眉头舒展，与常瑶对视，目光晦暗。

“妖族有巫祝之舞，跟修界赐福术一样，能保佑你万事顺遂。你就要渡劫了，我给你跳一段。”

常瑶从他手里拿回哑音，以仅有的灵息为他跳一段巫祝之舞。

舞动的细腰与长臂让人移不开眼，可常瑶手中长剑气势凌厉且带几分杀意，每一招都贴着宋霁雪而动，若抛开巫祝之舞的前提，每一次剑身擦过宋霁雪肌肤衣衫都是杀招，可哑音总会在要伤到他时停住，再难往前。

宋霁雪的视线随着常瑶转动，袖中手指轻轻颤抖。

天地间的炽烈日光忽然间变得温柔，两人视线交错的刹那，宋霁雪心脏被填满，又酸又甜，他瞬间茫然与欢喜，却也下意识地去分辨真假。

常瑶想借哑音让宋霁雪重拾自信，去相信他所感受到的。她不愿意让宋霁雪对这份爱意真假的执念与犹豫成为他渡劫飞升的绊脚石。

剑尖最终停留在宋霁雪的咽喉上，常瑶微抬下巴，与他隔着一剑的距离道：“试试。”

宋霁雪五指攥紧。

常瑶柔声道：“你要相信自己，曾经感受到的一切都是真实的，我始终爱着你。”

宋霁雪凝视着她的眼眸，这瞬间沉溺其中。宋霁雪缓缓抬手张开五指握住锋利的剑身，想象中的疼痛并未出现，无论他握剑的力道有多大，哪怕骨节泛青，哑音也没能划开他的皮肉。

宋霁雪握剑的力道之重仿佛是要把剑捏碎，就算是很钝的剑也该割得他满手是血。

宋霁雪看见常瑶朝他笑了笑，一如当年在上元城热闹的街市得她回眸一笑修成心剑。

此刻，他也在这一笑中放过了自己。

深巷里来了三两行人，常瑶收剑的瞬间被宋霁雪抓着手腕拉进怀里紧紧

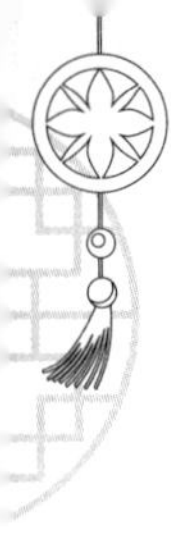

抱住。路过的行人偷眼瞧着，目光含笑。

常瑶等他们走远后才低声道：“我以前没有骗你，骗的是我自己。”

宋霁雪感觉呼吸急促，这一瞬有强烈的渴望，想碾碎自己融进她的骨血里，依附着再不分离。

常瑶一下又一下轻抚宋霁雪紧绷的背脊，那温柔的手掌每一次的抚摸都在悄无声息地卸掉他身上的点点重量。

是缘还是怨，她都是起因，也该由她来结束。

“清清。”宋霁雪低声叫她。

“嗯？”常瑶仰首想去看他，却被宋霁雪扣着后脑没法动弹。

宋霁雪只是想听她回应自己，一次又一次，不厌其烦，温柔又耐心。

那十年里脑海中的嫌弃厌恶和不耐烦都是他的假象，那才是虚假，并非真实。

万象灵境虚实交错，宋霁雪比入秘境之前更难去相信什么，常瑶深知这一点，却不得不冒险让他相信自己的话。要是他也像她一样最后没能渡劫成功可怎么办？他又不是半妖，没有两条命。

“天快黑了，在那之前先去找找瘟疫的线索吧。”常瑶手掌停留在宋霁雪后颈上轻轻拍了下，在他稍微松开力道时踮脚在他唇边轻吻片刻，“历练还是要完成的。”

宋霁雪垂首在她额头贴了下，让她退出怀抱，仍旧紧牵着她的手不放。

刑场那边发生的事下午时已经在市井间传遍，禁军全城搜索弄得人心惶惶，茶楼酒肆里到处都是谈论此事的百姓。

常瑶没去那些消息纷杂之地，而是跟宋霁雪去看每条街的药铺。

“如今这城中讨论的都是顾氏一族被问斩一事，跟瘟疫半点关系都没有，许多线索也容易因此被忽略。”

常瑶看着前方接受禁军盘问的药铺，微眯着眼：“若是生了怪病，定会先去药铺检查拿药，瘟疫扩散会导致患病人数增加，接连多人都是相同的病例肯定会引起注意。”

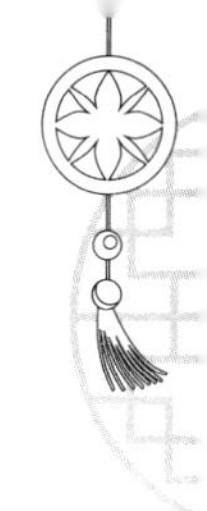

等禁军走后，两人才进药铺询问，却没得到有用的线索。

王都很大，又要跟禁军斗智斗勇，找遍整个王都的药铺也得花上一天多时间，到夜幕降临时，常瑶也才找了五家而已。

“灵息被压制，不能用术法，不然早让你用御灵术满城去找药铺了。”常瑶迎着夜色走出关门的药铺时掩手打了个哈欠，懒洋洋道，“完成试炼之前，我连妖力都没法用。”

“累了？”走在台阶下的宋霁雪回头看她。

常瑶摇头：“趁天色彻底黑下来之前去下一家药铺看看。”

宋霁雪牵着她的手，等她走完所有台阶后才把人背起来：“你睡会儿。”

常瑶也没拒绝，舒服地靠着他的肩背轻轻眨眼看周遭景色。

“让你救天下人是什么意思？”常瑶若有所思道，“跟瘟疫有关吗？”

“清清，这里是王都，天下人是皇城里那位的。”宋霁雪面不改色道，“而皇城里的主子还跟那人长得一模一样，灵境什么意思，很明显了。”

常瑶恍然。这是要他杀“宁川”。

二师兄宁川，某种程度上，算是宋霁雪的噩梦。宁川的存在和死亡都间接改变了宋霁雪的人生。宁川让他少年时期在云山的日子过得并不好。宁川若是没死，掌门之位不会传给他。

如果宋霁雪不是昆仑云山掌门……

“清清，”宋霁雪微垂着首，眼睫投下的阴影遮掩某种光芒，“如果我不是云山掌门，当年你还会答应嫁给我吗？”

常瑶听他这么问也没生气。他们之间有些事必须要说得明白清楚才行，尤其是宋霁雪现在的状态容不得半点怀疑和猜忌，与其憋在心里，不如直接问出来。

“如果我说实话，你会生气吗？”常瑶嘴角噙着笑意。

“不会。”宋霁雪微眯着眼。

常瑶歪着头去看他：“真的不会？”

宋霁雪语气沉稳：“不会。”

宋霁雪的下颌线却早已绷紧，浑身肌肉都紧绷着，让背上的常瑶清楚感

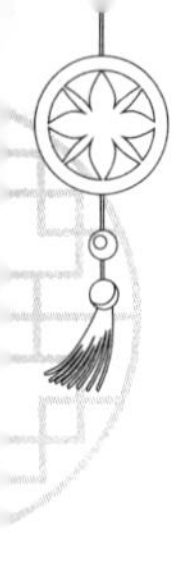

受到什么叫作口是心非。

“不管你是不是云山的掌门，我都会因为爱你而答应。”常瑶凑近他耳边，语调轻柔地答着，“如果你不是云山掌门，我可以陪你浪迹天涯海角，而你是云山掌门，所以我不会让你孤独一人在昆仑。”

宋霁雪脚步不停，整个人却因为她的话而变得柔软。

哪怕他曾在心里无数次唾弃自己，却还是会输给常瑶的一句话或是一个温柔的眼神，毫无反抗之力，以至于常瑶死后他也只能恨自己而做不到恨常瑶。

这是他深爱的结发妻子，是他愿意为之奉献一切的心上人。他们不该天各一方互相折磨、彼此痛苦，不该是这样。

宋霁雪试图将这些年被踩进尘埃之下的自己捞起来。

常瑶双手环着宋霁雪的脖子如猫般在他后颈上蹭了蹭，鼻间满是他的气息，他不需要回头，脑子里也能想象这幅画面，每一瞬都让他着迷。

“清清。”宋霁雪低声叫她。

常瑶应声时还在蹭他的脖子：“嗯？”

宋霁雪说：“再蹭我就放你下来了。”

常瑶轻笑一声，规矩起来。

她不动后，宋霁雪又不满，压着唇角说：“怎么不蹭了？”

“你都威胁要放我下去了，我怎么还敢动？”常瑶无奈道。

宋霁雪语调阴沉：“你以前哪会这么听我的话？我只说会放你下来，没说让你别蹭了。”

难得十年之后自家夫人做出如此亲昵的动作，他恨不得常瑶一直蹭着。

常瑶笑着垂首亲吻他的后颈。

轻柔温热的触感带来的酥麻刺激得宋霁雪背脊紧绷，小臂上的肌肉线条微微鼓起。

宋霁雪随后就放她下来，把人拉进街角按在墙上亲吻，只是这样的亲昵互动也足以带来些许安全感，让宋霁雪暂时沉溺其中。

两人在路上耽误些许时间，走完长街找到已知的最后一家药铺时天色已

经完全黑下来。

打着哈欠的药童来到门前点亮灯笼，瞧见走来的二人说：“马上就要关门了。”

常瑶微微笑道：“我夫君病重，心中着急难安，还请医师暂缓关铺看一看。”

宋霁雪只记住了她那声“夫君”，至于后面说的什么全然不知。

药童伸手挠了挠头，有些疑惑地看向常瑶身旁这位身强体壮的俊美男子，无论从神态还是行动都看不出“病重”二字，甚至还有点精神过头。

“丹医师在外出诊未归，若是病情严重着急，还请去东街六里村的药铺找他。”年轻的药童对自己没有信心，为二人指路道，“最近那边生病的人多，药铺忙不过来，把丹医师也给找过去了。”

生病的人多？

常瑶点点头道谢，拉着宋霁雪朝药童说的方向找去。

东街外的六里村虽然距离皇城较远，却还是在城内。

比起皇城那一圈的华丽热闹，这边可谓一片荒芜，杂草丛生，足有一人高，夜风吹动着，杂草发出沙沙声响。

越过荒草地可见前方灯盏明亮，荒草地的尽头有一条小河流，河上搭着几根长木便算是简陋的桥。

河对岸有灯火与炊烟，可目光所及的房屋都破破烂烂的，陈年老旧的土墙由木棍支撑着，再系上几片挡风遮雨的布便算是家。

在一片大棚下聚着不少人，刺鼻的苦药味也从这儿传出，一排药炉冒着热烟，在旁烧火煎药的药师忙得满头大汗。

大棚之下有诸多草席，席上躺着的人的面色或是惨白或是青黑，浑身无力。药童和医师们都在挨个询问。

常瑶有预感，他们要找的瘟疫源头应该就是这里了。

在药炉前烧火的年轻药童擦了擦鼻尖，抬首瞧见站在不远处的二人，常瑶和宋霁雪衣着干净整洁，相貌一绝，气质非凡，与此地格格不入。

药童忙起身问道：“二位这是找谁？”神色间还带点警惕。

宋霁雪微眯着眼打量他。这药童非凡人，而是修者。

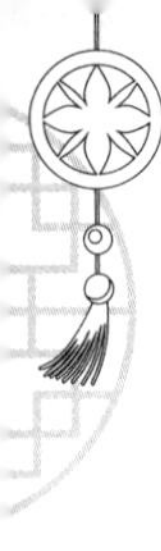

“我们是来找丹医师看病的，他不在这儿吗？”常瑶温声问道。

药童看她时目光受那份温和影响，少了许多警惕，态度也不自觉地放缓而变得友好：“是来求医的吗？丹医师去采药了，很快就会回来，你们在这儿稍等片刻。”

常瑶点头：“好。”

药童又道：“若是着急，就让其他医师先看看吧。是什么病？”

“不着急。”常瑶扫了眼大棚下的人们，轻声道，“我看其他医师也挺忙，我们再等等就好。”

药童忙着看药炉火候，听后也没有强求，只道了句：“丹医师重心都在这村里的怪病上，等会儿可能也会给你们推荐其他医师，到时候可……”

话未说完就被突然传来的低沉男声打断。

“疏风，把三味子碾碎成汁加进药炉里，再把三枯叶磨碎成粉给出血的人敷在伤口上。”夜色中，自河岸那边走来的白衣男子朗目星眸，长眉微蹙，看着手中药篓挑挑拣拣，又淡声吩咐着，“一个时辰一换，若是血色转红就停止。”

药童连忙道：“是。”在白衣男子走过身侧时叫住他，“丹医师，这儿有人来找你问诊。”

“嗯？”白衣男子顿住脚步，这才抬首朝药童看去，“什么人？”

丹医师白衣胜雪，墨发高束，腰间佩剑。哪怕他手拿药篓有条不紊地吩咐着药童煎药的步骤，常瑶却不认为他是一名医者。

因为白衣男子的脸和他的剑都曾给她留下不可磨灭的印象。

这是一名剑修，是与无咎山前领主同归于尽，不知姓名的白衣剑修。

常瑶万万没想到会在灵境中看见白衣剑修，一时间怔住，当白衣剑修沉眉看过来时下意识地往后退了一步，喉间似被什么掐住。

“清清。”宋霁雪垂眸看她，将她拉去身后，抬首打量对面的白衣剑修。

常瑶瞬间回神，拽了拽他的衣袖，低声道：“这是我父亲。”

宋霁雪心头刚冒出来的杀意又瞬间灭了。

“是这二位。”药童指着常瑶与宋霁雪。

丹医师视线落在常瑶身上时不知想起什么，顿了顿，耐下心来问道：

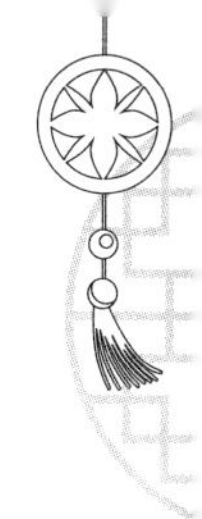

“哪位病了？”

常瑶深吸一口气，告诉自己这是万象灵境，虚实交错，白衣剑修现在可不会对着她放出剑阵杀招。

“是我夫君。”常瑶轻声道。

丹医师收回视线，淡声道：“这边坐。”

大棚角落搭着几张简易桌椅，桌上放满各种药具，丹医师收拾出部分干净空间后示意这二人坐下。

他怀里抱着药篓没放：“我不擅长普通病症，你们在这坐会儿，我去叫赵医师来。”

常瑶点头道谢，没有拦着。

第一次与白衣剑修说上话，常瑶心情复杂，难以形容是种什么样的感觉。

她早已习惯对方漠视、远离的态度，当白衣剑修目光平和、客气相待时她反而感到陌生，不适应。

“丹医师，你看看这药火候够了吗？”药童一句话把人叫走。

丹医师眉眼冷峻、气势沉稳，即使身处脏乱之地，衣衫染了血渍，也给人干净整洁的印象。

常瑶从未见过这样的白衣剑修。在她印象里，白衣剑修总是冷漠得拒人千里之外，不屑施舍她一个眼神，偶尔见他与母亲对视，眼里也是高高在上的厌恶。

事后想来，被自己深爱的人以如此冷漠的态度相对的绯不知是何心情。

常瑶冷不防记起金銮台渡劫时她对宋霁雪冷漠的态度，蹙眉捏了捏眉心。宋霁雪在那样的心情中度过漫长的十年时间，难怪变成如今这样。

赵医师一手给自己扇着风满头大汗地赶来坐下，为宋霁雪诊脉，询问身体何处不适，宋霁雪面不改色地答了。

对方仔细观察宋霁雪片刻后，低咳一声，给常瑶使了个眼色：“夫人，这边说。”

宋霁雪牵着她的手没放，闻言轻挑了一下眉。

常瑶安抚道：“我去听听赵医师怎么说，夫君要快些好起来我才能安心。”

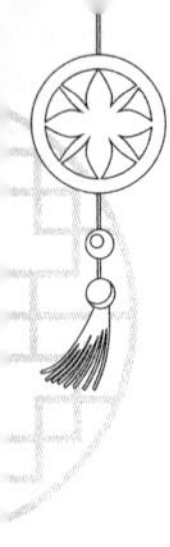

宋霁雪为这一声“夫君”忍了，他懒声道：“就一会儿。”

常瑶就离了宋霁雪三步远，再远一步他就能过去把人拉回身边。

赵医师悄悄与常瑶说：“你夫君心有郁结，内息狂躁易乱，是很严重的相思病啊。”

常瑶没想到宋霁雪竟真的病了。

赵医师看她的目光担忧中又略带几分遗憾：“你夫君的心疾也有五六年了，相思苦难，得不到或难相见，必有其一，想要好转还得靠他自己放下。”

怕是放不下。

常瑶难以想象后边的宋霁雪是以何种目光在看着自己。

“我会努力帮他治愈的。”常瑶轻声说。

“唉，我虽是外人，又是医者，但也难劝别人处理家务事。你夫君心系他人，对近在身旁的良人视而不见……”

赵医师感叹的话还未说完就被常瑶哭笑不得地打断：“并非如此，赵医师多虑了。我之前因故远走，最近才回来，这才让他变成这样。”常瑶正色道，“这病再难治我也不会放弃。”

赵医师恍然：“原来如此。”

常瑶回到宋霁雪身边，对方牵过她的手紧握着，眉眼郁郁道：“他说什么？”

“你没听见？”常瑶有点惊讶。

宋霁雪的脸色更加阴沉：“你俩谈话的时候灵境把我屏蔽了，听不到。”

常瑶莞尔，伸手抱了抱坐在椅子上的宋霁雪。

“赵医师说你病了。”

宋霁雪冷冷道：“他才有病。”

“不过这病能好，所以不用太担心。”常瑶又道。

宋霁雪侧首不悦地看她道：“清清，我病了你一点都不担心？”

“我当然担心，会担心得吃不好睡不好，我要是吃不好睡不好就该你担心了。”常瑶放开他。

宋霁雪拉着她的手低声道：“我在你面前，你还看别的男人，清清，你

就这么狠心？”

宋霁雪说这话时也朝站在大棚中心为患者换药的丹医师看了眼。

常瑶在宋霁雪身旁坐下，光明正大地朝白衣剑修的方向瞧着，若有所思道：“我在想，这是灵境的幻象还是以前发生过的事？如果是真的，白衣剑修出现在这儿是什么时候的事？是遇见绯之前还是之后？”

宋霁雪低垂眉眼，指尖缓缓轻搓着压制心中的阴暗，他想占据常瑶的所有思绪和注意力，希望每一个瞬间她脑海中所思所想的人都是自己，容不得别人，哪怕别人只是分走了她片刻的注意力都让他感到烦躁、沉郁。这会让他不自觉地感到恐慌和自我厌弃，是他做错了什么？还是说沉溺于幻象认为常瑶爱着他？可他配吗？他又把自己踩入尘埃。

宋霁雪已经努力压制这种心态，但不可能立马就好。

常瑶很快察觉到宋霁雪不对劲，视线转回到他身上，伸手轻抚他冰凉的脸颊，低声道：“我注视的人始终是你，你没有做错什么，也不是幻象。”

宋霁雪的黑眸幽深晦暗，贪恋她温暖的指尖，大掌覆上她的手背握着，近乎着迷地轻贴脸颊。

“清清，”宋霁雪慢慢道，“你真的很擅长说好听的话。”

常瑶：“只说给你一个人听。”

宋霁雪半眯着眼眸，话里发狠：“不然还想说给谁听？”

他一会儿冷淡，一会儿凶狠，常瑶都随他闹，只管变着花样温声安抚。

丹医师无意间往角落一瞥，就见宋霁雪抓着常瑶阴沉沉地说着什么，他夫人不见恼怒或是惧怕，面带浅笑，整个人柔和得像是一束暖光，让人心生渴望想靠近被照耀，倒是挺恩爱的一对小夫妻。

丹医师收回视线，专心于眼前的病患，指尖轻拨间灵息悄然释放，为这些人压制体内浑浊病气，兀自沉思这怪病到底是妖魔而为还是有别的原因。

“丹医师！”河边匆匆跑来一位村民，“丹医师呢？你有东西掉在河边被孩子们捡到了！”

常瑶跟宋霁雪抬首望去，丹医师擦了擦手上的药水痕迹，朝那村民走去。

村民手里拿着的是小巧精致的金锁链，一般是给小孩用的。

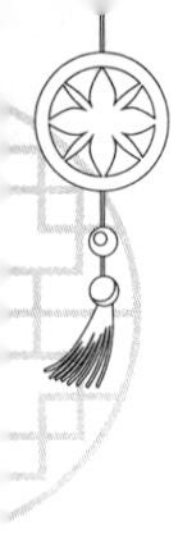

丹医师接过后道谢，悄悄松了口气。

村民笑道："孩子们说这是丹医师的我还不信，这金锁可真漂亮，丹医师孩子多大了？男孩女孩？"

旁边的药童听得眼皮一跳。

丹医师小心翼翼地收起金锁链，垂首的瞬间面部轮廓柔和了几分："是给我还未出世的女儿准备的。"

村民呆住："还未出世怎么知道是女儿？"

丹医师淡声道："我妻子说是那就是。"

村民忙赔笑，不敢反驳。

药童歪头跟赵医师嘀咕："丹医师又犯病了？昨天说起他妻子，他还跟我发脾气，说自己哪来的妻子，怎么这会儿连女儿都有了？"

赵医师摇头叹气道："也是个可怜人。别管那些了，先把药煎好。"

常瑶神色安静地听着药童与赵医师的对话，原来白衣剑修这会儿已经处于记忆混乱的状态。

丹医师收起金锁链后又回去大棚里面救治病人。

那金锁链常瑶从未见过，想必后来应该是被彻底失去记忆的白衣剑修又落在了某个角落，只是再没人送还给白衣剑修。

"清清，"宋霁雪目光落在常瑶纤细脖颈上，那精致漂亮的金锁链戴上去应该很配她，"出去后我给你买别的。"

常瑶笑道："好。"

宋霁雪轻勾常瑶下巴让她转过头来看着自己："你可别忘记那是我买给你的。"

常瑶认真道："我会记住的。"

宋霁雪目光沉沉。

常瑶又换了种方式应道："不会忘记的。"

宋霁雪这才放开常瑶，看向白衣剑修的位置，淡声说："他往药里放了晨仙露，加了半月酒，是应付蜚之瘟疫所必需的两种丹药，身上有伤口破裂出血者都以灵息强行压制，他应该在怀疑这奇怪的病症是否来自蜚妖。"

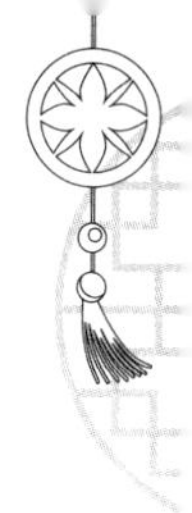

常瑶有点惊讶宋霁雪突然间开始谈历练的事。

宋霁雪眼角余光始终注意着她，见她惊讶的样子便知她心中所想，低哼一声道："早点结束，早些出去给你买。"

万象灵境的东西除非是天道赠予之物，否则无法带回现实。

"如果是蜚，周边环境不会是这样。"常瑶望向不远处的溪河与杂草丛，"蜚路过之处除了带来瘟疫，还有草枯水竭之象。"

"也许是时间未到，蜚现身之景在另一处，而他们是被旁人传染的瘟疫。"宋霁雪抓着她的手问，"他是这里唯一知晓真相的人，过去问问？"

常瑶难得犹豫，她慢吞吞道："我怕他。"

宋霁雪眉间轻皱一瞬，听常瑶说："当年他破开结界对我使了震霄剑阵，我以为他是要杀我，因此惧怕人间剑修，这也成了我的心结。"

如今再见白衣剑修，那份惧意也没少。

宋霁雪把玩她五指的动作微顿，气息忽然沉住："清清，难道你当年渡劫失败是因为我对你用震霄剑阵，让你想起了以前的事？"

常瑶甚至能感觉到他的手在微微发颤。

"不是。"她反握着宋霁雪的手立马给出回应，"那场雷劫提前降临就已在我意料之外，心结早就存在，与你无关。"

那时候之所以答应妖皇，也是为了找到与白衣剑修相关的消息，解开心结。

宋霁雪又问了一遍："真的不是？"

"真的不是。"常瑶柔声道，"而且我现在知道他施展震霄剑阵并不是想要杀我，他只是忘记了，这心结也会慢慢解开。"

一切都会好起来。常瑶如此认为。

宋霁雪抿唇，气息又变得阴郁难解，压着眉头努力克制心底的狂躁，沉声说："我去问。"

宋霁雪还未起身，一抬首就见丹医师抱着药篓过来，他神色如常地将药篓放下，又将清水倒入盆中清洗双手。

"两位还没走？"丹医师余光从宋霁雪腰间佩剑掠过。

两位年轻人不自觉地正襟危坐。

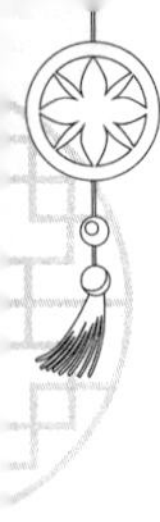

“等赵医师煎药。”宋霁雪说。

丹医师声色沉稳：“相思病可没药吃。”

宋霁雪瞥常瑶一眼，眼尾轻挑，原来自己是这种病？

“没药吃也能好。”宋霁雪朝大棚下的村民们微抬下巴，淡声道，“倒是现在躺着的这些人不仅没药吃，还难以治愈，就算输送灵息也只能强撑片刻。”

丹医师目光停在他身上：“修者？”

历练者被削弱灵息和气息，所以难以察觉，丹医师也是看见宋霁雪的佩剑却感受不出灵息才有所怀疑。

宋霁雪面不改色道：“无名小修。”

常瑶听得嘴角微弯。

丹医师看了眼常瑶：“你夫人也是？”

“她不是。”宋霁雪说，“我夫人很厉害。”

丹医师懂了。他不与年轻人一般见识，洗净手后拿干净的帕子擦拭着：“看你衣上有昆仑高阶咒纹，不像是无名小修该有的。”

“与前辈相比自然是。”宋霁雪话说得眼都不眨。

丹医师听了不由得笑了。

聪明谦卑的年轻人到哪儿都挺讨喜。

常瑶忍不住歪头去看身旁的宋霁雪，眼里星光点点，隐隐带笑。

这瞬间仿佛回到从前，她看见了那个熟悉的宋霁雪，虽散漫但从容，仿佛天塌下来也不着急，因为他都能应付。在这样的人身边安全感十足，遇见危险或是麻烦的时候会下意识地朝他靠拢。

宋霁雪也曾是那一代年轻人中的佼佼者，是天之骄子，在常瑶的眼中是最耀眼的那一个。

“依你看，这些病症是何原因？”丹医师一副似闲聊的语气，将手上生水擦拭后又拿回药篓清理，“有梦魇，气血虚，浑身无力，严重者会感到血液倒流，像烧开的水一样沸腾不止，疼痛难耐，活活疼死。”

“方才看了你用的药，不是中毒或是普通病症，也不是魇魔，很有可能是蜚妖带来的瘟疫。”宋霁雪看着病人的方向，夜间柔光映照着他的侧脸，

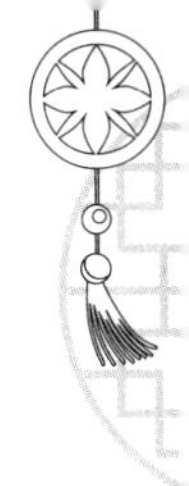

“确认是否有蜚出没，可以扩大范围察看周边水源、土地。”

丹医师见他对蜚很了解，顺嘴问了一句：“你见过蜚妖？”

何止见过？曾战双蜚，致蜚一死一伤。

宋霁雪平静道：“有幸见过。”

“你说得有道理，等天亮后我再叫人散开，扩大范围看看。”丹医师低头择药时余光掠过常瑶，她不像宋霁雪身上有佩剑，衣上也没有昆仑的咒纹，那略有三分相似的容貌让他问了句，“你夫人不是剑修？”

宋霁雪：“不是。”

常瑶：“我是半妖。”

夫妻二人同时说道。

丹医师顿住，缓缓抬首去看常瑶，眸光里带点惊讶。

在常瑶所见到的回忆中，白衣剑修知晓绯的一切，不仅知道她是妖，还清楚绯与凤族和狐族的纠葛过往，所以常瑶才敢说自己是半妖，就想赌一赌白衣剑修对半妖的态度。

凡人与妖结合，后代大概率是妖，因为妖的血脉会更强，半妖十分稀少。

这二者结合多数没有好下场，就算怀了孩子，大多也活不到生下来的那天，就算生下来的孩子也易夭折。

白衣剑修如今记忆已混乱，他连自己的女儿是纯血妖还是半妖也不知道。就算后来被绯带回尢昝山关着，他也不愿意承认那个半妖女孩是他的后代。

宋霁雪握着常瑶的手微紧，注意着丹医师的一举一动，若是他敢动手就立马制止。

“……这倒是少见。”丹医师手中抓着一把药草，目光复杂地看了眼两人，低声道，“若是彼此喜欢的话，是妖还是人都不重要。”

常瑶轻声问：“前辈的妻子也是妖吗？”

丹医师的气势瞬间变了，带着点冷意与防备，目光淡淡地看过来。

“前辈别误会，我只是从你身上感受到了点点妖气，又听见方才你与村民的对话才知道前辈已有妻女。”常瑶温声道。

许是她周遭过于温柔亲切的气息和直接坦白的态度让人安心，丹医师沉

默片刻才说：“是。”

常瑶：“那怎么不见前辈的夫人？”

“她在……”丹医师说到一半愣住。

她是谁？她在哪儿？为何想不起来？

丹医师忽地皱眉，偏头感到钝痛，而常瑶与宋霁雪却只见一道金光闪过，场景骤变，两人竟被送回到城中长街上。

街上灯火还未熄灭，来往的热闹人群中仍有禁军巡逻。宋霁雪拉着她到僻静的角落。

“看来灵境不让我问太多。”常瑶轻声叹道。

宋霁雪观察周遭：“再回去看看。”

从这边赶到东街六里村又花了一段时间，他们到河边荒草丛时与另一批人撞上。

“霁雪？”符纪见前方黑影是宋霁雪，略微松了口气，“你也是追查瘟疫到这边的吗？”

人还挺多。

宋霁雪的师兄与两位好友都在。

隔着河岸隐约能听见前边任泓跟于野吵起来的声音。

相比符纪的轻松口气，宋霁雪却蹙眉表示不悦，他并不想遇见这些人。

齐光抱剑冷冷地看着宋霁雪：“事都给我们查完了才知道闻着味过来，真不愧是云山的掌门，云山君。”

这话既嘲讽了宋霁雪又挑衅了常瑶。

符纪无奈低声道：“齐光，少说两句吧，我们也需要霁雪帮忙。”

齐光冷哼，打从心底里看不起宋霁雪的同时又暗自仇恨：“一想到这历练跟他渡劫飞升有关我就恶心。”

这下常瑶也不找白衣剑修了，拨开宋霁雪的手朝齐光走去。她边走边说：“当年没把你一起清理掉实在是不应该。”

“你什么意思？”齐光厉声道，“宋霁雪，二师兄与小师弟的死果然与你有关对不对？”

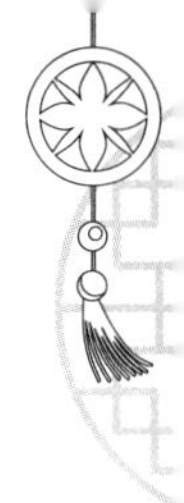

齐光甚至率先拔剑，常瑶瞬移的速度太快，符纪和宋霁雪都只见一个残影，常瑶已到齐光身前斩出一剑。

“齐光！”这浩荡充满沉重威压的一剑让符纪瞬间变了脸色。

常瑶斩出惊天一剑，掀起周遭灵息波动，愣是使齐光不受控制地摔向河对岸。

岸边正在跟于野吵架的任泓被岳南一抓着后领往后一带：“哇，你干……”话还没说完就感觉厉风从身前扫过，有什么东西带着灵息飞了过去。

于野先是一愣，看清摔倒的人沉声道：“齐光！”

于野面带怒意地回首看去，正想看看是哪个不长眼的敢动他的师弟，就见常瑶提剑踏过河面走来。

于野一惊，又是他俩？

岳南一立即把吓得抓紧青竹棍的任泓放开，神色微怔地望着常瑶，刚那一剑的气势未免太熟悉了。

大棚下询问瘟疫情报的各家弟子纷纷停手，悄悄朝河岸边看去。

符纪掠身来到两人交战范围中心，沉声道：“都住手。”

常瑶彬彬有礼道：“不要。”

符纪被这个回答噎住，转而去看宋霁雪，带着几分无奈和请求。

宋霁雪却只看着常瑶，根本收不到其他人传来的信息。

“咯……”齐光撑着剑起来，擦了擦嘴角上的血迹，神色阴沉又恼怒，眼中带上杀意与几分癫狂，“时隔多年，宋霁雪，你总算是承认二师兄与小师弟就是你跟常瑶合伙杀的了！”

于野警告地低喝一声：“齐光！”

齐光愤怒地持剑指向二人：“当年在万象灵境里，小师弟与二师兄去救被困鬼沼的你，你却反过来利用鬼沼设计他俩，将他们全都害死在里面！”

“你闭嘴！”于野回头怒气冲冲。

齐光视而不见，依旧继续发泄着心中怨恨：“你一直都对二师兄和小师弟抱有偏见，一辈子都在跟小师弟争抢！宋霁雪，你也不看看你自己配不配，要不是当年小师弟让你，你能进师门吗？要不是二师兄这些年在云山护着你，

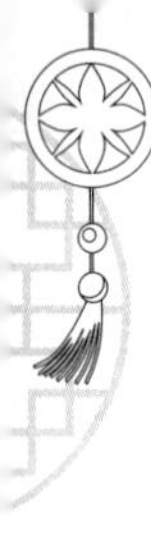

你能成为现在高高在上的云山掌门吗？你这种背信弃义、暗中算计自己师兄弟的人还能飞升？天道瞎了吗？”齐光说红了眼，看着宋霁雪的目光仿佛是要将他碎尸万段，“你凭什么能飞升？宋霁雪，你这种卑鄙小人就连当云山掌门都是对昆仑、对修界的侮辱！那本该是我二师兄的位置！你自以为飞升高位屡次对仙首不敬，自视甚高的样子恶不恶心？”

“老子叫你闭嘴，你听不见吗？”于野朝齐光走去，大喊。

岳南一拦住他：“让他说，看看一派和睦的师门真面目到底是个什么样。”

其他人都忍不住去看宋霁雪，一面怀疑齐光说的是真是假，一面却发现宋霁雪脸上不见懊恼，甚至还笑了，只是这笑让在场的人深觉惊悚。

宋霁雪任由齐光侮辱谩骂，齐光骂得越狠越难听，他的阿瑶就越生气。

宋霁雪沉溺于常瑶在乎他的每一个瞬间，为此不惜让自己遭人唾弃。

常瑶挽了个剑花，迈步朝齐光走去。

“齐光，够了，别说了。”符纪侧首瞥了眼后方，又看回常瑶，“这位姑娘……”

光咒自常瑶指尖飞出，模糊符纪视线的瞬间她人已掠到齐光身前，齐光持剑咬牙抵挡接下这一记杀招，被剑势震得头晕“脚下不稳”后退数步。

“住手！”另一道杀招斩下时，于野挥剑拦下常瑶，咬牙切齿道，“我的师弟我来教训！”

常瑶轻轻一笑，眉眼嘲讽地看他：“齐光是你师弟，霁雪不是吗？你这个大师兄当得可真是不称职，怎么，你也以为宁川和段凡义是他杀的？”

两人对剑掀起的剑势引发厉风环绕，吹得彼此衣袂翩飞。

于野沉眉道：“胡说八道！”

常瑶视线越过于野，落在后边神色狰狞的齐光身上，眼中嫌恶，像是在看脏乱又低级的下贱之物：“那就告诉你一个秘密，你的二师兄和小师弟，宁川与段凡义，全都死在我的剑下。”

不管那份对宋霁雪的爱意能记起多少，常瑶都不容许有人当着她的面践踏、侮辱宋霁雪。

齐光听见常瑶承认的那瞬间，脑子里紧绷的那根线砰的一声断掉，毫不

掩饰的杀意让后方的赵医师和村民们都不自觉地再退几步。

“师兄，你听见了！这都是宋霁雪与常瑶做的！”齐光提剑上前来。

于野制止他，道：“你疯了吗？常瑶已经死了，她不是！”

符纪也说：“她不过是长得与常瑶相似……”

齐光怒吼道：“你们是真的看不出来还是都在装傻逃避事实？她不是常瑶的话，宋霁雪能处处护着她？她不是常瑶能使出这样的剑招？她不是常瑶能知道当年万象灵境里发生的事情，知道威胁桑沥，还知道二师兄和小师弟的死？她就是常瑶！”齐光狠狠地瞪着周围一圈人恨声道，“宋霁雪的半妖妻子，她没死！你们都被他骗了！”

于野愣怔之际，常瑶的剑气迸发出尖锐的声响，直刺向身后的齐光，再次将他击飞倒地，他断了几根肋骨，撑着地面侧身就吐出来一口血。他看见瞬移到身前的常瑶，指尖微动，用仅有的灵息点出一道咒光拦住常瑶。

虽然剑术不及前边的师兄们，但齐光的咒律向来很强，高阶咒术都不需要吟唱就能瞬时施展。在历练之地齐光的灵息只是被压制了，并非一点都没有，诛妖咒还是能对常瑶造成一定影响的。

咒光乍现的那一刻常瑶被宋霁雪拉去身后，心剑阵顷刻间覆盖河道与荒草丛，灵剑自地而生带着肃杀之气将齐光施咒的手钉在地上。

“齐光！”于野的脸色十分难看，同门相残像什么话！

齐光闷哼一声，被灵剑钉死在地的手掌疼得他面部微微抽搐，可他看向宋霁雪的目光仍有疯狂的恨意：“怎么，对她用诛妖咒你就着急了？宋霁雪，你这个谎话连篇的卑鄙小人！当年金銮台渡劫如今看来不过是你跟她做的一场戏，目的就是要骗过修界众人，好让一只低贱的半妖光明正大地当云山掌门夫人！你耍了我们所有……”

“闭嘴！”宋霁雪语调阴沉，又是一把灵剑刺去，齐光痛得闷哼。

“够了！”于野阻止两人，“你也把剑阵收了！有什么话出去后再说，这里这么多人看着像什么话！”

常瑶轻笑：“事到如今你还想逃避，认为你的师弟们彼此和睦，你不敢面对事实吗？”

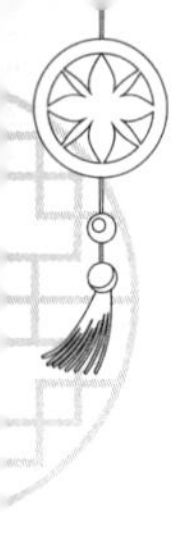

于野额角狠狠一抽，青筋鼓起：“我从未怀疑过宁川和凡义的死跟霁雪有关！倒是你……”

常瑶看过去，于野顿住，不由得想起当年金銮台渡劫那一幕，云山夫人褪去伪装露出大妖的真实面目时，也是这副姿态。

除去盲人任泓，在场的其他人看向常瑶的目光都十分复杂。因为他们在此刻确信，她就是十年前那只渡劫的大妖，不是什么长得像，也不是替身，她就是常瑶，宋霁雪死去十年的半妖夫人。

“师兄，你不用与这两人浪费口舌。宋霁雪，你自以为当上云山掌门就成了人上人，就能摆脱你那低贱的过去和肮脏的自我吗？”齐光今夜是豁出去了，大有与宋霁雪不死不休之意，“你屡次顶撞仙首，一副看不起人的样子，不就是因为嫉妒你娘当年抛下你却接纳了符纪吗？”

“齐光！”向来温和的仙首符纪厉喝出声。

这话如惊雷炸翻全场，就连于野与任泓几人都露出惊讶之色。

后排其他宗门的弟子更是惊得倒吸一口凉气，云山君与仙首竟然还有如此纠葛！二人还是同母异父的兄弟不成？

宋霁雪与符纪的关系是无人知晓的秘密。

常瑶听到这里，总算明白宋霁雪对符纪那微妙的距离感和厌恶的原因，心中却又沉了几分，那股焦虑感如大浪翻起。

宋霁雪站在她前方，常瑶抬眼只瞧得见一个挺拔清瘦的背影。

宋霁雪的秘密被人用力地从血肉里拽出来，痛归痛，却又意外地习惯了。

自从常瑶死后，宋霁雪就再也没回忆过遇见她之前的那些苦难。

人生说长不长、说短不短，给他留下的大多是痛苦和难堪的印记。

他幼时被家人抛弃流浪市井，一番颠沛流离后被巫山君带回昆仑，阴差阳错地入了云山，那时他个性孤僻，整日沉默埋头修炼，入山一年身边也没有个说得上话的人。

可他天赋很好，遭人嫉妒算计时幸得大师兄于野路过伸出援手。他得知于野是掌门的嫡传首徒，是所有云山弟子的大师兄，出身名门宗族世家的天之骄子，与他这种连自己父母是谁都不知道的无名小修有着天壤之别。

但宋霁雪有野心，想要往上爬，想要让自己活得像个人。

于是他努力修炼，远远甩开同龄弟子一大截，在第二年的嫡传弟子大会上赢了段凡义，成为乘静真君的第五个徒弟。

宋霁雪以为自己成功了，却不知这才是噩梦的开始。

因为他的师兄们都认为这个位置是段凡义而非他宋霁雪的。这些人从小一起长大，家族之间也有来往，关系亲密，乘静真君也看好段凡义，这次嫡传弟子大会本就是为段凡义而办，却不想半路杀出了另一个天赋超强的弟子。

收徒的话已经放出去，他堂堂真君也不能反悔，但偏心这种事是难以掩饰的。

从入门当天开始，宋霁雪就被二师兄宁川以不加掩饰的嫌恶目光所注视，他的身世、天赋，与段凡义的冲突，一切都不让他们满意，让人心生偏见。

宁川以看蝼蚁的目光看他："你这样的人当我的师弟只会让我觉得恶心。"

大师兄于野是个剑痴，沉迷于修炼与剑术，自身的强大和家族背景让他根本不用在意那些复杂的关系。于野性格大大咧咧，即使说了恼人的话也没人敢呵斥或是责怪，对师弟们一视同仁，却也被二师兄宁川蒙蔽双眼，以为师门和谐友爱。

在于野看不见的地方，宁川正处处刁难他的五师弟宋霁雪。

宁川邀请宋霁雪一起参加世家弟子的聚会，却又诬陷宋霁雪偷人东西，他被当众羞辱，回去又被师尊处罚。

明明是宁川先挑衅动手，却在宋霁雪还手的时候让齐光等人看见，于是那个心生嫉妒且不尊敬兄长的人又变成了宋霁雪。

第三年，段凡义如愿经过新的弟子大会成为乘静真君的小徒弟。

他笑容灿烂，像是不谙世事的孩子，干净得让人内心柔软。

段凡义朝宋霁雪笑道："五师兄，我们以后好好相处吧。"

可惜这个小师弟与二师兄一样。

在云山的每一天，宋霁雪都活在宁川与段凡义的阴影之中，他们高高在上，将他戏耍，将他踩在脚下，心情好就在于野面前演一演兄弟情深的戏码，心情不好就欺负他。

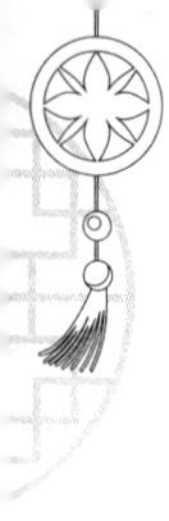

宋霁雪曾天真地试图与他们和解，试图融入他们。

那日师门一起在上元城中看灯火会，本是走在于野身边的宋霁雪，停在街边给师兄买些看热闹吃的零嘴，等宋霁雪买好东西抬首看去，于野不知不觉间已经跟宁川、段凡义几人走远。

他们在人群中有说有笑，师兄弟间追逐打闹，气氛融洽得将他隔绝在外，他这辈子也不可能融入进去。

宋霁雪提着一袋热乎乎、香甜的糕饼站在原地，静默地看着师兄弟们走远，他们一次也没有回头，谁也没有注意到少了一个人。

因为那是一个无关紧要的人。

宋霁雪这辈子没体验过亲情，没被父母爱过，也没体验过友情，得不到师兄弟的尊敬爱护。

他像是被这个世界遗弃在外的一片枯叶，在没有花树、湖泊、山川的虚无之中飘摇着，不知何时落地结束这难堪的一生。

他顽强地活着，哪怕得不到世间任何善意。

直到某天，一个女人从见面开始就对他抱有善意与偏爱，总是主动朝他伸出手，温柔地带他前行，并许下承诺："他们会抛弃你，但我不会，永远不会。"

于是宋霁雪前半生的伤痛都被抚平，却没想到后来的痛苦会再次覆盖，伤口更难治愈。

"霁雪，齐光刚才说的你别往心里去，他只是对你有偏见……"符纪安抚的话还没说完，就见宋霁雪侧首朝他投来鄙夷的目光，符纪顿感无力，陷入沉默。

齐光见此更疯更恼："宋霁雪，你——"

剑光与咒律齐出，前者带着杀意，千钧一发之际被于野拦下，而咒律成功点在齐光身上，切断声音，让他暂时噤声。

岳南一那双妖冶的异色瞳冷冷地看着齐光："行了，别继续给你师兄弟们丢人现眼了。"

于野紧盯着拿剑的常瑶，就怕自己一不注意，常瑶又是一剑把他后边的

齐光给砍成两片。

“霁雪，我不知道她是不是常瑶，但现在不该是讨论这些事的时候。”于野沉声道，“历练还没结束，瘟疫的源头也没有找到，我们先把这些事处理完，其他事等出去了再说。”

宋霁雪牵过常瑶的手，将她轻蹙的眉头抚平，又为她整理被剑风吹乱的衣发，漫不经心道：“师兄，你还是想护着他。”

于野脸色微变：“霁雪……”

“没关系，他总归是你从小一起长大的师弟。”宋霁雪漫不经心地笑着。

师兄他可以不要，他只要有常瑶就行。他也只有常瑶了。

常瑶见宋霁雪笑着，自己心里却闷闷的，她瞥向被灵剑钉在地上的齐光，杀意再显，却见冲天火光在村庄后方升起，在一抹巨大红白之影现身虚空的同时天色骤变，黑云压顶，惊雷声声。

望着这突变的景象，所有人脑子里都只有四个字：大妖渡劫。

虚空中那抹红白之影是昆仑的人再熟悉不过的九尾天狐，那满是威压的金色竖瞳淡淡地朝大棚处一瞥，完全不将半数修界的强者放在眼里，而是昂首迎接道道惊雷。

常瑶没想到二哥如此有觉悟，白天刚把人带走，晚上就开始渡雷劫，在万象灵境里渡劫的大妖恐怕也就他一个了。

众人终于顾不得看昆仑的热闹，颤抖着指向九尾天狐的方向惊声尖叫起来：“天狐！这里有九尾天狐，它还在渡劫！”

任泓抬手拉了拉宋霁雪的衣袖：“又是它！我馋它九条尾巴很久了，阿雪，你先别管齐光这废物，咱们先把那九尾天狐打下来行不行？”

宋霁雪：“不行。”

天雷重重地降临大地，距离渡劫范围较近的修者们纷纷抱头逃窜地散开。宋霁雪拉着常瑶退开，他神色阴郁，对这天雷有阴影，宁愿自己被打中也绝不让常瑶沾染半点雷光。

逃跑途中有速度慢了的小修者，石雷回头拉他一把，却反被对方推去挡雷，石雷露出不敢置信的目光，对方却心虚地头也不回地跑走。

眼看劫雷就要落在石雷身上，九尾天狐雪白的长尾横扫并将他卷起，从而避过一劫，再将他放在安全的地方撤回狐尾。

周围修者都看呆了，问石雷：“你……那狐妖怎么会管你的死活？”

石雷盯着刚把他推出去挡雷的人，道：“因为有人不管，所以妖才管。”

“笑话！哪有妖会救人？我看你定是与妖有过瓜葛它才会救你！你说，你是不是与妖勾结？”对方反倒打一耙，理直气壮地质疑着，“我早就觉得你不对劲，每次外出遇见妖都能全身而退，要么见你就跑，要么就是抓到也不敢伤你，你是不是根本就不是人，是妖?!”

石雷听得气笑了，怒道：“你才是妖！”

旁边听着的常瑶有种预感，大哥也要渡劫了。

天雷四散，但历练之地的村民等人不受影响，完全看不到突变的天色与变故，倒是有些茫然不解地看着周围历练者如临大敌各自逃窜。

常瑶拉着宋霁雪退去安全的地方，中途扫了眼大棚之下，不见白衣剑修的身影，应当是灵境不愿给她太多信息，让她见到白衣剑修也算是某种试炼，解开她的心结。

常瑶知晓白衣剑修并非对她抱有杀心，而是因为血脉问题而失去记忆，在那之前深爱着绯和未出世的女儿，这些足以消除常瑶的心魔。

“清清，”宋霁雪忽然拉住常瑶，将手中灵石递出，“它变了。”

常瑶回头看去，只见灵石发着微弱的荧光，之前给出的指引字迹正化作灰烬散去，变成空白。

他的历练竟然过了。

天道探测宋霁雪的内心，知道他活在二师兄宁川的阴影之中，因此要他手刃自己的阴影方可走出最后一步，却不想方才齐光那么一闹，宋霁雪看着常瑶的反应，让他从过往阴影中走出，再不惧任何前尘苦难。

常瑶一时间竟不知道该说什么，恭喜云山君得道飞升？

宋霁雪目光沉郁地看着她，显然如果常瑶这么说的话，他只会变得越来越阴沉。

历练之地已经开始摇晃震动，这片空间即将崩塌，夜色中四方之巅的高

台之景若隐若现。

“阿雪？”任泓的心眼看得比其他人都清楚，四方之巅的影子已将宋霁雪整个覆盖。

在一切崩塌的瞬间，常瑶反握住宋霁雪的手，踮脚在他耳边，温声道：“往前走吧，不要为了我停下。”

历练之地破碎，所有人都瞧见了那棵巨大的红木扶桑树，以及迎接宋霁雪登台的四方之巅，灵境中时间过去许久，但对灵境外的人来说不过一瞬间的事。

他们仍在大阴山醉江峰宴会上，一道道光柱在各人的惊呼声中升起，把宋霁雪圈在长阶上，那光柱将常瑶也隔开，宋霁雪的眼神瞬间就变了。

“霁雪，”常瑶隔着光柱柔声安抚他，“没关系的，说不定你飞升成神后还能尽快帮我找到失忆的原因和解决办法，我们不是正需要这个吗？”

宋霁雪是不可能扔下她去四方之巅的，但常瑶不想他为了任何人放弃属于自己的机会，他这辈子已经够苦了，与凡尘的羁绊到了该斩断的时候。

长阶两旁的光柱中生出无数堪比天高的怪影，嘶吼着，这是最后一关了，只要斩杀这些尘世恶缘，他就能一步登天飞升成神。

心剑阵不受控制地覆盖四方并扩散开去，稚鬼微微发颤地发出沉沉剑鸣，充满不受主人控制的兴奋战意。

宋霁雪在常瑶目光温柔的注视下转过身去面向那道通天长阶。

“云山君……”后方传来惊叹与艳羡的轻呼声。

任泓撕心裂肺道：“阿雪！帮我把九尾天狐打下来再飞升啊！它那么大，我打不过！”

常瑶眼角轻抽，余光扫了眼还在旁边天雷中的九尾天狐，这次能顺利渡劫，二哥的修为又到了新的境界，旧伤应该也能痊愈了。

“大妖在昆仑渡劫，简直闻所未闻！”

“哎，说话严谨点，它是在万象灵境里渡劫的好吧！”

“就是！云山君飞升破了灵境才把九尾天狐一起带到这儿来的！”

昆仑三山弟子纷纷反驳那些试图给昆仑找事的言论，也有不少尊者沉稳布阵，吩咐道：“这九尾天狐渡劫将成，为防止它渡劫后大闹一场，先在醉江

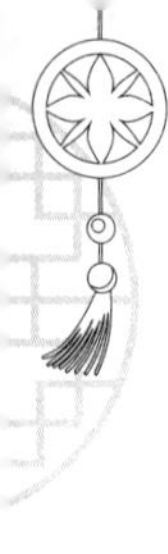

峰布下锁妖阵！”

各门各派的弟子纷纷朝四方之巅赶来找人，于野本是要去将被灵剑钉在地上的齐光捞起来，却见他自己挣脱灵剑带起一片血色，同时解除了岳南一的断音咒，红着眼朝四方之巅的光柱走去。

如今没了灵境的灵息压制，齐光施展超强咒律的本领，持剑指向宋霁雪时脚下生出高阶咒纹，霎时狂风四起。

“齐光！住手(回来)！”于野与符纪同时喝道。

齐光充耳不闻，紧盯着宋霁雪的背影朝光柱斩去：“宋霁雪！你休想飞升！还我师兄和小师弟的命来！”

岳南一和任泓纷纷出手拦他，却不想齐光能拼命到以血为咒，他手上的一滴小血珠爆裂散开并化作无数道咒光，这是根本不顾周围还有些修为低微的弟子，被仇恨冲昏头而只顾着杀宋霁雪。

咒光冲破了岳南一与任泓的防护，荡开浩浩厉风与光阵，让不少弟子都捂眼痛呼出声，石雷不幸又在攻击范围内，再次被人推出去——这次没有人救他。

常瑶余光瞥见后方斩来充满杀意的咒光与剑气眉眼微皱，回首间妖气弥漫整个醉江峰，引来所有人的注意。

妖气与灵息咒光碰撞迸发出尖锐的声响，巫山君等人纷纷抬手抵御这股庞大的妖气的冲击。

“这是……？”夏桑依护着身后女儿时朝四方之巅长阶前的常瑶看去，庞大的妖气释放令夏桑依身前的景象都变得扭曲模糊，她只能隐约看见一个熟悉的身影。

齐光在这股妖力威压之下硬撑片刻就已耳鼻出血，护体灵光正变得越来越黯淡，像是燃烧过后的星火灰烬逐渐散去。

他心中暗骂一声，再也撑不住持剑跪地，脚下蔓延的咒纹也瞬间停止。

“齐光！”于野拔剑气道，“你到底想干什么？”

“大师兄！到现在你还不明白吗？二师兄跟凡义就是她跟宋霁雪杀的！”齐光也怒道，“你要我眼睁睁看着杀死他们的凶手飞升吗？我做不到！”

齐光怒而回头看向常瑶：“还有你！”

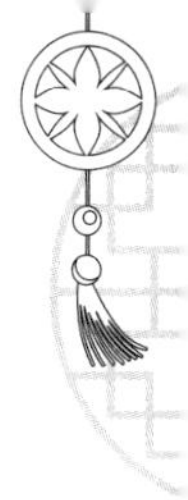

“你是我见过最愚蠢的凡人。”常瑶神态轻慢，四方之巅掀起的灵息狂风与雷劫闪电在她身后汹涌，“任泓目盲却有心眼，能明视万物，你却有眼无珠，留着也没用，不如将这双眼珠子挖出来送给任泓让他看看这世间。”

任泓扯着嘴角，干巴巴地笑道：“瑶妹，我一时间竟然不知道你是在夸我还是要拿齐光恶心我。”

常瑶不为所动道：“宁川和段凡义都是心胸狭窄，善妒且道德低下的虚伪小人。”

“你闭嘴！他们岂是你一只半妖能胡乱评说的？”齐光怒道。

常瑶不见恼怒，却也没庞大妖力，轻笑间威压更重，压得齐光猛吐一口血。

“三师兄！”躲在于野身旁的桑沥脸色惨白、双腿发软，不敢去看常瑶，声音颤抖道，“你、你别再说了，别再刺激她了。”

“你以为你的二师兄宁川有多高尚？”常瑶的视线掠过奉天宗的人，停在一名双肩颤抖的美妇人身上，语调温和又充满威压，“钟灵，钟师姐，不如由你来亲口告诉宁川的走狗他为何会死在我手里。”

话音落下时，一股妖力缠住了钟灵旁边少年的脖颈，小少年顿时脸色煞白难以呼吸，痛苦地喊了一声“阿娘”，钟灵慌神地喊道：“我说，我说！你快住手！”

常瑶微抬下巴，指尖妖力却没断掉。

钟灵泪眼婆娑，颤抖着声音道：“宁师兄……宁川他该死！当年是我求云山君帮我杀了宁川！”

“钟师妹……”桑沥打了个冷战，目光充满绝望——完了。

“你在说什么！”齐光朝钟灵看去，很快又怒道，“钟灵，当年你痴恋二师兄不得转嫁他人……”

“是宁川逼我的！你说得没错，我当年是喜欢过他，可宁川从未接受过我，心情好就逗我玩一玩，没兴趣的时候将我抛去脑后，一直都是我追着他跑，后来我累了，我找到了自己真心喜欢的人！他却偏偏不肯放过我！”

钟灵攥紧双手，指甲掐入的肉里流出鲜血，她眉眼间的痛苦与话里的怨恨让周围的人心颤：“宁川不爱我，但他占有欲作祟，既不爱我又不肯放我

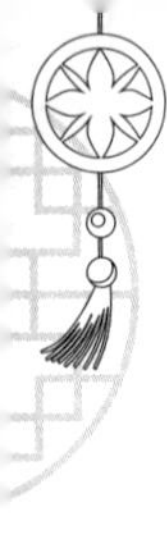

走，得知我与奉天宗定下婚约后更是变本加厉地威胁我！”

“不可能！”齐光下意识否认，“二师兄他是真心喜欢你！”

钟灵听得满眼鄙夷：“齐光，你才是那个被他骗得最惨的人！宁川在我出嫁前夜毁我清白被云山君撞见，在那时宁川便对云山君有了杀意，是我求云山君不要告诉任何人，把这个秘密烂在肚子里！可宁川还不肯放过我，他不肯放过我！”钟灵近乎嘶吼地将这些年的怨恨与恐惧道出，“入万象灵境历练进鬼沼那天，是宁川和段凡义想合伙算计宋师兄在先！”

那时她与宁川之间怨恨已深，又无力反抗宁川的控制，在历练之地掉进鬼沼那天是常瑶伸手将她牵出，同她轻声细语道：“我不喜欢他跟别的女人有所约定，所以钟师姐，你告诉我，那天晚上发生了什么，我帮你杀了宁川。”

钟灵根本无法拒绝常瑶的提议，于是她帮忙引开宋霁雪，让常瑶孤身一人去鬼沼见了宁川与段凡义，也是那天，这两人死在了万象灵境。

在场的人已经被钟灵这一番话给惊住了，宁川与段凡义在外的形象，任谁都要说一句温润君子品行良好，却没想到他们竟是如此卑鄙不堪的小人。

于野受到的冲击最大，他难以想象二十多年朝夕相处的师弟的真面目竟是如此，向来宠爱的师妹更是在他眼皮子底下遭受了如此劫难。他这些年除了修炼都干了什么？于野拿剑的手竟不自觉地在发颤。

“你……你胡说！二师兄怎么会是这种人！”齐光面上血色全无，手背青筋隐现，只下意识地道是钟灵胡说，拒绝相信真相。

“齐光、齐师兄，我出嫁前夜，宁川还是跟你一起来找我的。”钟灵抬手擦拭眼泪，缓缓迈步朝齐光走去，手中灵息化剑，怨恨道，“可当时只有你一个人走了，他还在。”

齐光只觉大脑眩晕，连咳好几口血，弄得满手满身都是，肮脏难看。

“不是这样的，你说谎，不是！”齐光扭头怨恨地看着常瑶，“是你这个妖女迷惑了钟师妹，是你叫她这么说的对不对？”

与这些狼狈的修者相比，他口中的妖女却笑意盈盈：“你若是不信，我也可以召你二师兄的生魂来对峙。”

什么？齐光仿若被雷劈一样呆住。

桑沥则惊慌地失声喊道："三师兄够了！不要再说这件事了，你、你不要再管了，宁川就是这样的人，钟师妹说得没错，他就是该死，他就是……"

常瑶的视线越过齐光落在桑沥身上，他立马噤声。

"桑沥，你说清楚！"齐光察觉到不对劲，他神色疯狂，颤抖着质问，"你说清楚，二师兄的生魂是什么意思？她怎么会知道？她怎么会……"

钟灵捂着泪流不止的眼，笑道："宁川他活该，哈哈哈！"

齐光一口血哽在喉中。

"他杀了我夫君，宁川他在万象灵境里杀了我夫君！所以他活该死了生魂也不得安息转世，而是被困在妖界日夜遭受折磨！齐师兄，这就是你一直以来想知道的真相！我也终于有勇气迎接这一天！"钟灵恨恨地看着齐光，手中灵剑以极快的速度一划，所有人都沉浸在她揭露的往事真相中，一时间竟没注意她的动作。

"钟师妹！"桑沥与于野同时惊呼。

齐光只感觉大片温热血色洒了一脸，他向来疼爱的师妹在他面前自刎而去。

不！不应该是这样的！

"钟师妹……"齐光颤抖着手伸出却又不敢去碰那张仍有泪痕的脸。

常瑶指尖微动，一缕黑气悄然钻进钟灵体内。

常瑶轻笑一声："齐光，看看被你逼死的钟师姐，若是你当年早些看清宁川的真面目也不会走到这一步，这可都怪你自己，你却不知羞耻地将过错推给别人，做一个虚伪的懦夫，觉得什么都是别人的错，你什么错都没有。你看着死在你面前的钟师姐，还不觉得自己错了吗？"

常瑶的声音中带点不易察觉的蛊惑，听得齐光绝望不已，他疯狂摇头，连剑也握不住，抬首看向常瑶时眼中已然没了之前的骄傲，整个人都已崩溃。

他甚至开始恐惧常瑶，从心底生出的惧意飞速蔓延。这一刻齐光深深意识到眼前的女人是只能准确地利用凡人的弱点，十分危险的大妖。

妖狡猾、阴狠、卑鄙，难以战胜。

"师妹！"桑沥抱着钟灵声音低哑又痛苦，他被心爱之人死去的痛苦冲昏了头，竟转眼看向常瑶露出憎恨之色，"你为何非要如此？既然大家都认为

是宋霁雪杀的，他自己也如此默认，你为什么非要逼着师妹揭开这道伤疤？”

“一个当年在众妖面前跪下求饶、抛弃同门自己苟活的叛徒，现在却在这儿装深情？”常瑶笑道，“你们几个师兄弟可是一个比一个更让人恶心呢。”

桑沥之所以那么怕常瑶，是因为他曾被妖抓到无咎山，看见了被常瑶困在无咎山黑河里受苦的宁川生魂。

常瑶曾告诉他：“你和宁川只能有一个活着回去。”

常瑶笑看着他在黑河里与众妖斗法狼狈不堪，看着凡人露出自己真实丑陋的那一面，桑沥抛弃了他的二师兄往岸上游去，一次也没有回头。

自那之后，常瑶在桑沥心中就是彻头彻尾的恶妖，恐惧深埋在他心底。

桑沥甚至可怜宋霁雪。可怜他被一只危险的大妖爱着，这只妖不动声色地将他周围的人清理又将他欺骗，让他沉溺在被爱的幻境中信以为真。

傻子，妖真的会深爱一个凡人？怎么可能！但是宋霁雪爱常瑶，爱到难以自拔，能伤到宋霁雪十分，至少也能伤到常瑶一分吧？

桑沥忽然在短时间内聚集所有灵息朝已快到四方之巅的宋霁雪喊道：“宋霁雪！你当年在万古苦海斩的那只妖就是常瑶！是你斩了她的灵脉！”

在桑沥话说到一半时，常瑶就已发出尖啸的妖力朝他杀去，却因为要穿破桑沥聚起的道道防御而慢了一瞬，他话音落下后便被妖力穿喉而过，睁着眼悄无声息地倒地。

“桑沥！”齐光又眼睁睁看着一位师弟死在他面前，情绪和理智都崩溃，大叫着拿剑朝常瑶挥去。

渡劫而归的九尾天狐在常瑶身后睁开眼，漂亮的暗金色眼眸，在虚空居高临下地俯瞰众生。

猎猎黑风盘旋，自天雷之中散开，一只黑凤发出鸣叫来到常瑶身前，将那一击挡下，落地时一抹人影立在黑雾中，衣发翻飞，带着残酷的杀意凝视醉江峰上的所有人。

“凤妖……凤妖？”其他人看清常瑶前方那抹黑影真容后一个个惊叫警惕起来，方才置身事外的看客这会儿却充满紧张感和危机感。

凤族少主伏烬黑衣银发，这极具特征的形象让人们一眼就能认出他来。

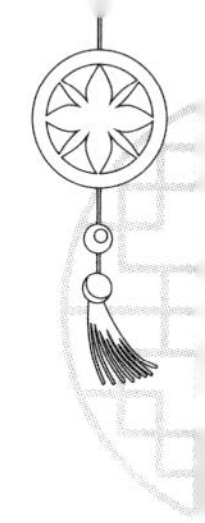

伏烬半眯着眼眸扫视符纪等人，最终停在齐光身上，弯着嘴角露出嗜血的笑："昆仑，云山……很好，修界的废物都在这儿，省得我一个个去找。"

常瑶没管渡劫归来即将大开杀戒的大哥，而是回首朝四方之巅看去。

本该继续往前走的宋霁雪停下了。

光柱中飞出的虚影将他整个人都吞噬，却没有遭到片刻反抗。

因为宋霁雪听到了。

他曾经在万古苦海斩妖除害，却意外与常瑶分开，彼此都以为对方被妖带走，所以前去营救。

在那浩浩黑海之上，宋霁雪看见一只化形的大妖。

那巨大的双翼将月光和天地都遮蔽，纯白的鳞片漂亮得生光，它与另一只妖兽缠斗释放的妖力威压让他都感到威胁，两只大妖相斗，掀起翻滚的海浪，每一片浪花都裹挟着杀意。

宋霁雪记得那只白色的大妖应龙，漂亮、强大，也危险。

他为了找常瑶用尽全力，心剑斩出的杀招伤了两只大妖。

妖沉入了深海之中失去身影。

当宋霁雪从深海中找到常瑶时她已浑身是血，缩在他怀里轻轻笑了下："还好你找到我了。"

常瑶从未说过这件事。她留在宋霁雪身边只想给他温暖、幸福的爱意，不想给予丝毫痛苦。为此她可以不惜一切。就算欺骗自己不爱他，只是为了灵息修炼做戏，却在渡劫时下意识拒绝了化形抵挡。

这世上谁都可以看见她的原形，唯独宋霁雪不可以。

常瑶隔着无数光柱与长阶，看见宋霁雪停在最后一步。

他似乎明白了一切，因而转身看回来，稚鬼从他手中掉落，心剑阵发出破碎的声响，四方之巅整个垮塌。

心结又生，云山君难以飞升。

第九章 缘起

昆仑云山君渡劫失败，在众目睽睽之下被虚影吞噬，从四方之巅坠落不知去向。同时，凤妖与九尾天狐在昆仑力战半数修界强者搅得天下大乱。

修界与人间如何，常瑶并不在乎，两位兄长是要毁灭世界还是称霸天下她也没空去管。她将渡劫失败昏迷不醒的宋霁雪带回了无咎山。

命运有时处处充满危险的巧合。

暮色之下敞开的窗外可见缓缓转动的水车，遍地红艳的妖花缓缓绽放，占领整个山头，常瑶回首看向躺在床上昏迷不醒的宋霁雪，视线停留在他的手间。

宋霁雪的心剑不在。稚鬼脱手掉落时与四方之巅一起消失。

渡劫失败的人总会失去点什么。

常瑶没想到会在最后关头突生变故，她本是想趁着宋霁雪渡劫出不来时将他那两个碍事的师兄解决了，却不想还是小看了桑沥，这胆小鬼竟还有勇气和胆子再插宋霁雪最后一刀。

思及此她心中暴戾突生，山间厉风声声横扫远去，无论大妖小妖纷纷缩回自己的洞府躲起来瑟瑟发抖，山中灵压变得危险，所有妖都知道这会儿领主心情不好，还是不要出去触霉头的好。

常瑶坐到床边守着宋霁雪。她握着那修长的五指，温柔地轻抚每一根手指，耐心地等着他醒来。

宋霁雪昏迷了三天三夜，醒来时临近夜幕，第一眼就看见守在床边的常

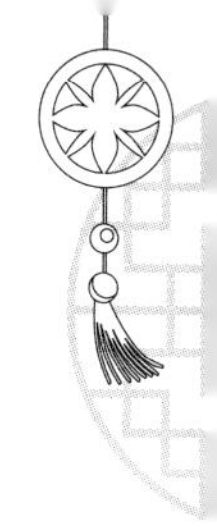

瑶，神色微怔。

常瑶与他五指交握着微微垂首，见他睁开眼后悄悄松了口气，还未说上一句话就被人用力拉进怀里抱着。

“清清。”宋霁雪声音轻颤着叫她。

“不要在意。”常瑶靠在他胸膛上柔声安抚，“那都是过去的事了。”

宋霁雪一声声叫着她，每一声都得到了回应。

他除了叫“清清”再没说过别的，倒是常瑶变着花样安慰他。

“这次渡劫失败了还有下一次。

“灵脉的事你又不是故意的，那是误伤。

“我是半妖，倚靠的力量是妖力，人类的灵脉其实我不怎么喜欢，断了就断了。

“再说，我因为第二条命灵脉也恢复了。”

宋霁雪抱着她不放，环在她腰间力道大得似要把她融入自己的血肉里，他说一句“清清”，常瑶就回他三句温柔的话，试图让他放下误斩她灵脉一事。

最后宋霁雪又抱着她睡过去，醒来屋外已天亮。

宋霁雪似乎没有什么变化，渡劫失败没有夺走他的修为或是记忆，他仍旧记得她，他还是那个深爱她的云山君。

常瑶略感欣慰。

但很快她就知道自己高兴得太早。

宋霁雪没有失忆，也没有缺胳膊断腿，看似一切都好好的，却又整个人坏掉了。

以为他情绪终于稳定下来的常瑶，某日问：“你的稚鬼呢？”心剑不会真的没了吧？

宋霁雪低垂眉眼：“不知道。”

常瑶见宋霁雪这态度就知道不能再继续这个话题，她一勺又一勺地喂他喝药，转而说起别的事：“我大哥是风族的少主，他前几天在昆仑大闹一场，两界关系又变得岌岌可危。”

“人界与妖界的关系就没有好过。”宋霁雪抬眼看她，“清清，我不知

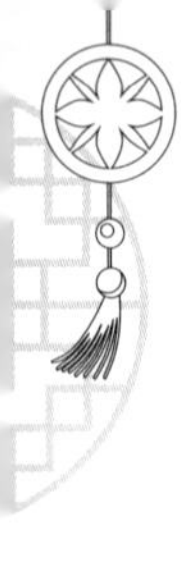

道是我伤了你的灵脉，也不知道伏烬是你大哥，你真的不打算把剩下我不知道的事提前说一说吗？”

常瑶拿着汤药勺递至他唇边：“没有了。”

“是没有了还是你忘记了？”宋霁雪一边低头喝着一边阴郁问道。

“大概是忘记了吧。”常瑶的注意力都在他喝药上。

“那就去把记忆找回来。”

宋霁雪欲下床，被常瑶伸手按住：“等你再休息几天，灵息复原再说。”

宋霁雪眉眼沉郁地道：“你不想恢复记忆？不想记起爱我？”

“不是。”常瑶哭笑不得，“你现在灵息不稳，时有时无，我怕出意外……”

“你嫌弃我渡劫失败成了一个灵息时有时无的废物吗？”宋霁雪语气幽幽。

常瑶微微抿唇，就算是宋霁雪自己说这样的话她也感到不悦。

“不是这样。”她轻声叹息。

“再休息几日，到时候我带你一起去中州找解决失忆的办法。”常瑶将最后一勺汤药喂给宋霁雪，他却只是看着她并未张口。

他的目光眷恋又阴郁，像是从沼泽里生长出的一株绿藤，顽强依附着岸上的大树，不让自己再跌回冰冷的泥沼中。

被如此注视着的常瑶拿他没法，转而将汤药倒入自己口中，伸手勾着云山君的脖子俯身吻去，将那微苦的汤药全数渡给他。

宋霁雪没让她走，这一口汤药直接把人喂到床上去，也不管屋外还是白日，明媚阳光之下心中却是惨淡阴霾，常瑶能感受到他疯狂的亲吻中带着的绝望与痛苦，让她心中发酸。

一个濒临崩溃的人急切地需要亲密的安抚。

宋霁雪宽厚的大掌覆盖在她手背上，五指交错地按在散开的发上，常瑶偏头看见日光落在交错的双手之上，温柔地与过去重合，往昔记忆转瞬即逝，带来某些她曾短暂忘记的画面。

这世上有一种咒，名为“望梅”，心有意中人者才能中咒。灵境中为救

常瑶误入陷阱中咒的宋霁雪，当晚被关在她房间里没法出去。

看着宋霁雪冷着脸满眼杀意，仿佛要把整座客栈给拆了的暴躁模样，常瑶安抚道："不是说有意中人者才算是中咒吗？只要你心里没人，那这望梅自然就解了。"

宋霁雪像是被从水里提溜出的鱼一下就蔫了，狠狠地瞪她一眼。

常瑶被凶得有点莫名其妙。

这屋子小，只有一扇透明纱质什么都遮不住的屏风做隔断，宋霁雪去了屏风后盘腿坐下掐诀敛心神，低声道："别看我，也别管我。"

常瑶走到屏风前时屋中烛火熄灭，只剩月光。

"望梅七日之内都不可解，入夜发作，心中渴望意中人却不可主动靠近，若是主动那中咒者必死无疑……你该不会真中咒了吧？"常瑶歪头探过屏风去看他，"要是中咒可会非常难受……"话没说完，想说的都湮灭在宋霁雪看过来的目光之中。

昏暗之中那双黑眸倒映着她一个人，不过两三句话的工夫他已额上生汗，视线停留在常瑶身上时小幅度地轻咽口水，喉结随之上下滑动。

望梅将欲望放至最大，让他如火烧水淹般，只有被意中人抚摸才能缓解。可若是他主动靠近索求，意中人必死无疑。

两人视线相交的那瞬间常瑶便明白了。

常瑶垂眸无声地笑了下。

宋霁雪略显狼狈地别过眼："清清，你出去。"他近乎咬牙切齿地吐出几字。

"灵境为了困你把门都封了，我能去哪儿呀？"常瑶摊手。

常瑶朝宋霁雪走去，短短两三步的距离，硬是让她走出了数十里的样子，衣袂、发梢的每一次晃动在宋霁雪眼中都极慢。

"很难受吗？"常瑶来到他身前弯腰轻声问道，随之滑落的一缕长发搭在宋霁雪肩上，幽幽发香引来更强烈的折磨。

"清清，"宋霁雪与望梅对抗几乎用尽了毕生耐力，才能不碰她一根头发丝，"你是只想活这一晚上？"

“说不定我这一晚上都活不过去呢，但我又不想看你这么难受，所以……你可要好好忍住才行。”常瑶轻声慢语间从袖中伸出手，宋霁雪视线不由自主地随她的动作而动。

那纤纤玉手轻而缓地勾起他的右手小指，肌肤相触的瞬间就让宋霁雪呼吸急促。

冰凉的指甲轻轻滑过宋霁雪青筋隐现的手背，他的左手紧握成拳，柔弱的手掌却温柔地覆盖在他手背上，轻而易举地瓦解他的拳头让他将五指松开。此时的宋霁雪对常瑶毫无防备，只有深切的渴望与被克制的冲动。

宋霁雪的眸光随着交握的十指而颤抖一瞬。哪怕只是手掌的抚摸也让他得到莫大的满足，可片刻后更多更危险的渴望随之而来。

“清清。”宋霁雪出言警告，嗓音也哑到不行。

“嗯？”常瑶牵着他的手，低声回应，“你要我放开吗？”

宋霁雪喉结滑动，汗珠顺着颈项落入衣内。他不可能说出来。

常瑶垂眸注视着他并眼带笑意，再次询问：“要吗？”轻轻的两个字把宋霁雪彻底砸晕。

那屏风本为了将二人隔开，可最终只隔绝了月光。

常瑶被宋霁雪困在屋内一天都没出去，梦里是二人解望梅之咒的过去，梦外是时隔多年的亲昵缠绵。无论日光还是月光，晨风或夜风，都是温柔的。

直到她被身边的异动惊醒，睁眼看见宋霁雪右手鲜血淋淋，另一只手拿着碎掉的瓷碗片。

在常瑶怔怔的目光注视下，宋霁雪垂眸轻声道：“清清，它太讨厌了。”

宋霁雪的自我厌弃又到了另一个高度。

他无法接受自己这双手拿着稚鬼斩断了常瑶的灵脉。

憎恨与厌恶之下是控制不住的自我伤害，他看这双手不顺眼，看稚鬼不顺眼，所有让他想到自己伤害过常瑶的东西他都看不顺眼，勾起了心底的毁灭欲。

常瑶试图说服宋霁雪：“那不是你的错。”她捧着宋霁雪的脸凝视那双幽深漂亮的眼眸，认真道，“我的灵脉还在。”

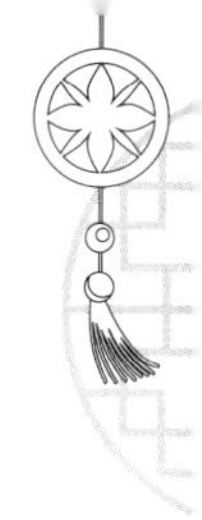

宋霁雪眷恋地抱着她，低声说：“是因为我斩了你的灵脉，所以你才在渡劫时说那些话，选择忘记那些爱过我的瞬间吗？”

常瑶听得目光微沉。

宋霁雪在灵境里建立的信心因灵脉这件事而全盘崩塌。

“清清，对不起。”宋霁雪把自己埋进她怀里，双肩轻轻颤抖着。

宋霁雪遇见常瑶之前一直被否认和轻贱，被师兄弟拿捏嘲讽身世地位，没得到过善意，没被人偏爱过，也从未被接纳。

他并没有常瑶和世人想的那么好。什么拯救天下苍生的掌门，什么斩妖除魔为百姓，都是他人眼中的云山君。

宋霁雪起初拼了命修炼只是想活得像个人，少年时心中也有不甘和怨恨，也想过要杀了那些曾轻贱欺辱他的人。

修炼心剑时也被人嘲笑看不起过，可他还是咬牙坚持，为此付出不少代价，只为了爬得更高得到更多。

直到他遇见常瑶，以前从未得到的东西一时间全都有了。

常瑶看宋霁雪的目光干净明朗又炽烈，他在常瑶眼中闪闪发光，独一无二。宋霁雪这辈子所有的好话都是从常瑶这儿听见的。

“你是我见过长得最好看的人。”

“跟谁比都一样，你肯定是最厉害的那一个。输了也没关系，反正在我心里你永远是第一。”

“你怎么妄自菲薄呀？没有宗族背景算什么？你不比任何人差。”

“我不要你大师兄教，也不要去问他，他是天下第一剑，但他教不好我，只有你才行。”

常瑶给予宋霁雪善意与偏爱，让他意识到他其实也很不错，并没有宁川和段凡义说的那么卑贱，他不是被师尊无视的存在，没有想象的那么糟糕。

“我杀他是因为他说你坏话。”

“我就是见不得旁人欺你辱你，你自己也不行。”

“别人我不会信，但如果是你的话，我相信你一定可以练成心剑。”

“如果你需要某个人的肯定才能继续下去，那就相信我，相信我说的每

个字，在这世上，六界之中，我只会偏心你一个人。”

自宋霁雪选择相信常瑶的那一刻，他就为了常瑶说的话而改变着。胸中曾经的怨恨、愤懑被抚平，稍微走偏的人生道路在她这儿被纠正。

宋霁雪亲身体会到一句话几个字的力量有多么强大。

常瑶说的每句话都激励着他一往无前，他比过往更加强大，充满力量，就算前方有万重山千层浪，他也能坚定且毫无惧意地踏过去。

宋霁雪从常瑶这儿得到的力量让他抛弃了自卑又阴暗的自己，蜕变成世人眼中的云山君，却也在不知不觉间，让他总是以常瑶为风向标，常瑶说好就是好，常瑶希望他变成什么样他就是什么样。

常瑶说他作为云山掌门要斩妖除魔拯救苍生，于是他就诛杀祸害天下的妖魔，立下一笔笔功绩受万人崇拜。

他的世界里只剩下常瑶。

那时的宋霁雪毫不怀疑常瑶的爱意，他坚信常瑶说过的每一句话。常瑶说爱他，常瑶说在这六界之中只偏心他一个人。直到某天，常瑶说“这都是骗你的，我不爱你”，宋霁雪明亮温暖的内心世界因此摇摇欲坠，随着失去常瑶的时间越来越长而彻底崩塌。

宋霁雪已经困在只有常瑶的世界里太久太久，久到连自己都抛弃。而曾经的常瑶也最喜欢他对她的这份迷恋。彼此都是对方的唯一，多么难得。

可惜造化弄人。宋霁雪也曾厌弃地问过自己为什么要活成这样，现在他连为什么都不想知道。

因为夜里割手一事，常瑶无时无刻不在注意着宋霁雪，日夜都不闭眼。可宋霁雪后来表现得又比那天晚上要冷静得多，那一夜只是短暂地失控。

但他冷静的时候也让常瑶心疼不已。

宋霁雪一天里会洗上无数次的手，若是松开常瑶的手拿了别的东西，最快三五个瞬息就忍不住要去洗手，常瑶注意到这点问他：“你洗什么？”

“有血。”宋霁雪蹙眉，双手在清亮冰冷的池水中搓得快破皮出血，“清清，我怎么都洗不掉，一会儿就有了。”

常瑶弯腰将他手上水珠擦拭干净，柔声说：“别着急，慢慢洗。”

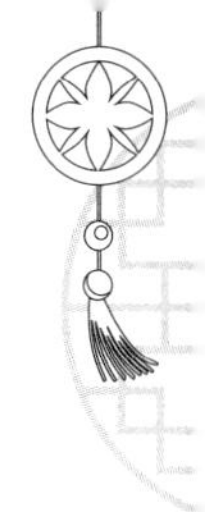

宋霁雪会反复探查她的灵脉状态，常瑶也随他去。

宋霁雪睡着的时候常瑶就在一旁看着。

宋霁雪睡不了多久就会因噩梦惊醒，他总是梦见在万古苦海一剑斩向妖龙的那幕。惊醒的瞬间握着常瑶的手力道加重，翻身坐起去看她是否还在。没睡的常瑶熟练地抱着他轻声安抚："是噩梦，不是真的。"

宋霁雪眉间阴郁难消，后半夜也不睡了，跟常瑶缠绵到天亮，破晓时才勉强再度睡过去。

常瑶靠在床边单手托腮看蹙眉睡着的宋霁雪，宋霁雪灵息不稳，时有时无，神志紊乱，这让他看起来更像个凡人。

她在灵境里恢复的一角爱意在这段时间里变得越来越清晰。

旁人或许会觉得如今喜怒无常、自卑自厌的宋霁雪是个麻烦，与之相处很有负担，时间一久便会开始对他生出不耐烦。

就连师天颢也说过，也许某天常瑶对宋霁雪没了耐心，就会觉得他哪儿哪儿都不如她的意，哪儿哪儿都是毛病，然后开始讨厌他。可从一开始常瑶就对宋霁雪有着用不完的耐心。无论宋霁雪变成什么样她都喜欢。因为宋霁雪的每一种模样都是因她而成。

"好不起来也没关系。"常瑶俯首在他唇边落下温柔一吻，"这一次就按照你自己的心意来。"

她也喜欢宋霁雪离不开自己，喜欢宋霁雪对她独一无二的依赖，喜欢宋霁雪的世界只有她。

宋霁雪精神不佳，清心咒、静神诀也没用，妖界的东西对修者效果甚微，于是常瑶派妖去人间寻了安神丹药和熏香回来。可惜也没多大作用，宋霁雪仍旧每晚都做噩梦。

为此常瑶差点把山中梦妖都赶出去，最后梦妖们瑟瑟发抖地躲去最边缘，离领主居住之地远远的，除了领主施展瞬移能立马到之外，其他人就算是御剑或是靠妖力都要飞上一天一夜。

常瑶找来吞食噩梦的貘妖，要它在宋霁雪入睡后将梦魇带走，这才让他难得地睡了个好觉。

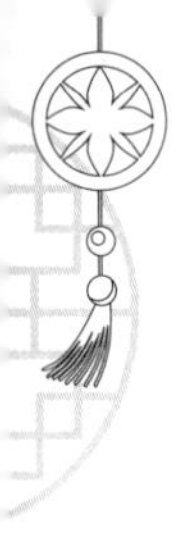

第二天宋霁雪醒来，习惯性地去抱常瑶，贪婪地呼吸，让鼻间充满她的气息，哑声地问道：“你找了貘妖来吞噬我的梦吗？”

常瑶面不改色道：“没有，无咎山百万大妖里就没有这种妖怪。”

“梦里我能看见你。”宋霁雪低头靠在她肩膀上，听后微弯了下唇角，“白身黑翼的妖龙，很漂亮，是我见过最漂亮的妖。”

常瑶伸手环着他的腰，笑道：“我娘说妖龙最完美的形态是纯色，可我却不是。”常瑶不紧不慢道，“因为白身黑翼，以前还在犹豫到底是该讨厌纯黑的羽翼还是讨厌纯白的龙鳞。”

宋霁雪抬首看她：“你的双翼上有相同的伤。”

他反复回想当年的那一幕，注意到了许多以前不曾注意的细节。

“算不上伤，印记而已，小时候弄的。”常瑶解释道，“也不知道为什么重生后灵脉都回来了，那印记却没消失。”

宋霁雪微眯着眼：“小时候……伏烬打的？”

“这倒不是，大哥打我那会儿我都不知道怎么掌控形态变换，我娘说我小时候是人类的力量更强，压制了妖力。”常瑶老实答道，“大哥之所以打我，也是因为他不会教导我运用灵脉力量，所以才要训练我修炼妖力，教我掌控变形，但他就是……太凶了。”常瑶现在想起来还是有阴影。

有段时间常瑶见到伏烬就想躲，导致凤族那边的妖怪都以为兄妹关系恶劣，常瑶甚至因此讨厌所有凤妖。

个别心悦常瑶的凤妖很是伤心难过：明明是少主的错，为什么我们也要被无咎领主讨厌呢？

宋霁雪眨了下眼若有所思。

这时，屋外出现一抹黑影，低声道：“妖皇在山底想与您见一面。”

常瑶轻挑一下眉，她没去找妖皇麻烦，妖皇却自己送上门来了。

“凤族少主也在。”黑影又道。

常瑶：“知道了。”

“你去吧。”宋霁雪松开手。

常瑶有点惊讶。

宋霁雪又去洗手，仔仔细细地将他眼中所见每根手指上的血迹洗净。

常瑶站在门旁看他，轻声说：“我可以不去，也不是非要见他。”

“清清，”宋霁雪低声道，“我只是说说而已，因为不这么说，我怕你会越来越受不了我。我不想你离开我身边半步。”他垂首收敛眼底眸光，语调平缓地说，“但我也讨厌这样的我。”

水中的双手骨节分明，修长干净，却在宋霁雪的眼里满是罪孽，血迹斑斑。

常瑶没去见妖皇。她让黑影传信，若是想见她进山即可。

可妖皇不敢踏进无咎山半步。无咎山百万大妖都听常瑶差遣，进山就是去送命，生死全在常瑶手中。

当今妖界也就凤族少主和狐族之王能毫无顾忌地在无咎山进进出出。所以妖皇没进山来，伏烬来了。但他跟师天颢一样，被常瑶屏蔽在竹屋外围进不去。

伏烬看着眼前的结界阴森森道：“她有种一辈子在里面不出来。”

师天颢在旁边劝道：“想必是云山君如今状态不好，需要她看着才抽不出时间……”后面的话在大哥扫过来的一个冷眼中断了。

“十三天了。”伏烬说，“修界都快被我颠覆，还管他宋霁雪死活干什么？不是口口声声说不爱人家？”

“前因后果已经跟大哥解释过了。”师天颢无奈。

“一个渡劫失败的臭小子哪里配得上无咎山领土？”伏烬嫌弃道。

师天颢犹犹豫豫：“小妹也曾渡劫失败。”

伏烬一拳朝结界揍去，妖力波纹散去老远，阴恻恻道：“那能比吗？”

“算了，多说多错。”师天颢摇摇头。

伏烬伸指点了点结界：“让宋霁雪出来，我在云山受的苦要他百倍还回来。还有你们俩……”

伏烬一回头，师天颢已不见踪影，他立马追上。

师天颢有时候怀疑竹屋前的结界并不是小妹想在里面跟云山君过二人世界，而是不想渡劫归来的大哥进去找她算账而已。

来到屋外的宋霁雪站在石台边洗手，因为结界波动而抬首看去。

“不用管。”常瑶坐在石台旁的桌前，面不改色道，“可能是一些好奇人间修者的小妖，不小心碰到了结界。”

宋霁雪看她一眼，问道：“小妖？”能差点将她亲手布下的结界一拳打碎的小妖？

常瑶抬手按着太阳穴故做忧愁状：“这些小妖进步神速，我不在无咎山的时间里已修炼到如此地步。霁雪，你可要快些好起来帮帮我，要是他们群起攻之我哪打得过？我夫君可是专门斩妖除魔的心剑第一人，小妖们见了肯定不敢跟我嚣张。”常瑶双手托着下巴看他，嗓音清甜，眼里笑意明灭。

常瑶话里那点撒娇意味听得宋霁雪笑了下。这一笑干净明朗，注视她的目光宠溺而温柔，瞬间驱散了长久以来的阴郁，虽然只是短短的一瞬，但是让常瑶心头发颤，久久回味。

今日是宋霁雪的生辰，常瑶入夜前给他做抄手吃。宋霁雪要帮忙，拿着抄手皮还没包好就忍不住要去洗手，来来回回数次后被常瑶赶出了厨房。

宋霁雪站在屋外迎着冷风低头看双手，忍着想砍掉它们的心深吸一口气，道：“清清，赶我出来就跟我说说话吧。”

窗户没关，他站在窗前看里面，常瑶抬手擦了下脸，面粉沾到脸上，窗外的宋霁雪便伸手替她擦掉。

“想吃什么馅？”常瑶问。

宋霁雪：“只要是你做的都可以。”

他的夫人曾十指不沾阳春水，却也为他学了做吃食——虽然只会这一样。

“其实我忘记了，也还没有记起。”常瑶将煮好的抄手舀进碗里，“是二哥提醒我今日是你生辰。”

师天颢在云山混了几年，云山君生辰这种事倒是记得比这二人还清楚。

宋霁雪只看着她，闻言无所谓地笑了下：“这种事我也忘记了。”其实他生辰是哪天自己也不清楚，当年入昆仑登记被问及时随口说了一个日期。

“以后不会忘的。”常瑶端着碗来到外边同他在桌前坐下，星辰在头顶闪耀，风吹着香味侵入鼻腔唤起饥饿感。

宋霁雪吃得很慢。碗里升腾的热气带着调料和馅料的香味，舌尖尝到的

任何味道都足够他回味良久。那些幸福温柔的时光不知不觉间已经失去太久，久到他这些年来不敢回头多看一眼。

碗中倒映了来自遥远天际的光芒。宋霁雪垂眸目光微怔。他是流浪世间的孤犬，常瑶是天上为他指路的月亮。

孤犬被月光驯服，在一望无际的虚无中仰望着月亮所在的方向。直到某天奇迹发生，月亮落在他怀里。孤犬在只照耀他的月光之下睡着。

虚无散去，生出新的山川河流、花树日月、风霜雨雪——天地万物存在于此，无一不美。

宋霁雪在虚无中走了很久很久，又一次看见了被月光照亮的世界。

常瑶现在的心思都在宋霁雪身上，想方设法地安抚他，帮他稳定心神，一时间将去中州寻找白衣剑修宗门的事抛至脑后。

自灵境出来后她心结已除，能感受到曾经的力量在这段时间里全回来了，随之而来的问题也很明显：她开始忘记了。

起初是在说宋霁雪心剑的问题，常瑶问他：“稚鬼消失了还是被你藏起来了？”

“都差不多。”宋霁雪慢慢道，“一时半会儿回不来。”

常瑶牵过他的手十指交握，叹道：“重新修炼心剑可不容易。”

“我能练成一次就能练成第二次，不会不容易，只会越来越简单。”宋霁雪轻挑一下眉，静静看她片刻后低声道，“清清，你不用担心我，当年在三浮道观第一次给你看心剑的时候……”

常瑶歪了下头，有点疑惑：“三浮道观？”

宋霁雪顿住。

常瑶蹙眉：“你是在三浮道观第一次给我看心剑的吗？”

“清清，上个月在灵境里的时候你才说过这事。”宋霁雪伸手温柔地抚平她的眉头。才出灵境没多久她竟然忘记了。

常瑶再次感到心底那股急迫与焦虑，她神色略显阴郁。

无咎山之主的脸上出现这种神态实属少见，来通报的黑影都有些犹豫是

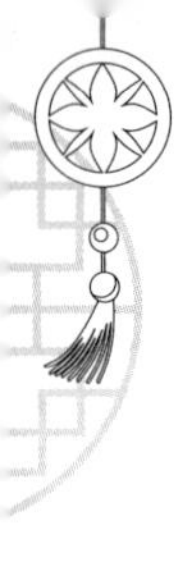

否要打扰二人，战战兢兢道：“妖皇再次到访，他传话说是要与您再议当年的约定。”

常瑶一听这话下意识地去看宋霁雪。如果说有什么事让她觉得后悔，那就是当年选择杀宋霁雪这件事。

宋霁雪神色不见波澜，他垂首亲了亲常瑶：“去吧，看看他到底想做什么。”

最近几天宋霁雪与前段时间相比正常得不像话。尽管他还是会频繁洗手，但不靠貘妖也没有半夜被噩梦惊醒，不再拉着常瑶的手姿态发狠地说着自厌的话，他自己悄无声息地减轻常瑶的“负担”。

噩梦仍在，但他会克制着不让自己因此惊醒被常瑶察觉。占有欲与焦虑依旧挑战着他每一根神经，让他注意着常瑶的每个眼神与动作，去思考无数可能，但他会克制着不再失控，巧妙地将心中最真实的想法隐藏。

宋霁雪表现得越来越好，常瑶却越来越担心。她目光犹豫，宋霁雪轻掐她滑嫩的脸颊，似笑非笑：“怎么？”

“好不起来也没关系，你每种模样我都喜欢。”常瑶认真道，“以前那些事我都会想起来的。”

“嗯。”从宋霁雪喉咙里滑出一声低沉的应答，目光深邃幽静，“清清，不用因为我而太累了。”

常瑶皱眉：“我不累。”这是真话。她喜欢宋霁雪总是专注看她的模样，那双眼里只有她一个人。

宋霁雪看她良久，最终低声说：“清清，想不起来也没关系。若是真忘了我……也没关系。”

常瑶轻眨下眼，心头怒意还没上涌就被人揽着腰抵在窗边俯身亲吻着，交握的手被按在窗棂上，外边的粉白花枝垂在二人之上在她视线中轻盈缓慢地摇晃，坠下几片粉白花瓣擦过她脸颊。

“我会清醒地记着你跟我之间的一切，哪怕你忘记千百次也没关系。”宋霁雪温柔而眷恋地吻过她眼角、眉梢，耐心又沉稳地说着，“不用着急，不用去逼自己必须想起来，也不用再选择失去任何东西去换回记忆，哪怕你真的

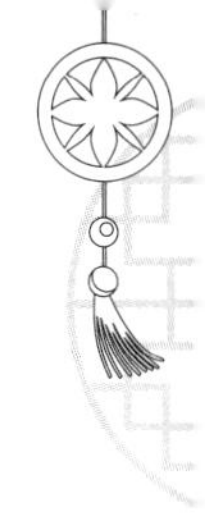

全忘了，我也不会放手。”

没关系，你只是忘记了一个微不足道的我而已。

常瑶身为半妖，修炼飞升已经比凡人和纯血妖都要不易，如今心结已解，他的阿瑶不该为了任何人停下。

宋霁雪这些天总在想：灵息时有时无的他能为常瑶做些什么？

常瑶神色郁郁地下山。一路上她都在想宋霁雪方才说的那些话。他们都是聪明人，在灵境里也见过白衣剑修。白衣剑修的修为不比他俩低，甚至在他们之上，以白衣剑修的修为境界也难挡血脉的力量，让他彻底忘记深爱的绯，二人反目相杀。

绯不可能没找过破解之法，但她没有找到。是没有找到，还是根本就没有破解之法？

宋霁雪与常瑶心中都有一个答案。

一想到这几天宋霁雪类似“清理”自己的行为，常瑶心里就闷着疼，他似乎预见了什么，在给未来某种可能做准备，因而将一切负面阴暗的情绪都压得死死的，不在她面前暴露一丝一毫。

宋霁雪已经相信常瑶深爱他，同时也不得不面对即将失去常瑶一事。

妖皇不敢入山，领着自己的两位心腹站在山外等着见无咎山领主一面。然而无咎山领主来后，在场的妖都看得出来她心情不好，神色淡淡，眉眼间还有点不耐烦。

常瑶敛去眼底阴霾看向妖皇，颔首间傲慢道：“我屡次邀请，妖皇也不愿入山，既如此嫌弃，又何必天天往这儿跑？”

妖皇状似好脾气地笑着：“山中大妖百万，入山惊扰自然不必。”

胆小鬼。常瑶无声地笑了下，视线从立在半空中冷着脸的伏烬身上一扫而过。

妖皇仔细看了会儿常瑶后才道：“虽与从前有细微差别，但也的确是你，没想到当年金銮台一劫还有如此变故，难怪这些年无咎山再难有妖结契成功。”

“说正事吧。”常瑶淡声道，“我还有事忙。”

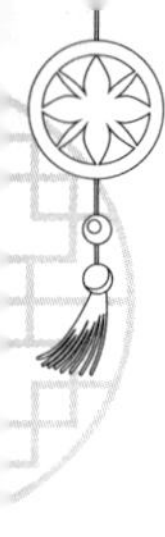

“如今人间与妖界冲突再起，昆仑与奉天宗因往事结怨对立，彼此内斗，正是我等进攻的好时机……”妖皇还试图跟常瑶讲述自己的宏图大业，却见无咎山领主面无表情地转身就走。

妖皇沉声道：“等等，你父亲修道并非如今任何一家大仙门，而是独传宗族世家。”

常瑶这才驻足回首。

宗族世家？

“几百年前曾是修界知名的大家族，出过好几位飞升者，可人丁稀少和资质不佳等问题让它日渐没落，从修界退出变得无人知晓。”妖皇再次恢复他那从容姿态，“你可想知道在哪里？”

常瑶微眯着眼：“你这次想要什么？”

“放心，我自然不会再犯上次的错误，前些日子在人间已听说二位夫妻情深是真，断不会再让你与云山君为难。”妖皇微微笑道，“这次只需要你与我一起攻打人间。”

常瑶：“我可没那么多时间。”

妖皇又道：“三次出手机会即可。”

“三次？你倒是对自己有信心。”常瑶笑道，“十年前那次你也准备充分，怎么最后却没能拿下人间？”

妖皇脸上笑意微僵，叹气道：“这还得从云山君说起，他凭借心剑封印了地鬼之门，还斩杀了祸害人间的蜚，实在是……讨厌又强大的对手。”

“一次。”常瑶散漫道，“如今人间没有云山君，我也不想帮一个废物拿下人间。”

妖皇听了面上不见恼意，心中却起冷意，道：“看来他的宗族消息对你来说已经没有多大诱惑力了？”

“你再啰唆就请回吧。”常瑶挑眉。

妖皇无奈，面对如此嚣张的常瑶又不能马上撕破脸杀个你死我活，只好继续说道：“中州白雀山，丹家。”

中州，白雀山，丹家。

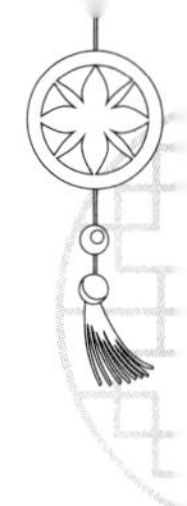

常瑶轻垂眉眼：“没了？”

妖皇：“我曾去看过，那里只剩下宗门残骸。”他顿了顿又道，“但还残存了些许妖力，你或许能知道那是哪只妖留下的。”

常瑶弯唇一笑，转过身去：“你只有一次机会。”

“问完了？”旁边的伏烬开口。

常瑶说：“问完了。”她迈步朝山中走去。

妖皇也正打算离开，却忽地察觉气氛不对劲，在那短暂的惊疑间，空气中传来破空声，一直在半空中的伏烬向妖皇发出全力一击，飞舞的黑色羽翼翻转间带来滔天妖力。

伏烬他竟然……妖皇瞳孔紧缩，反应神速、神经绷紧地挡下这致命的一击，同时他瞥见另一名穿黑斗篷的心腹也动了。

一时间遭到两个心腹的背叛与袭击让妖皇心中震怒，两股强大的妖力碰撞横扫四周山石花树，遮天巨树排排咔嚓断裂，妖皇被二人击退一步，沉着脸怒道：“伏烬！”

伏烬却看了眼黑斗篷，哼道：“刚刚好。”

妖皇气极反笑：“你什么意——”话说一半突然顿住，眼中倒映着常瑶回首看过来的身影时惊骇不已。他缓缓低头看去，自己刚才退的那一步刚好是进了无咎山范围。

“你们……”妖皇目光阴沉沉地扫过黑斗篷，“我一直警惕着伏烬，却没想到你竟然也会背叛我。”

黑斗篷下的人却没看他，而是望向常瑶的方向挺直背脊跪下。

伏烬嗤笑道：“他当年能背叛自己的师尊，污蔑自己的师娘，怎么就不能背叛你了？我倒是奇怪你怎么脑子进水认为他能相信，毕竟，他可是我救回来的。”

妖皇怒道：“他是我培养大放在修界的间谍，也是我培养得最成功的一枚棋子。”

厉风吹过，黑斗篷的帽子被掀开，露出一张消瘦的脸，他面色沉重，比少年时更加成熟坚毅。黑斗篷下的人赫然是十年前云山君死去的首徒燕子下。

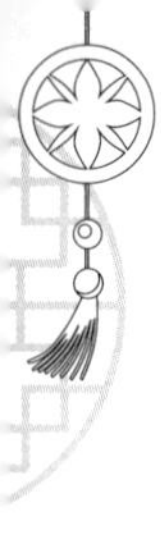

常瑶却在看清这张脸后便明白了。原来燕子卞才是昆仑的内鬼，难怪那天晚上画皮带她下山时对云山地形如此熟悉。

“伏烬，你有必要做到这一步吗？”妖皇恨声道。

此刻妖皇的从容优雅尽失，暴露了身为妖的暴戾与陷入绝境的嗜血。

“当年你要我把人从云山带出来，可没说你会算计她渡劫。”伏烬一步步朝妖皇走去，作为大妖，戾气与嗜血之意不比妖皇弱，“若没你找她瞎折腾那些事，她也不必在金銮台渡劫死那一次。”

妖皇冷声嘲笑：“我倒是不知道你们兄妹情深到这种地步。”

“当然没有，你的死是因为你要为你傲慢算计我一事付出代价。”伏烬讥笑道，“放心，这妖皇的位置我替你坐了。”

黑色的羽翼张开遮蔽日光，无咎山百万大妖自虚空中接连现身，与下方号称最强的妖皇一战。

山中妖气肆意横扫，小妖们纷纷避开战斗区域逃命去，不时地能听见雄浑的大妖低吼声。

站在院中石台前洗手的宋霁雪冷不防感到脚下一震，屋前的结界在万妖的低吼与庞大妖力的冲击中破碎。他刚侧首要去找常瑶，却见常瑶已经回来了。

“你不是跟妖皇谈事？”宋霁雪问。

“谈崩了。”常瑶面不改色地上前来一头钻入他怀里，“所以他会死在山下。”

宋霁雪摸了摸她的头，夸她：“为民除害。”

常瑶又道：“大哥说他要当妖皇。”

这听起来不像是合作谈崩了，更像是在联手篡位。

“不过我知道了父亲的宗族消息，趁他们还在打没时间去祸害人间，我们先去看看。”常瑶从宋霁雪怀里起身，无意间瞥见他脖颈间戴着一根红绳，伸手钩起红绳吊着的一颗精致小巧的玉石。玉石里是她的一半心元。

常瑶愣住。

宋霁雪见她这表情就知道她又忘了，不动声色地接过玉石塞回衣服里，说：“这就去。”

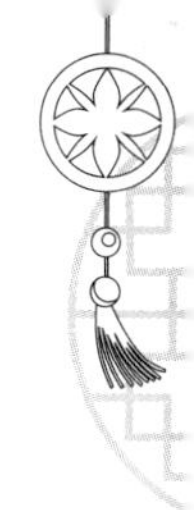

“……我什么时候给你的？”常瑶目光盈盈地看他，抓着衣袖的手收紧。

宋霁雪抓过她的手牵着，隐下所有的情绪，说：“昨天。”

短短一日，她却已经忘记太多。

对宋霁雪来说，如今与常瑶相处的每一个瞬间都非常珍贵。也许在她下一次眨眼之后就会以陌生的眼神看着牵她手的他，若是再问上一句“你是谁”，他也不知自己是否能承受得住。

宋霁雪压下从心脏不断朝四肢散去的冷意，刚洗过的手冰凉，却因握着常瑶的手而很快变得温暖。

“清清……”

宋霁雪话还没说完就被常瑶踮脚吻住。他再难放她离开，不断加深这充满温柔爱意的吻。

凡人血脉要她断情绝爱，她偏不要。哪怕每日被吞噬爱意与记忆，她总会重新爱上他，只需一声或一眼。

妖界与人间日夜颠倒，常瑶从无咎山来到中州时只见夜空如墨，星辰耀眼。刚落地宋霁雪的玉简就叮咚作响，之前在妖界未能收到的传音在这会儿一股脑地全部涌入，他垂眸看了会儿，大多是昆仑的人和任泓的传音。

他将玉简递给常瑶，伸手给她整理衣服和头发。他总是习惯在夜里给她穿上兜帽披风，防止她着凉。

常瑶乖乖站着任由他整理。

宋霁雪修长的手指牵着细绳在她身前打了个漂亮的结，系完结后才将兜帽给她戴在头上，注意着不钩到常瑶的发饰，堪堪遮住夜风，绝色容貌隐在兜帽下才停手。

宋霁雪总在有关常瑶的一些小事和细节上十分在意且专注，不自觉地力求做到完美。

“好了。”他收回手。

常瑶弯眼一笑，宋霁雪看得眸光微深，又单手轻捧着她的脸一下又一下摩挲着。

无论看多久都不够。

“本以为他是哪家知名宗门的弟子，没想到是个没落的修仙世家后代。”常瑶望着白雀山的方向，“还可能是被绯灭门的世家。”

“白雀丹家，以前在卷宗记录上见过。”宋霁雪牵着她走在人潮涌动的街头，与行人擦肩而过时将她护在身边，“不记得扔哪儿去了，应该还在上云峰书阁里。上边记载短短几行，说三百年前丹家一子在灵境飞升，后又下界斩杀巨魔，被称作乾刀神君。”这是丹家飞升的最后一人，随后家族便开始没落。

常瑶听了，重点却不在丹家和神君，而是好笑道：“你记得卷宗上的内容却不记得把它扔去哪儿了？”

宋霁雪怏怏道：“你不在，没人帮我记这些。”

常瑶眯眼：“孟临江呢？”

“我不让他进书阁，里面藏了太多乱七八糟的禁咒，怕他乱来。”宋霁雪说完余光瞥见常瑶眼里闪过笑意，脚下一顿，盯着她看了看，在闹市中捧着她的脸垂首额头相贴，低哑道，“清清，难得。”难得见她吃醋。

就算是徒弟，常瑶也不太乐意曾经只有她能进的书阁还有旁人能去。

玉简叮咚作响，宋霁雪只看了一眼，默不作声地回应玉简后才跟常瑶说：“我让岳南一找找白雀丹家的消息，也许会知道更多。”

常瑶点头。

到人间后，常瑶反而不是很着急，心忽然之间静下。或者说，她的感情一直在被吞噬，想要快些恢复记忆和对找回失去的爱意的急迫感也在被吞噬，所以会显得越来越冷静。

宋霁雪如今灵息不稳，时有时无，又没了心剑，没法御剑而行，但他也没有半分催促，领着常瑶在中州城漫步，像是日常与夫人出来夜游般悠闲和睦。

路上听见闲谈，见到百态，这个人间少了谁多了谁并无什么不一样，天地太大了，大到芸芸众生都是那么微不足道。人们的存在对它来说转瞬即逝，无关紧要。

与常瑶漫步街头这样的日子已经十年不曾有过，是宋霁雪曾做梦都想回到的过去。但他注定要接受尘世的恶意，得不到善意。失去的再也不可能回得来。

宋霁雪牵着常瑶的手不紧不慢地走过中州城，朝白雀山而去。

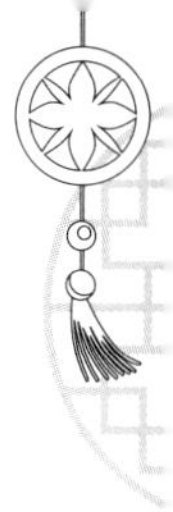

山中青竹遍地，山道石路生了青苔，出了青竹林到河道看见对面山脚时起了浓雾。

常瑶朝对岸看了一眼，这丹家藏得还挺深，没落后隐世，不知道是不是觉得丢脸，不敢见外边那些仙门世家，所以躲在深山里偷偷哭。

乌云将月色遮掩，前方透过浓雾有点点灯火。

两人来到对岸穿过雾色看见了山脚下亮着灯火的村子。

宋霁雪目光微怔，停下脚步不再往前。

“这山下还有人居住？”常瑶随着他停下，左右看了眼刚要上前就被宋霁雪拉住，“别去。”

路道前方雾色很浓，一个黑影若隐若现，清越的男声低笑道：“丹家后人，我等你很久了。”

下一瞬常瑶已身处山顶，黑夜变白日，脚下是雨后湿地，曾经华美宽阔的庭院高楼之地已成一片废墟。石上青苔还有残存的雨珠和水痕，身着金衣、墨发高束的少年盘腿坐在石头上，一手抓着几颗深红的山李果往嘴里塞着。

这金衣少年外表看上去不过十五六岁的年纪，那双眼却透露着成熟稳重。他咧嘴笑道：“回家的感觉如何？”

雨后阳光衬得周遭竹林与废墟荒凉又萧条，让人很难打起精神来。

身边的人不在。常瑶淡声道：“他在哪儿？”指尖已有妖气弥漫。

“别紧张，他有自己的路要走，喏，你看，就在那下边。”少年抬手一指山下。

常瑶顺着他指的方向看去，无视了山间距离，只一眼就看见与她遥遥相隔还在山脚下的宋霁雪。他仍站在黑夜浓雾中的村子前。

常瑶蹙眉，看回金衣少年：“你是丹家人？”

少年朝她一笑，咬了口脆果子道：“论辈分的话，我算是你祖宗的祖宗，唤我老祖宗就行。”

常瑶听得沉默，探知对方气息后缓缓道：“乾刀神君？”

“小丫头挺聪明啊。”乾刀神君扔给她一颗山李果，“赏你的。”

山李果落在了地上，常瑶没有伸手去接。

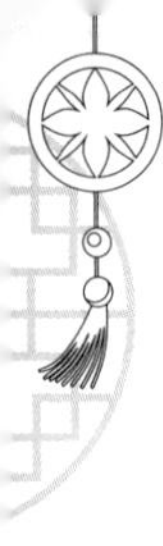

乾刀神君瞪大了眼不敢相信："……还挺有个性。"

常瑶收起妖气，垂眸扫了眼那果子却也没捡，而是打量四周废墟："丹家已经没了，我是半妖，不是丹家的后人。"

上神界的人自然不会无缘无故出现在这儿，她心中多少猜到一些，所以才没有多问，直接切入正题。

"你身上有着丹家的绝情血脉，死在这儿的丹家人可都很高兴见到你这即将飞升的后辈，哪能容你自己脱离祖籍？"乾刀神君轻笑间四周景色顿变，无数黑气自废墟中升起遮掩了日光，怨灵四散飘浮聚在上空，充满渴望地盯着下方常瑶，试图靠近却又碍于另一人的存在而不敢触碰，只是贪婪又渴望地看着她。

乾刀神君笑容灿烂地张开双臂："瞧，族人相见，欢喜否？"

常瑶在这怨灵四起中捕捉到一丝极淡且熟悉的妖气，来自大妖绯残留在此的妖气。

"绝情血脉？"常瑶无视周遭恶灵，眉间浮现点点郁色，"这就是我不断失忆的原因？"

"说来话长，如果可以的话，我倒是愿意让这些老东西为你讲解一番，可惜他们开不了口。"乾刀神君语调欢快，半点不同情死后化作恶灵不得超生的同族们，"本来我是懒得管丹家人的，听闻这次飞升的是只半妖，这才下来凑个热闹，没想到你与我有点意外的缘分。"

乾刀神君坐在废墟最高处支着下巴看常瑶，眼里淌着笑意："三百多年前，丹家是名门望族，族内天才遍地走，竞争激烈，不巧我与兄长是两个极端，他是天才，我是废物。"

常瑶听到这里有瞬间哑然，看看眼前飞升成神的少年——他是废物？

乾刀神君神态玩味道："废物嘛，自小就被人看不起，受了很多苦。虽是一母同胞的亲兄弟，但因为各自天赋分开养，我这个哥哥心高气傲，从小被宠坏了，某天得知平平无奇的我仅一日就到化命劫半飞升境界，气得跑来找我对峙，然后被我打了一顿。"

常瑶不时朝山下看去，一边确认宋霁雪是否还在，一边分神去听乾刀神君说的话。

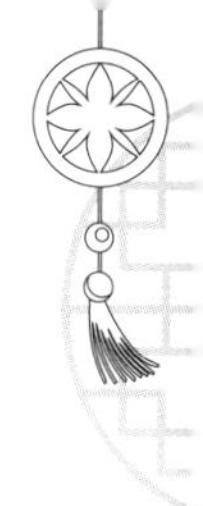

“天才自然是不肯承认自己被废物比下去的，于是他发誓要赢过我，不惜一切代价。”乾刀神君咬着手中的山李果，猩红的果肉脆甜，“他先是泄恨杀我阿娘，接着又是杀妻证道，认为修炼不应被凡尘俗事耽误，不可妄生情爱，被欲念支配，于是选修无情道。”

常瑶听得面色微冷：“那是他的道，不是整个丹家的道吧？”

乾刀神君听得哈哈大笑：“可我把其他丹家人都杀光了，只留下了他的血脉。”

乾刀神君一招手，无数恶灵聚拢呜呼哀号着：“他留下绝情血脉自以为是能飞升的大道，却不知断情绝爱者难与天地共鸣，绝无飞升可能，但他飞升的执念一代代传承，哪知道后人不争气。也有聪明人悟到了这绝情血脉难以飞升，于是在这几百年里都与没有灵息的凡人结亲，试图洗掉绝情血脉，可惜没能洗掉，倒是灵息越弱，对自身的影响就越小。”

灵息越弱影响越小？常瑶忍不住想笑，眼里却没多少笑意。

“每一个丹家人都妄想以弱小之姿得到最强的力量，世代活在求而不得的痛苦中，我一直等着看丹家绝后那天，却出了你父亲这个变数。他的确是个天才，丹家三百年后仅有的天才，可惜，就因为他是天才，太过强大才唤醒了绝情血脉，不得善终。”乾刀神君说到这儿不由得啧了一声，带着点点惋惜地摇头，“上次那只叫绯的大妖也来问我这血脉问题要如何解决，可惜……”

常瑶不自觉地放缓呼吸，双目紧盯被恶灵环绕的乾刀神君，见他轻挑着眉，弯着嘴角，露出一个恶劣的笑：“无解。”

“这血脉无解，只要一日是人，自然会被其约束，断情绝爱只为飞升，既然如此，飞升成功就行了。”乾刀神君话说得缓慢，故意看她紧张的样子，“你是半妖，这血脉力量对你的影响已有所减弱，否则你早在与他成亲时就将其忘得一干二净。”

常瑶嫁与宋霁雪的三年时间里，一直在以“对他好是因为想要坐稳云山夫人的位置”来说服自己，因此不能让旁人看出自己不爱宋霁雪，便要装作喜欢宋霁雪的样子。哪怕血脉力量已经吞噬了爱意，她仍下意识地对宋霁雪好。

乾刀神君对此表示佩服，鼓掌道：“你比你父亲要厉害些，不仅修为到了

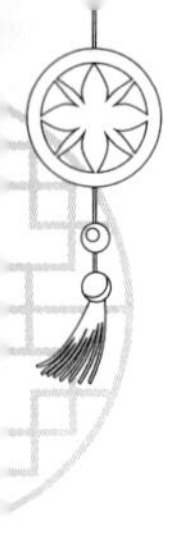

飞升境界，还能坚持这么久没被彻底吞噬，所以我才打算来这鬼地方看看。”

恶灵们咆哮着朝常瑶拥去，那眼中充满憎恨、艳羡与渴望。

乾刀神君挥挥手，金光将恶灵们尽数斩去。

头顶再现乌云雷光，厚重层云后传来的闷雷声十分熟悉，与十年前金銮台那一幕相同。

常瑶抬首看去，目光微怔，很快她又看回山下，刚走一步就被乾刀神君叫住：“哎，我劝你别去，你的存在对他来说十分碍事。”

“你说什么？”常瑶猛地回头，眼光冷厉。

乾刀神君从废墟中站起身，摊手，一脸无奈道：“我说认真的，你即将再次渡劫，飞升与否就在这一念。若是放弃飞升，那你迟早会忘记他，唯有飞升才可破这血脉禁锢。”

常瑶冷声道：“我问的不是这个。”

“哦，我说你碍事也是真的。”乾刀神君笑着伸手指向山下的宋霁雪，“他这一生，因为当年做错了选择，要受尽苦难，孤苦无依，一人渡世，不被偏爱，不被善待，知情为何物却不可得，只要把所有苦都挨完就能飞升，偏偏你非要对他好，拦了他的路。”

第一道劫雷落下时，妖气自山上弥散而去。

常瑶看向山下的宋霁雪，他孤零零一人站在迷雾夜灯中，那身影也如雾般风一吹就散去。

她掠去宋霁雪身边，刚伸出手，却在触碰他衣袖的瞬间眼前景色一变。

耀眼的火光燃烧着，吞噬了黑夜的一切，惨叫声自坍塌的房屋内传来，浑身是伤的男孩衣衫褴褛，留有余污的脸上有一双幽冷的眼。

男孩与她擦肩而过，自那燃烧的火屋中出来，头也不回地跑走。

云山君六岁因母亲纵火离家，颠沛流离数年，在东兰州梧镇码头混迹商船当搬运工勉强苟活。小小年纪与黑船黑商打交道，日子过得艰难，因此什么都会一点。

到他十二岁这年发生了两件大事。

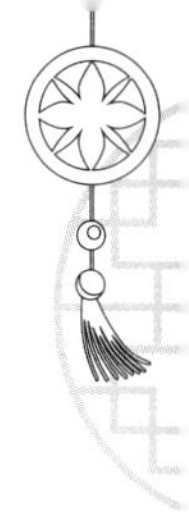

三月初七，十二岁的宋霁雪在河边救了一个瘸腿男人。瘸腿男人是个剑客，他说：“你救了我，我会还你这份恩情。”

宋霁雪盯着他：“给钱。”

瘸腿男人：“庸俗，再给你一次机会。”

宋霁雪：“钱。”

三月初九，宋霁雪被叫去黑船帮忙搬运一批新货。那是梧镇最近新来的一位富商的货，是一个巨大的箱子，四四方方，遮着黑布看不清里面是什么。宋霁雪为了多赚银子什么危险的活都接，抬箱时他听见里面传来敲打声，低沉又清晰。

船卫提醒道：“你们几个都知道规矩，但这次比较特殊，这是陶家的货物，最近闹瘟疫，只有陶家才有药医，若是把事办砸了可吃不了兜着走。”

宋霁雪闷头做事，却也处处小心，一路平安无事地将箱子送上船。但商船出行日期不定，他每日都得去船舱看守黑箱。

自第一天听见里面传来声响后再没有动静。

跟宋霁雪一起看守的人会偷懒，守夜就只有他一人。白日他被瘸腿男人念叨说要传他剑术，夜里他就去船上守货。

一直到第七天，陶家来人。

陶家家主是位俊朗青年，他领着四五个人到船舱，让看守的船卫都退下。

宋霁雪走在最后，余光瞥见陶家家主掀开了遮着黑箱的布，那瞬间不知为何，也许到底还是年少，控制不住那份好奇心，他留在门外偷看。箱子里是什么？那瞬间他无论如何都想知道。

黑箱被打开，是一个巨大的铁笼。

黑色的巨翼被铁链贯穿吊起，血迹斑斑，那垂着长发的女孩有着与黑翼反差极大的白皙肌肤，细白四肢都被铁链束缚。

在她抬首眼睫轻颤的瞬间，恰巧与透过门缝偷看的少年视线相撞。

陶家家主拿着开刃灵剑，割开这只妖细嫩的肌肤取血，再切下羽翼的一角。女孩疼得皱紧眉头，再看门边时已不见少年身影。

宋霁雪住在一只破烂的小船里。

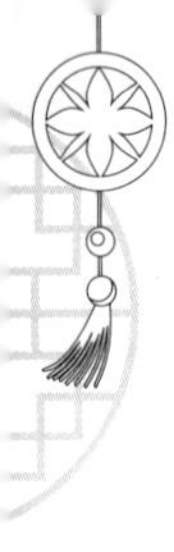

瘸腿男人听完他的话，低声道：“陶家以妖血做药引，难怪短短两个月时间就能成为梧州首富。”

“妖血能卖很多钱？”少年问。

瘸腿男人有点哭笑不得：“你最好老老实实地守货，就当没看见，否则你有钱也没命花。”

这天晚上，宋霁雪一个人在船舱守货。他听见从里面传来敲击声。沉默片刻后，宋霁雪打开了箱子。那小妖怪缩在角落，侧着脑袋，黑发遮面。

宋霁雪看了会儿，将包着油纸的干饼从铁栏缝隙中递进去。他似知道这小妖怪在想什么，背过身去没有看。

身后传来啃食声，等到声音停了一会儿后，宋霁雪才重新转过身去，那小妖怪又缩回到黑漆漆的角落，被吊起来的双翼伤痕累累。

宋霁雪盯着她说：“油纸不能吃。”这小妖怪过得比他还惨。

瘸腿男人的伤已经好得差不多，偶尔会外出不见踪影，但总是会在夜里少年去守货前回来报平安。

“你最近买的饼是不是太多了？不省钱了？”瘸腿男人点着他剩余的银子说，“知道你这个年纪很孤独，需要朋友，但跟妖做朋友可不是一个好的选择。话说你存那么多钱干什么？”

“买地契。”宋霁雪包着饼，低声说，“不想住船。”

瘸腿男人沉默片刻，伸手摸了摸他的头，目光温柔：“我不得不离开几日，今晚就动身，你就在这儿等着我回来，到时候你想要什么我就给你买什么。”

最近陶家的药似乎出了问题，死的人越来越多，瘟疫渐渐开始止不住，新的怪病不断出现，惹得人心惶惶。

宋霁雪目送瘸腿男人离去后，带着饼回船上，却听见陶家说明晚就要将黑箱带走。

他到后半夜才见到小妖怪。

宋霁雪依旧背对着她，等她吃好后才转过身去。

宋霁雪和小妖怪的对话很少，沉默中却有无声的安全感，小妖怪始终缩在角落，却从一开始的戒备警惕到后来的好奇打量，甚至在他来时眼里会露出

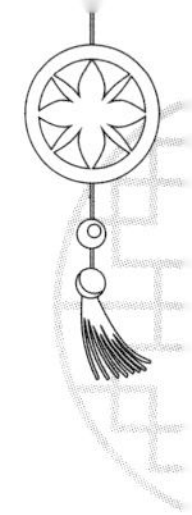

欣喜的情绪。

今日宋霁雪等她吃好，伸手进铁笼去拿油纸时被小妖怪抓住衣袖。他再一次与那双眼对视。小妖怪的眸子清澈水润，十分漂亮。

小妖怪没有说话，只仰首看着他，抓着衣袖的几根手指却渐渐收紧。于是在这天晚上，宋霁雪选择放小妖怪离开。

夜风发出咆哮，火焰让人们惊声尖叫起来。在熊熊烈火的另一面，宋霁雪费劲砍断牢笼，将小妖怪放走。

怒骂声此起彼伏，船卫们一拥而上将宋霁雪困住狠狠地揍了一顿，陶家家主掐着他的脖子，狰狞地问他妖的下落。

宋霁雪也许不知，他拼命放走的小妖怪最后还是没能逃走，她被受病魔折磨、痛苦不堪的村民们抓住，当作灾厄的源头险些被烧死，可他这会儿自身难保，面对陶家家主的怒火与棍棒敲打，每一棍都发狠地打在他的头部与四肢上。宋霁雪抱着头紧咬牙关，眼中也只有血色。

他恍惚记得，那小妖怪离去时曾轻声说：我会来找你的。

宋霁雪想：你还是别来了，你这么弱，打不过这些人的，也不像我这么扛揍。

他被打得奄奄一息扔下河去，随着河流漂向远方，生死难测。

瘸腿男人数日后回到梧镇，他带了许多东兰州大都城里的零食，还有崭新的衣物，精致又贵气，很适合宋霁雪。还有一封官文，他将收养这个无依无靠的孩子。

可他回来后看见的是因瘟疫而被大火吞噬的小镇。码头的船只被尽数烧毁，他听人说宋霁雪被打得半死扔进了河里，于是提剑去找陶家，却发现陶家人全都死在了大火中。

他找了宋霁雪许久，却无半点音信。

“若他选择再等几日，不与妖共情放其离去，就不会有如今的云山君，也不必遭受诸多劫难。”乾刀神君的声音在常瑶耳畔响起，带着点可怜，“他会被人收养，这男人将来富甲一方，只有他一个儿子，一辈子悉心教导，有享

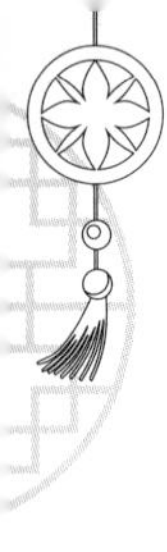

不尽的荣华富贵和真心待他的亲朋好友，事事顺遂，而不是在云山被欺辱嘲笑身世不堪，被污蔑是小偷遭罚，还要被排挤谩骂。”

常瑶眼眶微涩，原来那年在船上放她走的人是宋霁雪。

当年她被二哥带回妖界后沉睡一年多，醒来后只剩下对人间的惧怕，直到她彻底掌握力量与无咎山结契成功后才摆脱少时阴影重回人间。她曾回去找过，却没能找到那个少年。

劫雷一道道落下，浓雾散去，山底下只有竹林而没有房屋。

宋霁雪这才迈步朝山上走去。他想起常瑶原形的双翼上仍有当年被铁链贯穿留下的伤痕印记。小妖怪变成大妖怪了，再也不会被凡人欺负。

宋霁雪走着走着，忽而一笑，心酸又温柔。

他的阿瑶啊。

常瑶在山顶废墟中等着宋霁雪。

劫雷一道比一道强，却不像上次一样能让她有所动摇。

“清清。”宋霁雪朝废墟中的人走去。

常瑶凝视着他的双眸，轻声道：“我真的有回去找过你。”

宋霁雪无惧天雷，径直朝常瑶走去，直到伸手轻抚她微红的眼角。这次轮到他对常瑶说：“去吧，不要为任何人停留。”

“不用担心我，这次跟以前不一样。”宋霁雪垂首在她脸侧落下轻轻一吻，每一个沉稳充满恋人缱绻的吐息都落在常瑶心上，“我知道你是爱我的就够了，有时候我很贪心，但有时候我也很容易满足。”

他话里的戏谑让常瑶鼻子一酸。

“我们的缘分开始得比我想的更早，也让我感到满足。”宋霁雪目光中只有她一个人，“天上地下，你在哪儿，我就去哪儿。”

上千道劫雷落下，黑云浓雾中巨翼伸展掀起飓风，掠身飞至高空的妖龙将雷劫尽数扛下后，垂首与废墟中的宋霁雪遥遥相望。

烈风、惊雷、黑云，万物都变得惊惧颤抖，宋霁雪仰首直视这近在眼前的大妖，纯白龙鳞犹如被遮住的银月，漂亮得不像话。

中州的修者们都因天雷巨变而朝白雀山的方向看去，眼中掠过震惊，齐

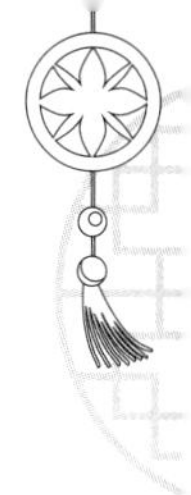

齐动身前往白雀山。

三千三百六十八道天劫大雷落下，妖龙身上流转金色荧光，自虚空中垂首与宋霁雪相贴，宋霁雪眼里掠过笑意，刚伸出手，大妖却已化作流萤散去。

金色流萤环绕在他四周，他却仰首看向高空，云散雾去，天地再次恢复静美寂寥。

无咎山大妖刚飞升就忙着要重新下界去。

常瑶将所有忘却的曾经与感情都记起，想起最后宋霁雪看她离去的眼神，心里难受极了，若是她提前记起，那瞬间绝对会选择留在人间。

上神界得知飞升了一只半妖，纷纷赶来看热闹和道喜，却发现这位新来的上神心不在焉，仿佛尘缘未了，还有牵挂，于是拉着乾刀神君打听八卦。

“上神界八百年没有飞升的女仙了，遍地男神君，去哪儿都是一堆臭男人，如今总算来了个漂亮仙子，还是你的后人，我也算是近水楼台先得月，你快快告诉我她都喜欢什么。”

面对好友期待的眼神，乾刀神君摸了摸下巴：“她喜欢一个凡人。”

好友：“啊？”

乾刀神君：“是她的夫君，叫宋什么来着？”

好友泪流满面。

乾刀神君揽过好友肩膀，笑着带他去跟常瑶打招呼：“帝君说她夫君也有仙骨，上来只是时间问题，我看你还是别打我这小辈的主意了，人家还有妖龙血脉，你也打不过。”

常瑶与道贺的神君们简略相谈一番后又被乾刀神君带着去见帝君，没谈上两句妖神们也纷纷赶来看她，因为一半凡人血脉一半妖的血脉，妖神与帝君开始争吵起这半妖飞升的荣耀属于哪方来。

常瑶一开始还能客客气气地劝说，最后见两方竟打了起来，便偷偷溜着下界去了。

她本以为不过离开片刻，再到人间却已是两年后。

无咎山大妖在中州白雀山飞升，天劫大雷尽数落下，妖龙离去留下漫天流萤，来到山顶的修者们只见云山君一人孤零零地站在废墟之上遥望天际。他

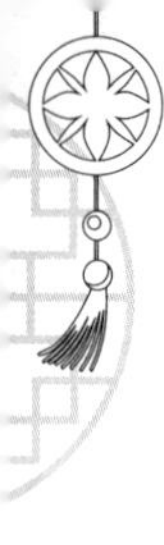

的夫人飞升去了上神界。

翌日，宋霁雪回昆仑云山，将自己关在独山居三天三夜，出来时将独山居整个毁去。

他将象征云山掌门的灵牌留给了于野，离开昆仑不知所终。

宋霁雪卸下云山掌门的身份，自断昆仑弟子的缘分，成了一个散修。他既然要离开昆仑，自然不会将承载他与常瑶回忆的独山居留下让给他人。

宋霁雪不再着绣有昆仑咒纹的金衣，一身简单黑衣，高束长发，没有佩饰，也没有佩剑。

昆仑少了一位云山君，东兰州黑荒漠却多了一名走沙人。

黑荒漠沙地绵延数万里，其中有妖魔无数，却因物质富饶，总有商队不怕死冒险穿越荒漠做生意，为此他们会雇上一批走沙人护卫，能防止迷路，也能抵御妖兽截杀。

宋霁雪不仅失去了常瑶，也失去了心剑。渡劫失败的伤并未痊愈，灵息少了一大截，他来到黑荒漠作为走沙人开始修炼。

与商队日夜行走在茫茫黑沙地中，时刻警惕着妖魔来袭，每日活在厮杀中，这能让他觉得时间过得没那么慢。

护卫队长一开始收留宋霁雪是想多个打白工的，反正他都说不在乎银钱多少，后来几次走商后发现对方不仅能打，还见多识广，屡次救下全队人，逐渐对他信任无比。

今夜满月，商队寻到绿洲在附近扎营生火歇息。商队头领在清点货物，宋霁雪待在末尾守着后方，身前架着火堆映照着他的侧脸，将坚毅面容晕染出几分柔和。他开水囊把水倒在手上仔细又缓慢地洗着。

护卫队长看后无语，在他身旁停下，恨铁不成钢道："别人都拿这珍贵无比的水来喝，就你拿来洗手。"

宋霁雪恍若未闻，兀自洗着手。

护卫队长也习惯了他这对人爱理不理的怪脾气，坐旁边给他分着牛肉饼："我看你这手也是个惯会拿剑的，除了老茧外再没别的，你这一天能洗上几十次，阿雪，你是不是心里有什么坎？跟老哥说道说道，哥哥来开解你。"

护卫队长是个性格大大咧咧的硬汉，心思却挺细腻、敏感。

宋霁雪轻搓指腹，待洗尽后才回：“这双手曾伤过我夫人，所以我放不下，若是不能将手上血迹洗去，我就忍不住想砍掉它。”

护卫队长揽着宋霁雪肩膀的手僵住，望着对方神色淡淡的眉眼震惊不已。

宋霁雪说：“所以你最好别想着克扣我水囊的量试图帮我改掉这个习惯，不然我砍了手就没人能带你们平安回去。”

护卫队长被他说得一愣一愣。

“阿雪，这么重要的事你怎么不早点说？水够不够？不够找兄弟们要，我保证你要水洗手的时候没人敢说一个‘不’字！”护卫队长再次揽过他肩膀霸气地说道。

宋霁雪神色散慢，拿起牛肉饼撕开一块放嘴里细嚼慢咽。

护卫队长跟他唠家常：“没看出来阿雪你已经娶妻，弟妹如今身在何处？孩子男孩女孩，几岁了？”

宋霁雪看着茫茫荒漠沉默着。

他每日与妖魔厮杀，却时刻被常瑶的存在束缚着。想念自她离去时就未停止，他克制着一切阴暗面，将疯狂阴郁的自己镇压，让心神回归十年前常瑶还在时，可始终还差点什么。

“没有。”宋霁雪嗓音低沉，语调却轻缓，“她在等我去找她。”

护卫队长知其中似乎多的是伤心事，便没有过分追问，后来的时间里将宋霁雪当亲弟弟看待，说好的白打工不要工钱，最后却什么好东西都跟他分享。

宋霁雪的大多时间都在跟风沙与妖魔对抗中度过。

又一次临近年关时，走沙队没接活，在沙城里欢庆节日。

护卫队长的妻子整日忙着置办年货，一双儿女则缠着难得在家的父亲，护卫队长常抱着两个粉雕玉琢的孩子去跟宋霁雪炫耀：“看见没？这是我儿子，长得跟我一样帅气；这是我女儿，长得跟我媳妇一样漂亮！”

刚打开屋门的宋霁雪闻言啪地又将屋门关上了。

护卫队长在外喊：“阿雪，你也要加油啊！快点找到弟妹，也生他七八个孩子享点天伦之乐，不然弟妹会以为你不行所以才分开。”

护卫队长苦口婆心道："阿雪，男人不能不行。我就打算今年再跟媳妇生……"

"你快闭嘴吧！"路过的妻子崩溃地捂着护卫队长的嘴。

除夕这天，宋霁雪白日与走沙人们吃饭喝酒，入夜后沙城庆典开始，该陪妻儿的都去找自己的媳妇和孩子，该去巡逻守卫边城防止妖魔入侵的也都拿着武器和酒走了。宋霁雪一个人在桌边坐了会儿，等酒楼变得越来越热闹后才起身离去。

沙城没有冬季，夜风一如既往地凉。

今夜无论去哪儿都是热闹非凡的，家家户户亮着明灯，窗上倒影三三两两，街上行人成群结队，少有落单者，他顺着人群走着，漫无目的，却是最特别的那个，只因他只有一人。

宋霁雪拿出久违的玉简。孟临江每日都发来消息，关心流浪人间的师尊过得如何。

于野则每天以玉简传音骂他为什么要将掌门这个烂摊子甩给自己。

任泓每日发一句：抛弃我的负心汉。

只有岳南一靠谱点，会给他说些修界的大小事，并发自肺腑地问道："我算你半个哥哥，你是清清的丈夫，清清是我弟妹，伏烬是我弟妹的哥哥，那就是我亲戚。我跟当今妖皇是亲家，那他来我菩提门撒野，我是打还是不打？"

这个时间好友们应该都在宗门中跟长老或是弟子玩着，孟临江最喜欢昆仑长生道，每年除夕都能在那儿跟一帮师兄弟玩到天亮。宋霁雪漫不经心地想着，刚把玉简收好就感觉衣下微烫。

他蹙眉感受着，片刻后微微低头，发烫的是他戴着的红绳玉石坠。玉石里藏着的是常瑶的半颗心元。

宋霁雪指尖微颤，一时间竟不敢抬首，脑海里闪过无数与常瑶相关的期待却不敢相信。

余光中无数人与他擦肩而过，被风吹起的鬓发挡住视线，恍惚间听见有人叫他："霁雪。"

是他梦寐以求的呼唤。如梦似幻，没有半分真实感。

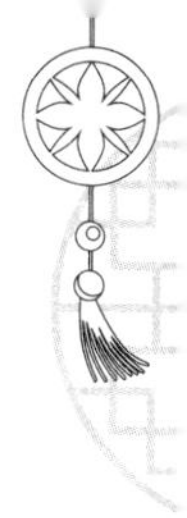

可宋霁雪还是抬首看去，却见到一抹熟悉的身影如翩飞的蝶，在灯火长龙与人潮涌动中逆着光朝自己而来。她仍是离去时的模样，却又不似那时。

身体已先一步做出反应，宋霁雪张开双臂将这只翩飞而来的蝶紧抱在怀。

一盏盏祈愿天灯自二人身后升起。

“我总算找到你了。”常瑶在他怀里轻声呢喃。

她先是到了妖界，无咎山并未与她解除契约，似乎是赖上了这位妖神，刚回无咎山就撞上她二哥师天颢在打理山崖前的花花草草，一问之下才得知人间已过一年多，而宋霁雪去了哪儿谁也不知道。

常瑶找了宋霁雪两天，最后还是靠大哥伏烬在妖界的情报才得知宋霁雪的去处，立马赶来东兰州黑荒漠，在沙城里感应那一半心元所在，这才找到了心上人。

她忍不住抬首去看记忆里的那张脸，温热的指尖轻抚上宋霁雪冰凉的脸颊，每一瞬的触摸都带着眷恋。

宋霁雪迎着常瑶的目光，这瞬间终于知晓两年里他为何还是没能清除心底阴霾，仍旧被困在过往——他差了一点东西，差的是恢复记忆的常瑶。

“清清。”宋霁雪眷恋地叫她，嗓音低哑。

常瑶眼里带笑，星眸水光盈盈：“还好在今天找到了你，人间的所有大小节日，成亲后都不能让你一个人过。”这是她在成亲前对宋霁雪说过的话。

宋霁雪心口发烫，烫得他忍不住想要弯下背脊，余生贪婪依赖着常瑶的温柔，和她回归的炽烈爱意。

这是一个久违的好日子。宋霁雪抱着常瑶许久没放，放纵自己沉溺于有她的世界中呼吸着熟悉的气息。

路过的行人从起初的不在意到后来的频频瞩目，人们眼中所见的是恋人久别重逢，是欢喜是心动，是历经长久的苦难后得到的一点甘甜。

万家灯火都成了背景。此刻黑夜与风声中他们只有彼此。

常瑶陪宋霁雪在沙城度过除夕之夜，缩在宋霁雪怀里听他说这两年在黑荒漠的经历，说这些的时候他总是低头看着怀里的人，手指把玩着那冰凉柔顺

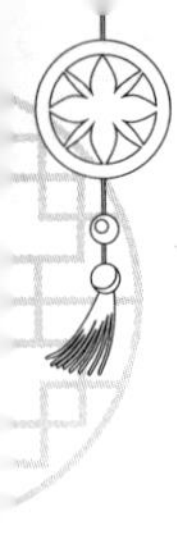

的发，沾染了点点发香后放在唇边轻擦。

“我刚见了帝君妖神就下来找你，没想到这一来一去就两年过去了。”常瑶嘀咕道。

宋霁雪眼里闪过笑意，低头亲了亲她。

翌日，护卫队长来敲宋霁雪的门：“阿雪，你嫂子做了两大锅汤圆，赶紧起来一起去吃。”

宋霁雪来开门，一副刚鬼混完的懒散样子，护卫队长是狗鼻子，闻到了他身上不多的酒气和屋里旖旎的气息，再瞅一眼屋里的床帐竟然是放下的，摆明了里面有姑娘。

都是有家室的男人，这气氛懂的都懂。

“嘶——”护卫队长倒吸一口冷气，一把拽过宋霁雪严词“逼供”，“臭小子，喝酒误事跟你说了多少遍你怎么就是不听！弟妹都没找到你就敢乱来！”

宋霁雪挥开他：“是我夫人。”

护卫队长惊奇道：“你不要唬我，弟妹在哪儿我看看！”

“看什么？”宋霁雪瞥他一眼，不客气地把门关上。

护卫队长却呆在原地，神色怪异。

他没看错吧？认识两年来，刚还是第一次见这小子笑了。看来真的是弟妹，他放心了。

常瑶跟宋霁雪一起去了护卫队长家，受到了走沙人们的热情招待。

她看着走沙人们与宋霁雪熟悉的笑闹略有动容。

宋霁雪不再是修界的尊者，不是云山的掌门，只是一个为飞升行走世间的散修，他跳出了修界融入人间，他被这些人围绕的时候，常瑶忍不住想到乾刀神君说过的话。

如果不是选择放走那只小妖怪，宋霁雪的人生又会是另一种模样。他的苦难在随着瘸腿男人离去的那天就会结束。余生顺遂，活在所有人的偏爱中，天地也会善待他。

只因遇见了她才生变故，余生都是劫难。可宋霁雪不觉得苦。

常瑶能留在人间的时间不多，还不比在无咎山久，她在第三天晚上就要

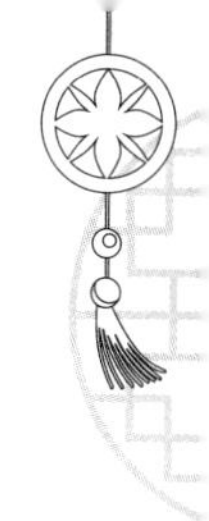

离开。

“你若是想我就来无咎山，在你飞升前我都不会离开无咎山……还能再来人间的话就会立马去找你。”常瑶微仰着脸同他认真地说道，“虽然我不能常来人间，但你现在还是散修，去妖界倒是方便。”

可宋霁雪若是专心修炼就不能沉迷在无咎山跟她厮守。

二人约定，宋霁雪想她的时候就去无咎山。于是宋霁雪曾在一个月里天天往无咎山跑。

宋霁雪在黑荒漠历练两年，灵息已全部恢复，又如愿见到常瑶彻底治愈过往，数月后重修心剑。其间遇上宋霁雪挑战的大妖都在过了两三招后便痛哭流涕、跪地求饶。

隔了大半个月后宋霁雪去无咎山时与常瑶说起这事：“北边的巨山蝎妖怎么说也是上千年的老妖怪，不知为何我却只用了一道惊雷关它就认输了。”

常瑶单手支着下巴看他洗手，面不改色道：“那当然是我夫君太厉害，它打不过。”

宋霁雪擦手时瞥她一眼：“哪儿厉害？”

“哪儿都厉害。”常瑶眯着眼笑，“这次你要迎战的又是哪只妖？”

宋霁雪说：“东山的盲牛妖兽。”

常瑶点着头，没再多问。

隔天，东山的盲牛妖兽刚出自家洞府就遇见等在外边的常瑶，常瑶朝它微微一笑：“听说你明日要与一名散修斗法，虽然那人是我夫君，但你也别有负担，到时无论打得怎么样我也不会插手，你尽管使出全力便是。”

东山盲牛妖瑟瑟发抖。

东山盲牛妖在手下的出谋划策以及前面几位大妖分享的经验下，已经计划好到时候该以何种姿势在云山君的剑下认输，可左等右等，云山君没来赴约，反倒是在人间与妖皇打了一架。

常瑶在无咎山等宋霁雪回来，在院里刚见到人就乖乖坐好，一副好孩子听训的模样。

宋霁雪摸了摸常瑶的头后去洗手，不紧不慢道：“让东山盲牛妖久等了。”

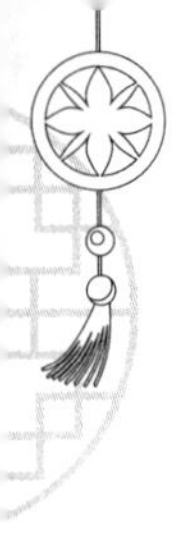

常瑶正色道："我没有威胁它们，我只是跟它们说不要因为你是我夫君就有负担。"

"清清，"宋霁雪笑道，"这就是威胁。"

常瑶眨眨眼看他："可它们若是真伤了你我又忍不了。"

宋霁雪唇角微弯一瞬。

"给你。"他洗完手递给常瑶一根色彩鲜艳漂亮的羽毛，"回来时遇见妖皇打了一架，听说凤妖尾羽极其珍贵漂亮，就顺手摘了一根，配你昨天那件裙子正好，等我过几日给你做成凤簪。"

常瑶胆战心惊地接过宋霁雪递来的羽毛，难以想象大哥被拔毛后会是何种模样。这会儿怕是暴怒地杀上无咎山了。

宋霁雪弯腰凑近她："清清，"伸出手递到她眼前，露出手背那细微的划痕，轻声道，"为此我还被妖皇伤到了。"

常瑶立马心疼地捧着他的手，心道：大哥也太过分了！

路过看见这一幕的师天颢无语，云山君的心是越来越黑了。

宋霁雪受相思苦并不严重，常瑶不肯放弃宋霁雪，导致他虽然修为境界已到，但渡劫之日迟迟不来。

等到数十载后，天道见二人仍旧不放手，认输般地降下天雷劫，让宋霁雪重登四方之巅，飞升上神界。

孟临江为二人建了衣冠冢，每年都来祭拜。又是一年春，花满山头，他在墓前絮絮叨叨许久，见天色稍晚才起身离去。

孟临江余光瞥见墓前新长的花树时忽而一愣。两棵花树的枝干彼此交缠结伴，合二为一。

墓生连理枝，可见夫妻恩爱。

孟临江看笑了，掐诀将这棵连理枝圈起来，重点照顾。

连理枝茁壮生长，逐渐融为一棵树，繁花常开不败，生生不息。

—全文完—

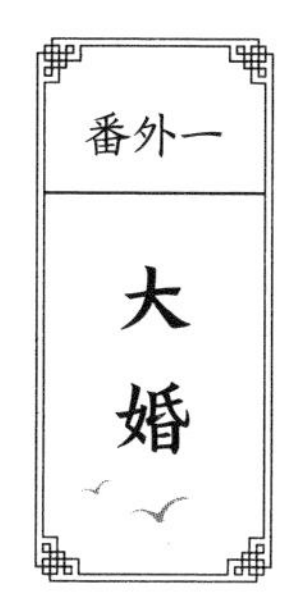

番外一 大婚

宋霁雪洗手的毛病怎么也改不掉。

刚开始那会儿他只要放开常瑶去拿了别的东西就要洗一次手，一天能洗上百次，后来花了心思去控制，从上百次减少到二三十次，但依旧频繁。除非他时时刻刻都跟常瑶腻在一起不分开。

常瑶知道他改不掉，看他每次都忍不住去找清水洗手有些麻烦，便想寻一物给他随身带着清洗方便些。

在宋霁雪回人间修炼的时间里，常瑶翻遍自己的藏宝库也没能找到类似的灵器法宝，于是讨问山中百万大妖，大妖们纷纷向领主献上自己珍藏的宝物，却见领主微微笑道："我无呇山百万大妖，皆是上千年上万年的老妖怪，按理说法宝灵器应是无数，却没有一样是我要的。"总觉得有点丢人。

大妖们被说得很惭愧。

个别机灵的殷勤道："人间天材地宝无数，领主莫慌，待我等去一趟人间为你寻来！"

常瑶不悦："放你们去人间给我夫君添乱吗？"

她神色郁郁，毒蚰从黑水河里冒头出来说："传闻至纯之羽可沾万物不坠，用之炼制再取人间晨曦第一滴清露方可循环使用。"

常瑶："至纯之羽？"

毒蚰解释道："凤凰金乌独有。"

于是常瑶去找了大哥伏烬。

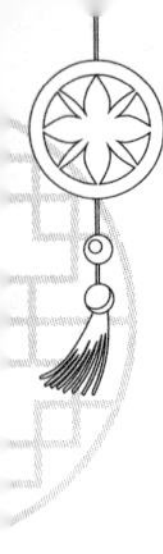

伏烬如今虽还是凤族的少主，但也是统领妖界十大州的新任妖皇，另外几大州是前任妖皇的主要统领地，跟新妖皇不和，狐王师天颢最近也在帮着大哥收复妖界。

妖皇伏烬正跟心腹妖将们商讨征战一事，冷不防瞧见自家小妹面不改色地从半空飞掠而至，慢悠悠地踏着台阶进了大殿。

伏烬微微抬首，一脸高深莫测。

妖将们纷纷垂首向常瑶行礼。

“你们继续，谈完再理我也行。”常瑶善解人意道。

伏烬斜她一眼，挥挥手让妖将们退下后，问道：“什么事？”

常瑶客客气气道：“大哥，听闻凤凰有一至纯之羽……”

伏烬冷哼一声。

常瑶：“我想炼制一法宝，需要凤凰的至纯之羽，若是大哥你要这羽毛没用的话……”

话还未说完就听伏烬问：“你炼什么法宝？”

常瑶眨眨眼，如实回答。伏烬听完就毫不客气地把她赶走了。

“他去年摘我的尾羽，现在还想我给他至纯之羽炼法宝？我巴不得他一天洗百次千次手，最好一日十二个时辰都在洗手，免得他看上去很闲的样子，整日与我作对，次次坏我计划。”伏烬每说一个字都无比嫌弃。

要说这尾羽，最后让宋霁雪给常瑶做了佩饰他还能忍，若是宋霁雪自己拿去不给常瑶，他当着常瑶的面也得用凤火把人给焚了。

常瑶摸了摸鼻子，来之前已预料到了可能会有这种结局，很快又收拾好心情去找凤凰金乌。

可惜凤凰金乌早已绝迹，天上人间都难再找到一只。

晚上师天颢回无咎山看他种的花花草草，浇灌灵水时发现自家小妹站在妖花地前神色郁郁，便问她怎么回事。

常瑶如实相告。

师天颢略一沉思后道：“其实想要说服大哥给你至纯之羽也不难。”

常瑶说：“我觉得很难。”

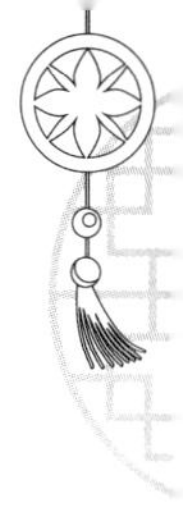

师天颢不以为然道："只要你帮大哥攻下人间或是收复妖界，别说至纯之羽，再给你几片尾羽也不是不行。"

常瑶一顿，这还不难?

"如果凤凰金乌可以，那龙须应该也可以吧？"常瑶试图想别的办法。

师天颢听后目光怪异地看去："你若是以自己的龙须炼制法宝给宋霁雪，确定不会起到反效果？他这心结本就因伤你而起，你再自伤一回给他炼制法宝，怕是不妥。"

常瑶听后才反应过来二哥说得对，这么做宋霁雪不但不会接受，说不定还会加重心结再受刺激。

而且如今宋霁雪的状态好不容易比以前好了许多，甚至还会要心机在与大妖相斗时适当受点伤回来，再佯装不经意地被常瑶察觉，沉溺在常瑶的关爱疼惜与呵护中。爱意回归的常瑶一点都舍不得宋霁雪再被折磨回从前的样子。

师天颢见常瑶耷拉着脑袋，略一沉思后道："不如这样，大哥虽然嘴上没说，但其实心里很介意你成亲与飞升两件事他都不知道，也没亲眼看见。"

这话表达得已算委婉。

常瑶刚飞升回来那会儿，伏烬气了好长一段时间，没来无咎山看她。

每次师天颢都会说："你跟我一起去吧。"

伏烬就冷笑："去什么？嫁人不说，飞升不说，我都不知道我还有个妹妹，我看她眼里只有那剑修！这剑修次次在人间坏我好事，我烦都烦死了，还去看他俩在我面前恩恩爱爱？不去！"

师天颢劝道："云山君也没有次次坏你好事，你每天变着法跟各大仙门斗，人家远在荒漠历练，只有最近一次回上庭才……"师天颢被大哥狠狠一瞪后才闭嘴。

作为当年最后一个得知常瑶嫁人成了云山的掌门夫人的人，伏烬就够生气了；后来常瑶在金銮台渡劫伏烬又错过，不仅错过，还得来她的死讯；好不容易常瑶死而复生，伏烬想着这次得再小心护着点，这丫头却直接趁他杀妖皇的时候又跑人间渡劫去了！

这三番五次的，伏烬想掐死常瑶的心都有了。但他也就在师天颢面前碎

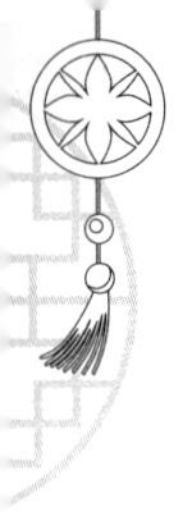

碎念，真去了无咎山见常瑶，伏烬只是以眼神攻击她。

听完二哥的话后，常瑶无奈道：“我总不能再飞升一次给他看吧。”

于是师天颢决定了：“那就选成亲吧。”

婚礼由狐王师天颢一手操办。

首先是制作请帖，无咎山大小妖各一份，随后是发给狐族与凤族较为亲近的人。如果不是怕当天打起来，近年来喜欢暗中闹事的师天颢，可能还会给那些痴恋常瑶的大妖分发喜帖，可他们若是真来了，云山君心剑阵一开，把情敌们都杀了又太毁气氛，师天颢这才作罢。

请帖制作精良，采用无咎山最老的树妖之灵，以世间仅有的一支狐狼圣笔落墨而成。狐狼圣笔以狼族、狐族最金贵的毛发制作而成，是狐狼两族共有，平日被子孙后代恭恭敬敬供奉在山庙之中，遇权力交接这等重大事件时才可动用。

但师天颢如今在狐族已彻底掌权，平时想用就用，兴趣来了画画花草，也拿着笔在纸上或是水幕间挥挥洒洒，他的亲信们总是小心翼翼地瞒着，不让狼族知晓这个秘密，就怕狼族一个想不开气得杀上狐山来。

喜帖是常瑶亲自给伏烬送来的。她满目真诚道：“上次成亲没能邀请大哥，我也很遗憾。”

伏烬神色睥睨，看着她不说话。常瑶将喜帖放在他桌上，道：“所以这次特地补办婚礼，邀请大哥来无咎山参加。”

伏烬虽然看妹夫哪儿哪儿都不顺眼，却也深知常瑶不可能再嫁除宋霁雪之外的人，这就是唯一的机会了。于是他收了喜帖，还暂停了进攻人间和妖界几州的计划，打发心腹们去无咎山帮忙布置婚礼。

宋霁雪这会儿还在人间历练，师天颢去给他送的喜帖。

“再过两日回无咎山参加喜宴吧。”师天颢眯着眼笑，“小妹出嫁，你还是要在场的。”

宋霁雪阴沉着脸接过喜帖，看见自己和常瑶的名字后才收了拔剑的心思。当晚他就回了无咎山。

一路往山上竹屋走去时路过的大小妖都朝他殷勤地笑，之前遇见的几个妖

皇手下也客客气气地打招呼，仿佛离开人间他们就是能和平相处的友好关系。

宋霁雪刚到中庭越过水车就看见兄妹三人坐在一起讨论着什么，身旁各有狐族和凤族的人手中拿有各式各样的婚礼相关物品。

常瑶单手支着下巴，一副“你们说我在听”的乖巧模样，却早已神游天外。

师天颢说：“按照狐族的规矩……”

“凭什么按狐族的来？”伏烬不悦道，“要嫁就按我的规矩来。”

师天颢不紧不慢道：“小妹是妖龙，又不是凤凰。”

伏烬抬抬眼皮扫他：“那也不是狐狸精。”

“所以还是按人间的规矩来。”师天颢抬手，身后三人将精致、漂亮的人间嫁衣展开，又有两人端着金灿灿的凤冠上前来，“这是照人间规格最高最尊贵的身份定做的嫁衣。”

伏烬看了一眼就嫌弃道：“凡间俗物。”他一抬下巴，身后的人便将带来的凤族彩衣展开，“穿这个。”

衣色艳而不俗，彩色的羽毛一层一层叠上，精致得不像话，尊贵又美艳。

师天颢给常瑶使了个眼色，常瑶这才回神点着头说：“大哥好眼光，只是感觉还差了点什么。”她蹙眉，一副认真思考的模样。

伏烬挑眉问：“差什么？”言谈中大有一种“差星星差月亮我也给你摘下来贴上”的霸气。

常瑶慢吞吞道：“差一尾漂亮的至纯之羽。”

伏烬心想：我说怎么忽然要举办婚礼，原来还是为了这事儿！

伏烬狠狠地瞪她一眼，宋霁雪缓步来到常瑶身后，瞧见她又被伏烬凶了，不由得压了压眉头。

常瑶见宋霁雪回来有点惊讶：“不是说过两日再回吗？”

宋霁雪单手压在她肩上，垂眸低声道：“我不回来你要跟谁成亲？”

常瑶扭头试图跟他解释，两个哥哥纷纷离席，伏烬是气的，师天颢是去哄大哥的。

走归走，衣服却留下了，让常瑶全都试一试。于是常瑶拿着两套嫁衣进屋去，在屏风后换衣服时跟宋霁雪解释至纯之羽的事。

宋霁雪在屏风外面听着里面传来穿脱衣物带来窸窸窣窣的声响，双眼一眨不眨地盯着后方朦胧的影子。

“以前因为半妖身份，成亲时也没有跟兄长们说，我大哥对此耿耿于怀，若是能让他如愿，说不定就同意把至纯之羽给我，然后再炼制法宝，这样你以后在荒漠就不用常备水囊……”常瑶正低头整理衣袖，一只手忽然环过细腰为她系着衣带。

常瑶歪头，刚好能看见身后宋霁雪的侧脸。

宋霁雪细心又专注地为她将凤族的嫁衣穿戴好。

常瑶乖乖配合，宋霁雪说什么她都照做，穿好后刚要转身面对他张开手问好不好看，就被放在腰间的手禁锢住往身后温热胸膛带去，他一手撩开她的黑发，垂首时细密温柔的吻落在她雪白的脖颈上，酥麻的痒意直蹿她的心底。

“阿瑶，没关系，我不怕麻烦。”宋霁雪哑声说道。尽管他看自己的手总是沾满鲜血，但只要洗掉就好，他从未跟常瑶说过，手上血迹出现时他都能感受到曾伤过常瑶的钻心疼痛，每一次都会，那疼痛在他把手上血迹洗干净之前不会消失。

以前一天上百次，如今不过二三十次，若是一整天都跟常瑶在一起还会降到十几次。

他改不掉。痛苦已成为他的一部分。

宋霁雪毫无怨言，他认为是应该的。他曾跟常瑶说过自己永远不会伤害她，可他失约了。

这惩罚他心甘情愿。

常瑶也没劝说什么，只是转过身来抱着他安静片刻后退开两步，展开衣袖，歪头看他：“既然你不要，那婚礼也取消了？”话里带点调笑。

“不取消。”宋霁雪伸出手，衣带滑落在地，他亲手穿上的，再亲手解开。

在昆仑成亲时宴请天下人，来的都是宋霁雪的师门好友，常瑶孤零零一

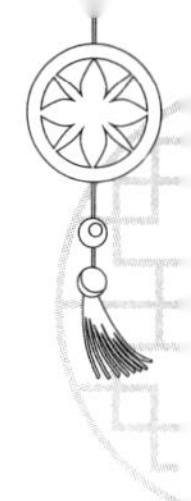

个，隐瞒着半妖身份在万人瞩目中一步步朝他走去。

伏烬一想到当年常瑶孤零零一个人站在凡间无数修者面前嫁给宋霁雪就很不爽，他的妹妹出嫁这种大事他不在场就算了，凭什么场面还搞得那么寒酸可怜？

师天颢解释道：“当年云山君娶妻，红装万里，排场可大了，寒酸是肯定算不上的。”伏烬冷眼看去，师天颢又道，“但小妹一人面对那种场面确实有些说不过去。”

所以云山君想在兄长们的注视下迎娶新娘十分困难。

婚礼当日，破晓时分宋霁雪就被赶去山脚，通往山顶竹屋的路铺满各色艳丽的花草，两旁是宾客，也是来挑战云山君的百万大妖。

伏烬站在最高处，俯瞰下方密密麻麻的万妖发出一声轻哼。

常瑶看了看下方山道上的万妖们，捏了捏眉心：“你们是不是太欺负他了？”

她欲下去救场时被两个兄长拦下。

伏烬不紧不慢道：“慌什么？他既然想娶妖界领主，那也得看有没有那个本事。”

师天颢也道：“他虽是心剑第一人，但山中大妖没有领教过，还是会有些不服。”

常瑶心想：它们哪敢不服？心里不服也得憋着，敢明面上跟她闹不是自找死路吗？

师天颢又慢悠悠道：“你得给云山君一个证明自己的机会。”

常瑶眨巴着眼看下方，他哪还需要证明什么？他就是最好的。

今日是喜宴，没人敢在这时候闹事，即使是向宋霁雪挑战也有各种各样的规则约束，宋霁雪也不会真的拔剑把拦路的妖全都斩杀，场面虽热血沸腾，却又异常和谐，点到即止。

宋霁雪每过一段距离就要喝下众妖递来的喜酒，再打败路道两旁数不清的挑战者，一步步往常瑶所在的方向走去。

从天明走到天黑。花道上燃起夜灯点亮大山深处，万妖们看着他逐渐离

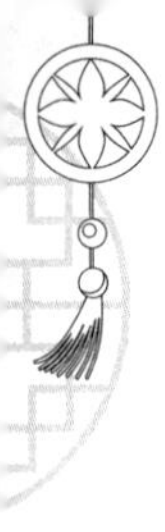

山顶近了，欢呼声、呐喊声越来越高，从起初的看热闹到后来真情实意地期望云山君真能不醉倒、不被打倒，以完好之姿站在他们的领主面前。

宋霁雪在来的路上喝了不少酒，一整天都在跟大妖们过招，衣衫上虽沾染了些许酒水和花叶，握剑出招的手却依旧稳着，整个人看上去无比清醒，偶尔抬眸看向山巅那一抹红时内心又坚定几分。

他依靠强大无比的信念从山脚来到山顶，战过万妖，蹚过烈酒，在最高处清风拂面那瞬终于来到常瑶身前抓住了她的手，这一瞬间无咎山爆发出雄浑震天的道贺声，声声震天，满是真心祝愿。

番外二 兄妹

常瑶如愿得到大哥送来的新婚贺礼至纯之羽，外加一大堆别的奇珍异宝，她都没来得及去仔细清点，第二天就连忙炼化至纯之羽。

飞升成为上神后，她不可无事频繁入人间，如今能在妖界待着也是因为无咎山与她结的契约还未解除。

就像东兰州黑沙漠秘境尽头的问道仙一样，无咎山对他人来说也类似于一个秘境般的存在，闯入者若有机缘也能见到妖神一面。

常瑶花了几日将凤羽炼化后要去人间采晨曦时分的第一滴清露。

今年去人间的次数已经用完了。她无奈去找了乾刀神君，碰巧乾刀神君这两天正得了命令要下界去处理妖魔，便捎着她一起去了。

到人间后，常瑶问："是什么样的妖魔？"

乾刀神君晃了晃手里的小酒壶漫不经心道："你去忙你的，妖魔的事我自己解决。"

常瑶客客气气道："这怎么好意思？"

"你是半妖，不是纯粹的丹家人，否则我才懒得理你。"乾刀神君挑眉道，"再说我这个人很容易心软，看不得相爱的人被迫分离。"

常瑶驻足无言片刻，问："那我父亲……"

乾刀神君打断道："你父亲是纯正的丹家人，再说我下界那会儿他全都忘记了，记不起来也没法飞升，死局已定。"

常瑶懂了，他是真的非常不喜丹家人。

常瑶也没有矫情，道谢后便悄悄去了昆仑云山最高处，等到晨光乍现时取了一滴清露。

清露滴入青玉笛身，触及本就晶莹剔透的玉笛，似点在水面般泛起一圈涟漪，时刻保持着水盈盈的模样，注入点灵息倒转玉笛一圈就是满手冰凉清水。

常瑶满意地眯起眼，拿着出水玉笛去找宋霁雪。

宋霁雪收到她的玉简传音时，正在东兰州某个旮旯查找妖魔的线索，得知她在人间后便站在原地不动等着人来。

街头阴风阵阵，这已是一座死城，阴气很重，还有个别恶灵藏在暗处偷窥着不怕死入城来的活人们。

来这阴风城的不止他一个，还有别的仙门的弟子，他特意避开那帮叽叽喳喳的小孩，走了偏僻的路道。

常瑶来时也不管周边环境如何阴森吓人，只开开心心地把出水玉笛塞进宋霁雪手里："我第一次炼制法宝，如果有哪里不好你就说，我回头再改一改。"

宋霁雪握着玉笛，倒转一圈时手上满是清水。他擦干净手掌才摸了摸常瑶的脸："不用改，你给的就是最好的。"

常瑶弯眼笑。历经磨难后，他倒是比以前更会说好听的话了。

厉风忽地掀起两人衣发和地上枯叶，路道两旁破败的门窗都咯吱作响。阴森森的语气自上空发出，然后传遍整座鬼城："都躲好了吗？若是让我抓到……"阴森邪恶的笑声惊得在城中查探的弟子们匆忙寻找躲避之所。

常瑶不能随意出手，宋霁雪拉着她反应神速地躲进后方屋里，屋外天光被乌云遮掩，光线变得黯淡，藏匿的恶灵们肆无忌惮地出现在街道上号叫着。

宋霁雪背抵着木门侧身往外看去，常瑶在他怀里抬首打量了眼屋中景色，充满腐朽尘埃的味道和随处可见的蜘蛛网，她似想起什么，没忍住地笑了下。

大掌贴在常瑶腰后把人往怀里紧了紧，宋霁雪垂眸看她。常瑶在他发问之前就说："这倒是让我想起第一次在万象灵境见你的时候，我俩被关在破破烂烂的屋子里躲着外边的吞音魔，虽然我知道不能发出声音，但没想到吞音魔体内还有火妖，所以才没有灭掉灯火。"

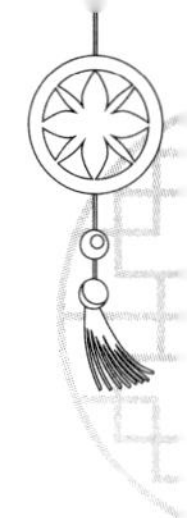

宋霁雪被她逗笑了：“当时没灭灯是想看什么？”

常瑶老实回答：“看你。”

宋霁雪：“防备我？”

“因为你好看。”常瑶眨巴着眼，“何况你当时对我爱理不理，多看我一眼都不肯。”

倒也不是针对她，那会儿宋霁雪对所有人都爱理不理。他以前就不是一个容易亲近的人，如果没有常瑶的主动靠近，结局也不会是现在这样。

“我看了。”宋霁雪说。对宋霁雪来说那已经是很久很久以前的事了，却因为有常瑶的存在始终清晰。

外边传来恶灵冲撞屋子的巨响，常瑶才问：“这鬼城里的妖魔做了什么？”

“抢了周边村子出嫁的女子，出嫁当天抢亲，第二天把没了神魂的尸首还回去。”宋霁雪看向门外，朝这边聚拢的恶灵越来越多。

常瑶：“坏人姻缘，是有些欠收拾。”

之前鬼城上空的阴森声音在门外响起：“这香味……难得，去，把屋里的女人给我带出来，今晚就用她——”话还没说完就有锋利剑气从里面破门而出，惊得恶灵惨叫四散。

常瑶看见屋外的妖魔挑眉，还是个老熟人——前任妖皇的心腹之一，画皮妖。

相比常瑶的淡定，画皮妖却在看清二人后头皮发麻，转头就跑。

常瑶没追，倒是看了眼宋霁雪，算是明白他今日怎么没去黑荒漠而是在这鬼城，原来是记仇。

画皮妖看见常瑶就心生畏惧，拼了老命地想跑，却还是被宋霁雪的心剑阵困住，不甘地死在他剑下。

宋霁雪刚收剑，扭头就撞上来鬼城找画皮妖的伏烬。

一人一妖沉默对视片刻后，伏烬凶道：“你杀了？”

宋霁雪：“死了。”

伏烬气道：“它脑子里还有不少重要的事情没说出来，你就把它杀了？”

宋霁雪一脸“关我什么事？你也没说不能杀”的慵懒表情，伏烬忍无可忍，

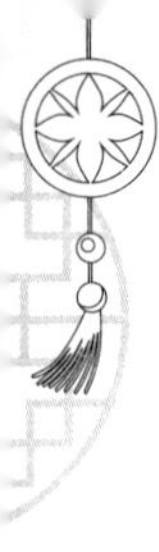

又跟他打起来。

常瑶在门前看了会儿，最终没忍住，飞掠上前拉着宋霁雪跑了。

画皮妖死了，鬼城也就剩下没头脑的恶灵们，常瑶带着宋霁雪到了东兰城才问他鬼城里的恶灵们怎么办，要不要趁大哥不在后回去清理掉。

宋霁雪好笑道："大仙门又不全都是废物，我不去也有别人去。"

常瑶莞尔道："也对。任泓他们不知道过得怎么样。"

宋霁雪牵过她的手走在街上："每天都忙着跟妖皇较劲，过得很充实。"

常瑶摸了摸鼻子，忍不住想笑："大哥看起来也很忙。"

两人都不怎么管妖界跟人间的纠纷，除非有较为特殊的妖魔或事件出现。

"你能在人间待几天？"宋霁雪侧首看她。

常瑶说："就今天一天。"

宋霁雪点点头，拉着常瑶去了家酒楼，点了许多她喜欢吃的。

虽然常瑶现在已经是妖神，但她还是喜欢吃人间的食物，吃不腻。她以前在云山修炼久了还会拉着宋霁雪撒娇，让他带自己去上元城吃一整天。

离开云山的大多数时间里，宋霁雪都是在酒楼陪常瑶吃东西。那些稀松平常的日子却是他生命中最幸福安稳的时光。

宋霁雪喜欢看常瑶吃东西，能给予他满足感，尤其是当他剥了只虾递到常瑶唇边看她张嘴吃下的瞬间。

"对了，我之前去上云峰取晨曦清露，发现西南边的小山峰上有座无名墓，那是谁的？"常瑶鼓着腮帮子边吃边问。

宋霁雪眯眼想了下，慢吞吞道："你的。当年建的，忘了拆，晚上我去一趟拆了。"宋霁雪面不改色道。

常瑶单手支下巴笑盈盈地看他："云山君当年不是把跟我有关的东西全都烧了吗？连沾染我回忆的花树都不放过，怎么还在那么隐秘的山崖上建了与我有关的墓？"

宋霁雪细心地剥着虾壳，蘸酱后喂常瑶，她乖乖张嘴，倒是配合得很好。

他很平静地说道："那会儿太疯，把东西都烧了不想让别人看见，不想让除我以外的人触碰跟你有关的东西，又太想你，所以建冢，偶尔去看看，提

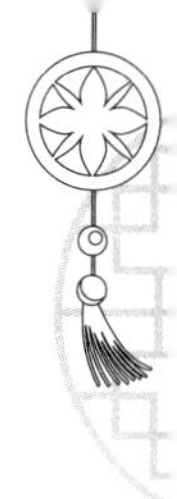

醒自己……”话还没说完，常瑶偏头在他唇边落下温柔的吻。

常瑶干净、漂亮的手轻抚着宋霁雪的后颈，带着安抚的意味，她被他深深地吻着并往后压去，背抵着窗棂，好一会儿才分开，他低垂眉眼，眸光幽深地望着她说：“这么小心翼翼干什么？”

“虽然知道你是故意的，但我还是会心疼。”常瑶柔声道。

宋霁雪确实是故意将那些年的心意直白出来，就是想从常瑶的言行举止中看见疼惜与在意，这个坏习惯他改不掉，他也没有要改的意思。

但到底还是有些不一样。回顾失去常瑶的那十年，宋霁雪已心态大变。

再往前几年他是绝对无法平静说出这些字句的，甚至无法面对常瑶提出的问题，几个呼吸间就能失控变得暴戾无常，再自伤七分。

现在不会了，因为宋霁雪很清楚自己一直都在被常瑶深爱着。这爱让他无所畏惧。

常瑶入夜就离开了人间，宋霁雪也去了云山将那无名墓毁去。

几天后是绯与白衣剑修的忌日，宋霁雪刚好在无咎山，就陪常瑶越过红枫林去山崖尽头扫墓祭拜。然后他就看见山崖上有三座无名墓。

宋霁雪扫了一眼前两座，目光停在最后的无名墓牌上，问：“还有谁的？”

常瑶默默望向早到的二哥跟大哥。伏烬翻了个白眼不理她。

师天颢露出尴尬又不失礼貌的微笑：“是给小妹的，之前以为她渡劫失败，前几年都忙，没空来扫墓，所以忘了。”

常瑶心道：夫君和兄长们都为她提前建好了墓，一座在人间，一座在妖界，真是好开心。

四人在山崖前祭拜，但只有常瑶跟师天颢在说话，另外两个沉默中又带着点杀气。宋霁雪眼里只有常瑶，旁人如何他压根就不在意。伏烬看宋霁雪的眼神充满敌意，宋霁雪也无动于衷。

祭拜结束后，常瑶和宋霁雪先走，师天颢悄声问伏烬：“大哥又跟云山君起冲突了？”

伏烬将画皮妖的事说出：“画皮早死，另外几州妖将的弱点无从知晓。我能不气吗？”

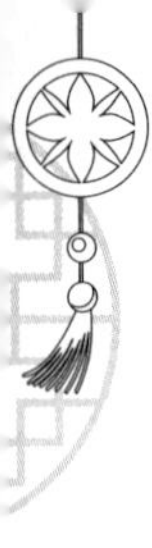

师天颢安抚道："大哥也不必太生气，既然云山君杀得了画皮，那也能杀那几个妖将不是？"

伏烬扭头看去，一见师天颢笑得春光明媚，就知道他又起坏心思了。

狐王师天颢自从不再琢磨情劫后就开始将心思放在周围的人身上，或许是过了情劫后轻松又无趣，他偶尔也会跟着大哥一起做点事。

伏烬和常瑶都清楚，师天颢的人形虽然看起来温和优雅，本质上却是个狡猾、心机深沉的大妖。

宋霁雪去人间的路上，碰巧听见两只大妖在商谈收复妖界一事，他并不想听，路过时，听到一句"小妹曾与北山妖将一同游历人间"停下，竖耳倾听。

"……虽不过半日便觉得他无趣，遂再未见过，但这北山妖将对她痴心不改，到如今还在找她踪迹，试图再见一面。狐山祭时，那淮水妖将也因在岐山见小妹一舞而念念不忘。"

宋霁雪从腰间抽出玉笛，等他听完几位妖将对无咎山领主的爱慕之后面不改色地离去，回到躺在床上睡得迷迷糊糊的常瑶身边。他用冰凉的手贴了贴她脸颊问："清清，狐山祭时你会跳舞吗？"

"嗯？"常瑶的脸颊在他掌心上轻蹭，"狐山祭？以前去凑热闹的时候会。"

"怎么了？忽然提起狐山祭是有什么事？"

常瑶刚想睁开眼问问就被覆下的身影压回去，宋霁雪抱着她躺下，道："没事。"

三日后，妖皇收复某州迎战数位妖将，打得天昏地暗时，恰巧路过的宋霁雪将心剑一开，惊雷关落下，守州妖将全军覆没，妖皇满意而归。

接下来几天，常瑶发现大哥与她夫君之间存在的隔阂不知何时就烟消云散了。她悄悄问师天颢："大哥这又是在算计什么？"

师天颢温柔地摸了摸她的头："都是一家人，整日打打杀杀像什么？大哥终于承认这个妹夫，接纳了他，不是一件好事吗？"

常瑶神色狐疑。获得师天颢认可的宋霁雪嗤笑一声，过来把她拉走。

三人默契地没让常瑶知道真相。

番外三

前世

大二这年，师绯新交了一个男朋友，叫丹淮。

初见时，丹淮近乎无理地盯着师绯看了许久，说的第一句话是：“我想起来了。”

丹淮平时冷冷淡淡，从小到大都是三好学生，自我规矩严格，拒绝任何不良作风。

偏偏师绯是个做事没规矩的人，干什么都随心所欲，只要自己开心就好。

丹淮在图书馆看书学习的时候，师绯要么跟朋友打游戏，要么跟社团的人在外玩得不亦乐乎，以至于身边的同学好友都没发现她已经有男朋友了。

一个是天天在学生会忙着干实事的学霸，一个是慢悠悠混日子的普通学生，谁都没把这两人想到一起。

直到某天，社团聚餐，大家一起唱歌玩得太高兴，过了晚上十二点还没散场。

包厢里鬼哭狼嚎，碰杯声、谈笑声响起，缩在角落抱着一罐果汁跟小姐妹们玩《大富翁》游戏的师绯忽然被人抓着后领拎了起来。

正起哄让她喝酒的小姐妹们睁大了眼，仿佛见鬼般地看着师绯身后的丹淮：这位隔壁系的同学怎么在这儿？

“回去了。”丹淮盯着她。

师绯捧着那罐果汁递过去说：“我没喝，真没喝。”

丹淮拉着她走了。

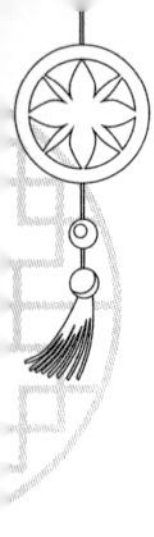

小姐妹们纷纷跟在后边试图打探消息，跟上后瞧见丹淮一边冷着脸说话，一边脱下外衣给师绯穿着，被训话的师绯捧着罐果汁不时点头，乖乖被他拉着走远。

后边的人一脸疑惑：什么情况啊？这两人什么时候好上的？

第二天，所有人都知道丹淮和师绯在交往，两人是男女朋友关系。

这消息传到了师绯的前男友那儿，师绯的前男友是隔壁学校的学生，又是师绯的高中同学，之前和师绯分手了，现在后悔不已，眼巴巴地抱着手机给师绯发了不少消息。不巧全被丹淮看见，他拧着眉把师绯的前男友的微信联系方式删除、电话删除。

丹淮冷冷淡淡地问她：“这人联系方式怎么还在？”

师绯一拍脑袋：“忘了删。”

丹淮将删完联系方式的手机给师绯后不说话。她哄了好几天才把人哄好。

几天后，师绯的前男友深夜买醉找到师绯的家，试图挽回她，被师绯严词拒绝，前男友红着眼眶不愿放手，在屋里忍无可忍的丹淮上前来道了句“滚”后，把师绯的前男友关在门外。

师绯的前男友在夜晚的寒风中恍惚明白了，原来丹淮和师绯不知何时竟住在了一起。

师绯忙着哄丹淮，却发现丹淮只是抱着她不说话，她想方设法试图逗丹淮笑，却被丹淮按着腰抱在怀里，丹淮道了声“睡觉”。

丹淮偶尔会做些奇奇怪怪的梦。梦里他是一名身着白衣行走天下的剑修，师绯是只美艳的大妖，偶尔还有些调皮，在人间相遇斗法时，师绯将他绑好的发带斩断，见他散下长发后还靠在他怀里道了句：“我倒是更喜欢这样的你。”

丹淮被气得不行，抬手一抓扯了师绯的衣带，师绯却不躲不避，任由他不慎解开了外衣，还笑道：“这么热情？”

这架也没法打了，一人一妖被衣带缠着一块摔进了水池里。

两人也曾共“游”天下。

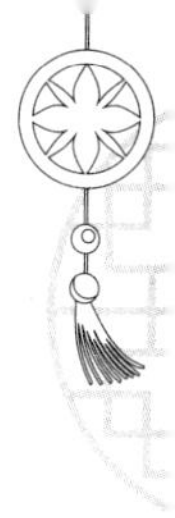

白衣剑修总是嘴上说着嫌弃师绯大妖的身份，却又对她无微不至地照顾着，若有旁人对大妖刀剑相向他第一个挡在前边。

他们日久生情，虽然身份有别，但谁都没有在意。他们自以为这不是问题，却不知命运弄人。

白衣剑修因瘟疫祸乱而入人间救世，在硝烟战火中忘记了一切，等到大战结束，天地被白雪覆盖，大妖站在他面前却被他无视。

他忘记了所有，徒留大妖一人记得他们之间的过往，在漫长的等待中迎来失望的结局。

丹淮醒来后不记得梦中故事，却能记得那份爱意与绝望，每次都让他心脏一抽一抽地疼，眉头紧蹙，看上去很痛苦，此时师绯都会抱着他轻抚背脊，迷迷糊糊地安抚他两句。

男朋友睡眠不太好，师绯如此想着。

有一个相貌好、成绩优秀的男友，好处在于她可以什么都不会，反正他会就行。如果两个人都不会，那就交给男朋友去学，男朋友永远不会让她失望。

丹淮也不会逼她学习，学不学全靠师绯自觉。不过这段时间师绯经常往图书馆跑，每天都跟他同进同出，到了图书馆就翻翻书页，写写画画，没一会儿就开始托腮看坐在身边的男朋友。

她心想：我男朋友真好看。

丹淮太过赏心悦目，加上他来图书馆的时间很早，因此师绯看着看着就会趴在桌上睡着。

在师绯趴桌上睡着的时候，丹淮会不时抽空瞥她一眼，有时也会看得入神，不知不觉时间就过去了很久，他却永远看不腻。

师绯被父母朋友从小宠到大，什么都不缺。

她的男朋友却是个孤儿，从小被爱心人士资助长大，好在他有学习天赋又努力，各方面都很优秀，才大三就开始跟朋友一起创业。

身边朋友都知道他为何如此拼命，因为女朋友家世太优越，他得努力配得上对方才行。

偶尔丹淮太忙，半夜都还在书房跟电脑资料做伴，师绯要么陪他一起熬夜，

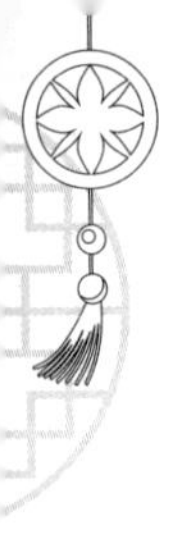

要么裹着毛毯靠在他腿上睡，丹淮在她睡着后不时摸摸她柔顺的长发，忙完了就抱着她一起回床上去。

师绯看他挺辛苦的，皱眉道："要不我也学点什么帮帮你？"

"不用。"丹淮揽过她的腰抱着，在她唇边亲了亲，"你只管玩得开心就行。"他哪舍得师绯烦恼忧愁这些事？她就该在自己眼皮子底下快快乐乐、无忧无虑。

丹淮的事业进行得很顺利，虽然也越来越忙，但也不会忙到忘记自己女朋友。师绯毕业这年除夕就带着男朋友回家见家长，自己父母虽然客客气气，但二人家世差距太大，只同意他们继续交往，其他事再议。

丹淮也没有表现得急迫，他表明自己这辈子的所有追求与目的都是为了师绯，希望她能在他身边过得好。

师绯安慰他说："你别担心，要是他们真反对我就离家出走。"

丹淮轻捏她的脸："别乱来，这事不着急。"

事实证明他是对的，这只是一个小波折，并未影响两人太多。两年后，丹淮事业稳定，获得师绯的父母认可便直接跟师绯去领证，从男女朋友关系升级到受法律保护的夫妻关系。

等丹淮手头的事情都忙完后，他们在年末举行了婚礼。

两人共同的朋友到场，看着在阳光下交换戒指，彼此亲吻的新人，心想：丹淮这辈子就是为了师绯而活的。

丹淮无限纵容宠溺着师绯，护着她一生无忧无虑，不用经历任何磨难痛苦，能自由自在地生活。

番外四 上元祈福

除夕，云山君与夫人结伴去上元城游玩。

这是他俩在昆仑成亲后过的第一个除夕。

上元城到昆仑三山的长生道，两旁灯火长龙点缀着黑夜，两人避开了其他弟子，悄悄走到偏僻处，路上多的是来昆仑跪拜祈福的普通人。

街边卖什么的都有，但多是杂耍的小玩意，像面具、焰火、提灯这些，数不胜数。

常瑶许久没出过云山，难得出来一趟凑热闹，手里拿了不少肉串、糖葫芦。

宋霁雪负责给她看哪家的肉食更好吃，再去买点回来给她。

路边没什么人的角落坐着一个白胡子老头，立在身旁的招牌上面写着：三两算一命。

常瑶来了兴趣，在白胡子老头面前站定，笑眯着眼问："您这是看面相还是手相呢？"

老头双手笼在袖中，闻言睁只眼闭只眼，瞧着还有点世外高人的样子。

他笑得慈眉善目，话也说得很自信："老道什么都行。"

常瑶："那您先瞧瞧我如何？"

老头拧着眉头打量她片刻，随后眉头舒展开，感叹道："姑娘天庭饱满，是生来就大富大贵、一生如意顺遂之人啊！"

常瑶笑了，抬手指了指后方帮她买东西的宋霁雪又问："那我夫君呢？"

老头笑着指了指招牌，常瑶会意，给他身前碗里放了三两银子。

“你夫君一表人才，文武双全，瞧他面相就知是这世上不可多得的有情郎，对姑娘定是情深不渝，只是……”仙风道骨的老头摇头叹气，神色惋惜，“可惜啊……”

常瑶面上的笑意仍在，却眯了下眼：“我夫君有什么好可惜的？”

这老头神色凝重道：“可惜他命运多舛，一生磨难颇多，动则伤身要命，如此性情之人却有这种命运，实在太可惜了。”

常瑶一听就要走，老头急忙招手道：“姑娘莫慌！你今日遇见老道那就是有缘，对有缘之人当然要倾囊相助。我这里有千年玉佛和五百年心灯，以及六百八十年的逆转乾坤丹，只要三十两，就能替你家夫君消灾解难，更改命运，一生顺遂平安！”

他边说边从袋子里掏出晶莹剔透的玉佛、心灯和乾坤丹。

常瑶第一次遇见这种算命的骗子，只觉得好笑不已，瞧着他手里的丹药，让那些正经仙门的人发现还不得追着他打。可她走了没两步又转过身来，往碗里丢了一块金子。

老头看得目瞪口呆，随后眼疾手快地将金子收起来，再将那三样宝物递给常瑶。

常瑶笑眯着眼收下：“宝物我买了，你总该说点我爱听的吧？”

老头揪着自己的胡子，神色严肃地保证她的夫君今后岁岁平安，福星高照，总能化险为夷，与她恩恩爱爱到白头。常瑶这才满意地抱着买的小玩意去找宋霁雪。

宋霁雪刚给她买了新的烤肉串，回头一看她怀里多了些乱七八糟的东西，问道：“买的什么？”

常瑶将怀里的“宝物”一一塞给宋霁雪拿着：“这是千年玉佛，这是五百年的心灯，这是六百八十年的乾坤丹……乾坤丹就不用吃了，放心灯里边吧。”

宋霁雪直接问：“那骗子在哪儿？”

常瑶牵着他的手往前走：“我花钱买心安。”

宋霁雪见她没有因为吃亏而不开心，也就随她去，反正他不差这点钱。他嘴角微微弯着问：“那骗子怎么说？”

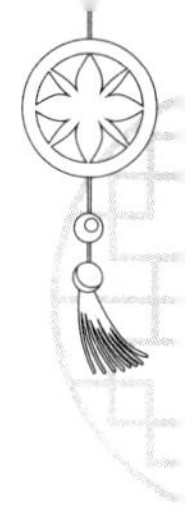

常瑶道："我觉得他前半段说得挺对的，但是后面说什么命运多舛、磨难颇多还都伤身要命，这些我不爱听。"

宋霁雪脸色稍冷："他说的是谁？"

"当然是你呀。"常瑶回头朝他笑，"这我可不爱听，但又怕是真的，所以才花钱消灾解难。"

见骗子说的不是常瑶后，宋霁雪眼中冷意才收，握着她的手亲昵道："可别信这些胡话。"

第二年除夕，常瑶又在长生道遇见了这个老头。这时候的常瑶已经逐渐忘情绝爱，对宋霁雪说的话开始半信半疑。

她似乎忘记了这事，这老头见到她却是双眼一亮，忙伸手招呼："姑娘！去年在老道这儿买的千年玉佛效果如何？是否保你夫君万事无忧，夫妻恩爱有加？"

常瑶被他这话吸引，转身朝他走去，驻足问："去年……我买过东西？"

老头连连说是，将两人当初的对话复述一遍。

常瑶在他的忽悠下又买了些玉佛和丹药。

宋霁雪给她买来肉串，发现常瑶站在灯光下，怀里抱着些奇奇怪怪的东西，这似曾相识的一幕让他眼里升起笑意。

常瑶将新买来的玉佛和丹药往他怀里塞："那算命的说你今后几年有血光之灾，得赶紧买点驱鬼辟邪的宝物去去灾厄。"

宋霁雪忍不住笑了，伸手扣着她的后颈与自己的额头相贴："清清，我就是专门杀妖诛邪的。"

常瑶苦恼道："我就是听不得他说这些话，所以买他的宝物让他改口。"

宋霁雪牵着她的手走在热闹的人群中，低笑着："明年可别再听这骗子的了。"

第三年，常瑶没有再见到这算命的骗子，也已将这些事与那时袒护宋霁雪的爱意忘记。

后来阴差阳错，这骗子说的倒成了真。

又一年人间除夕夜，昆仑三山都换了新掌门，长生道上的昆仑弟子们都

是些新面孔，如今作为散修的宋霁雪途经此地，想起常瑶喜欢吃的肉食，便随着上元城祈福的游人们走着。

他想起自己曾在这片热闹的灯火长龙中抓住了常瑶的手，问她是否愿意嫁给自己。

何其有幸，常瑶答应了他。

宋霁雪往前走着，余光瞥见路边一块算命的招牌，步伐未停，算命的白胡子老头却忽地双眼一亮，热情地招手拦他："这位郎君留步！你瞧着面熟，可是那位常姓姑娘的夫君？常姑娘与我乃有缘人，前些年在我这儿买了不少给你驱邪避灾的宝物！"

这一番话说得顺溜，没有丝毫犹豫停顿，似乎是早早发现了他的身影，想好了如何说才拦下他。

宋霁雪被他这番话截停，转身面向算命的白胡子老头。他刚听完就想起来，原来这就是当年连骗常瑶两次的算命老头。

"怎么不见常姑娘？"老头还想寒暄一下。

宋霁雪似笑非笑道："她嫌天冷，在家没出来。"

这会儿常瑶还在无咎山等他，因为她入人间的次数又用完了。

老头拉着他寒暄完又叹气道："我观你面相，知你在宝物的护佑下灾难已除，今后必定事事顺遂，可气运倒转，对身边的人会有很大的影响。"

宋霁雪听到这儿就知道他的意思，可人的心很奇怪，又或者是被回忆里的常瑶影响，他在这瞬间竟也体会到了什么叫作"花钱买心安"。

听老头说得煞有其事，连连暗示宋霁雪手中宝物可以化解一切不幸，他想起常瑶曾塞给自己的千年玉佛，眼中笑意掠过，最终在对方碗里扔下一块金子，拿走了他给的几块玉佩。

宋霁雪买了人间的小吃和肉串，回妖界前，顺便向昆仑三山揭开了长生道上算命的骗子的真面目，很快骗子就被赶来的昆仑弟子们赶走了。

常瑶坐在水车前的小院里，正跟趴在桌上的狐狸小妖说着话，狐狸小妖发现宋霁雪回来，很自觉地跑走，让他们过二人世界。

宋霁雪瞥了眼跑走的狐狸："那是什么？"

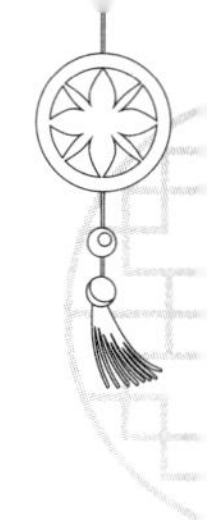

“二哥那边的小狐受了伤，放我这儿养一养。”常瑶边说边伸手接过他递来的烤肉串，注意到宋霁雪放在桌上的玉佩时，她“咦”了一声，“这有些眼熟……你该不会是遇见那个算命的白胡子老头了吧？”

无论多少次，宋霁雪都会因为常瑶想起往事而心中酸涩，这些话轻而易举地牵动着他的情绪。

“他问我是不是与他有缘的常姓姑娘的夫君。”宋霁雪在她身旁坐下。

常瑶皱眉：“他又说你坏话了？”

宋霁雪哑然一笑，如今想来，之前种种倒是与这老头说的对上了，只有花钱买来的宝物从头到尾都是假的。

他侧首看着常瑶说：“清清，我也学你一次，花钱买心安。”

常瑶单手支着脑袋看着他，挑了下眉，说出了宋霁雪以前的话：“那是个骗子。”

两人对视一眼，皆想起从前，不约而同地笑起来。

“可不能再让他在昆仑骗下去，说起来他都骗了好些年了，怎么昆仑的人都没发现？”常瑶说。

宋霁雪道：“我走时已经通知云山的弟子，他今后应该不会再出现在长生道了。”

妖界并非跟着人间过节，但无咎山例外，这些年宋霁雪来得频繁，万妖们以为每次宋霁雪来就是人间又过节日了，于是一起热闹、庆祝。

这会儿夜里万妖出行，山林中灯火闪烁，时不时还有几束焰火在夜空升起。

常瑶任由它们闹，在满天星辰之下望着宋霁雪说：“不管那骗子说什么，你都不要信，以后求心安还是平安，都只管向我说，我都会帮你实现。”

宋霁雪眼中笑意满满。

在水车后偷瞧两人的三只小狐狸，激动得嗷嗷号叫，滚来滚去，滚落水中，吱吱呀呀地叫着“救命”爬起来，它们一身湿漉漉的，彼此摇头晃脑地甩着毛发上的水，依旧不愿离去，不愿错过无咎山领主与人间剑修互道情话的一幕。

番外五 世世结缘

在收复妖界大州、坐稳妖皇的位置后，伏烬终于认可宋霁雪这个妹夫，闲下来时也乐意去无明山多待会儿，两人总算不是见面就带着杀气，偶尔还能心平气和地聊上几句。

常瑶对此深感欣慰。伏烬连去人间办事时都会想着给宋霁雪留点面子。对此宋霁雪却不太领情，甚至非常嫌弃。

某日，饭桌上伏烬对他这态度很不满意，冷笑道：“嫌弃？你该感到荣幸才对！”

常瑶听到这儿也有些疑惑，毕竟能让大哥因为宋霁雪而对人间的事网开一面可算是很不容易的。

宋霁雪没拿正眼瞧他，兀自给常瑶剥虾，同时说：“希望你在人间捣乱时，别总是把你有一个剑修妹夫这件事挂在嘴边。”

常瑶听得呆住，跟师天颢一起看向伏烬。

伏烬挑眉看回二人：“我说得不对？”

常瑶犹豫道：“哥，这样不好吧？”

“哪里不好？这不是事实？三界谁不知道他娶了无明山领主大妖为妻？”伏烬冷着脸道，“怎么这种事还要遮遮掩掩，怕人间说他闲话？”

常瑶老实道：“我确实不喜欢有人说他闲话。”

伏烬一拍桌子，指着常瑶：“你就任由他越来越放肆！”

宋霁雪不悦地抬首：“你凶她做什么？”

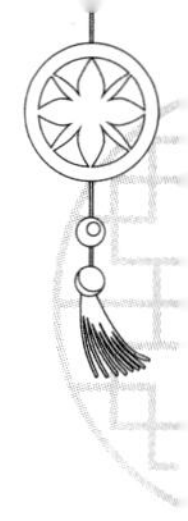

师天颢给他的小狐狸喂食，温声道：“多大点事吵成这样？大哥，你先坐下来，凶宋霁雪就行了，凶小妹做什么？”

常瑶点点头。伏烬这才重新坐下。

宋霁雪将剥好的虾给常瑶，看向四周道：“你若是非要说，就说清楚明白些，说我娶了无咎山领主，对无咎山领主情深不渝，我想让天下人都知道我和清清是夫妻……”

话还没说完，伏烬便满脸嫌弃地起身离去，临走还说了一句：“矫情。”

宋霁雪冷笑，也不管他。两人关系又因此降至冰点。

常瑶拿他俩也没办法，只好求助她的二哥。

师天颢最近在无咎山久待，为了照顾族内受伤的三只狐狸。

这三只狐狸机灵可爱，整天不是围着常瑶撒娇，就是绕着师天颢玩闹，偶尔还敢去宋霁雪和伏烬两人身边蹭一蹭，只是不敢太放肆罢了。

“不用太担心，等再过些日子自有转机。”师天颢笑眯着眼安慰常瑶，“只要你还在，大哥和宋霁雪就闹不翻。”

常瑶信了，顺其自然。这一等就等到了宋霁雪快要渡雷劫。在雷劫将至的那几日，他不在人间游历，反而待在无咎山。

夜里常瑶自宋霁雪怀里醒来，低着头贪恋地在他怀里蹭了蹭，忽然闻见屋外散来的花香，嘀咕了句：“梅花开了，妖界的冬季到了。”

宋霁雪拥着她应了一声，声色慵懒，抬眸朝窗外看了一眼，外面白雪纷纷。

“你对渡雷劫没信心吗？”常瑶仰着脸看他。

宋霁雪低笑一声：“清清，你觉得我会没信心吗？”

宋霁雪说这话的时候，常瑶也跟着笑了，伸手轻轻捧着他的脸，他越来越像他们刚成亲的时候，他那些丢失的自信终于回来了，他心中的阴霾也在她的陪伴之下一点点消散。

“不是飞升雷劫，不用担心。”宋霁雪抓着她的手十指相扣，把常瑶重新揽入怀里，在她额前落下一吻，“我只是这几天……忽然想和你在一起，特别想，难以控制，所以放任自己。”

说完，宋霁雪笑了下，贴在他胸膛的常瑶听着他的心跳声，听到他问：

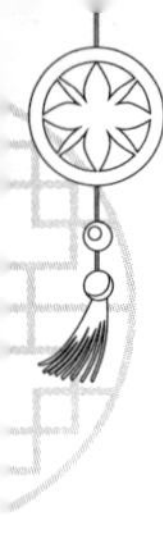

“你想赶我走吗？”

“怎么可能？”常瑶抓着他的衣服，两人刚准备亲热一会儿，却听屋外隐约有雷鸣声。

这劫雷都追到妖界来了。

宋霁雪起身穿衣，将要跟着他起来的常瑶按回去，离去时给予她一吻：“睡吧，我回来会晚了。”

宋霁雪在妖界渡雷劫，会让雷劫威力翻倍，为了不影响无咎山众妖，他去了很远的地方。

常瑶一夜没睡，天明时，雪渐渐下大了，屋檐与树梢都染上纯白。

她站在院中逗着小狐狸玩，师天颢怀里抱着一只，肩膀上还蹲着一只，出来时笑着跟常瑶说：“这下你不用担心大哥跟霁雪又吵架了。”

“怎么了？”常瑶回首看去。

师天颢告诉她妖将们传来的消息：“霁雪在外渡雷劫时，遇上大妖偷袭，大妖被他反杀了，刚巧这大妖近日对大哥有异心，相当于霁雪帮他杀了一个叛徒。”于是两人又和好了。

宋霁雪回来时，手里还拿着不少宝物，全都给了常瑶：“伏烬给的。”

常瑶看了眼跟师天颢并肩走在雪地里的大哥，摇头笑了笑。

宋霁雪握着出水玉笛洗手，因频繁洗手，他的手一直都是冰凉的。

常瑶习惯性地伸手握住他的手，问他：“这次又是何时离开？”

宋霁雪说：“明日。”此时他还未飞升，也不能在无咎山久待。

常瑶问：“那明日要我陪你去人间吗？”她今年去人间的次数还没用完。

宋霁雪：“等你想去的时候再去。”

常瑶却笑道：“你在人间时，我天天都想去。”

妖界入冬后，大雪纷飞，人间却是万物迎春，朝气蓬勃。

宋霁雪独自游历人间修行，会遇见许多有趣的人，人们常常以为他流浪在这世间无依无靠，直到某天他牵着常瑶的手彬彬有礼地向他们介绍，这是他的妻子。

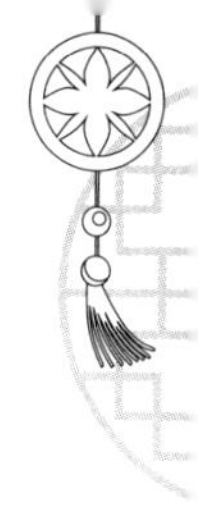

常瑶很高兴宋霁雪能交到新的朋友，从普通人到修者，只要是真心与宋霁雪交好的人，她都喜欢。

这日他们来到热闹的帝都，在闹市中游逛时，忽然听到锣鼓声，见人们悲切哭号，回头时看见街道中的丧葬队伍。

帝都的第一富商离世了。这富商是个瘸腿，一生无子，随行送葬的都是跟随他的忠心手下，有年长者，也有年轻人，人们满目悲伤。

宋霁雪站在路旁，随人群沉默地看着那黑色的棺椁从眼前被人抬着经过。

几十年过去，他与富商以这种方式再相见，却一句话都不能说。

常瑶牵着宋霁雪随送葬队伍走着。她告诉宋霁雪："这一世他的善举颇多，全都会回赠给他的下一世，他会过得平安顺遂。"

宋霁雪在夜里转身拥抱她。

又一年。妖皇伏烬的寿辰将近，整个妖界都在忙着讨他欢心，为他广寻生辰礼，力求在这位脾气不好的妖皇面前混个眼熟。

最近伏烬与宋霁雪的关系还不错，没有吵架，因此大方地邀请了他来参加自己的生辰宴。

宋霁雪说："到时候整个妖界的妖都会来。"

伏烬说："我是妖皇，我的生辰宴整个妖界的妖若是不来，岂不是要造反？"

常瑶欲言又止，但对大哥，她永远是能不说就不说，于是只有帅大鼽好心地提醒道："大哥，他是专门杀妖的剑修。"

让一个杀妖的剑修去参加全是妖的宴会，也不怕剑修把妖都杀了？又或者大妖们一起把剑修给杀了？

伏烬却有自己的理解，说道："他是一个娶了妖的剑修。"

最终宋霁雪还是去了伏烬的生辰宴。原因无他，常瑶去了，所以他也要跟着。

宴会非常热闹，各州妖王妖将纷纷排着队给妖皇献礼，伏烬也十分享受这种拆礼物的乐趣，拆不完的礼物就扔给弟弟妹妹们，让他们帮着一起拆。

个别妖王想要在宴会上闹点事情，却在发现坐在伏烬不远处，与常瑶并

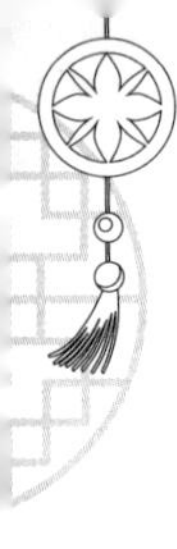

肩的宋霁雪时，吞下了到嘴边的话。

它们心中颤颤，想着为何妖皇的生日宴会有人间剑修到场，难道是早就预料到它们要闹事情，所以提前请了个剑修在这儿，好直接杀了它们一了百了？

听说这剑修还是修得心剑的强者，杀大妖跟杀着玩似的，之前就杀过对妖皇有异心的大妖。如今这剑修坐在这儿，定然是妖皇有意震慑它们。

下方的大妖们是怎么想的，宋霁雪不知道，他只顾着跟常瑶说话去了，哪有空管妖界的大妖们对伏熠是忠心耿耿还是有异心想造反。

倒是中途有妖王出言讽刺跟在妖皇身边的燕子卞，嘲讽燕子卞是凡人，身份低微，常瑶与宋霁雪一起朝那个妖王看去。

这妖王也万万没想到，自己只是挑了一个看起来最好欺负的燕子卞嘲讽，却引来了所有大人物的注视，一时僵在原地，满头是汗。

伏熠似笑非笑地问道：“你对我亲封的妖将有什么意见吗？”

妖王慌得直接跪下，连连摇头：“没有没有，是我贪杯，醉酒多言，还请妖皇勿怪！”

燕子卞一直不敢在常瑶与宋霁雪面前露面，经历这件事后，他鼓起勇气，在两人要离开宴会时喊道：“师尊、师娘。”

宋霁雪与常瑶回头看去。

燕子卞在二人回头的瞬间红了眼眶，跪下道：“对不起。”

他这句道歉在心中说了无数次，今天终于有机会能当面向他们说出口。

常瑶轻轻捏了捏宋霁雪的手，他反手握住常瑶的手，对燕子卞说：“你如今是妖皇身边的得力妖将，不能轻易向他人下跪，不然伏熠该唠叨你了，回去吧。”

宋霁雪如从前般淡淡地叮嘱，燕子卞喉结一滚，哽咽道：“是。”

双方在夜雪中背道而驰。